Les lumières de l'aube

DE LA MÊME AUTEURE

Les infâmes, Ombres Noires, 2015 ; J'ai lu, 2016

Candyland, Ombres Noires, 2017 ; J'ai lu, 2018

JAX MILLER

Les lumières de l'aube

Traduit de l'anglais (États-Unis)
par Claire-Marie Clévy

J'AI LU

Bien que cet ouvrage présente certains faits de façon romancée, et que des noms et des détails qui auraient permis d'identifier plusieurs personnes aient été modifiés pour préserver leur anonymat, il s'agit d'une histoire vraie.

TITRE ORIGINAL
Hell in the Heartland. A True Story of Murder and Two Missing Girls

ÉDITEUR ORIGINAL
HarperCollins, 2020

Tout ce que j'écris est à jamais
dédié à mes enfants,
LA, K, Al et S.

Ce livre est dédié à Lauria et Ashley,
jeunes pour toujours.

Je suis né dans la prairie, et le lait de ses blés, le violet de ses trèfles, les yeux de ses femmes, m'ont donné un chant et un cri de ralliement.

Carl Sandburg, *Prairie*, 1918

Le shérif m'a dit un jour que cette région de l'Oklahoma était hantée. Une fois qu'on en faisait partie, on ne pouvait plus jamais la quitter.

M'y voici, marchant à la lisière de la propriété de vingt hectares des Freeman au milieu de la nuit, en espérant qu'on ne me tirera pas dessus. Je fais face à mon angoisse presque paralysante sous un décor étoilé, au même endroit où, l'hiver 1999, se situait un petit mobile home. Dans une obscurité totale, sur un chemin de terre sombre et désolé, je lève les yeux vers la colline, imaginant à quoi aurait ressemblé la maison en flammes où l'on pensait que se trouvaient Danny et Kathy Freeman, leur fille adolescente, Ashley, et la meilleure amie d'Ashley, Lauria Bible.

Que Dieu les garde.

Vingt ans plus tard, les Freeman et les Bible n'ont toujours pas obtenu de réponses sur ce qui s'est réellement passé ce soir de décembre, empêtrés dans les fourrés épineux de la rumeur – des rumeurs qui évoquent pêle-mêle la drogue, la corruption policière, des tueurs en série et la seconde venue du Christ lui-même. Les secrets sont là, dans les murmures de la prairie de l'Oklahoma, dans ses railleries. Et tandis que des ombres imaginaires se meuvent autour de moi, j'apprends que si la prairie est joueuse le jour, elle joue des tours la nuit. Quelque part, ici, une conclusion sera peut-être enfin trouvée. Comme je ne cesserai de le répéter : la prairie a ses méthodes.

Mais l'affaire Freeman-Bible, une histoire vraie qui dépasse la fiction, n'a reçu que très peu d'attention dans le monde des passionnés de faits divers, et n'est guère connue en dehors de l'Oklahoma et de l'intersection où le Missouri, le Kansas et l'Arkansas se rejoignent presque, formant un point de mire tordu braqué sur le ventre de l'Amérique. L'ardeur de la jeunesse déserte peu à peu les rares personnes qui posent encore des questions aujourd'hui, et ceux que l'on soupçonne de savoir où se trouvent Ashley Freeman et Lauria Bible emportent leurs réponses dans la tombe. Il reste de moins en moins de temps pour raconter cette histoire, et je me demande qui pourra encore le faire, quand les personnes directement concernées ne seront plus là.

Le goût du vent de la prairie me ramène aux sensations apportées par la drogue, allumant dans ma poitrine un début de crise d'angoisse. Si je ne travaille pas sur cette affaire, je garderai perpétuellement l'inimaginable terreur qui m'a envahie quand je m'y suis intéressée. C'est un monstre héréditaire qui a emporté les femmes de ma famille avant moi, y compris ma mère, qui mourra des suites de sa toxicomanie au milieu de mon enquête. Une échappatoire. Une fixation. Mais si je tiens mes démons de ma mère, j'emprunte l'application de mon père autiste, et passe les quatre années suivantes en compagnie des fantômes de l'Oklahoma.

Debout à la lisière de la propriété des Freeman, je réfléchis encore et encore aux événements qui se sont produits dans les heures précédant l'incendie, et demande en silence aux filles où elles sont allées. Mais elles ne me répondent pas ; à la place, les collines chuchotent autour de moi comme si elles percevaient ma peur.

Je le redis : la prairie a ses méthodes.

PREMIÈRE PARTIE

L'incendie

1

La mère, Kathy Freeman

29 décembre 1999
Le jour précédant l'incendie

C'est en été que je me rends dans l'Oklahoma pour rencontrer les vivants ; je réserve les hivers pour tenter de me familiariser avec les morts, à la saison où ils ont vécu leurs derniers instants. Quand tout est calme, j'entends parfois mieux les individus à propos desquels je suis venue écrire qu'en écoutant les survivants qui en parlent encore aujourd'hui. Je ne m'immiscerai peut-être jamais dans leurs pensées comme je le voudrais, ou comme ils le font dans les miennes. Mais je peux au moins sentir la neige sur ma peau au sommet de la colline où le mobile home se trouvait autrefois, et empoigner le manche d'une hache en me demandant s'ils avaient mal aux jointures comme moi. Dans l'hiver tétanisant, quand le souvenir des tiges de pastèque entrelacées et des mûres qui tachent les pieds a disparu depuis longtemps, les habitants de l'Oklahoma continuent à vivre comme ils l'ont toujours fait. Ce sont des chasseurs et cueilleurs par nature, qui mettent les aliments en conserve et en bocal, remplissent leurs congélateurs de viande de pigeon et de cerf, pas seulement préparés mais fortifiés pour l'hiver. Ce sont, par défaut, des gens capables d'endurer presque tout.

Au milieu des champs coupés ras et du sifflement des herbes mortes, les cerfs de Virginie se dressent sur leurs pattes arrière pour arracher la chair orange et sucrée des kakis dans les arbres, ce qui aide les chasseurs à les pister. Les amateurs de folklore me disent qu'en tranchant ce fruit aux premières gelées de l'automne, on peut prédire le type d'hiver à venir. En 1999, le cœur des graines était en forme de couteau, annonçant des vents cinglants – une forme de cuillère est signe de forte neige, alors qu'une fourchette présage quelques flocons seulement.

En 1999, donc, c'étaient des vents cinglants.

Kathy Freeman, âgée de trente-sept ans, s'arrêta un instant pour regarder son souffle se heurter à l'air glacial. Elle fumait de plus en plus, au point que l'air de décembre blessait ses poumons et que les taches sur ses dents devenaient plus visibles. L'hiver morne avait apporté une palette de brun terre et de marron daim qui manquait de couleur, de vie. Un coup sourd et un craquement résonnèrent depuis le haut de la colline quand Kathy fendit une nouvelle bûche. À l'extérieur du mobile home de huit mètres cinquante sur dix-sept, l'air sentait le café frais, le bacon et le sirop d'érable, évoquant une ambiance douillette et typiquement américaine. De jeunes chats de ferme jouaient près des éclats de bois, allant et venant à leur guise, attirés par l'odeur du petit déjeuner dans la maison. Malgré le thermomètre à zéro, Kathy se réchauffait grâce à la sueur de son front, ne portant qu'un tee-shirt frappé du logo du cabinet d'optométrie où elle avait travaillé et un Levi's délavé. Comme le petit déjeuner attendait encore sur le fourneau, elle eut tout juste le temps de couper quelques bûches avant de rentrer, laissant la hache derrière elle.

C'était le seizième anniversaire de sa fille, elle avait du pain sur la planche, et elle était déjà en retard dans ses tâches ménagères.

Elle emporta le froid du dehors dans le mobile home, où un poêle à bois refroidissait à gauche de la porte d'entrée. La maison était petite, mais bien entretenue, à mi-chemin entre l'encombrement et le confort. Kathy lâcha une brassée de bois à côté du poêle, grimaçant quand une écharde s'enfonça dans la jointure de son pouce. Elle suça son doigt, se débarrassa d'un coup de pied des Keds usées qui lui donnaient froid, et se dépêcha de se remettre au fourneau, en bonne épouse dévouée – même si elle détestait ce cliché, car elle travaillait aussi comme un homme, avec une endurance à toute épreuve qui avait réduit ses mains à deux pognes calleuses.

Les murs lambrissés en faux bois étaient couverts de vitrines contenant des pointes de flèches cherokees, des centaines de pointes de flèches en silex et en os qui ressortaient sur du velours rouge, protégées par du verre, tachées du sang des Amérindiens auxquels ces terres avaient appartenu autrefois. Le salon ouvert sur la cuisine semblait suspendu aux bois de cerf qui saillaient des murs ; le linge d'Ashley était soigneusement plié sur le canapé. La télé avait été allumée par inadvertance sur un feuilleton, une lumière bleu électrique et ambrée brillant à travers la graisse de la poêle et la fumée des cigarettes sans filtre. Couché par terre, le rottweiler de la famille, Sissy, mieux nourri que tous les Freeman. La chienne dressa à peine une oreille à l'arrivée de Kathy, à moitié assoupie en ce mercredi après-midi tranquille.

Kathy ajouta du poivre noir concassé et un trait de lait frais à la graisse de cuisson pour préparer une sauce typique du Sud, qui accompagnerait les petits pains briochés du petit déjeuner tardif qu'elle prévoyait de servir à son mari Danny. La ligne de démarcation entre la fumée dégagée par les saucisses et celle des Natural American Spirit que fumait Kathy était clairement visible dans les deux teintes qui entouraient sa tête, telle une auréole bicolore. Danny était sorti un peu plus tôt, ayant terminé la moitié de son travail de la journée, peu importait de quoi il s'agissait, puisqu'il était toujours entre deux petits boulots. Un peu de soudure par-ci, quelques ventes de fleurs sauvages et de branches de saule chez le fleuriste par-là, ce qu'il fallait pour vivre.

« Ma tête fait encore des siennes, grognait-il souvent, une excuse teintée d'aigreur. Qu'est-ce qu'elle m'emmerde. »

Il lâchait un copeau de beurre dans son café noir et disparaissait dans l'après-midi, avalé par le soleil argenté, sans jamais éprouver le besoin d'expliquer à Kathy où il allait ni ce qu'il faisait. À vrai dire, elle n'éprouvait pas le besoin de le lui demander. Elle refusait d'être ce genre d'épouse campagnarde, le genre qui portait des robes à fleurs assorties au papier peint et qui mettait des bigoudis avant de se coucher. Hors de question. C'était fini, les femmes vêtues de calicot qui attendaient leur mari perdu dans la poussière. Fini aussi, les cow-boys qui s'éclairaient à la lanterne et se repéraient grâce aux étoiles. Disparus, le rêve américain et la petite fille aux pieds nus d'autrefois, qui jouait dans les marais et faisait tournoyer des trèfles violets entre ses dents. Et Kathy se passait très bien de toutes ces fadaises. Entre la sauce qu'elle remuait et les œufs frais qu'elle sortit d'une boîte, elle trouva dix bonnes secondes pour mettre la main sur une aiguille à coudre et s'attaquer à cette fichue écharde.

Kathy avait un regard de tueuse-née dont elle se rendait à peine compte ; un « air blasé », comme on dirait maintenant. Ses cheveux ressemblaient aux champs qui l'avaient vue naître, tout aussi hirsutes, constamment ébouriffés par le vent. Mais 1999 était une année éprouvante pour cette femme dont les épaules s'étaient voûtées depuis la mort de son fils adolescent. *Le meurtre !* vous corrigeait-elle si elle vous entendait évoquer l'événement. *Un meurtre de sang-froid !* Ses yeux n'étaient plus que deux boursouflures, et elle avait arraché ses cils un par un sous l'effet d'un tic nerveux. Qui aurait pu lui en vouloir ?

Dehors, le fusil de Danny tonna au bas de la colline, et Kathy se désintéressa de l'écharde pour fixer la porte du réfrigérateur, où était accrochée une lettre sur papier réglé qu'elle avait réécrite plusieurs fois cette semaine. En haut, sous un aimant en forme de vache, les mots

« UNE BALLE », tracés de son écriture haute mais soignée, une référence au coup de fusil qui avait transpercé le flanc de son fils.

Je m'appelle Kathy Freeman. J'habite à l'ouest de Welch, dans l'Oklahoma – j'ai passé toute ma vie dans le comté de Craig…

Kathy parcourut la feuille du regard, mains sur les hanches, avec cet air de mépris involontaire qui tordait les commissures de ses lèvres vers le bas.

« Ashley ! cria-t-elle au milieu des crépitements et sifflements du fourneau. Viens prendre ton petit déj d'anniversaire, ma chérie. Il est déjà midi passé ! »

Elle tira avec force sur sa cigarette, doigts épaissis par les corvées qui n'en finissaient jamais et le besoin pressant de ne pas penser à la mort de Shane, à l'âge de dix-sept ans. *Le meurtre, bon sang !*

2
La fille, Ashley Freeman

29 décembre 1999
Le jour précédant l'incendie

Ashley Freeman avait des rondeurs d'adolescente dont elle commençait tout juste à se défaire, tandis que ses dents se redressaient pour adopter leur position définitive. Elle avait des cheveux blond foncé laissés au naturel, mais domptés en une queue-de-cheval, la peau pâle à force de s'abriter à l'ombre des chênes, vêtue de vestes militaires à la doublure orange vif. Elle était à cet âge où on devinait à quoi elle ressemblerait adulte – à sa mère –, mais encore assez jeune pour qu'on sache exactement à quoi elle avait ressemblé enfant. C'était une campagnarde pur jus. Les photos montraient souvent la jeune fille, qui mesurait un bon mètre soixante-dix, armée d'un fusil et portant la carcasse d'un animal sur l'épaule, fière comme un paon. Sa famille se vantait de son adresse au tir et dévorait les cerfs qu'elle rapportait des collines, un dîner abattu avec une précision imparable. Parfois, Danny préparait sur le fourneau à bois des plateaux-repas d'aiguillettes de dinde et de steaks de cerf, accompagnés d'une canette de Pepsi – il pouvait en boire un pack de six par jour. Plus tard, il fabriquait des mobiles avec les canettes et les accrochait aux gouttières, pour ajouter des papillonnements et bruissements à leur maison chantante. Petite, les après-midi où elle n'avait rien à faire, Ashley regardait l'argent et le bleu hypnotiques danser face au ciel.

En bonne fille de l'Oklahoma, elle s'efforçait de réprimer ses émotions, ayant appris à voir les larmes comme une faiblesse, mais la colère comme une force. C'était la façon d'être des habitants de la région. Pourtant, la douleur semblait la ronger de l'intérieur, et, l'année passée, son corps potelé d'adolescente avait perdu quelques kilos, l'or de ses cheveux commencé à se ternir. La vie lui avait assené une gifle, laissant sur son visage une marque rouge de chagrin qui refusait de disparaître depuis la mort de son grand frère. Cet après-midi-là, Ashley arrangea et réarrangea un bouquet fraîchement composé de foin de la propriété, de houx, de roses de Noël et de rameaux d'hamamélis flamboyants, qui irait remplacer celui qu'elle avait déposé sur les graviers au bord d'une route de campagne, et qu'on avait volé.

La composition du bouquet la ramena à l'époque où son père et elle voyageaient ensemble, traversant sans arrêt les frontières qui séparaient l'Oklahoma du Kansas, du Missouri et de l'Arkansas. Ils allaient partout où leur réservoir d'essence pouvait les emmener pour cueillir des massettes, des têtes de lotus et diverses fleurs sauvages – les massettes étaient celles qui se vendaient le mieux, à dix cents pièce chez les fleuristes du coin). La mère d'Ashley restait en ville, où elle travaillait pour un cabinet d'optométrie, pendant que Shane se concentrait sur ses activités extrascolaires et ses amis. En plus des massettes, qu'on trouvait invariablement sur la banquette de leur pick-up, Ashley et Danny arrangeaient leurs marchandises triées sur le volet en gerbes spectaculaires de fleurs de topinambour, panicauts à feuilles de yucca et gaillardes, des alliages de feu et de ciel entourés d'un ruban et vendus à vingt dollars, même si on pouvait faire baisser le prix à quinze, quand Ashley se sentait d'humeur généreuse. Cela se passait en été, lorsque les couchers de soleil rouges s'attardaient au-dessus de la campagne après de longues journées, et que les cheveux d'Ashley s'emmêlaient dans le vent épais et chaud d'un pick-up lancé à pleine vitesse. Elle passait sa main sur les champs qui défilaient et un ongle sale sur l'horizon, rêvant de tout ce dont les adolescentes rêvaient : un cœur insouciant, un baiser entre gamins pauvres, un amour irraisonné. Elle devait en savoir si peu sur l'âge adulte, à l'époque, quand elle marchait dans l'ombre de son père et mangeait des cornichons frits arrosés de citronnade rose au bord de la route, pendant qu'ils laissaient le pick-up refroidir.

À présent, son seizième anniversaire était arrivé.

C'était la deuxième semaine des vacances d'hiver, des vacances que le poids du deuil avait dénuées de tout esprit de fête. Ashley lissa la paille blonde sous son genou, écoutant des chansons de country sur la radio de son frère. Comme elle venait de récupérer sa chambre, la moitié de ses meubles s'y trouvait encore, même si elle ne pouvait plus voir son calendrier *Sports Illustrated* en peinture. Elle avait gardé ses trophées de football américain, qu'elle époussetait souvent, ses Nike usées au pied du lit, et, accroché au mur, le maillot bleu et blanc de l'équipe de son lycée, les Welch Wildcats, avec lequel on aurait dû l'enterrer. De temps à autre, elle vaporisait même l'eau de Cologne Tommy Hilfiger préférée de son frère sur ses propres chemises à carreaux, pour avoir l'impression qu'il était près d'elle.

Elle n'accordait aucune attention à l'odeur pénétrante du petit déjeuner ; son appétit s'était envolé en même temps que sa jeunesse. Elle pensait au millier de choses qu'elle aurait préféré faire plutôt que de fêter son seizième anniversaire, y compris, mais pas seulement, s'entraîner pour le permis.

« Tu sais que tu es prête, la rassura son amie. Tu conduis depuis que tu as cinq ans, franchement.

— C'est différent quand on passe l'examen, rétorqua Ashley. Il faut mettre son clignotant et toutes ces conneries. C'est pour ça que Jeremy conduit avec moi en ce moment, pour me montrer tous les trucs réglementaires.

— Mais bien sûr… Les "trucs réglementaires" », répliqua l'autre fille en mimant des guillemets.

Ashley jeta un brin de gypsophile vers sa meilleure amie, elle aussi âgée de seize ans, Lauria Bible (son prénom se prononçait sans le « i »), qui coinça la fleur derrière son oreille.

Les deux adolescentes avaient passé la journée de la veille à se préparer pour les concours de bétail des foires du comté et de l'État, en tant que membres des Future Farmers of America et du 4H, des clubs qui visaient à former des agriculteurs impliqués dans la vie de la communauté. Elles savaient tout ce qu'il y avait à savoir sur le fourrage, l'écornage, les parasites du bétail, la castration, la découpe du bœuf. C'étaient des filles de la campagne qui avaient consacré leur matinée à mettre au point la démarche et soigner le pelage des chèvres d'Ashley, Jack et Jill. Lauria avait deux cochons et un agneau chez elle. Elles avaient discuté de leur stratégie pour semer la concurrence et atteindre la grande foire de Tulsa, qui attirait plus d'un million de visiteurs chaque année. Imaginez un peu : des défilés de vieux tracteurs ornés de drapeaux américains, des concours de mangeurs de tartes où les myrtilles chauffées par le soleil explosaient sur du coton propre, des courses de voitures déglinguées, des manèges et des rodéos. Les foires du comté et de l'État étaient l'incarnation même de la vie au cœur de l'Amérique. Pendant le morne hiver, Ashley et Lauria s'entraînaient avec l'été en ligne de mire. Ce matin-là, elles s'étaient promenées dans la propriété, récoltant des feuilles de cornouiller et d'oranger des Osages pour les chèvres, leurs mains râpeuses endolories par le froid. Tandis que le ruisseau babillait au fond du terrain, sur le flanc ouest du mobile home, les branches d'un saule pleureur frottaient le sol comme les crins d'un balai. C'était d'ailleurs ce qui avait aidé Ashley à se décider à troquer son ancienne chambre, du côté est de la maison, contre celle de Shane : les branches qui effleuraient les fenêtres et filtraient le crépuscule en bandes de lumière couleur miel, un sentiment de sécurité au coucher du soleil.

« Ashley ! cria sa mère depuis la cuisine. Viens prendre ton petit déj d'anniversaire, ma chérie. Il est déjà midi passé ! »

Ashley leva les yeux au ciel – l'image même du mépris adolescent. Elle aurait parfois aimé ne pas avoir à être le pilier de la famille. Sans la stabilité et le soutien de Lauria, elle ne savait pas si elle aurait survécu à la dernière année du millénaire.

Je passe plusieurs années à m'entretenir avec la famille, les amis et les voisins d'Ashley, à parcourir les couloirs de son lycée et ses lieux préférés, à rendre visite à ses camarades de classe et ses professeurs. Je veux comprendre ce que cela signifie vraiment d'être Ashley Freeman, et bientôt une nouvelle facette de sa personnalité émerge. Sous ses dehors rudes, elle avait quelque chose de vulnérable. À l'époque, ses camarades savaient que sa vie de famille n'était pas rose, et des rumeurs avaient longtemps circulé sur la raison du problème, culminant avec la mort de Shane. Une de ses amies me raconte qu'une fois où elle était rentrée du lycée en oubliant qu'elle devait prendre Ashley dans sa voiture, Kathy avait débarqué chez elle avec sa fille en larmes, exigeant de savoir pourquoi on l'avait abandonnée. Bien que capable de chasser et d'éviscérer un cerf sans aide, l'adolescente avait besoin de l'approbation des autres. Même si elle était assez forte pour soulever un homme adulte, elle dansait dans sa chambre quand elle était seule. Elle n'avait jamais réussi à jeter ses livres d'images et ses peluches préférés, mais ne voyait pas d'objection à décapiter un dindon. Elle avait les pieds campés dans le fumier et le cœur dans les nuages. Il y avait le visage qu'elle laissait voir aux autres et celui qu'elle ne montrait qu'en privé, la véritable essence de sa personnalité qu'elle partageait avec les personnes qui lui étaient le plus proches, dont Lauria.

« On est en retard ! cria Kathy de nouveau.

— Une minute ! »

Ensemble, les amies se préparèrent à partir, sans songer à la vie entière qui les attendait. Ashley mit la bague aux couleurs du lycée de son petit ami, Jeremy, et enfila ses baskets aux semelles poussiéreuses. Dehors, les ruisseaux et les blés étaient raccordés par des routes non goudronnées qui s'éloignaient des sentiers battus. Cette terre respirait sous leurs pieds, cœur tambourinant, affamé. Aux aguets.

3

Le père, Danny Freeman

29 décembre 1999
Le jour précédant l'incendie

Ici, vous ne trouverez personne et personne ne vous trouvera, et c'était exactement ce qui avait attiré Danny Freeman quand, en 1995, il avait quitté la région rurale de Vinita pour installer sa famille à l'ouest de Welch : un père, une mère, un fils et une fille aspirant à une vie plus simple.

Pendant que Kathy préparait un petit déjeuner tardif et qu'Ashley et Lauria s'habillaient dans le mobile home, Danny, âgé de quarante ans, alla se promener derrière la maison, sirotant du café au beurre avec un fusil sur l'épaule, à la recherche d'antiques pointes de flèches. C'était comme ça qu'on le trouvait la plupart du temps. Son ombre était longue devant lui, et il avait beau essayer, il n'arrivait pas à la rattraper, comme il jurait avoir réussi à le faire étant enfant. Le soleil réchauffait sa veste à carreaux matelassée. En ce début d'après-midi, après avoir descendu la pente légère qui menait du mobile home à Big Cabin Creek, il arpenta les bords du ruisseau en guettant les sifflements familiers des crotales des prairies, mocassins d'eau et autres serpents venimeux. En son for intérieur, il les mit au défi de se montrer.

Il scruta le terrain qui l'entourait, amer, avec l'impression d'avoir été escroqué par un peu tout : le monde, Dieu, les avocats. Il retourna vers un barrage en béton en haut du cours d'eau, où un seau rempli de soja attendait. Avec le bruit du ruisseau non loin, il passa la matinée à jeter des poignées de légumineuses récoltées à la main pour appâter des troupeaux de dindons sauvages. Le garde-chasse local l'y avait même autorisé, à condition qu'il en fasse une habitude, pour que les dindons devenus dépendants ne meurent pas de faim. Danny avait accepté, et nourrissait les oiseaux tous les deux jours, pour le simple plaisir d'écouter leurs bruissements d'ailes quand ils s'approchaient de lui. Ils arrivaient avec leur plumage couleur automne et cuivre, où il apercevait de brefs éclats violets, rouges et verts.

Mais la vie pesait lourd sur les épaules de Danny, surtout depuis la mort de son fils unique, Shane. Et il savait que la mort rôdait de nouveau dans les parages, cachée dans la prairie. Le goût âpre de la paranoïa s'était logé au fond de sa gorge, ses épaules étaient crispées. En ces derniers jours de 1999, Danny avait averti ses amis et son demi-frère, Dwayne Vancil, que la mort était en chemin, et que si quelque chose devait lui arriver, « il ne [faudrait] pas chercher loin ». Dwayne Vancil le répéterait à l'envi au fil des années, affirmant que Danny avait braqué l'index sur sa poitrine et déclaré : « S'il nous arrive quoi que ce soit, à moi ou ma famille, va chercher du côté du bureau du shérif du comté de Craig. » Dwayne ajouterait que Danny lui avait paru « effrayé » et « catégorique », des traits de caractère qu'il manifestait rarement.

Certains craignaient que la paranoïa de Danny n'ait été provoquée par son usage déclaré de la marijuana. D'autres craignaient qu'il n'ait raison. Quoi qu'il en soit, cela n'empêchait pas une fureur brûlante d'affleurer sous la peau de Danny, comme un coup de soleil sur sa nuque, rendant son humeur aussi volatile que le feu. Et peut-être que, par bien des façons, cet homme était seulement… incompris.

Après tout, qui pouvait vraiment comprendre un homme qui, par le passé, s'était accidentellement tiré dans le front ?

C'était arrivé alors qu'il nettoyait un fusil, quand le bouchon de culasse de l'arme à chargement par la bouche avait jailli du canon et lui avait traversé le crâne. Avec le bouchon incrusté dans le cerveau, Danny avait roulé jusqu'à l'hôpital le plus proche, attendu deux heures, perdu patience, puis roulé deux heures jusqu'à l'hôpital de la ville, où les médecins l'avaient aussitôt transféré au bloc opératoire, pour reconstruire une partie de son crâne avec l'os de sa hanche. La cicatrice était un insigne très visible au milieu de son front. Alors, quand les gens disaient que Danny était un dur à cuire, ils ne plaisantaient pas.

Danny Freeman avait hérité de la mâchoire en béton armé et des épaules de bison des hommes qui l'avaient précédé, une lignée qui exsudait la virilité. Désormais seul, malheureux, avec un appétit pour toutes choses qui diminuait de jour en jour, il se demandait combien de temps il lui faudrait pour dépérir complètement. Au chômage, à l'exception de travaux de soudure ici ou là dans le Kansas et de la cueillette de massettes, lui aussi se sentait éloigné du rêve américain de ses ancêtres. Mais sa blessure accidentelle lui avait donné des migraines handicapantes, transformant la perspective d'un emploi stable en un exploit inatteignable.

Il s'accroupit sur le barrage, et, presque arrivé à bout du soja, posa son fusil en travers de ses genoux et cala une pipe entre ses lèvres. Éventé par les ailes des dindons, Danny parvenait brièvement à tout oublier, aspirant son chagrin au plus profond de ses poumons, là où était sa place, chaque jour flou se confondant avec le suivant. Une fois levé, il passait ses journées à fumer, explorant les bords du ruisseau pour trouver des pointes de flèches amérindiennes, un loisir qu'on lui avait inculqué dès l'enfance. Il n'avait même pas à les chercher ; elles l'interpellaient simplement depuis la boue. Il jurait avoir hérité de ce don en même temps que du huitième de sang cherokee qui se cachait quelque part dans ses veines.

Malgré la drogue qui rendait ses gestes incertains, Danny tira un coup de fusil et toucha le ventre dur d'un mocassin d'eau. Ce fut ce coup de feu qui attira l'attention de sa femme alors qu'elle essayait de sortir une écharde de la jointure de son pouce au mobile home.

Les dindons s'envolèrent avec fracas, piaillant dans le vent. Danny se dirigea vers le serpent, coinça le pouce sous sa mâchoire comme s'il s'agissait d'une gâchette, et jeta l'animal dans le ruisseau.

« Salopard », marmonna-t-il.

Resté seul avec le doux bruit de l'eau qui coulait, il se remit à guetter des pointes de flèches.

Puis Danny, incarnation même de la virilité, pleura son fils unique.

Quand il s'arrêta, un peu plus tard, il observa de ses yeux brûlant de sel les terres vierges qui ondulaient devant lui. Jadis teinté de l'or de l'herbe des Indiens et du rouge de la rose de l'Oklahoma, Welch arborait aujourd'hui la couleur du deuil. Danny continua à fumer jusqu'à ce qu'il ne reste plus de résine brûlée dans sa pipe. Et quand les vagues du chagrin passèrent, comme elles le faisaient toujours, il remit son fusil sur son épaule et grimpa la pente douce vers la maison.

Alors qu'il contournait le mobile home dans le soleil bas de l'hiver, Danny vit sa fille décrire un signe de croix involontaire avec son déodorant en spray, créant dans la lumière de l'après-midi un nuage de rose qui sentait la barbe à papa et le foin. Il passa derrière elle et lui frotta la tête.

« Joyeux anniversaire, Ash », parvint-il à dire, au moment où Lauria rejoignait sa fille à l'extérieur.

Les adolescentes attendirent Kathy au bas des marches en béton moulé. Ashley remonta la fermeture Éclair de son manteau pendant que Lauria examinait le dessous du crâne blanchi d'une vache longhorn, accroché devant la maison. Quand les filles lui tournèrent le dos, Danny fourra sa pipe au fond de la poche de son jean et se dirigea vers la porte d'entrée, où sa femme venait d'apparaître.

« On sera de retour dans quelques heures, dit Kathy en soufflant sur sa frange pour l'écarter de son front. On rapportera le gâteau. »

Danny la fixa d'un œil noir, comme souvent, et elle se dépêcha de descendre les marches pour échapper à la brûlure familière de son regard. Même avant que les événements de la soirée basculent, donnant lieu à l'une des plus grandes énigmes du Midwest, il n'y avait pas une seule personne en ville qui n'avait pas entendu parler du caractère explosif de Danny. Certaines avaient même leur propre théorie pour expliquer comment il s'était retrouvé avec une cicatrice au milieu du front.

Danny s'appuya contre le chambranle de la porte et croisa les bras.

« Seize ans, ça se fête, remarqua-t-il, et l'ombre d'un sourire passa sur le visage de sa fille.

— Tu l'as dit ! » répondit-elle.

Laissant sa Chevrolet Cavalier bleue de 1989 garée à côté du pick-up de Danny, Lauria s'installa sur la banquette de la voiture de Kathy. Danny les regarda descendre les deux cents mètres de l'allée dans le froid glacial de décembre, et passer devant la pancarte « Justice pour Shane » à la lisière de la propriété, décorée d'un ballon de football américain signé par les camarades de classe de Shane et de quelques ours en peluche et bougies.

Un instant après le départ de Kathy et des filles, il vit arriver son meilleur ami, Charlie Krider, un chauve avec une longue barbe et un sac d'herbe, qu'il salua depuis la porte d'entrée. Charlie venait de Chetopa, une ville située juste au nord de Welch, de l'autre côté de la frontière avec le Kansas, à seulement treize kilomètres de chez Danny à vol d'oiseau mais vingt minutes de trajet sur une route de campagne caillouteuse. Charlie se gara devant le mobile home, essayant de discerner dans son rétroviseur l'arrière de la voiture de Kathy qui disparaissait dans la poussière.

« J'arrive à pic, on dirait », déclara-t-il en sortant de son pick-up.

Danny répéta les paroles de sa fille :

« Tu l'as dit ! »

Charlie souleva ses lunettes de soleil pour scruter les pâturages à la recherche de ses vaches rouges. Ses doigts avaient la forme de cuillères, et l'hiver avait gercé ses lèvres.

« Regarde-moi ça, maman vache et papa vache, dit-il en les repérant à l'autre bout de la propriété. Dommage qu'on doive les abattre. »

Prêt à communier autour d'un peu d'herbe, Danny ne prêta pas attention à cette remarque et fit un signe du pouce par-dessus son épaule, pour inviter Charlie à commencer à rouler des joints sans lui dans le mobile home.

« J'arrive tout de suite », dit-il.

Il semblait attendre quelque chose, debout sur les marches, regardant la poussière soulevée par la voiture de Kathy de l'autre côté des arbres. Il lécha l'arrière-goût de dope sur ses lèvres et reporta son attention sur l'extrémité déserte de la route, dans la direction opposée à celle prise par sa femme, où il vit la voiture d'un adjoint du shérif du comté de Craig avancer lentement le long de sa propriété. L'agent regardait par la fenêtre, les yeux levés vers Danny, qui le fixa à son tour. La voiture s'arrêta. Les deux hommes se dévisagèrent sans rien dire, de la même façon que Danny défiait silencieusement les serpents sur son terrain. Danny pencha la tête avec un rictus et forma un pistolet avec deux doigts, fermant un œil et appuyant sur une détente imaginaire en visant l'agent. L'homme lui rendit son sourire méprisant, baissa sa casquette et partit dans la direction qu'avaient suivie les filles.

4
La meilleure amie, Lauria Bible

29 décembre 1999
Le soir précédant l'incendie

Avec Ashley à ses côtés et Kathy au volant, Laura essuya la buée sur la vitre de la voiture, observant les néons de la route 66 qui s'embrasaient autour d'elle. Les couleurs brillaient d'un éclat mouillé dans ses yeux noisette, marbrant sa peau encore légèrement hâlée par un long été qui semblait désormais très loin. Il n'y avait rien d'étonnant à ce que Vinita, la première ville de l'Oklahoma à avoir été raccordée à l'électricité, paraisse plus lumineuse que les autres bourgades qui fleurissaient le long de l'axe principal de l'Amérique. Lauria avait des cheveux bruns bouclés, coupés à hauteur d'épaules, et un grain de beauté imprimé comme une marque de fabrique entre sa narine droite et sa lèvre supérieure. Bien au chaud dans sa veste de pom-pom girl bleu et or qui bruissait à chacun de ses mouvements, elle s'installa confortablement, regardant le soleil rapetisser derrière les devantures de magasin d'époque Art déco, dans une odeur de gaz d'échappement et de fritures en tout genre. Les jours raccourcissaient, la nuit tombant dès 17 h 15.

Au départ, Lauria était censée rentrer chez elle à Vinita ce soir-là, mais comme elles avaient démarré leur journée plus tard que prévu et que Lauria n'avait pas le droit de conduire la nuit, les filles avaient décidé de demander à ses parents si elle pouvait rester chez Ashley une nuit de plus ; elles feraient un crochet par sa maison entre deux courses.

Elles commencèrent par acheter de la nourriture pour les chèvres d'Ashley dans un magasin agricole. Lauria aida son amie et sa mère à ranger les trèfles et la luzerne dans le coffre de la Toyota de Kathy, puis elles prirent le chemin du Pizza Hut de Vinita pour le déjeuner d'anniversaire d'Ashley. Sans se soucier des brins de paille fichés dans ses cheveux, Lauria se glissa dans un box, et les trois femmes savourèrent leur repas. Lauria et Ashley discutèrent de foires et de voitures pendant que Kathy les contemplait avec ébahissement, en se demandant comment il était possible que les joies de la jeunesse soient déjà si loin. Après avoir mangé, elles s'arrêtèrent au supermarché Walmart, de l'autre côté de la route, où Lauria aida Ashley à choisir son gâteau d'anniversaire : blanc avec des décorations en glaçage bleu.

« Chocolat. Non, vanille. Non, chocolat », hésita Ashley.

Lauria, qui trouvait des solutions à tous les problèmes, proposa : « Moitié moitié », et le dilemme d'Ashley fut réglé.

Le soleil s'était couché sur la route 66 pendant qu'elles faisaient leurs achats, et les néons brasillaient. La nuit restait d'un froid glacial, une impression qui persisterait pendant les années à venir.

Les trois femmes se dirigèrent ensuite vers les environs non éclairés de Vinita, où vivaient Celesta et Bill Chandler, la mère et le beau-père de Kathy, qui allait souvent chercher de l'eau potable chez eux. Contrairement à ce qu'on a pu lire, les Freeman avaient bien l'eau courante, et s'en servaient pour la lessive, les toilettes et les douches ; mais elle venait du ruisseau au fond de leur propriété, et était impropre à la consommation. La maison de Lauria, qui se trouvait à seulement quelques minutes de celle des Chandler, était l'arrêt suivant.

Kathy et Ashley restèrent dans la voiture pendant que Lauria courait chez elle ; les guirlandes scintillantes du sapin de Noël étaient visibles de loin dans la campagne environnante. Son père, Jay, venait de rentrer du magasin de pièces auto où il travaillait, à Langley. C'était un homme avec un emploi stable, toujours coiffé d'une casquette de baseball en toile épaisse et vêtu de chemises à carreaux, un habitant typique du Midwest aux traits à la Jack Webb et à la voix traînante, épaisse comme du sirop. Ne voulant pas faire attendre son amie et sa mère, Lauria se précipita dans sa chambre pour récupérer des vêtements de rechange.

« Hé, il y a le feu ou quoi ? appela son père.

— J'ai laissé ma voiture chez Ashley, et on vient seulement d'acheter le gâteau ! cria Lauria dans le couloir. Je peux rester encore une nuit ? Dis oui, s'il te plaît ! »

Jay céda, ne pouvant rien refuser à sa fille unique.

« Bon, mais tu sais que tu dois t'occuper de tes animaux demain, les préparer pour le concours et tout ça. Il faut que tu sois rentrée à midi. »

Des années plus tard, Jay me dirait : « Le lendemain midi n'est jamais venu. »

Lauria poussa un cri de joie, courant à droite et à gauche et fourrant deux flacons de vernis à ongles dans la poche de son manteau. Elle était tellement pressée qu'elle faillit partir sans dire au revoir. Mais elle s'arrêta et se retourna pour planter une bise sur la joue de son père.

« Je t'aime, papa. »

Ce furent les derniers mots qu'elle lui adressa, tandis qu'elle dévalait les marches de la maison et sautait dans la voiture qui l'attendait. La prairie désormais obscure l'accueillit à bras ouverts, comme elle l'avait toujours fait. Elle aussi avait quelque chose de l'exaltation de l'adolescence. Et je suis sûre que les cheveux naturellement bouclés de Lauria rebondissaient sur ses épaules, et je suis sûre que l'hiver était plus clément avec sa peau qu'avec celle de la plupart. Au moment où elles redémarraient, Lorene, qui rentrait tout juste du travail, s'arrêta à la hauteur de la voiture de Kathy dans la rue où les Bible vivaient.

« Papa a dit que je pouvais rester encore une nuit, dit Lauria avec un grand sourire.

— N'oublie pas que tu as rendez-vous chez le dentiste demain matin. Il faut que tu sois là avant 8 heures.

— Promis ! » cria Lauria à sa mère.

Comme avec son père, la dernière chose qu'elle lui dirait serait « Je t'aime ». Kathy rendit son sourire à Lorene et se remit lentement en route.

Les trois femmes firent un dernier arrêt à la supérette Jack's, à Welch, qui appartenait à la grand-mère du petit ami d'Ashley, Jeremy Hurst. Elles achetèrent des boissons gazeuses et décidèrent à la dernière minute d'inviter Jeremy, qui accepta.

La fête serait modeste. La famille s'installa, Ashley et Lauria prenant place à la table de la cuisine à côté de Danny, avant que Jeremy les rejoigne. Kathy posa le gâteau sur le plan de travail et y planta dix-sept bougies, dont une porte-bonheur, avec laquelle elle alluma une cigarette. Dos tourné au reste du groupe, elle jeta un coup d'œil à la feuille sur le frigo. *Une balle.* Sa lecture l'absorba tellement qu'il fallut qu'elle sente de la chaleur sous son visage pour remarquer que la cire fondait. Elle se força à se détourner de la lettre, une sorte de manifeste, et posa sa cigarette, demandant à Jeremy d'éteindre la lumière quand il entra dans la pièce.

Le noir se fit, et Kathy s'avança avec le gâteau d'anniversaire illuminé. Les flammes des bougies scintillaient dans ses yeux marron perçants mais souriants quand elle posa le gâteau devant sa fille. Tout le monde chanta « Joyeux anniversaire », Lauria plus fort que les autres, et Jeremy pinça le flanc d'Ashley pour la taquiner.

Ashley ferma les yeux et fit un vœu.

Les bougies furent éteintes par son souffle, un souffle aussi long que celui de la prairie. La maison obscure ne pouvait désormais plus être remarquée dans la nuit, et les applaudissements de la famille et des amis d'Ashley résonnèrent, tronqués, sur les collines. C'est à partir de là, de cet instant décisif, que personne n'est plus capable de dire ce qui se passa, entre un vœu et les premières lueurs de l'aube, quand on découvrit le mobile home en train de brûler.

J'ai parcouru la route entre Vinita et Welch trop de fois pour pouvoir les compter, plus souvent que je ne suis retournée là où j'ai grandi. Chaque voyage est un peu plus clair et sonore que le précédent, en ces lieux auxquels mes yeux et mes oreilles mettent du temps à s'accoutumer. Je ne peux pas résister à l'envie de venir ici, au dernier endroit où les filles ont été vues. Je suis captivée. Obnubilée. Obsédée. Parfois, en remontant l'allée de la maison, je pense à eux cinq ensemble : Danny, Kathy, Ashley, Lauria et Jeremy. Parfois, je m'imagine à leur place. Mais tandis que mes sens s'habituent à la campagne noire et profonde, j'allume une cigarette, là, dans la propriété des Freeman, et j'imagine que je suis le ou les tueurs qui ont déclenché l'incendie. Je souffle sur mon allumette, ajoutant une pincée de soufre aux pâturages environnants, tout comme Ashley a soufflé ses bougies d'anniversaire.

Et la prairie se tait.

5
Un cadavre

30 décembre 1999
Le matin de l'incendie

Comme les Freeman, Jack et Diane Bell vivaient dans une zone si reculée qu'elle ne s'inscrivait dans les limites d'aucune agglomération. À la place, on l'appelait seulement « l'ouest de Welch » ou « la cambrousse », comme disaient les habitants du coin. Il était encore tôt, et les Bell n'avaient allumé que quelques lampes dans leur ferme, pour éviter de réveiller leur adolescent capricieux. Située à peine plus loin dans la campagne que le mobile home des Freeman, la maison était envahie de longues ombres, d'une odeur de résine de pin sylvestre et de la respiration asthmatique d'un percolateur. Dans la quiétude après chaque expiration, on entendait un carillon dehors, fait de cuillères et de fourchettes aplaties au marteau. Toutes les maisons de l'Oklahoma semblaient chanter en harmonie avec le vent.

Le moteur du pick-up chauffait dehors. À seulement quelques kilomètres au sud de la frontière du Kansas, la petite communauté agricole était silencieuse et étoilée, tandis que mari et femme se préparaient pour leur journée de travail. Ils étaient employés à l'asile psychiatrique d'Eastern State, un établissement localisé à une trentaine de kilomètres au sud de Vinita, où une exploitation agricole entretenue par les patients avait été un des moteurs économiques du comté. Pendant que Diane empaquetait des Thermos de soupe aux haricots et un reste de pain de maïs, Jack sécha au-dessus du poêle à bois la barbe jaunie qui descendait sur sa poitrine. Souffrant d'une rage de dents, il attacha sa barbe avec trois élastiques en contemplant d'un air absent les guirlandes scintillantes du sapin du Noël.

« Va chercher le café », chuchota Diane dans le noir.

Jack se dirigea vers la cuisine ouverte pour verser du café Folgers dans deux grandes tasses. Une fois qu'il eut débranché les guirlandes, sa femme et lui sortirent, habillés de vêtements de travail chauds et de caleçons longs, menant leur petite vie « comme n'importe quel matin », selon la formule galvaudée.

On était étonné que la moindre brise arrive à trouver ce patelin, et, ce matin-là, le vent fredonnait comme un archet brut sur une corde de violoncelle, un son long et grave. À environ 5 h 40, Jack et Diane montèrent dans leur pick-up Dodge, n'ayant pas prévu de se réveiller complètement avant que leurs pneus touchent l'asphalte d'une route digne de ce nom. Le cuir crissait sous leur poids, la radio diffusait la météo locale.

« Tu as débranché le sapin, hein ? » demanda Diane.

Jack grogna, refusant d'émettre ne serait-ce qu'un oui ou un non à cette heure indue, indue parce qu'il n'avait pas fermé l'œil de la nuit, tourmenté par sa rage de dents. Ils prirent la direction du sud à travers le vaste paysage de chaume, bercés par le léger raclement des pneus sur la terre, triturant les grilles d'aération. Leurs yeux englués de sommeil ne distinguaient rien d'autre que les ténèbres, à l'exception de poches de poussière prises dans les phares du pick-up. S'ils avaient poussé un peu plus loin, ils auraient aperçu les panneaux jaunes familiers embrasés dans la lumière, avertissant : « Les auto-stoppeurs peuvent être des internés évadés » – des panneaux qu'on trouve encore dans les parages aujourd'hui.

Alors qu'elle sirotait son café, Diane remarqua une lueur dans le ciel à l'est, derrière une colline, une teinte fauve mouvante qui obscurcissait les étoiles. Elle poussa du coude le bras de son mari, pour attirer son attention vers cette petite lumière qui dansait au bord du monde. L'espace d'un instant, elle se demanda si c'étaient les premières lueurs de l'aube, saisie d'un élan d'angoisse à la perspective d'arriver en retard au travail – mais ce n'était pas possible. Jack pencha la tête et lâcha un juron étouffé dans sa barbe nouée en queue-de-cheval.

Il vira vers l'est et la lumière, effleurant de ses phares la pancarte peinte à la main réclamant « Justice pour Shane » au début d'une longue allée. La région était assez peu peuplée pour que Jack et Diane sachent que cette ferme appartenait aux Freeman, une famille de quatre personnes. Ou plutôt de trois, se reprit mentalement Jack, puisque le fils des Freeman avait été retrouvé au bord d'un fossé à une quinzaine de kilomètres à l'ouest de là l'hiver passé. Soudain parfaitement réveillé, le couple tourna vers le nord pour remonter la pente douce de deux cents mètres et se rapprocher de la maison. Le mobile home des Freeman brûlait.

Jack fit aussitôt marche arrière et repartit à toute allure vers la route principale, s'arrêtant à la première maison qu'il repéra : celle des Sherrick.

Aujourd'hui, l'éleveur de bovins Wade Sherrick vit toujours sur ce chemin de terre, lui du côté sud, les Freeman autrefois au nord.

« Et vous pensiez que j'étais mort, hein ? s'esclaffe-t-il quand je lui explique qu'il m'a fallu trois ans pour venir le voir, parce qu'on m'avait mal informée : je croyais qu'il était déjà âgé au moment des faits, et était décédé plusieurs années auparavant. Je ne sais pas ce que je dois en déduire ! »

C'est par simple curiosité que je me suis arrêtée devant son ranch au début de 2019, en apercevant deux hommes qui travaillaient dans les étables. Je me doutais à leur aspect juvénile qu'ils n'auraient probablement pas de témoignages personnels à me fournir sur l'incendie survenu non loin de là en 1999, mais je les ai interrogés sur feu Wade Sherrick, tout ça pour apprendre que Wade était parfaitement vivant, et juste à côté. Wade sort de la grange, pâleur d'hiver émergeant des ombres ; c'est un homme d'âge mûr, mais toujours beau, dans le genre endurci qu'on croise à Welch. Je traverse la route avec lui pour rejoindre le bureau attenant à sa maison, une pièce encombrée de bulletins d'information agricoles, de trophées poussiéreux et de ceintures datant de l'époque où il faisait du rodéo, un passe-temps dont ses deux fils ont hérité ; ils ont tous bien ri en comprenant que je croyais Wade mort. Je lui demande si je peux essayer son chapeau de cow-boy, avant de lui poser des questions sur le matin de l'incendie. Ses fils et lui sont sympathiques. L'épouse de Wade, Kim, qui est factrice, travaille ce jour-là.

« Et donc, quelqu'un vient tambouriner à notre porte, me raconte Wade. Même une pluie d'obus ne me réveillerait pas, mais Kim se lève pour ouvrir. Je la rejoins, à moitié endormi, et je vois que c'est Bell. »

En 1999, les bouviers australiens se postèrent près de leur maître, n'émettant pas un bruit quand la porte s'ouvrit sur Jack Bell et le ranch éclairé par la lune derrière lui, un ranch où l'on élevait des bovins de race charolaise et angus.

« Dites, je suis en route pour le travail, commença calmement Jack. Mais la maison des Freeman est en train de brûler là-haut. »

Kim Sherrick appela la police à 5 h 50. Jack et Diane Bell reprirent le chemin du travail.

Ils n'évoqueraient plus jamais l'incident publiquement.

Wade et Kim entrèrent dans la chambre de leurs enfants. Ils enveloppèrent leurs fils de quatre et six ans dans les couvertures sous lesquels ils dormaient encore, puis enfilèrent leurs bottes en silence dans le noir près de la porte d'entrée, la tête des garçons blottie contre leur cou.

« Il est 5 heures et quelques du matin, poursuit Wade. On prend les enfants, on les embarque dans le pick-up et on monte voir. »

Ils se serrèrent tous les quatre dans la cabine du pick-up familial, convoqués par la minuscule lumière en haut de la route, qui rougeoyait comme le soleil. Les garçons ensommeillés se frottèrent les yeux pour observer le spectacle. Quand ils atteignirent la maison, seule la moitié brûlait, Kim se souvient qu'il s'agissait du côté est, Wade du côté ouest. Mais les Sherrick ne réussirent pas à sortir de leur véhicule à cause de la chienne des Freeman, Sissy, un rottweiler massif qui bondissait sur leurs portières en aboyant à tue-tête. Impuissants, ils ne purent que contempler la scène, tandis qu'une flambée soudaine engloutissait la seconde moitié du mobile home en un clin d'œil.

« On se disait : "Qu'est-ce qu'on fait ? Qu'est-ce qu'on fait ?" » me raconte Wade.

Dans leurs souvenirs brumeux et lointains, les fils des Sherrick, qui travaillent maintenant pour le ranch familial, se rappellent avoir eu peur de la chienne plus que de l'incendie.

Les pompiers volontaires de Welch arrivèrent à 6 h 10, vingt minutes après l'appel passé à la police. Les Sherrick reconnurent les hommes qui surgissaient l'un après l'autre, tous issus des mêmes terres agricoles. Ils descendirent les vitres de leur pick-up et parlèrent avec eux en criant.

« On leur a dit que toutes les voitures étaient là, m'explique Wade. On connaissait assez bien les Freeman pour savoir ça. »

La famille resta sur place moins d'une heure ; Kim devait être au travail à 7 heures.

« Ça fichait les jetons », conclut Wade.

Les pompiers luttèrent entre une et trois heures pour parvenir à maîtriser l'incendie, le mobile home s'affaissant comme du papier sous la pression des lances à eau. Ailleurs, alors que Welch commençait à s'éveiller à la lisière de l'aube, des ménagères empâtées et désœuvrées se collèrent aux scanners radio qui leur permettaient de capter la fréquence de la police, pas tellement surprises mais toujours aussi fascinées d'apprendre qu'il y avait encore du grabuge chez les Freeman.

Les agents du bureau du shérif du comté de Craig, le CCSO, arrivèrent sur les lieux peu après les pompiers, le lever de soleil sur leurs talons et le shérif George Vaughn à leur tête. Vaughn devait son poste à une élection, plutôt qu'à sa formation ou son expérience professionnelle, même s'il avait déjà été shérif dans le même comté de 1969 à 1973, avant de siéger à la Chambre des représentants de l'État pendant vingt et un ans ; l'*Oklahoman*, un journal local, l'avait décrit en 1988 comme l'un des pires députés de l'époque. Il était grand, avait une bedaine de buveur de bière et un air, peut-être involontaire, d'assurance aigrie. Il faisait de la rétention d'eau, avec des doigts semblables à des tuyaux gonflés et des pieds un peu trop larges pour ses chaussures. Il était bien en chair et s'exprimait lentement mais soigneusement, comme si chaque mot marmonné avait été choisi avec précaution.

Dans ces villes du Midwest, on s'aperçoit souvent que les shérifs, élus pour quatre ans, débarquent avec leur propre clique.

« Être adjoint du shérif n'est pas un emploi d'avenir, m'explique une de mes sources au CCSO. On peut arriver avec le shérif et repartir en même temps que lui à la fin de son mandat. Beaucoup de ces types ne font que passer, avant de retourner travailler dans un ranch ou un garage. »

Vaughn était accompagné de plusieurs hommes, dont les noms deviendraient indissociables de son mandat : le sous-shérif Mark Hayes, le lieutenant Jim Herman, l'inspecteur Charles Cozart et l'adjoint Troy Messick ; en dépit de ces grades, aucun n'avait été davantage formé que les autres, puisque Vaughn s'était chargé lui-même d'attribuer les postes.

Un pompier volontaire émergea des décombres fumants du mobile home, enlevant son casque pour prendre une goulée d'air frais.

« Il y a des morts, dit-il aux agents en faisant un geste du pouce derrière lui. Juste un, à ce que j'ai vu. »

Quelques-uns de ses collègues sortirent derrière lui.

Une fois que les pompiers eurent repéré le cadavre, les agents du CCSO inspectèrent rapidement la maison, et notèrent que le corps avait été découvert aux alentours de 7 h 30. À 7 h 33, le soleil se leva pour éteindre les étoiles, et les hommes retournèrent à l'extérieur.

« Appelez Donna, dit Vaughn, tête baissée, aux agents qui l'accompagnaient – il parlait du médecin légiste, Donna Warren. Ensuite, prévenez l'OSBI [le Bureau d'enquête de l'État de l'Oklahoma].

— L'OSBI ? répéta l'inspecteur Charlie Cozart.

— C'est ce que j'ai dit ; on se retire de l'affaire. »

Les agents s'arrêtèrent près de leurs voitures. Vaughn croisa les bras et se reposa sur ses talons, contemplant la fumée.

« Interdiction de faire quoi que ce soit tant que l'OSBI n'est pas là. On a des rapports trop tendus avec cette famille.

— On n'a rien à se reprocher, chef. »

Vaughn dévisagea Cozart en haussant les sourcils.

« Ah oui ? »

L'unique cadavre découvert par les pompiers et examiné à la va-vite par la police se trouvait dans l'une des chambres, couché sur le ventre en travers du lit. Toutes les traces de petit déjeuner et de grand air avaient été contaminées par une odeur de chair brûlée, qui resterait logée pendant des jours dans la gorge des hommes intervenus sur les lieux. *C'est une odeur qu'on connaît,* diraient-ils. *On la reconnaîtrait n'importe où.*

Les flammes avaient ravagé la plus grande partie du corps. Le haut du dos et les fesses étaient brûlés jusqu'aux muscles, et les pieds et les mollets avaient disparu. Mais le détail le plus révélateur résidait dans le crâne enfoncé. Des briques étaient éparpillées autour de la tête méconnaissable du cadavre. L'incendie avait provoqué l'effondrement du plafond, et on apprit bientôt que des briques étaient restées sur le toit, où Danny avait laissé un projet de réparation en plan à la saison chaude passée. La police émit l'hypothèse que ces briques avaient causé la mort de la victime en tombant ou en étant utilisées comme arme. La rumeur commença à s'échapper du mobile home calciné, parvenant aux quelques habitants de Welch qui avaient arrêté leurs pick-up et leurs tracteurs en bordure de la propriété.

Ce Danny et son fichu caractère, se mit-on à grommeler.

Au bout de l'allée, des gens du coin se rassemblèrent peu à peu et avancèrent prudemment vers le mobile home, observant les volutes de fumée au sommet de la colline. La police boucla les lieux avec un ruban jaune frappé des mots « DÉFENSE D'ENTRER ». La machine à commérages se mit rapidement en branle, lubrifiée par le tabac à chiquer et la graisse des tracteurs.

Beaucoup déclarèrent qu'ils n'étaient pas étonnés.

Les agents du CCSO, qui refusaient de retourner enquêter avant l'arrivée de l'OSBI, restèrent devant la maison, où trois véhicules étaient garés. Le premier était une camionnette à plateau blanche GMC de 1990, qui appartenait à Danny Freeman. Le deuxième, la Toyota Corolla métallisée de 1998 appartenant à Kathy. Les Freeman n'avaient pas d'autre voiture.

« J'imagine que le break est à la fille ? demanda l'un des agents.

— Nom de Dieu », soupira le shérif Vaughn en regardant la Chevrolet Cavalier bleue de 1989.

À l'avant, une plaque d'immatriculation peinte à la bombe arborait les mots « Dragon Wagon », et des bracelets et colifichets bleu et or, les couleurs de Bluejacket, le lycée du district voisin, pendaient au rétroviseur.

« Non, mais je crois savoir à qui elle appartient. » Vaughn secoua la tête, ajoutant lentement : « La fille des Bible. »

Il voulait parler de Lauria Bible, la meilleure amie d'Ashley Freeman.

Le bois continua à siffler, un murmure furieux parlant des morts. Des réponses sortiraient des cendres. Des questions, aussi. Ce jour-là, un seul cadavre avait été retrouvé.

Mais lequel ?

6
Une femme, Lorene Bible

Aujourd'hui

J'ai décidé d'écrire sur cette affaire fin 2015. Installée depuis près de dix ans en Irlande – même si je suis née et ai grandi à New York –, je me suis entretenue avec la mère de Lauria Bible pour la première fois au début de l'année 2016. C'était le soir, et les lumières d'une fête foraine dansaient devant mon bureau quand j'ai appelé Lorene, six heures en arrière par rapport à moi. Je commençais à peine à m'aventurer dans le domaine de la non-fiction, et j'avais des appréhensions.

« Pour être franche, je ne sais pas du tout ce que je fais », lui ai-je avoué.

Après tout, je n'étais qu'une écrivaine qui ne connaissait pas grand-chose à la justice, du moins du point de vue de ceux qui la font appliquer, sans aucune expérience en tant qu'enquêtrice.

« Moi non plus, mais ça ne m'empêche pas de le faire », a-t-elle répondu.

Cette simple phrase m'aiderait pour tout le reste.

J'arrive dans l'Oklahoma en pensant que j'aurai du mal à écrire sur les morts ; or je m'aperçois que j'ai bien plus de mal à écrire sur les vivants, ceux qui devront se lire à travers mes yeux. C'est particulièrement vrai dans le cas de Lorene Joyce Bible. C'est une femme réservée. Elle garde la tête haute, écoute plus qu'elle ne parle. Mère de Lauria Bible, elle est l'unique raison pour laquelle cette affaire n'a pas été oubliée au fond d'un tiroir. Son nom de jeune fille, Leforce, m'a toujours paru lui aller comme un gant.

Je rencontre Lorene à la ferme des Bible, le ranch qui fait partie intégrante de la famille de son mari, comme les moissonneuses-batteuses font partie de la campagne environnante. Je ne suis pas la première personne à m'asseoir face à elle pour lui poser des questions difficiles sur la disparition de sa fille en 1999, et je ne serai pas la dernière. Elle passe en revue mille photos de Lauria, sachant reconnaître au seul toucher le portrait abîmé qu'elle préfère présenter au monde – Lauria y pose dans son uniforme de pom-pom girl. C'est aussi la photo de couverture de la page Facebook créée par Lorene, « Find Lauria Bible-BBI », grâce à laquelle j'ai contacté les Bible début 2016. Sur ce portrait, Lauria ressemble à son père, Jay.

Quand je lui demande ce que signifie « BBI », Lorene m'explique :

« "Bureau d'enquête Bible". Parce qu'on n'arrête jamais de chercher. »

Lorene est entourée d'une famille nombreuse, qui comprend notamment Lisa Bible Brodrick, la cousine de Lauria, élevée comme la sœur de celle-ci et la propre fille de Lorene. Elle lui sert de bras droit, surtout en cette nouvelle ère technologique. Le réseau de parents et d'amis de Lauria compte des enfants qui ne connaissent leur cousine ou tante disparue que par ouï-dire, grâce aux histoires et aux photos de ceux que j'interroge aujourd'hui. Ils ne la connaissent pas mieux que moi. Mais les Bible sont des gens qui ont enduré l'insoutenable, des gens qui parviennent à trouver la paix divine non pas quand les nuages se dissipent, mais en pleine tempête.

Lorene me dit que le prénom de sa fille est un hommage à Laura Ingalls Wilder, auteure de la série pour enfants *La Petite Maison dans la prairie*, qui se déroule en partie dans cette région de l'Amérique. Ayant fait l'expérience de ce que la vie à la campagne a de plus rude, elle éprouve une affection particulière pour ces romans. « Il est toujours préférable [...] de tirer le meilleur parti possible de ce dont on dispose, écrit Wilder dans *Un hiver sans fin*. De trouver le bonheur dans des plaisirs simples ; et d'avoir du courage quand les choses vont mal. » Voilà le genre de principe auquel la famille Bible se raccroche, la simplicité engendrant la persévérance avec le temps. La mère de Lauria a ajouté un « i » au prénom de sa fille pour le rendre plus distinctif, pour qu'elle se l'approprie vraiment.

Comme beaucoup de témoins au fil des années, il ne se prononce pas.

Lauria est l'unique fille de Lorene et Jay Bible et l'unique sœur de Brad, plus âgé de deux ans et demi. Son deuxième prénom, Jaylene, combine ceux de ses parents. Elle est issue d'une famille construite sur les conventions du Midwest, les dimanches chez Grandma Dixie et Grandpa Kenneth, les dîners pris à table ensemble, la foi. À l'époque, elle faisait du baby-sitting pour plusieurs familles des environs de Bluejacket et Vinita, trimballant un grand sac rempli de livres de coloriages et de jeux de société, et était tellement populaire que les enfants suppliaient leurs parents de sortir pour qu'elle puisse les garder.

Lauria prend forme devant moi en Technicolor, grâce à ceux qui meurent d'envie de parler d'elle. Ils me racontent les étés à la ferme des Bible, passés à allumer des pétards qu'ils glissaient sous les seaux à grains avant de s'asseoir dessus, riant à gorge déployée, les bruits d'explosion et l'odeur de la poudre sous le soleil blanc de l'Oklahoma. Comment Lauria marchait pieds nus dans les allées du jardin, avec du lait, du poivre et du pain de maïs à la main, tandis que les noix de pécan s'abattaient sur les bâches étalées par terre. On me raconte même qu'elle récupérait la crème sur le lait frais de Grandma Dixie Bible, puis affirmait ne pas savoir qui l'avait mangée.

« Elle n'était vraiment pas du genre flemmarde », remarque sa cousine Lisa.

« Il faut que je vous parle de Rambo », me dit l'une des meilleures amies de Lauria et Ashley, Sheena, en riant à travers ses larmes.

Elle me raconte qu'à la maternelle de Bluejacket, là où la plupart des amitiés se forment, pendant les premières années d'école des enfants de la région, elle s'était assise devant Lauria.

« Franchement, si vous l'aviez vue… Elle portait un coupe-vent jaune et un pantalon assorti, une tenue de jogging. Elle avait l'air ridicule, mais c'était la mode à l'époque. » Elle sourit. « Elle s'était mis un bandeau en éponge sur la tête, comme Rambo. Je ne savais pas quoi en penser. »

Elle me décrit l'expression espiègle de Lauria, qui avait coincé ses jambes derrière les pieds de son pupitre. Haussant un sourcil pendant que Sheena se dévissait le cou pour l'observer, elle avait penché sa chaise en arrière et rapidement soulevé son coupe-vent et son tee-shirt, montrant sa poitrine nue à l'inconnue pour la faire rire.

« J'ai su tout de suite que je voulais devenir proche de cette fille. Elle était complètement folle ! »

Cela avait été le début d'une amitié indéfectible.

Les anecdotes qui retracent les seize courtes années de la vie de Lauria sont nombreuses, de même que les cartons où Lorene a rangé les bulletins scolaires et les dessins d'enfant de sa fille, qu'elle transporte souvent dans le coffre de sa voiture quand les médias l'invitent assez régulièrement. Pourtant, ce qui m'aide le mieux à me rapprocher de Lauria est son classeur d'écolière, rempli de rédactions écrites pendant les mois qui ont précédé sa disparition. Je le garde avec moi au fil de mes visites dans l'Oklahoma, passant les doigts sur l'encre depuis longtemps séchée, comme s'il s'agissait d'une épitaphe sur une pierre tombale. J'entends plus clairement Lauria dans la voix qui subsiste sur le papier qu'en la voyant sourire sur des photographies estompées.

« *On fait une prière avant de se coucher, et dans le noir, tout est si paisible, et on peut se reposer* », a-t-elle noté dans un devoir quelques semaines seulement avant l'incendie. Sur une autre feuille, elle a écrit : « *Chaque sauterelle, traversant avec fureur le ciel gris et rempli de fumée. L'une après l'autre, elles attaquent leurs proies, qui se retrouvent écrasées par terre, sans défense. Pas une sauterelle n'est ralentie ni abattue. Et quand les proies sans défense se rendent, elles sont attaquées et capturées par les puissantes sauterelles, qui torturent et tuent leur proie, aspirant leur sang jusqu'à ce qu'il n'en reste plus une goutte et que toute leur vie ait été aspirée. Chaque dernier soupir rendu, c'est une mort lente et douloureuse qu'elles ont eue.* »

D'une certaine manière, en lisant ces rédactions, je me surprends à éprouver de la nostalgie pour une enfance dont je ne me souviens presque pas. Et je m'aperçois que ce n'est plus de Lauria que je me sens proche, mais de son absence. La jeunesse, perdue.

Lorene me scrute, raide et stoïque par nature, pendant que j'examine les affaires de sa fille. Ses « oui » et « non » sont des onomatopées traînantes, ses observations et assentiments tiennent en quelques mots. Elle dégage une certaine froideur, mais cela se comprend. Les années n'ont pas été très tendres avec elle, et elle a développé une tolérance à la souffrance. Elle discute d'événements locaux avec ses proches alors que je passe en revue les effets de Lauria, des souvenirs qui ne m'appartiennent pas.

Des verres de thé glacé transpirent sur les plans de travail ; le ronronnement sourd des machines de la ferme nous parvient du dehors, en ce beau jour d'été. Nous sommes loin du froid, et loin de 1999, mais je veux que Lorene m'y ramène. Elle plante son regard dans le mien, assise avec moi dans la cuisine. Elle est vêtue de couleurs printanières, mais ses yeux sont durs comme l'hiver – elle n'a rien d'une mère éplorée. Je ne la verrai jamais pleurer, avoir la gorge serrée ou trébucher sur un mot. Elle a parlé de sa fille et raconté cette histoire mille fois, alors quand je l'interroge sur le jour de l'incendie, elle reste calme et posée.

« J'étais déjà au travail, ce matin-là », commence-t-elle, me renvoyant à 1999.

7
La scène du crime

30 décembre 1999
Le matin de l'incendie

La nouvelle se répandait comme une traînée de poudre dans le comté, et les habitants de la ville délaissèrent leurs tâches matinales pour se diriger vers la campagne de Welch, où l'équipe du shérif attendait toujours l'arrivée de l'OSBI. Depuis le début de l'incendie, rien n'avait été entrepris pour fouiller le mobile home ou la propriété environnante à la recherche de morts ou de vivants, en dehors de la découverte du cadavre non identifié dans l'une des chambres.

Une fois que les agents du CCSO eurent reconnu la voiture de Lauria Bible, l'adjoint Troy Messick se rendit au centre-ville de Vinita, où il savait pouvoir trouver Lorene. Messick était jeune, « un vrai petit gars », comme on dit dans l'Oklahoma, marié depuis peu. Il parcourut à pas lents la distance qui séparait sa voiture de patrouille du McDonald's où Lorene travaillait, en s'intimant de respirer calmement.

Lorene venait de recevoir un appel de son fils Brad, qui avait appris par sa petite amie, installée à Welch à l'époque, qu'il y avait un incendie chez les Freeman. Ils ne savaient pas à quel point la situation était grave, imaginant un simple accident de cuisine. Lorene avait aussitôt raccroché pour téléphoner aux Freeman, mais personne n'avait répondu. Messick arriva un instant plus tard.

Lorene et lui s'étaient déjà croisés ; les inconnus étaient rares, dans cette petite ville.

« Il faut qu'on aille discuter quelque part », dit l'agent.

Lorene se souvient que son visage n'exprimait rien. Elle emmena Messick dans son bureau ; elle avait été promue directrice régionale plusieurs années auparavant, ayant grimpé les échelons depuis 1987.

« Lorene, toute la maison a été réduite en cendres, déclara Messick. Il ne reste plus rien. »

Cette annonce aurait fait basculer la vie de n'importe quelle mère – mais Lorene Bible n'est pas comme la plupart des mères. Elle reste campée sur ce stoïcisme du Midwest qui a forgé les générations passées ; dans l'Amérique rurale, une culture du « garde tes larmes pour ton oreiller » tient tête aux désastres. Les pleurnicheries sont bonnes pour les poètes et les faibles. À plus d'une reprise, je me sentirai gênée d'avoir les larmes aux yeux en écoutant Lorene parler des victimes. Une fois, je m'excuserai pour aller sangloter dehors, près des bêtes de la ferme. Quand je rentrerai dans la maison après la crise passée, Lorene m'observera avant de déclarer : « Ne vous en faites pas.

Mon tour viendra. Quand je me tiendrai devant la tombe où repose ma fille, ce sera mon tour. »

Assise face à Lorene pour la première fois, une étrangère dans son monde, je suis prise de court quand elle ne réagit pas comme je m'y attendais ou quand ses réponses font écho à des articles de presse parus il y a des années. J'ai du mal à comprendre ce qui l'a motivée, ce qui l'a aidée à tenir de jour en jour, comment elle a résisté à l'appel de l'alcool et du désespoir qui a terrassé tant de parents dans la même situation. Mais qui suis-je pour juger ? Si je devais choisir un seul qualificatif pour décrire Lorene, ce serait « sans peur ». Et comment pourrait-il en être autrement ? Ses pires cauchemars se sont déjà réalisés, alors qu'a-t-elle à craindre, maintenant ?

« Ils ont trouvé un mort, dans la chambre de devant », continua Troy Messick.

Lorene savait qu'il s'agissait de la chambre de Kathy et Danny, et elle le signala à l'agent, pensant que l'un d'eux était la victime. Messick prévint par radio ses collègues restés sur place que la pièce où ils avaient trouvé le cadavre était la chambre parentale.

« Il fallait que j'y aille. » Cela avait été la première pensée de Lorene. Pas d'hypothèses, pas le temps d'envisager plusieurs scénarios. « Il fallait juste que j'aille chercher ma fille. » Ce sentiment d'urgence et de détermination farouches continuerait à caractériser ses réactions face au drame dans les semaines et les années qui suivraient l'incendie.

Après avoir appris la nouvelle, Lorene appela son mari, Jay, qui se trouvait au magasin de pièces auto, à seulement quinze minutes de route. Il vint la chercher à Vinita, et, n'ayant pas réussi à contacter les Chandler, le couple s'arrêta chez eux pour avertir Celesta qu'un incendie s'était déclaré chez sa fille. Celesta s'effondra, hurlant et pleurant, et refusa de partir tant que Bill n'était pas rentré de la réunion des témoins de Jéhovah à laquelle il assistait ce matin-là. Elle ne voulait pas qu'ils fassent quoi que ce soit avant son retour.

« Je n'attendrai pas Bill ! cria Lorene. Si tu veux venir, viens. Sinon, on part sans toi. »

Et, sur ces paroles, Lorene et Jay se mirent en route – Celesta derrière eux.

Ils arrivèrent à Welch à 9 h 15. Des adjoints du shérif les interceptèrent au milieu de l'allée des Freeman. Jay et Lorene observèrent le spectacle comme ils purent ; les décombres calcinés de la maison fumaient encore, et des curieux étaient rassemblés sur la route. Plusieurs témoins confirmeraient que les agents du CCSO se « reposaient sur leurs lauriers », se contentant de regarder avec les badauds la carcasse en bois carbonisée entourée de ruban jaune. À partir du moment où ils avaient décidé de confier la scène du crime à l'OSBI, ils s'étaient défaussés de toute responsabilité.

Bientôt, des nouvelles officieuses s'échappèrent au compte-gouttes de la maison au sommet de la colline pour parvenir aux habitants de la petite ville : le cadavre était celui d'une femme. Des années plus tard, un pompier me dirait qu'il se rappelait très bien que le corps était couché face contre le lit, et que, lorsqu'il l'avait retourné, il avait exposé des seins nus.

Mais le cadavre était trop abîmé pour savoir de qui il s'agissait : Kathy, Ashley, Lauria ou quelqu'un d'autre.

Toute la population de Welch semblait graviter vers l'ouest, tandis que des rumeurs sur l'incendie se propageaient dans la ville comme un virus. On se passait le mot à la chaîne, les détails changeant et se métamorphosant à chaque étape. Des voisins et des amis commencèrent à arriver avec les outils dont ils disposaient pour proposer leur aide. Mais Lorene ne voulait savoir qu'une chose : ce que l'équipe du shérif faisait pour retrouver les filles. Elles s'étaient peut-être échappées, cachées. Elles gisaient peut-être blessées, non loin de la maison… ou pire.

Derrière le ruban jaune, les habitants de Welch se tenaient juchés dans les bennes de leurs pick-up et sur les roues de leurs tracteurs. Ils pourraient se mettre en branle en un clin d'œil et déferler sur la propriété, si on le leur demandait. Certains pique-niquaient même au bord du terrain, la bouche pleine de thé sucré et de ragots. En l'espace de quelques heures, il ne restait pas une personne en ville qui n'avait pas entendu parler de l'incendie.

Il ne fallut pas longtemps pour que les gens se mettent à penser que Danny avait perdu la tête pour de bon.

Un changement perceptible se produisit aux alentours de 11 heures, lorsque l'agent de l'OSBI Steve Nutter se présenta enfin. C'était un homme de haute taille et d'une certaine corpulence, avec des yeux de hibou et des cheveux gris ondulés, connu pour les chapeaux de cow-boy et les santiags qu'il arborait. Il arrivait du bureau du shérif d'Ottawa, le comté voisin, où il travaillait sur une autre affaire. Peu après son apparition chez les Freeman, l'enquête fut officiellement placée sous la responsabilité de l'OSBI ; l'équipe du shérif ne jouerait plus qu'un rôle auxiliaire. Nutter observa les ruines fumantes au milieu de la propriété, puis les pompiers de Welch, restés sur place pour s'assurer que l'incendie était maîtrisé.

Il trouva le sous-shérif Mark Hayes et l'inspecteur Charlie Cozart à l'écart de la scène, en train de chuchoter.

« On a un problème », déclara Hayes, qui décrivit à Nutter le conflit qui avait opposé les Freeman au CCSO l'année passée.

Mark Hayes était timide mais avait des yeux brillants, qui semblaient accueillir chaleureusement tous les regards qui croisaient le sien ; c'était un quarantenaire aux cheveux noirs, doté d'une épaisse moustache et de lunettes rondes à monture métallique. Il était flanqué de Cozart, une brute aux avant-bras tatoués, avec une crinière hirsute et un éternel mégot aux lèvres.

« Ça sent vraiment mauvais, cette histoire », observa Cozart, la poitrine gonflée d'appréhension, en écrasant sa cigarette sur la scène du crime.

La curiosité des habitants commençait à se muer en impatience et en colère ; tout le monde était au courant des tensions qui régnaient entre l'équipe du shérif et les Freeman depuis la mort de leur fils Shane, plus tôt dans l'année. Ils criaient des questions depuis l'allée, exigeant de savoir qui était dans le mobile home et s'il s'agissait d'un incendie criminel ou accidentel. Avec un soupir,

Nutter demanda aux agents d'élargir le périmètre de sécurité, mais cela ne fit que renforcer l'irritation des spectateurs, qui haussèrent encore le ton, appelant leurs proches et leurs amis en renfort pour observer les événements à la ferme des Freeman.

« Où est ma fille ? cria Lorene à Nutter.

— Madame, il faut nous laisser travailler. On est les experts, répondit-il.

— Et les voitures ? rétorquèrent les Bible. Vous avez pensé à regarder dans les voitures ? Et s'il y avait quelqu'un dans le coffre ? »

Nutter accueillit la question par un silence pensif. Il rougit, se racla la gorge et se dépêcha de rejoindre son équipe ; c'était peut-être la prochaine tâche sur sa liste, de toute façon. Plusieurs heures après leur arrivée, les agents de l'OSBI décidèrent d'inspecter les voitures. Celles de Kathy, Danny et Lauria n'avaient pas bougé. On ne trouva rien dans les coffres, mais les clés de Lauria étaient encore sur le contact – rien de très inhabituel, dans l'Oklahoma rural.

Ce n'était pas le seul devoir que Nutter et les autres agents mandatés par l'OSBI avaient négligé : ils n'avaient pas non plus fouillé le mobile home. Pas un meuble n'avait été retourné ; pas une trace de cendres ne tachait leurs vêtements.

« Les filles auraient pu être cachées sous un lit, pour ce qu'ils en savaient, me dit Lorene. Ils ne nous ont pas laissés nous approcher de la maison, mais ils n'ont rien fichu de leur côté. »

Pendant ce temps, le procureur adjoint du district, Clint Ward, fit une apparition sur les lieux.

C'était un homme bien charpenté, aux cheveux coupés en brosse et aux yeux enfoncés dans leurs orbites, empesé dans son costard-cravate, un politicien jusqu'à la moelle. Il n'occupait ses fonctions que pour quelques jours encore, ayant prévu de passer dans le secteur privé à la nouvelle année. D'après des témoins, on le vit et l'entendit dire à plusieurs habitants de Welch : « Danny devait beaucoup d'argent à des trafiquants de drogue. » Avant même que les enquêteurs aient terminé leur travail, l'idée que le meurtre et l'incendie étaient liés à la drogue se propagea rapidement, et une partie des gens présents sur place affirmaient que la théorie émanait de Clint Ward.

Mais, lors de notre premier entretien, celui-ci me déclare qu'il pensait que « Danny avait perdu la tête », ajoutant qu'il était « imprévisible » et « le suspect numéro un ». Quand je l'interroge sur les rumeurs de trafic de stupéfiants qui entouraient l'affaire, il me répond qu'il « [ignorait] que Danny était mêlé à des histoires de drogue », contredisant les déclarations de plusieurs témoins. Il me dit qu'en observant la scène du crime, il avait pensé que Danny avait « mis le feu à la maison et emmené sa famille ailleurs ».

« Rien ne laissait penser qu'il y avait un rapport avec la drogue, me confie le demi-frère de Danny, Dwayne Vancil. Mais tout ça faisait partie du complot qui a commencé à apparaître. »

Ce premier jour sur la scène du crime, les paroles de Danny revenaient en boucle : « S'il nous arrive quoi que ce soit, à moi ou ma famille, allez chercher du côté du bureau du shérif du comté de Craig. »

Le médecin légiste, Donna Warren, arriva vers 15 h 30, retardée par un accident qui avait fait quatre morts. Elle disparut dans les ruines du mobile home, où le mur de la chambre parentale tenait encore en équilibre précaire.

Le lit à eau était appuyé contre le mur sud, le haut du corps de la morte reposant en travers, la tête tournée vers l'ouest et les jambes vers l'est. Ses genoux dépassaient du cadre, en biais, et ce qui restait de ses pieds gisait sur le sol. Le matelas à eau avait explosé et protégé l'avant du corps de la femme, qui ne présentait pas d'importantes brûlures, mais l'arrière était calciné. Sa chemise de nuit avait brûlé aussi.

Dehors, les Bible ne tenaient plus en place, et commencèrent à se plaindre qu'on les oblige à rester à l'écart avec les badauds. Après un échange houleux, l'OSBI permit seulement à Dwayne Vancil et au père de Lauria, Jay Bible, de descendre au ruisseau pour voir s'ils trouvaient trace des filles, à condition qu'ils n'approchent pas de la scène du crime.

À 16 heures, des agents sortirent le cadavre de la maison pour le placer dans un corbillard blanc, qui contrastait avec le mobile home noirci en arrière-plan. À l'apparition du corps emballé dans un sac, le silence se fit brièvement.

Mais il ne dura pas, et les commentaires reprirent bon train. Donna Warren chercha dans la foule le visage de Lorene, qu'elle connaissait pour avoir été le médecin traitant de sa mère. Lorene lui fit signe.

« Qui est-ce ? » demanda-t-elle, parlant de la morte.

Warren déglutit et lui souffla à l'oreille :

« C'est une femme qui a eu des enfants. Et elle porte une alliance. »

Cela confirma à Lorene que le cadavre dans la maison était celui de Kathy Freeman.

« Et vous êtes sûrs qu'il n'y a personne d'autre là-dedans ? insista-t-elle.

— C'est ce qu'on m'a dit. »

Cette réponse aurait dû soulager Lorene, mais elle ne réussit qu'à éveiller en elle un sentiment d'affolement indétectable, qu'elle ne laisserait jamais paraître.

Peu après 16 heures, alors que le crépuscule commençait à gagner du terrain, le cadavre calciné de Kathy Freeman fut emporté loin des lieux, prenant la route de l'ouest avec le soleil, en direction de Tulsa. Steve Nutter boucla son enquête. Il autorisa Dwayne Vancil à reprendre possession de la propriété, et lui remit aux alentours de 17 heures le mandat de perquisition signé par le juge H.M. « Bud » Wyatt. La résidence, décrite dans le mandat comme « les restes brûlés d'un mobile home », n'était désormais plus sous le contrôle des enquêteurs, mais de la famille Freeman. Le mandat avait été signé à 14 h 06, une heure et demie avant que le médecin légiste arrive sur les lieux, et deux heures avant qu'on emporte le corps de Kathy.

« On a fini, dit Nutter à Dwayne, s'apprêtant à partir.

— Comment ça, fini ? répliqua Dwayne.

— Il n'y a plus rien à faire ici. Écoutez, un voisin nous a signalé qu'il avait vu Danny passer un portail dans son pick-up blanc avec les filles, du côté de l'étang. »

Dwayne fut étonné – c'était l'endroit où son demi-frère et lui avaient grandi, mais le pick-up de Danny était encore chez lui.

« Bon, dans ce cas, je vais aller le chercher là-bas, proposa-t-il. Ce ne serait pas une bonne idée que la police m'accompagne. Je pourrai lui parler, s'il a les filles avec lui.

— Non, non, il fait nuit, répondit Nutter. On risque d'avoir des blessés ce soir. Je vous conseille d'aller voir demain matin et de m'appeler s'il est là. »

Puis il tourna les talons.

Compte tenu des informations dont l'OSBI disposait à l'époque, je trouve intéressant qu'ils aient décidé non seulement de boucler l'enquête si vite, mais aussi de la confier à un potentiel suspect.

Voyant que Nutter pliait bagage, les Bible allèrent à sa rencontre.

« Et les filles ? Vous n'organisez pas de recherches ?

— Si Danny est avec elles, mieux vaut le laisser se calmer, déclara Nutter. Il se fait tard. On les cherchera demain. »

Un de mes informateurs dans la police me raconte que, à ce moment-là, il redoutait que Danny ne se tienne caché dans les ombres ou les arbres, en train d'observer la scène, armé d'une carabine de chasse. C'est un thème qui revient souvent : beaucoup d'agents pensaient Danny plus que capable d'une embuscade, et étaient clairement perturbés par l'idée qu'il rongeait peut-être son frein dans le noir, mains crispées sur une carabine, les tenant en joue. Même avant ce soir-là, ils savaient tous que ce n'était pas un homme qu'on voulait affronter.

Avec des larmes de rage dans les yeux, Dwayne se tourna vers le shérif George Vaughn, le sous-shérif Mark Hayes et le procureur adjoint Clint Ward, et déclara :

« Si vous croyez vraiment que Danny est coupable et qu'il vous attend là-bas en retenant les filles en otage, vous avez intérêt à vous enfermer au dernier étage du palais de justice, parce que vous pouvez être sûrs qu'il viendra vous tuer. S'il a fait tout ça, je n'en doute pas une seconde. »

La colère rongeait la poitrine de Dwayne. Après tout, ce n'était un secret pour personne que son demi-frère avait un problème de longue date avec les autorités et la façon dont elles avaient géré la mort de son fils et l'enquête qui avait suivi l'année passée.

Poussant un soupir, les agents commencèrent à s'éloigner, et l'or du soleil s'assombrit jusqu'à ses derniers crépitements, comme une flamme privée d'oxygène. L'hiver étouffa ce qui restait de ce 30 décembre, sans que rien ait été tenté pour retrouver les adolescentes, en dehors de la brève inspection du ruisseau menée par Dwayne et Jay Bible. Après que les policiers eurent disparu dans la nuit, quelques hommes entreprirent de sillonner la propriété à cheval. Les phares solitaires de plusieurs quads balayèrent les pâturages vallonnés au loin, des échos de voix qui appelaient Danny et les filles émergeant du noir.

À ce stade, au milieu de l'obscurité, sans la moindre idée d'où chercher, n'importe quels parents auraient pu être paralysés par la peur – se sentir brusquement vidés sous le coup de l'impuissance, du choc, du chagrin et de la terreur. Mais pas eux. Pas les Bible.

L'OSBI avait donné rendez-vous à Lorene et Jay le soir même, leur demandant de se présenter au bureau du shérif à Vinita entre 18 h 30 et 19 h 30.

Mais alors qu'ils profitaient du peu de lumière restant pour organiser leur propre battue, les Bible ignoraient que les enquêteurs avaient reçu une information confidentielle. C'était la première piste plausible, et la seule dont ils disposaient. L'homme qui avait prévenu les autorités connaissait la plupart des gens du coin. Il affirmait avoir vu Danny Freeman faire le plein dans une station-service, avec les deux adolescentes dans son pick-up Ford blanc.

« Danny ne rendra pas les filles, avait-il déclaré. Il ne les rendra pas tant que vous ne lui aurez pas livré l'homme qui a tué son fils. »

Les agents de l'OSBI n'avaient recueilli aucune autre information – mais ils tenaient à attendre le jour suivant pour se pencher sur celle-ci.

Dans les collines noires et aveugles de la prairie, l'obscurité se fit trop rapidement pour les familles. L'odeur de la fumée s'enchaîna à la nuit, et il ne fut plus possible de tenter grand-chose avant les premières lueurs déchirantes de l'aube. Elles paraissaient bien loin. Alors, en se basant sur ce que Nutter lui avait appris, Dwayne Vancil se dirigea vers la vieille cabane où ses frères et sœurs et lui avaient grandi, dans l'espoir d'y trouver Danny ; il savait que si quelqu'un pouvait le calmer, ce serait lui. Jay et Lorene se rendirent à leur entretien.

Beaucoup de gens attendaient à l'accueil du bureau du shérif de Vinita, l'odeur de l'incendie imprégnée dans leurs vêtements en flanelle, les yeux ouverts mais fatigués. Les agents les séparèrent en plusieurs groupes avant de les interroger un par un, surtout à propos de Danny. *Qui avez-vous vu passer dans la maison ? Avez-vous vu Danny prendre de la drogue ? Avez-vous vu Mr. Freeman en possession d'importantes sommes d'argent ?*

« On avait les mains liées, me dit Lorene. Ils nous ont interrogés séparément. Ils nous ont posé des questions sur les trafics de Danny, le genre d'affaires qu'il faisait, et c'est tout. On a seulement pu leur demander : "Qu'est-ce que vous faites pour retrouver les filles ?" Ils ont répondu qu'ils y travaillaient, qu'ils étaient en train de s'organiser, mais c'était faux. Personne ne cherchait les filles, en dehors de ma famille. Les autorités avaient arrêté d'enquêter. »

D'après Jay et Lorene Bible, Nutter les informa qu'il s'apprêtait à signaler la disparition d'Ashley et Lauria dans la base de données centrale des forces de l'ordre, le National Crime Information Center (NCIC).

Des années plus tard, Nutter me dirait :

« Il me semble que le bureau du shérif a lancé un avis de recherche immédiatement. »

Ce fut à ce moment-là que les agents révélèrent aux Bible que Danny Freeman était le suspect principal : on pensait qu'il avait kidnappé les filles et les gardait en otage. Évidemment, cette idée avait trotté dans la tête de Jay et Lorene toute la journée.

À la fin de la soirée, ils avaient plus de questions que de réponses. Il n'était pas difficile d'imaginer à quel point ces parents devaient être bouleversés, n'ayant obtenu aucune information. Le ventre noué, et le sommeil impossible à trouver sans savoir ce qui était arrivé à leur fille et sa meilleure amie. Chaque minute qui passait leur demandait un effort insurmontable, le visage figé par la détresse. On a peine à croire qu'ils aient pu trouver la force de respirer, sans parler de se charger de l'enquête – et pourtant, c'était exactement ce que Lorene Bible s'apprêtait à faire.

8

Le suspect numéro un

31 décembre 1999
Le lendemain de l'incendie

C'était le dernier jour du millénaire. La lumière rose du matin tendait un voile sur le ruisseau froid, tandis que des coqs se perchaient à la frontière du Kansas, annonçant l'aube. Mais, pour Lorene et Jay Bible, le matin arriva comme une douleur d'enfantement. Ils ressentaient encore le choc dans leur chair, après avoir passé la soirée à être bombardés de questions par les agents de l'OSBI à Vinita et avoir bataillé avec eux pour qu'ils partent à la recherche des filles. À présent, plus de vingt-quatre heures s'étaient écoulées depuis la disparition de Danny, Ashley et Lauria, et les forces de l'ordre n'avaient toujours pas fait le moindre effort pour les retrouver.

Les époux remontèrent l'allée vers ce qui restait du mobile home des Freeman, bras tremblants entrelacés, pendant que le soleil se levait à leur droite. Ils étaient décidés à passer la terre au tamis à la recherche de leur fille, un centimètre carré après l'autre. Le sommeil les avait désertés depuis longtemps ; la ténacité avait pris les rênes. Une épouse dévouée, un père endeuillé, une jeune fille sportive qui faisait ce qu'elle pouvait, et une amie espiègle qui aimait la vie : tous avaient disparu sans rien laisser d'autre qu'une cloque sur la terre.

Lorene et Jay arrivèrent au bout du chemin, où la scène du crime se profila, désormais accessible. On n'apercevait plus la moindre pancarte ni le moindre bout de ruban jaune.

« Qu'est-ce qu'ils ont fait du ruban, bon sang ? » se demanda Lorene à voix haute.

Regardant autour de lui, Jay répondit, stupéfait :

« Ils ont laissé ça ouvert à tous vents. »

Il ne restait aucune trace d'activité policière – une pause à l'étape la plus cruciale de l'enquête. Pendant ce temps, on supposait que Danny – un homme qui avait perdu les pédales – était retranché dans les bois avec Lauria et Ashley, des otages qu'il attendait d'échanger contre l'homme qui avait tué son fils. Le troupeau habituel de dindons s'approcha, affamé maintenant que Danny n'était plus là pour les nourrir.

Si Lorene demeurait impassible, Jay se comportait différemment. Au fil des années, il semblerait toujours prêt à craquer, les yeux débordant de larmes chaque fois qu'il évoquait sa fille chérie. Alors que sa femme ne perdait jamais pied et avait trouvé sa place dans l'enquête, Jay s'était senti à la dérive dès le début.

« On avait pensé que, le matin venu, un groupe d'intervention spéciale se rendrait sur place, m'explique Jay. Qu'on apprendrait où cette cabane se trouvait, et qu'on verrait si Danny détenait les filles ou non. Et ce n'est pas arrivé. »

Les espoirs des Bible furent remplacés par le vent chantant de la prairie et l'odeur de l'incendie.

Non loin de là, Dwayne Vacil avait attendu toute la nuit dans la bicoque en bois où Danny et lui avaient grandi. Elle servait d'abri de chasse, et un homme et ses deux jeunes fils y étaient arrivés tôt le matin pour chasser le cerf. À la grande déception de Dwayne, il n'y avait aucun signe de son demi-frère ou des filles. Comparé à la maîtrise de soi de Lorene et la douleur de Jay, le sentiment d'urgence de Dwayne se manifestait par une colère noire. Regagnant sa voiture pour partir à la rencontre du soleil levant à Welch, il poussa un soupir exaspéré.

« Où est-ce que tu t'es fourré, Danny ? »

Sur la scène du crime, Jay explorait prudemment les environs du mobile home, où les chats de ferme jouaient avec un fragment d'on ne savait quoi. Ces animaux à moitié sauvages apportaient un peu de vie à la propriété, qui restait autrement figée dans le matin gelé, sonnée par les événements de la veille. Quand il entendit le rottweiler d'Ashley, Sissy, geindre depuis les ruines de la maison, Jay se retourna.

« Je sais, mon chien, dit-il. Je sais. »

En examinant l'animal, il repéra une grosse bosse fraîchement formée sur son front, tachée de sang séché. Il aurait aimé que Sissy puisse parler, leur indiquer la piste à suivre. La chienne émit un gémissement sourd, se tenant à présent à l'emplacement de la chambre parentale, d'où on avait sorti le corps de Kathy Freeman dans un sac plastique noir à peine un jour plus tôt. Sissy finirait par être adoptée par des connaissances de la famille, qui la feraient piquer quand elle attaquerait et tuerait leurs poulets.

Le mobile home des Freeman reposait sur des essieux et des roues, et la plus grande partie du plancher s'était effondrée – sauf dans cette chambre, où il était quasiment intact.

« Le matelas à eau avait explosé et aspergé la moquette et le reste », m'explique Jay.

La pièce était donc en meilleur état que les autres, et Jay avança sur la pointe des pieds parmi les décombres, cherchant « un tas de cendres assez grand pour être un corps humain recroquevillé ». Des lambeaux de tapis marron traînaient dans un coin, et l'air était froid et humide.

Lorene s'accroupit dans une autre partie du mobile home pour retourner des bouts de bois et des débris. La puanteur de la mort planait encore, et le froid se frayait un chemin jusqu'à la racine de ses cheveux. Le doux bruit du ruisseau qui s'écoulait lentement lui parvenait aux oreilles, trop apaisant pour les circonstances. Dans les cendres, une photo encadrée du mariage de Danny et Kathy.

Avec Sissy à ses pieds, Jay inspecta le plancher intact de la chambre parentale. Il y repéra ce qu'il décrirait plus tard comme une sorte de tas de viande hachée.

« J'ai pensé : "Attendez voir…" »

Il hésita, étudiant l'amas de près.

« Lorene ? » appela-t-il.

Lorene s'écarta des bris de verre et de la suie, des cendres trempées par les lances d'incendie. Elle ordonna à ses genoux de ne pas flancher pendant qu'elle rejoignait son mari. Suivant son regard, tout son corps se tendit sous le choc quand ses yeux se posèrent sur un second cadavre. Le spectacle lui coupa le souffle.

Au même instant, le soleil fit sa première apparition, toujours froid sur le visage de Lorene et Jay qui contemplaient la chose sur le plancher. Ils s'entre-regardèrent, stupéfaits.

« Comment est-ce que la police a pu rater ça ? » souffla Lorene.

Il leur avait fallu moins d'une minute pour découvrir un nouveau cadavre. Toutes les théories sur la mort de Kathy et sur les raisons pour lesquelles Danny avait kidnappé les filles s'évanouirent brusquement. Abasourdi par la vue du corps brûlé, Jay se détourna, fixant le soleil levant.

« Il faut qu'on appelle le shérif », dit-il.

Il ne s'était pas rendu compte qu'il pleurait avant de prononcer ces paroles.

À ses pieds, les chats sauvages continuaient à jouer avec ce qui était en fait un os de nez humain, comprit-il quand il baissa les yeux de nouveau.

Les pieds du second cadavre disparaissaient presque sous un coin du lit à eau, en partie dissimulés par le matelas dégonflé, et le haut du corps était à demi couvert par un tapis. Si on ignorait encore ce qui avait tué Kathy, la théorie générale étant qu'il s'agissait d'une ou plusieurs briques, la cause de la mort de cette personne ne faisait aucun doute pour Jay et Lorene.

« On a vu tout de suite qu'on lui avait tiré une balle dans la tête, alors on s'est dit que Kathy devait être morte de la même façon, m'explique

Lorene. Il n'y avait plus rien au-dessus de la mâchoire. Tout avait disparu. »

Ce qui restait de la tête reposait sur le seuil, tourné vers le haut ; le cadavre avait un bras appuyé sur le chambranle de la porte, et son torse portait des empreintes apparentes de santiags qui devaient avaient été laissées par Steve Nutter, à en croire les familles Bible et Freeman, qui affirmaient que l'agent de l'OSBI était la seule personne chaussée des bottes de cow-boy à s'être rendue sur les lieux. L'incendie avait brûlé la plupart des vêtements du mort, exposant ses organes génitaux, ce qui permit aussitôt au couple de voir qu'il s'agissait d'un homme. Par ailleurs, des fils métalliques utilisés pour reconstituer les sinus dépassaient des fragments restants du visage et du crâne.

Quelques instants après leur arrivée sur la scène du crime, Lorene et Jay Bible avaient découvert ce que les enquêteurs avaient réussi à manquer la veille : le cadavre de leur suspect numéro un, Danny Freeman.

9
Le deuxième jour et le BBI

31 décembre 1999
Le lendemain de l'incendie

J'ai accroché les rapports d'autopsie de Danny et Kathy à un nerf de mon cerveau qui fait office de corde à linge ; les contours des schémas du médecin légiste m'apparaissent comme des poupées en papier. Les corps ont été esquissés au stylo pour indiquer les parties brûlées, avec des hachures plus serrées au niveau de la tête, où les crânes étaient en miettes et quasiment désintégrés. Comme elle est décédée d'un cancer en 2004, je n'ai pas pu interroger Donna Warren sur ses examens et conclusions. Mais je dors le matin et passe des après-midi pluvieux à éplucher le rapport d'autopsie externe de Danny Freeman, rédigé plusieurs jours après l'incendie. D'après les constations du médecin légiste, la clavicule droite de Danny avait été brisée juste avant sa mort, et la balle du fusil était entrée sous sa mâchoire, du côté gauche, près de la troisième molaire.

D'autres preuves révélatrices avaient été apportées avec le cadavre de Danny sur un autre chariot, comprenant des lambeaux de sous-vêtements masculins, une partie de ceinture de jogging, un sous-pull, des restes de baskets et un fragment de mâchoire supérieure.

On n'avait pas tardé à apprendre que Kathy avait reçu une balle à l'arrière de la tête, tandis que Danny avait probablement été abattu de face. Tous deux étaient morts avant que l'incendie démarre. C'était exactement ce que Jay et Lorene Bible avaient déduit, quand ils s'étaient rendus au mobile home brûlé des Freeman pour chercher des indices sur la disparition de leur fille.

Ce matin-là, les Bible remontèrent la route à toute vitesse, n'arrivant pas à trouver de réseau sur leur portable près du mobile home – il faut rappeler que, en 1999, peu de personnes possédaient un portable ; Lorene en avait acheté un la veille au soir à cause des événements, un téléphone dont le numéro n'a pas changé en vingt ans. Après avoir roulé un kilomètre et demi vers le nord, ils parvinrent à contacter le CCSO. Le temps que les agents arrivent, Lorene et Jay avaient décidé de prendre les choses en main, cette fois. Plus question d'attendre que la police parte à la recherche des filles. Plus question de patienter derrière un ruban jaune pendant que les agents restaient les bras ballants à regarder la maison refroidir. Plus question de leur faire confiance.

« Il y a un cadavre ici, dit Lorene au standard du CCSO.

— Comment le savez-vous ?

— Eh bien, il y a un cadavre.

— Vous êtes chez les Freeman ?

— Oui. On est chez les Freeman. »

Ce fut à ce moment-là que la situation tourna au fiasco total.

L'adjoint Troy Messick, qui avait informé Lorene de l'incendie la veille, se trouvait déjà au bureau de Vinita, et serait le premier à arriver sur les lieux. Il abandonna son café pour se précipiter chez les Freeman.

« Comment ont-ils pu rater ça ? demanda-t-il à Lorene et Jay en parlant de l'OSBI – une question qu'ils se posaient déjà. Je croyais que c'étaient des experts. »

Craignant que des habitants du coin ne l'écoutent sur leurs scanners radio, ce qui était plus que probable, Messick choisit prudemment ses mots quand il confirma la découverte du cadavre par talkie-walkie, presque étourdi de surprise :

« Ce qu'on m'a envoyé vérifier est confirmé.

— Pouvez-vous répéter ?

— Ce qu'on m'a envoyé vérifier est confirmé. »

Pendant que Messick appelait des renforts, Jay trouva deux incisives de Danny, encore accrochées à sa gencive mais séparées de sa mâchoire, qui reposaient dans l'herbe devant la maison, où les chats sauvages continuaient à mâchouiller des os.

« Des bêtes avaient commencé à ronger son cadavre. C'est pour vous dire à quel point c'était affreux, m'explique Jay. Mais c'est comme ça que le deuxième jour a commencé pour nous. »

À peu près au même moment, Dwayne Vancil, qui avait interrogé en vain la famille de chasseurs à la cabane pour tenter de localiser Danny, retourna à la propriété. Il fut accueilli par les Bible et se retrouva bientôt à contempler le cadavre de son demi-frère au milieu des décombres.

« La situation m'a tout de suite paru très claire, me raconte-t-il. Danny m'avait dit où chercher s'il lui arrivait quelque chose. Eh bien, c'était arrivé, non ? »

Les agents du CCSO réapparurent entre 7 heures et 7 h 30 – assez penauds, j'imagine – et bouclèrent de nouveau la zone avec du ruban jaune. Puis ils rappelèrent l'OSBI et attendirent. Sachant que cette bourde monumentale allait forcément placer son équipe sous le feu des projecteurs, Steve Nutter revint avec dix ou douze hommes supplémentaires pour superviser le reste de l'enquête.

Les agents annoncèrent qu'ils allaient répéter les opérations de la veille.

« Oh non, sûrement pas ! » s'exclama Lorene.

On avait tenté plusieurs fois d'écarter les Bible de la scène du crime, mais Lorene ne voulait pas en entendre parler.

« Je n'irai nulle part, les gars. Vous pouvez coller votre ruban sur le rétroviseur de ma voiture, on ne bougera pas. Je ne resterai pas sur la touche aujourd'hui. Je serai en plein milieu du terrain. On ne partira pas tant qu'on ne sera pas certains que les fouilles ont été menées correctement, cette fois. »

Les agents de l'OSBI protestèrent, essayant de lui expliquer qu'elle devait les laisser travailler.

Pour la première fois peut-être, Lorene haussa le ton :

« Hier, je suis restée dans cette allée pour vous laisser travailler. Neuf personnes m'ont dit qu'elles étaient sûres à cent pour cent qu'il n'y avait pas d'autre cadavre, neuf ! Alors on ne partira pas avant d'avoir retourné ce fichu truc de fond en comble. »

Quand les agents continuèrent à tenter d'affirmer leur autorité, Lorene leur rappela, obstinée, qu'ils avaient déjà donné accès à la scène du crime à Dwayne la veille.

« Vous avez eu votre chance. Maintenant, c'est mon tour. »

À partir de là, il sembla que chaque homme, femme et enfant en ville surgissait pour prêter main-forte aux Bible dans leur campagne pour retrouver les filles. À 9 heures, une foule était déjà rassemblée dans l'allée du mobile home, attendant qu'on lui ordonne de monter à l'assaut de la maison, comme la foudre attend la permission de Dieu avant de frapper.

Donna Warren arriva en retard, de nouveau retenue par un accident de la route fatal. Éberluée, elle pénétra dans la propriété des Freeman pour la seconde fois en vingt-quatre heures.

« Mais qu'est-ce qui s'est passé ? demanda-t-elle à un agent. Qui a trouvé le corps ? »

L'homme baissa la tête et lui montra Lorene, qui se contenta de transpercer Warren de ce regard fixe qui fait d'elle une figure si imposante.

« Ce n'est pas bon, dit Warren. Pas bon du tout. »

Aucune arme ne fut retrouvée à portée de main de Danny, ce qui éliminait la possibilité qu'il ait tué son épouse avant de se suicider. On sortit rapidement son cadavre de la maison. Ce fut le signal que les Bible attendaient pour passer à l'action.

Même Dieu en personne n'aurait pu empêcher Lorene de pénétrer sur la scène du crime. Elle partait du principe que toutes les preuves qui restaient devaient avoir été détruites par l'incendie ; et puisque les agents étaient passés à côté d'un cadavre entier dans le mobile home, elle ne leur faisait pas confiance pour trouver quoi que ce soit d'utile qui puisse les mettre sur la piste des filles. C'était donc aux familles de jouer. Les agents de l'OSBI et du CCSO, environ vingt-cinq personnes au total, se tinrent à l'écart pendant que Lorene prenait le contrôle des lieux, secondée par cent cinquante volontaires qui envahirent le mobile home : des parents éloignés et des camarades de lycée des filles, des voisins et des inconnus. Même les employés des pompes funèbres locales se joignirent à l'effort, dressant une tente à une quinzaine de mètres de la maison pour distribuer des sandwichs et des boissons.

« C'était une attraction, admet Lisa, la cousine de Lauria. Beaucoup de gens étaient venus nous aider, mais pas seulement. Certains étaient juste curieux et laissaient leurs gamins courir partout. Je me rappelle même que des gens avaient dû crier à des mères de ne pas laisser leurs enfants de trois ou quatre ans sans surveillance, parce qu'on ne voulait surtout pas qu'ils tombent sur un autre cadavre. »

Certaines personnes allèrent jusqu'à se garer dans la propriété pour contempler le spectacle, mais refusèrent de lever le petit doigt.

Pour la première fois depuis bien des années, Welch s'anima. La résistance face aux autorités manifestée par Lorene, Jay et Dwayne contamina les habitants comme une fièvre. Ils arrivèrent à cheval et en tracteur, bien au chaud avec leurs vêtements de flanelle et leur thé du matin, s'éparpillant dans la prairie d'un blond foncé. Ils endurèrent le froid et le chaos, le cœur et l'esprit en ébullition. Ils arrivèrent avec des Thermos de café pour requinquer ceux qui se trouvaient là depuis longtemps, ou des bouteilles d'eau pour rincer le goût de brûlé qu'ils avaient dans la bouche.

Les nombreux agents de l'OSBI observèrent la scène, refoulés dans un coin tels des gamins expulsés de leur salle de classe, leurs yeux ronds comme des soucoupes alignés en bordure de la scène du crime. La famille demanda à des voisins d'arracher le plancher du mobile home pour mettre au jour l'espace qui le séparait du sol. Près de cent personnes équipées de tamis de fortune formèrent une file dans la longue allée, recevant à la chaîne des poignées de cendres collées qu'ils fouillaient en quête d'un indice, n'importe lequel. Beaucoup d'os d'animaux provenant des crânes accrochés aux murs des Freeman furent retrouvés dans les gravats. Les participants ne savaient pas exactement ce qu'ils cherchaient ; ils espéraient seulement le reconnaître quand ils le trouveraient.

Le visage noirci par de la cendre mouillée, comme une peinture de guerre, Lorene entendit un des policiers dire qu'elle laissait les gens détruire la scène du crime.

« Ça ne peut pas être pire que ce que vous avez fait hier ! cria-t-elle par-dessus son épaule. Si vous voulez participer, vous devrez le faire à notre façon. »

Elle fit d'abord examiner les plus gros débris : ce qui restait du canapé, des fauteuils, du réfrigérateur. Si les filles avaient perdu la vie dans l'incendie, on les trouverait quoi qu'il advienne. Pendant que Lorene dirigeait les opérations sur la scène du crime, Jay et Dwayne montèrent un centre de commandement à l'extérieur, envoyant des gens quadriller la propriété de vingt hectares, dont des volontaires à cheval ; quelques-uns descendirent même le ruisseau en canoë. Les deux hommes se seraient presque arraché la peau sous l'effet de la détermination pure, de l'urgence et de la frustration.

« N'allez pas chercher plus loin », déclarèrent la mère et le beau-père de Kathy, qui contemplaient l'action depuis leur camionnette Astro au bout de l'allée. Ils fixèrent les hommes en uniforme, lâchant une brusque accusation : « Ce sont eux les responsables, et ils brûleront tous en enfer. »

Mais peu de gens semblaient prêter attention au couple, qui avait toujours été connu pour jacasser à tort et à travers, avec leurs histoires folles et leurs superstitions farfelues.

Dwayne gardait un œil sur Sissy, le rottweiler, qui courut au bout de l'allée plusieurs fois pour hurler, toujours dans la même direction, vers l'endroit où le chemin formait un T avec la route. On supposait – un fait accepté aujourd'hui – que la bosse de sang séché sur son crâne avait été causée par un coup de crosse de fusil. Alors même qu'il organisait la battue, Dwayne commença à penser que les filles devaient être parties dans la direction que Sissy indiquait en gémissant. Connaissant bien la maison des Freeman, il remarqua aussi qu'il y manquait quelque chose : les vitrines contenant des centaines de pointes de flèches qui avaient été accrochées aux murs, disparues en même temps que plusieurs seaux remplis d'autres pointes et de lames de tomahawks.

Je demande à Dwayne s'il pense que ces pointes de flèches pourraient avoir été le mobile du crime.

« Je crois que c'était plutôt une sorte de trophée », dit-il.

Lorene et ses volontaires découpèrent les essieux du mobile home et désossèrent la maison entière. Il leur faudrait plusieurs jours de travail, mais pas un tas de cendres plus gros qu'un caillou ne serait laissé de côté. Dans l'après-midi de ce deuxième jour, Lorene découvrit le sac à main de sa fille près du mur nord, à l'ancien emplacement de la chambre d'Ashley (et de Shane auparavant). À l'intérieur, la carte d'identité de Lauria et l'argent qu'elle avait reçu à Noël, environ deux cents dollars. Lorene repéra aussi le haut de pyjama à moitié brûlé de Lauria, ce qui lui fit penser que l'incendie avait commencé avant que les filles aillent se coucher, ou que quelqu'un les avait forcées à se changer.

La famille et les volontaires exhumèrent également treize armes à feu appartenant aux Freeman, qu'ils placèrent devant la maison une par une. Tout le monde avait conscience que n'importe laquelle de ces armes pouvait être celle du crime, et pourtant elles resteraient sur la pelouse au moins une semaine, sans que les enquêteurs et agents présents sur les lieux les récupèrent comme preuves.

La possibilité qu'une de ces armes ait servi à tuer Kathy et Danny n'a pas été étudiée à ce jour.

Le soir tombait ; on maudissait les longues nuits d'hiver. Mais les Bible refusaient de laisser l'obscurité entraver leurs efforts pour retrouver les filles. Grâce à la Rural Electric Cooperative, un fournisseur d'électricité à but non lucratif géré par les habitants du nord-est de l'Oklahoma, des ampoules furent suspendues autour de la propriété pour que ce coin de campagne d'un noir d'encre brille et rayonne toute la nuit entre les voiles des plaines. Un voisin apporta aussi des lampes horticoles, illuminant les lieux comme un terrain de football américain le vendredi soir.

Une fois de plus, à la fin de la journée, la police repartit.

Tandis que le reste de la planète fêtait le nouveau millénaire et que le bug de l'an 2000 se dégonflait comme un ballon de baudruche, les recherches des filles dans la propriété des Freeman se poursuivirent jusqu'à l'aube du troisième jour. Loin des cotillons, des langues de belle-mère et des gueules de bois, Welch devint une machine bien huilée qui tournait sans sommeil, trop distraite pour prêter attention au monde qui accueillait la nouvelle année.

Jay disait que le Seigneur lui avait soufflé d'appeler la station de radio locale pour demander de l'aide, grâce à quoi près de cinq cents volontaires se présentèrent le troisième matin. Cette fois, la battue s'élargit à un rayon de huit kilomètres, Jay et Dwayne envoyant des petits groupes explorer différentes sections de la propriété. Les volontaires notaient chaque détail qu'ils trouvaient, puis faisaient remonter l'information jusqu'à Jay et Dwayne pour qu'ils viennent collecter les preuves eux-mêmes. Ce fut la famille, et pas la police, qui balisa le terrain.

Il n'y avait aucun signe des forces de l'ordre ce matin-là.

Dans l'après-midi, Lorene chargea un ami de la famille d'imprimer des avis de recherche pour Lauria et Ashley dans son magasin de fournitures de bureau. Après avoir récupéré les affiches, elle alla vérifier auprès d'une connaissance au commissariat de Vinita que la disparition des filles avait bien été signalée dans la base de données du NCIC, comme Nutter le lui avait promis le soir du 30 décembre.

« Elles n'y sont pas, déclara la femme après avoir consulté son ordinateur.

— C'est impossible, dit Lorene. Steve Nutter nous a assuré qu'il avait enregistré toutes les informations. Tu es en train de me dire qu'aucune alerte n'a été lancée ? Que personne ne cherche les filles ? »

Pour Lorene, c'était une nouvelle preuve décourageante qu'elle était seule, que la police n'agissait pas dans l'intérêt de sa fille disparue.

« Alors qu'est-ce qu'il faut que je fasse pour qu'on enregistre les filles là-dedans et qu'on diffuse leur photo ? »

La femme lui conseilla de se rendre au bureau du shérif elle-même pour signer l'avis de disparition de Lauria ; un parent d'Ashley devrait signer le sien. Lorene quitta aussitôt le commissariat pour appeler Celesta et la supplier d'aller signer les documents nécessaires.

La mère de Kathy et son beau-père, Bill Chandler, n'étaient pas un couple banal. Ils ne se mêlaient pas aux autres, retranchés dans un petit mobile home dans les environs anonymes de Vinita avec des dizaines de chats et de chiens, dont on percevait l'odeur depuis la route. Ils étaient paranoïaques, peut-être à raison, compte tenu de l'histoire de leur famille, mais ça ne s'arrêtait pas là : des années plus tard, ils me parleraient des hélicoptères qui manquaient de s'écraser sur leur maison chaque semaine et des mouchards cachés dans leurs murs. Ils restaient à moitié déshabillés toute la journée, scrutant le ciel à la recherche d'avions espions. Par un après-midi particulièrement chaud où nous discuterions plusieurs heures, assis devant le mobile home, Bill passerait tout l'entretien à asperger des mouches avec un spray chimique artisanal.

C'était à cause de cette paranoïa que Celesta refusa d'abord d'accompagner Lorene pour faire enregistrer la disparition d'Ashley dans la base de données du NCIC.

« Elle hurlait et tempêtait, comme d'habitude, dit Lorene. Mais je lui ai répondu que son avis ne m'intéressait pas et qu'elle devait venir, point. »

Celesta céda, on ne lui laissait pas le choix, et rejoignit la mère de Lauria au bureau du shérif. Les deux adolescentes furent officiellement inscrites dans le système et déclarées « disparues ».

Lorene se dépêcha de retourner chez les Freeman, où elle distribua des affiches à plusieurs groupes et individus qui se chargèrent de les disséminer à l'extérieur de Welch, pour faire connaître l'affaire dans un périmètre aussi large que possible. À ce stade, les médias locaux commencèrent à débarquer. Des portraits scolaires des filles fleurirent sur les poteaux et les vitrines de magasins. De grands aimants montrant leurs visages furent collés sur le côté de poids lourds. Des cabines téléphoniques furent tapissées d'avis de recherche.

Un couple sans lien avec la police arriva avec deux chiens renifleurs, et se proposa d'aider. Guidés par leurs propriétaires, les chiens humèrent le haut de pyjama de Lauria et l'oreiller d'Ashley au mobile home puis s'élancèrent dans l'allée. Toutes les personnes présentes s'immobilisèrent à cet instant pétrifiant, le sang glacé à la vue des limiers qui suivaient la trace des filles. Les chiens avancèrent rapidement, flairant la terre froide en passant devant des centaines de volontaires. Au bout de l'allée, ils virèrent de cap pour longer la propriété. C'était dans cette direction que le rottweiler Sissy avait hurlé. Arrivés à un gué inondé par le ruisseau, ils durent s'arrêter. Ils restèrent au bord de l'eau, aboyant et hurlant, museau pointé du même côté.

Ce troisième jour, Steve Nutter vint prendre des nouvelles vers 16 heures. Des témoins le virent sortir fièrement de sa voiture avec son chapeau de cow-boy blanc et ses santiags qui lui donnaient la dégaine d'un magnat du pétrole plutôt que d'un agent de l'OSBI.

« Alors, qu'est-ce que vous avez fait aujourd'hui ? » demanda-t-il à Lorene.

Son arrogance ne lui plut pas.

« On a quadrillé le terrain jusqu'à quinze kilomètres à la ronde, répondit-elle. On a demandé à des gens de diffuser l'information dans la région. Maintenant, on distribue ces affiches avec le portrait des filles. Et elles sont enfin dans la base de données du NCIC.

— Parce que je les y ai enregistrées.

— C'est faux !

— Qu'est-ce qui vous fait dire ça ?

— Parce que je suis allée vérifier en ville. Et devinez qui n'était pas dans le système ? J'ai dû obliger Celesta Chandler à signer l'avis de disparition d'Ashley au bureau du shérif pendant que je signais celui de Lauria. C'est comme ça que les filles ont été inscrites. »

Le sang de Nutter lui monta au visage.

« Mais non. J'allais le faire », bredouilla-t-il.

Lorene fit signe à un jeune cameraman de filmer Nutter pendant qu'elle entreprenait de lui dire ses quatre vérités.

« Cet homme va vous enregistrer, dit-elle. Vous n'avez rien fait pour retrouver ma fille, rien du tout. Un jour de plus a passé... Elles pourraient être au Canada, au Mexique. Elles pourraient être de l'autre côté de l'océan, pour ce que j'en sais ! Vous m'avez dit que vous alliez inscrire les filles dans la base de données, mais devinez qui s'en est chargé ? Moi ! »

Des années plus tard, je demande à une de mes sources dans les forces de l'ordre de chercher les filles disparues dans la base de données du NCIC, qui n'est pas publique. Les dates corroborent le récit de Lorene : les informations ont été entrées dans le système le 1er janvier 2000, trois jours après l'incendie. Cela ne correspond pas à la version de Nutter, persuadé que les filles y ont été inscrites dès le soir où l'on avait découvert le corps de Kathy.

Parmi les centaines de volontaires venus participer aux recherches, on trouvait deux détectives privés, Tom Pryor et Joe Dugan, qui avaient entendu parler des meurtres aux informations locales. Renonçant à compter sur les forces de l'ordre, le demi-frère de Danny, Dwayne, les embaucha sur-le-champ, leur versant un dollar symbolique pour qu'ils se chargent de l'enquête.

Tom Pryor avait été inspecteur de police pendant vingt-huit ans et gérait sa propre agence depuis quatorze ans, tandis que son partenaire et ami de trente ans, Joe Dugan, était un chasseur de primes. Ils se décrivaient comme un « duo de choc » et arboraient eux aussi des chapeaux de cow-boy. Sitôt recrutés, ils se joignirent à la battue et commencèrent à passer la propriété au peigne fin. Au bout de l'allée, à environ quinze mètres de la route, Tom Pryor repéra une carte d'assurance automobile appartenant à une femme dont le nom ne disait rien à personne. Il examina les alentours : la carte ne semblait pas avoir été exhumée des cendres, et se trouvait assez loin du mobile home pour que cela lui paraisse étrange. Pryor avait de la bouteille, et savait que la carte d'assurance d'une inconnue, découverte si près d'une route de campagne, pouvait ne présenter aucun intérêt – comme elle pouvait en présenter beaucoup.

Le détective remonta l'allée, passant devant les cornouillers et les orangers des Osages où Ashley et Lauria avaient cherché à manger pour leurs chèvres à peine quelques jours auparavant, et se renseigna pour savoir qui était chargé de l'enquête, du moins officiellement. Il finit par trouver Steve Nutter. Il se présenta et lui tendit la carte.

« J'ai pensé que ça pourrait vous intéresser. Ce n'est peut-être rien, mais chaque détail compte dans ce genre d'affaire, non ? »

Nutter regarda Pryor de haut, retroussant les lèvres.

« Et si vous laissiez l'enquête aux adultes, hein ?

— Je me disais juste que...

— On n'a pas besoin que des privés viennent empiéter sur nos plates-bandes. Continuez comme ça et je ferai révoquer votre licence en moins de deux. »

Désemparé, Prior sortit son portefeuille pendant que Nutter tournait les talons et s'éloignait.

Son partenaire, Joe Dugan, s'approcha de lui.

« Qu'est-ce que tu as trouvé ?

— Je ne sais pas, répondit Pryor. Mais je pense qu'on le saura bientôt. »

Les jours passèrent sans apporter de réponses, puis se changèrent en semaines, en années, en décennies. Aujourd'hui, il ne fait aucun doute pour Jay, Lorene ou Dwayne que Lauria et Ashley ne sont pas mortes dans l'incendie.

Welch dégela à l'arrivée du printemps, qui vint distraire les habitants avec sa chaleur et ses tâches agricoles à effectuer. Pour la plupart des gens, la vie continua simplement. Mais, pour les familles qui avaient lié leur destin à ce pâturage de Welch, la lumière ne faiblit pas. Elles gardèrent les yeux bien ouverts et une concentration ciblée mais d'une grande portée.

Près de vingt ans plus tard, ce fait n'a pas changé, pas plus que la terre muette qui ne livre aucune réponse. Mais le temps s'écoule contre leur gré. Le temps est une chose que les gens ne perçoivent pas avant qu'elle se retourne contre eux. Alors qu'on le dit guérisseur de tous les maux, pour les parents d'un enfant disparu, il ne fait qu'aggraver la blessure ; les grains du sablier deviennent des grains de sel dans une plaie béante, ensanglantée.

Je me demande si, après tout ce temps, au bout de seize ans, il est encore possible de trouver quelque chose.

DEUXIÈME PARTIE

Corruption

10

Les premières théories

Aujourd'hui

Mon cerveau a un défaut. J'adore le même Dieu que ces gens, mais c'est ce qu'Il m'a donné. C'est une ombre qui rôde à la périphérie de mon esprit et me suit à la trace pendant cette enquête. Elle me traque. Même si la peur me trouve dans l'Oklahoma, je ne suis pas sûre que ce soit à cause de l'Oklahoma. Je ne parle pas de l'« angoisse », un terme invoqué à tout bout de champ de nos jours, mais de la terreur paralysante qui vous fait rendre tripes et boyaux brusquement et vous réduit au silence. C'est un trouble psychosomatique dont j'ai hérité, et que mon immersion dans une affaire pleine de mort et de feu ne fait qu'aggraver.

C'est l'enfer.

Excusez ma transpiration et mes mains tremblantes, ou le fait que je me précipite dans les premières toilettes venues pour vomir, ou que je reste assise sans rien dire jusqu'à ce que je parvienne à calmer mon cœur battant. Je commence à perdre mon assurance, et sans la vivacité d'esprit que j'arrive à grand-peine à conserver, mes proches pourraient se demander si je ne suis pas retombée dans mes vieux travers. Bien sûr, l'aiguille dans mon bras continue à me manquer après toutes ces années, mais je me bats pour travailler en tenant mes démons à distance. Me battre, comme je l'apprendrai plus tard, est justement ce qui encourage les ombres dans mon esprit à rôder là, prêtes à se jeter sur moi sans crier gare. L'angoisse.

Dans ces conditions, enquêter sur cette affaire n'est pas facile, mais je suis quelqu'un d'obsessionnel ; je ne suis pas faite pour lâcher prise, et suis incapable de mener plusieurs tâches de front. Alors je retourne dans l'Oklahoma, encore et encore. *N'est-ce pas la définition même de la folie ?* Et puis je tente de m'évader, me retrouvant de nouveau dans la prairie, absorbée dans mes prières et entourée d'assassins qui ne sont pas vraiment là. Et la frustration provoquée par le fait que je peux voir le vent mais pas les filles en chair et en os transforme l'espoir en amertume et le goût sucré de la terre en pourriture, comme du sang resté trop longtemps sur la langue. Je me concentre sur l'horizon, vers les bosquets de pacaniers.

« On dit *peuh-cane*, me corrige inlassablement Lorene quand j'appelle les noix de pécan *pi-cane*, à la new-yorkaise. Combien de fois faut-il que je le répète ? »

Qu'est-ce que ma frustration peut bien faire, comparée à celle d'une femme qui a consacré les deux décennies passées à chercher sa fille de seize ans et sa meilleure amie ? Alors mon désespoir se change en émerveillement. Si c'est l'histoire de la disparition des filles qui m'a conduite ici, c'est la détresse d'une mère qui m'incite à rester.

Pendant les années qui suivent, les informations me parviennent au compte-gouttes, principalement parce qu'il faut du temps aux gens pour accepter de me rencontrer, de me parler.

« Qu'est-ce que tu fais quand tu vas dans l'Oklahoma ? me demande-t-on chez moi.

— Quatre-vingt-dix-neuf pour cent du travail consiste à gagner la confiance des gens, dis-je. Pour le reste, c'est enquête, recherches et crème solaire. »

Le soleil est si cuisant que mes souvenirs sont colorés en blanc aveuglant et platine, les nuits si noires qu'on croirait souffrir d'amnésie. Je ne sais pas par où commencer, bon Dieu…

« *On ne dit pas ce genre de grossièretés, ici.*

— *Alors qu'est-ce qu'on dit ?*

— *Merde, j'en sais rien.* »

Ces gens ne font pas partie de ma tribu, ni moi de la leur. Mais quelque chose ne cesse de m'attirer là-bas. C'est une démangeaison, un pressentiment, une dispute avec mon mari.

« On ne pensait même pas que vous viendriez », m'avoue la cousine de Lauria, Lisa.

Je ne suis pas la première personne à envisager d'écrire leur histoire. Mais seize ans ont passé maintenant… Les filles ont disparu depuis aussi longtemps qu'elles ont vécu.

Aujourd'hui, deux théories majeures se détachent du lot : la corruption et la drogue, les Bible penchant pour la seconde. Ces deux théories séparent les familles depuis 1999. J'évoluerai à la frontière, le long d'un grand fossé, tendant les deux oreilles. Il y a des jours où je me focalise sur la première piste, d'autres où je me focalise sur la seconde.

« *Quelle est ta théorie, Jax ?*

— *Ça dépend de mon humeur.* »

J'ai parfois l'impression de me livrer à un numéro d'équilibrisme précaire, qui me donne le vertige.

« Ces premières semaines ont surtout été consacrées à explorer les pistes liées à la drogue, à l'usage que Danny en faisait et à ses trafics », affirme Lorene.

Mais, pendant nos nombreuses conversations, j'ai toujours du mal à savoir si elle parle de marijuana ou de méthamphétamine, qui semblent synonymes à ses yeux. Et bien que les Freeman admettent eux-mêmes que Danny était un cultivateur et fumeur invétéré de cannabis, la théorie de la meth n'a été avancée que de façon vague, pour expliquer comment il avait attiré le malheur chez lui… et peut-être des assassins.

Il faut noter, cependant, qu'aucune preuve d'usage de drogue n'a été retrouvée sur la scène du crime, et je n'ai jamais été convaincue que la meth a eu quoi que ce soit à voir avec les meurtres, même si je n'écarte aucune possibilité. Par ailleurs, les rapports d'autopsie de Danny et Kathy que m'a fournis l'État ne contenaient aucune analyse toxicologique qui aurait pu m'indiquer si le couple faisait un usage actif de méthamphétamine et/ou de marijuana. Les services de l'État m'ont d'abord expliqué que ces documents avaient été perdus, comme ils l'avaient affirmé aux journalistes avant moi, puis ont déclaré que le public ne pouvait pas les consulter (sur la vingtaine de rapports d'autopsie établis dans l'Oklahoma que je recevrais, ce seraient les seuls à ne pas inclure d'analyse toxicologique).

Cette théorie fait partie des sujets que j'aborde lors de ma rencontre avec Wade Sherrick et ses fils, les éleveurs de bétail installés au bout de la route des Freeman, qui avaient appelé la police le matin de l'incendie.

« Ce n'était pas un grand secret, reconnaît Wade. Des voitures allaient et venaient dans les parages à toute heure. »

Sur la longue route en terre entre la maison des Sherrick et celle des Freeman, on trouve une petite bicoque facile à manquer, qui paraît sortie de l'époque des *Raisins de la colère*. Comme beaucoup, je passerai devant d'innombrables fois sans presque la remarquer. Il n'y a pas d'autres propriétés sur le chemin.

« Je ne sais pas si ces véhicules allaient là-bas ou chez les Freeman, mais il y avait toujours eu des rumeurs. Tous les habitants du coin étaient plus ou moins au courant.

— Vous savez qui vivait dans cette maison ?

— Non. Aucune idée. »

Même si des rumeurs sur les trafics de drogue de Danny circulent depuis longtemps – et je les étudierai de près au cours de mon enquête –, elles sont généralement envisagées séparément de la piste du cartel mexicain, qui ressurgit de temps à autre. À l'époque, les cartels avaient un peu d'influence dans le comté, où des labos de meth indépendants fleurissent toujours autour des champignonnières des villes voisines de Miami et

Commerce, qui avaient embauché beaucoup d'immigrés mexicains au début des années 1990. Mais Lorene sait tout ce qu'il y a à savoir sur l'affaire, et écarte sans hésiter cette théorie.

« Pour vous, y a-t-il la moindre possibilité que les cartels mexicains aient été impliqués dans le crime ? lui dis-je.

— Aucune.

— Qu'est-ce qui vous fait dire ça ?

— J'ai mes méthodes. »

Il faut un certain temps pour s'habituer à la brusquerie de Lorene. Elle ne mâche pas ses mots, n'en laisse jamais échapper un. Si elle ne veut pas répondre à une question, elle me fixe sans rien dire ou ignore mes textos. Jamais de : « Je préfère ne pas en parler » ou : « Sans commentaire ». Rien qu'un silence désarmant, aussi impénétrable que sa conviction que les trafics de drogue de Danny Freeman sont intimement liés aux meurtres.

« Alors comment les rumeurs sur le cartel ont-elles commencé ? dis-je.

— Parce qu'il manquait une main à Danny. Le bruit courait qu'on la lui avait tranchée » – comme pour signer le crime, laisser un indice révélateur.

Dans le rapport d'autopsie de Danny Freeman que je consulte aujourd'hui, rien ne permet de savoir si cette main a été emportée par l'incendie ou volontairement. Toutefois, on ne l'a pas retrouvée à l'écart du cadavre de Danny, comme les autres parties de son corps placées sur le second chariot, dont la moitié inférieure d'une de ses jambes et son second pied, qu'on pensait réduits en cendres, ainsi que des fragments de son os nasal et de sa mâchoire supérieure, pulvérisés par un coup de fusil.

« Et les enquêteurs ont suivi cette piste ? demandé-je.

— Non, c'est moi qui l'ai suivie, répond Lorene, qui tient à ce que ce soit bien clair. Comme je vous l'ai dit, les autorités s'étaient lavé les mains de l'affaire. »

Il me faudra du temps, et avoir gagné sa confiance, mais Lorene finira par me raconter sa rencontre avec la mafia mexicaine en 2000. Au milieu de la nuit, elle s'était engagée au volant d'un pick-up sur les routes de campagne désertes au sud de la frontière du Kansas, accompagnée d'un petit groupe de gens dont elle ne révélera jamais les noms. Personne ne parlait pendant qu'elle conduisait. Le véhicule avançait lentement, enveloppé par le murmure du millet vivace. Lorene savait que, non loin de là, un chef de cartel local l'attendait avec sa propre bande. Elle ne me confiera pas comment l'entrevue avait été organisée ; quoi qu'il en soit, elle avait garé son pick-up d'une main ferme. Elle et l'homme qu'elle était venue voir, un trafiquant de drogue réputé et brutal, avaient laissé le moteur de leur véhicule allumé et leurs compagnons à l'intérieur tandis qu'ils en descendaient pour s'avancer l'un vers l'autre dans la lumière aveuglante des phares. Ils s'étaient retrouvés face à face, souffle cristallisé dans l'air froid de la nuit.

« Qu'est-ce qui vous dit que je ne vous tuerai pas ? avait demandé le trafiquant, penchant la tête pour examiner Lorene.

— Qu'est-ce qui vous dit que moi je ne le ferai pas ? » avait-elle rétorqué froidement, une réponse qui n'aurait pu paraître naturelle que dans la bouche d'une femme comme Lorene Bible.

Malgré tout, l'intensité nocturne entre l'homme et elle avait diminué quand Lorene avait commencé à poser les questions qu'elle avait préparées. Elle était repartie convaincue que le cartel n'avait rien à voir avec la disparition des filles.

« Ce n'est pas dans leur nature. Il me l'a dit, m'explique-t-elle. Ils n'auraient aucun scrupule à assassiner des personnes qui leur doivent de l'argent, mais kidnapper deux adolescentes en représailles serait tout simplement trop risqué. »

Et comme toutes les fois où je demande à Lorene si elle a eu peur dans telle ou telle situation, elle me fournit la même réponse, assenée avec son regard fixe habituel :

« Ce n'était qu'un jour de plus où je cherchais ma fille. »

Par un après-midi ensoleillé, je m'assois avec Steve Nutter, désormais retraité, dans un bureau lumineux et climatisé de la branche nord-est de l'OSBI à Tulsa, à seulement une heure et demie au sud-ouest de Welch. Nutter est accompagné de l'agent Tammy Ferrari, une femme séduisante au visage rond et aux longs cheveux striés de mèches, qui a travaillé dans la police auparavant ; elle vient de Fort Smith, dans l'Arkansas, près de la frontière est de l'Oklahoma. C'est elle qui est chargée du dossier aujourd'hui, mais elle parle moins que Nutter, n'ayant pas participé à la phase initiale de l'enquête de 1999-2000 dont je suis venue discuter.

« Cette affaire n'était pas comme les autres, me dit Nutter. Parce que, après avoir examiné la scène du crime, ce qui est la première étape, on commence normalement à chercher des pistes, et pendant la première semaine il n'y a pas eu la moindre rumeur sur cet homicide dans tout le comté. Pas la moindre. Et en règle générale, dans les affaires de ce genre sur lesquelles j'ai travaillé dans le nord-est de l'Oklahoma, je passe une semaine ou deux au début à courir après de fausses rumeurs. C'est ce qu'il y avait de très particulier dans cette enquête. »

Cette description ne correspond pas aux informations dont je dispose, mais je n'ai pas l'intention de piéger qui que ce soit. Je ne mène pas de chasse aux sorcières, et je ne viens pas seulement chercher la vérité. Je viens chercher les différentes versions que les gens ont de la vérité. Je viens chercher ce que certains pensent que j'ai envie d'entendre. Je viens chercher leurs mensonges. Alors quand Nutter m'affirme qu'il n'y avait aucune rumeur, je ne riposte pas avec des articles de presse et les déclarations de témoins qui ont dit le contraire au fil des années. Je n'ai jamais éprouvé le besoin de m'exclamer : « Je vous ai eu ! » ni de jouer les je-sais-tout arrogantes, et je veux pouvoir continuer à communiquer avec Nutter. Si je le mets au pied du mur, il arrêtera tout. Et puis, les mensonges peuvent être tout aussi révélateurs, quand on connaît déjà la vérité.

Ma liste de théories ne s'arrête pas aux cartels mexicains. Lorsque la découverte du cadavre de Danny avait éliminé la possibilité qu'il soit le coupable, et l'absence d'arme à ses côtés celle d'un meurtre suivi d'un suicide, l'une des premières hypothèses avait été que Lauria et Ashley avaient tué les parents d'Ashley elles-mêmes. Alors que la famille tend largement à réfuter cette piste, surtout si l'on tient compte du fait que Lorene avait retrouvé le sac à main de Lauria, contenant deux cents dollars, l'idée continue de faire son trou sur les forums en ligne : on raconte que les filles mènent la belle vie sur le sable blanc de la Riviera mexicaine, qu'il s'agit de génies diaboliques qui ont eu assez de cran et de penchants psychopathes pour exécuter Danny et Kathy d'une façon aussi violente.

« Tout est possible, me répond Nutter quand j'aborde le sujet. Mais la fille des Bible aurait fini par appeler sa mère. Elles étaient tellement proches, elle n'aurait pas pu s'en empêcher. Et comme ça n'est pas arrivé la première année, j'en ai déduit qu'elle n'avait pas disparu de son plein gré. »

Une autre théorie qui avait rapidement circulé à l'époque était que le crime avait été commis par un individu qui passait simplement par là, même si la plupart des gens admettent que le mobile home des Freeman n'était pas un endroit sur lequel on serait tombé par hasard. Il se trouvait trop en retrait sur une route isolée, une route où on ne serait jamais arrivé par accident – n'importe qui aurait fait demi-tour bien avant de l'atteindre.

Il est essentiel que j'étudie ces hypothèses secondaires avant de m'attaquer pour de bon aux pistes de la drogue et de la corruption, qui semblent les plus concrètes aujourd'hui. La famille Freeman continue à clamer haut et fort que le meurtre a été orchestré par un ou plusieurs employés du CCSO, comme Danny en avait averti Dwayne Vancil peu avant sa mort. « Danny nous a dit où chercher », affirment-ils.

« Il y a eu des soupçons en rapport avec la drogue », intervient Tammy Ferrari.

Elle m'explique que les meurtres n'ont pas forcément eu lieu pour cette raison, mais que beaucoup de personnes ayant fourni des informations au cours des années sont ou étaient impliquées dans le milieu de la drogue.

« Une bonne partie de ces gens liés au trafic de drogue ont été retrouvés morts », ajoute-t-elle.

Mais les agents ne souhaitent pas s'étendre sur le sujet.

Le fait que les enquêteurs n'aient pas repéré le cadavre de Danny n'avait fait que renforcer la conviction que les Freeman s'étaient déjà forgée : Danny avait vu juste à propos du bureau du shérif, et la corruption était généralisée.

« Le jour suivant, quand le corps de Danny a été retrouvé, il était recouvert de quinze à vingt centimètres de cendres, me dit Nutter. On a dû passer juste à côté plusieurs fois, moi et les autres. Et même après avoir dégagé les cendres, on avait du mal à se rendre compte qu'on avait affaire à un corps humain. C'est la seule explication que je peux vous donner. »

Mais cela contredit le témoignage des Bible et de Dwayne Vancil, qui ont tous vu le cadavre relativement intact de Danny ce matin-là. Nutter semble aussi rejeter la faute sur les deux capitaines des pompiers arrivés sur les lieux avant lui.

« Les capitaines des pompiers ont dit qu'ils avaient fouillé les décombres et qu'ils avaient trouvé… La seule chose qu'ils avaient trouvée était un cadavre sur un lit, dans ce qui s'est avéré être la chambre de Danny et Kathy Freeman. »

Et alors que l'OSBI, le bureau du procureur et d'autres organes de la loi évoqueraient pendant des années le rapport censément établi sur l'incendie, personne ne se rappelle qu'une telle enquête ait eu lieu. Les informations dont les familles disposent proviennent en majorité d'un capitaine des pompiers retraité qui s'était rendu sur place seulement après avoir entendu parler des événements, et dont le rôle n'était pas officiel. D'après Nutter – et aucun membre de la famille n'a jamais contesté ce fait –, de l'essence avait été utilisée pour accélérer l'incendie : il s'agissait donc d'un acte criminel.

« Je ne trouve aucune trace de l'incendie de décembre 1999 à Welch, me dit un employé du département de la sécurité civile de l'État en mai 2017. Apparemment, on ne nous a pas demandé d'enquêter à ce sujet. »

En janvier 2018, je contacte le directeur adjoint du département en personne.

« J'ai vérifié dans nos archives, et nous n'avons pas mené d'inspection sur un incendie à Welch le 30 décembre 1999, me dit-il. Selon les lois de l'État, l'enquête doit être commanditée par le capitaine des pompiers local, le commissaire de police ou le bureau du shérif. Aucune demande de ce type n'a été effectuée. »

Cherchant encore à confirmer ce fait à l'automne 2018, je demande aux employés du département s'ils peuvent me fournir des informations supplémentaires et consulter d'autres dates, au cas où il y aurait eu une erreur administrative. On me répond sèchement :

« Comme spécifié dans notre précédent e-mail, nous n'avons pas été appelés à enquêter sur cet incendie. »

D'après les familles des victimes, qui s'appuient en partie sur les hypothèses officieuses du capitaine des pompiers retraité, le ou les tueurs avaient répandu l'accélérant autour de la table de la cuisine puis dans le salon, et y avaient mis le feu près du fourneau à bois, juste à l'entrée du mobile home. Plus tard, un ancien pompier bénévole certifierait que le chemin de l'accélérant avait commencé au niveau du cadavre de Kathy. En l'absence de rapport, je ne serai jamais fixée.

« Avant, je pensais pouvoir affronter n'importe quoi, me dit Nutter à la fin de notre entretien. Je voulais passer ma retraite à la campagne. Mais maintenant, après avoir travaillé toutes ces années pour l'OSBI, je préfère vivre dans une ville où il y aura au moins un témoin s'il arrive quelque chose. »

Mon entrevue avec Nutter et Ferrari se conclut sur ces mots. Ce sera la dernière fois que je m'entretiendrai officiellement avec eux et que Nutter s'exprimera publiquement.

J'espérais également recueillir le témoignage des agents du CCSO intervenus à l'époque ; cependant, aucun d'eux n'accepte de me parler les premières années – mon entretien avec Nutter a lieu trois ans avant ma rencontre avec Mark Hayes, le sous-shérif qui, en 1999, n'avait pas du tout apprécié de voir Nutter abandonner la scène du crime si rapidement.

C'est par un après-midi de janvier glacial que je me rends au domicile de Mark Hayes, astucieusement aménagé dans une ancienne grange au sommet d'une colline de Big Cabin, dans l'Oklahoma. C'est un coin de campagne si reculé que ma voiture ne capte plus le signal de la radio, et une pointe de peur s'éveille sous la forme d'un picotement sur mon cuir chevelu – mon anxiété se recharge. L'intérieur de la maison est confortable, les murs décorés de coucous et d'outils rustiques. Un poêle à bois nous tient chaud. Mark Hayes se montre aimable et accueillant, et ne cache pas ce qu'il pense de Nutter.

« Il y a beaucoup d'excellents agents à l'OSBI, me dit-il. Et je ne comprendrai jamais pourquoi et comment on a écopé de celui-là. Nutter a terminé l'examen de la scène du crime si vite que je lui ai demandé : "Vous ne pouvez pas déjà avoir fini, quand même ?" Il m'a répondu qu'il n'y avait plus rien à faire, mais c'était faux. Je lui ai même montré une cartouche de fusil en plein milieu de l'allée. Il n'en avait rien à cirer. » Hayes lâche un rire sec. « Au cas où vous n'auriez pas remarqué, je ne suis pas fan de Nutter. »

C'est la première fois que j'entends parler de cette cartouche, que Hayes me décrit comme « fraîchement tirée ». Puis je repense aux treize armes à feu abandonnées sur la pelouse.

D'après le sous-shérif, Nutter avait levé les yeux au ciel et dit à ses collègues de mettre la cartouche dans un sac, « si ça fait plaisir à Hayes ».

« Je vais vous dire ce qui me chiffonnait vraiment avec Nutter, poursuit-il. Il faisait comme si on était partenaires, amis. Mais j'ai vite compris que ce n'était pas mon copain. Il me traitait comme un suspect.

— En étiez-vous un ? dis-je.

— Absolument. Mon frère et moi avons dû passer un test au détecteur de mensonges, on nous a demandé si on avait tué Kathy et Danny, si on avait quelque chose à voir avec l'enlèvement des filles.

— À cause de vos échanges passés avec Danny ?

— C'est ça. Quand mon frère a abattu Shane. »

Je savais que, pour les Freeman, la mort de Shane, à l'âge de dix-sept ans, se situait au cœur de l'affaire ; et avant d'explorer les théories liées à la drogue qui avaient continué à s'accumuler au fil du temps, il valait mieux que je commence par m'intéresser au garçon tué par l'agent du CCSO David Hayes.

11

Le fils, Shane Freeman

Le 8 janvier 1999, à peine un an avant le meurtre de ses parents, les yeux noisette de Shane Freeman avaient pris la teinte du crépuscule alors qu'il patientait près du pick-up en panne qu'il avait volé quelques jours auparavant. Même s'ils savaient qu'il était recherché par la police, plusieurs habitants de Welch arrêtèrent leur voiture à sa hauteur pour lui demander s'il avait besoin d'un coup de main quand ils virent que son véhicule était en rade, un pneu avant bien droit et l'autre tourné vers l'extérieur.

« Non, merci ; j'attends de l'aide », leur répondit-il poliment à tous, avec un sourire nerveux et une tempête qui se levait sous son crâne.

Le froid emprisonnait l'odeur d'eau de Cologne et de poudre à fusil qui planait autour de lui, un parfum que les garçons de Welch dégagent encore aujourd'hui. Shane avait hérité du physique avantageux de son père en même temps que d'un caractère colérique dont il n'avait jamais voulu. Pendant qu'il patientait à côté du pick-up détraqué à l'ouest de Welch, à environ quinze kilomètres du mobile home des Freeman, il attendait la mort, à quelques minutes de là dans la prairie saupoudrée de neige.

En 2017, je rends visite aux parents de Kathy dans les environs de Vinita. Leur mobile home est retranché à l'ombre de chicots du Canada et entouré d'élevages de bovins. Devant, près de la route, une grande pancarte disant « Justice pour la famille Freeman » se dresse encore après toutes ces années. En remontant l'allée, j'entends la télévision brailler. La porte est équipée de près d'une dizaine de cadenas différents. Je suis accueillie par un Bill Chandler torse nu, dont le crâne chauve est parsemé de croûtes et saigne par endroits. Avant que je ne puisse terminer de me présenter et d'expliquer qui je suis, Celesta le bouscule.

« C'est la police qui a tué ma famille ! Ils méritent de brûler en enfer ! » aboie-t-elle en s'aidant des deux mains pour descendre les marches du mobile home.

Celesta est une vieille femme à qui il manque des dents en bas, habillée d'un survêt en éponge gris sans soutien-gorge par un jour de grande chaleur.

« Shane serait peut-être encore en vie si Danny l'avait mieux traité », dit-elle.

Elle a des raisons de ne pas aimer Danny, des raisons qui incluent l'inculpation de celui-ci pour coups et blessures contre Bill Chandler en 1985, quand Bill avait tondu sans faire exprès ses plants de cannabis. Malgré cela, Celesta a affirmé dans le *Joplin Globe*, un quotidien du Missouri : « Il n'y avait qu'une seule chose qui n'allait pas chez Danny, et c'était son mauvais caractère. Il pouvait dire des choses blessantes à Kathy et aux enfants. Mais ce n'était pas un assassin. »

Malheureusement, au fil du temps, Celesta et Bill ont aussi mis la mort de Shane sur le compte de la Maison Blanche, de l'histoire ancienne de l'Irlande et du gouvernement d'Obama, même si une fois Trump au pouvoir, ils l'accuseront à son tour. Les proches des victimes, les survivants des meurtres de Welch, déclinent à la même vitesse que leurs petites bourgades rurales autrefois prospères.

« L'équipe du shérif a tué toute ma famille », répète Celesta à chacun de nos entretiens.

Installée avec elle sur des chaises de jardin branlantes, j'ai du mal à détacher les yeux du pick-up Chevrolet bleu de 1985 garé à côté du mobile home.

« C'est celui que Shane a pris », me dit-elle.

Pas besoin d'explications. Je sais déjà à quoi elle fait allusion, comme elle sait pourquoi je regarde le véhicule.

« Je peux ? dis-je, indiquant d'un geste que j'aimerais l'inspecter.

— Allez-y. »

Assise seule à l'intérieur du pick-up, je passe les doigts sur le volant, referme la main sur le cuir bleu et commence à parler à Shane. Je lui demande ce qui l'a provoqué, ce qui l'a forcé à fuir, ce qui le motivait, ce qui s'est réellement produit à l'instant de sa mort. Il y a quelque chose de sacré dans le fait de me retrouver à l'endroit exact où Shane, un garçon que j'ai appris à connaître avec les années, a paniqué et pris la fuite quelques jours avant sa mort. Je hume l'odeur du vieux cuir, le pick-up démarre encore, et quand j'allume la radio, un sermon crachotant s'élève. J'essaie de trouver du rock'n'roll, mais ne récolte qu'enfer et damnation. Je touche toutes les parties du pick-up qu'il aurait touchées, de l'accoudoir jusqu'à la poignée de la portière, en essayant d'imaginer ce qui lui a traversé l'esprit ce soir-là. Je veux rester assise avec lui et regarder.

Raconte-moi ce qui s'est passé, dis-je en silence au mort.

On n'a pas de mal à imaginer Shane dans l'un des nombreux véhicules qu'il volait pour partir en virée. Bière tressautant dans la benne, minuit un soir d'été du Midwest, lorsque le vent est chaud et le ciel parsemé d'étoiles, si brillantes qu'on pourrait jurer que Dieu les entend brûler. Shane mesurait un mètre soixante-dix et pesait soixante-seize kilos musclés, avait des cheveux bruns courts et le menton rasé, un clou à l'oreille. Le léger crissement des pneus sur la terre était étouffé par les vrombissements du V8 et une chanson de la fin des années 1990. Avec de la poussière collée à sa sueur et la condensation d'une canette de bière pour se rafraîchir, le garçon s'enfonçait au cœur de la nuit de la route 66. Examinant une ville assoupie après l'autre, il affichait toute la morgue d'un adolescent frondeur, alimentée par les hormones et l'adrénaline.

Lorsqu'il s'agit de dire précisément qui était Shane Freeman, les avis de ses camarades de classe, de ses amis et des membres de sa famille divergent. Il changeait peut-être de personnalité en compagnie de chacun. C'était un rebelle sans cause, et pourtant il séduisait par sa propension à se laisser aller sans retenue.

« Joy ! avait-il crié un jour à une fille qui traînait avec des jeunes du coin sur le parking du Pizza Hut de Vinita, en se penchant par la fenêtre du véhicule qu'il conduisait. Je t'épouserai, tu peux en être sûre !

— Tu m'as dit la même chose la semaine dernière ! avait rétorqué une autre fille.

— Ah oui ? avait-il répondu en souriant. Je ne sais pas si je pourrais faire une honnête femme de toi, remarque. »

Malgré ces anecdotes amusantes qui témoignent de son charisme, d'autres le disaient timide et réservé. Je recueille la plupart de mes informations sur Shane auprès de son meilleur ami, Justin Green, un garçon athlétique qui a quitté l'État depuis, même si nous discutons souvent.

« Shane était très sportif, m'explique-t-il. Drôle, extraverti, quand il n'avait pas… Comment dire ? Quand il n'avait pas sa vie de famille en tête. »

« Shane était beau comme un dieu, s'accordent à dire la plupart des gens que j'interroge. Et il courait plus vite que n'importe qui. » Ce sont les deux attributs que la majorité a retenus : un joli minois et des jambes épaisses comme des troncs d'arbre. « Il courait comme pas possible, un vrai dératé. » Et Shane semblait conscient de cet atout. Même quand il regardait des émissions de courses-poursuites à la télé, il remarquait toujours qu'il aurait distancé la police les doigts dans le nez.

« Toutes les filles le voulaient. Elles ne le lâchaient pas d'une semelle », me dit Justin.

À plusieurs reprises, je me rends sur la portion de route de campagne perdue où Shane est mort. Chaque automobiliste qui passe de loin en loin me demande si j'ai besoin d'aide ; alors je les interroge sur Shane.

« Bien sûr, je me souviens de lui, me dit quelqu'un. Ce garçon était rapide comme l'éclair. »

Mais les rumeurs sur la vie de famille de Shane fourmillent de murmures parlant d'un père prompt à la colère et de misère. Shane se drapait dans sa rébellion avec un mépris frappant pour l'autorité.

« Mettons que vous vous réveillez le samedi matin et que vous avez deux possibilités : aller pêcher ou chasser, ou bien jouer au basket et retrouver des filles à la foire du comté, dit Justin. Shane prenait à tous les coups son ballon de basket. Ça insupportait Danny. »

Tandis que j'écris ce livre, je me demande toujours quel est le portrait le plus fidèle que je puisse donner de Danny. Comme Shane, il semblait avoir deux facettes. Personne ne niait qu'il avait un tempérament explosif, mais celui-ci semblait se manifester par intermittence, et il y avait des périodes de tendresse et de calme aussi. Où Danny vagabondait joyeusement avec Ashley dans les prés et cueillait toutes les belles fleurs qu'il trouvait pour les vendre. Où il communiait avec les oiseaux dans sa propriété. Où il contemplait la lune montante en y voyant un signe de chance avant qu'elle passe au-dessus du ruisseau.

Mais on me raconte aussi des histoires sur ses colères. Justin Green affirme qu'un jour d'hiver où Shane et lui s'étaient endormis sur le lit du garçon, ils avaient été réveillés par Danny qui les rouait de coups de poing en les traitant de pédés et de tapettes. Émergeant dans cette réalité infernale, les garçons, encore en pyjama, s'étaient enfuis par l'arrière du mobile home alors que Danny sortait de la pièce à pas furieux. Il était revenu avec une carabine de chasse. Il s'était rué dehors et avait sauté dans son pick-up pour chasser les garçons jusqu'au ruisseau dans une tempête de jurons homophobes et d'insultes, faisant feu vers eux pendant qu'ils s'engageaient dans l'eau glacée.

C'était au bord de ce même ruisseau que Danny nourrirait les dindons sauvages plus tard et pleurerait son premier-né.

Les garçons, tremblants et gelés, étaient persuadés que Danny était prêt à les tuer ce matin-là.

Même Sheena, la camarade de Lauria et Ashley qui m'a raconté l'anecdote sur Rambo, me dit qu'Ashley lui avait confié que Danny avait précipité Kathy contre un mur un jour.

« J'aurais dû faire quelque chose à ce moment-là », regrette-t-elle.

Mais d'autres amis contredisent ces récits d'épouvante.

« Je n'ai jamais rien vu de ce genre, me dit l'un d'eux. Danny m'a toujours paru très gentil. D'ailleurs, quand j'ai lu un texte que j'avais écrit à l'enterrement de Shane, il a fondu en larmes et m'a serré dans ses bras. »

Pendant un de mes déplacements à Welch, je rends visite à une connaissance de Danny, Albert Lynn, dit Ally, dans sa ferme. Il me décrit leur relation :

« Il était plus vieux que moi. Je devais avoir dix-neuf ans », commence-t-il.

Même s'il était plus proche de l'âge de Shane, Ally affirme que Danny était le meilleur ami qu'il ait jamais eu.

« Une fois, je suis allé le voir après le boulot, défoncé à l'acide, me raconte-t-il en riant à travers ses larmes. Danny me faisait bien comprendre qu'il n'approuvait pas. J'étais comme ça. Il était comme ça. Ce soir-là, on a pris la pirogue pour aller pêcher à la lance. Je planais complètement. On adorait faire ce genre de trucs ensemble. »

La pêche à la lance, un sport typique de la région des Ozarks. Bien des soirs, on pouvait trouver Danny et Ally en train de fumer de l'herbe dans une pirogue, une embarcation étroite et peu profonde. Ally pagayait à l'arrière et Danny à l'avant, fendant les eaux noires du ruisseau avec une lampe de poche à travers des nuées de moustiques et le scintillement des lucioles, guettant à la surface de l'eau l'éclat orange des yeux des grenouilles, qu'ils transperçaient à l'aide d'une longue pique avant de les rapporter à la maison pour faire griller leurs cuisses sur le feu.

« Parfois, on allait à l'endroit où Shane est mort, rien que lui et moi, et il ne faisait que pleurer, continue Ally. Avant qu'ils meurent, ma femme et moi avions prévu de retrouver Danny et la sienne au Nouvel An pour boire des margaritas bleues et tirer des feux d'artifice en mémoire de Shane. »

D'autres connaissances de Danny, dont Lorene Bible, estiment que ses crises de rage venaient de la fois où il s'était accidentellement tiré dans la tête : « Le bout de métal qu'il avait dans le front l'avait rendu méchant. » Ses migraines entretenaient une colère qui bouillonnait en permanence sous la surface.

« Shane voulait une vie meilleure, me dit Justin. Il voulait partir le plus loin possible pour ne pas devenir comme son père. Je crois que c'était sa plus grande peur. »

Comme sa sœur, Shane savait depuis la préadolescence chasser et vider des animaux comme les écureuils, les lapins et les cerfs, quand c'était la saison. Il vagabondait sur les chemins de campagne avec un fusil dans le dos, sans se soucier du sang du gibier sur son pantalon, un spectacle qui n'avait rien d'étonnant à Welch, de toute façon. Il passait ces journées au calme, en dehors des détonations de son fusil, donnant des coups de pied dans les glands, un goût de chêne dans l'air. En été, la campagne chatoyait. En hiver, elle était désolée et, pour la majorité des adolescents comme Shane, d'un ennui mortel.

C'était en mars 1998 que les problèmes de Shane étaient devenus évidents, à en croire la plupart des gens du coin. Il n'en était probablement pas à sa première infraction, mais c'était à ce moment-là que les forces de l'ordre avaient décidé d'intervenir, sur l'insistance d'un membre de sa famille. En fait, le garçon, alors âgé de seize ans, commettait si régulièrement des menus larcins que dès qu'une chose disparaissait en ville, on pensait : *Encore un coup de Shane Freeman*. Sans que l'on sache bien pourquoi, les vols se cantonnaient généralement aux domiciles de ses amis, où il prenait toujours une douche et se servait dans les placards. Pendant un de ces cambriolages, il avait mis la main sur un gyrophare.

« Je regrette d'avoir mêlé la police à la vie de cette famille », me dit Dwayne Vancil.

C'était lui qui avait contacté les forces de l'ordre, à contrecœur. Tout avait commencé quand Dwayne s'était rendu avec sa famille à Branson, dans le Missouri. À son retour, il avait trouvé son pick-up maculé de boue, le réservoir d'essence presque vide. Il avait aussitôt deviné que c'était la faute de Shane, qui avait la permission d'aller bricoler dans son garage en son absence. Le garçon avait cassé les cadenas de la maison et empoché les clés du véhicule. Et je suis prête à parier qu'il avait adoré tournoyer avec le pick-up dans les champs humides de neige fondue ; je l'imagine couché dans la benne, sifflotant face aux étoiles, très fier de son mauvais coup. Je ne suis pas sûre qu'il aurait fait les choses autrement, si elles avaient été à refaire.

Dwayne était allé tout droit chez un des amis de Shane, où il savait que le garçon passait la nuit, et l'avait quasiment traîné par la peau du cou jusqu'au bureau du shérif à Vitina.

« J'ai déposé plainte, m'explique-t-il. On voulait le forcer à se ressaisir avant qu'il se mette en danger. »

Les parents de Shane les attendaient sur place. Ensemble, ils expliquèrent les problèmes qu'ils avaient avec l'adolescent : les cambriolages dans la région, les vols de véhicules, les fugues. Ils allèrent jusqu'à faire visiter le centre de détention local au garçon, pour lui montrer où il finirait s'il ne filait pas droit. Au début, cette intervention sembla avoir porté ses fruits. Danny, Kathy, Shane et même Ashley, qui avait quatorze ans, participèrent à une séance de thérapie familiale organisée par les services sociaux de l'Oklahoma. Le comportement de Shane parut s'améliorer, au moins un temps. Mais, au bout de quelques mois, il céda à ce tiraillement qui ne pouvait être apaisé que par des infractions.

À la fin de l'été 1998, Shane aidait Danny à faire des travaux à l'autre bout de Welch, chez un ami de la famille. Comme la porte du garage était ouverte, il s'aperçut qu'il pouvait voler un bout de cordon de téléphone, ce qu'il continua à faire pendant plusieurs jours (pour des raisons que j'ignore, Danny l'avait récemment privé de téléphone). L'esprit rebelle de Shane se réveilla le matin du 20 août 1998, avant l'école, et il rapporta une partie du câble chez lui pour raccorder sa chambre à une boîte électrique sur le côté du mobile home. Son père le surprit.

Si les rumeurs allaient bon train sur la façon dont Danny traitait Shane, certains le défendaient aussi.

« Il était sévère avec lui, mais ce gamin était incontrôlable. Danny ne faisait que son devoir pour le recadrer. Il lui avait peut-être flanqué une fessée ici ou là, ou tanné le cuir avec un ceinturon, mais il ne le maltraitait pas », me dit la demi-sœur de Danny, Chris, quand je lui rends visite en Louisiane.

Il faut noter que la majorité des habitants de l'Oklahoma se montrent en faveur des châtiments corporels, et que l'usage du battoir en bois est encore permis dans les écoles publiques lorsque les parents en ont donné la permission écrite. Si la famille de Shane ne parvenait pas à le mettre au pas, elle craignait que la police ne s'en charge – ou, pire, qu'un propriétaire se sente autorisé à abattre d'un coup de fusil l'adolescent cambrioleur.

Mais, après tout, qui n'est pas invincible à seize ans ?

Ce mois d'août-là, Shane venait de commencer son avant-dernière année de lycée, assistant aux cours du tronc commun le matin avant de rejoindre en car scolaire le Northeast Technology Center, situé à environ une demi-heure de là, à Afton. Il y suivait une formation de technicien automobile, façon plus chic de dire « mécanicien ». Mais le jour en question, quand il se présenta au lycée de Welch après avoir été corrigé par son père, un professeur d'athlétisme qui le croisa dans un couloir constata que son short « était imbibé de sang ». Bien sûr, Shane était l'incarnation même du sportif populaire, qui saluait ses amis d'une tape dans la main et faisait rêver toutes les filles, mais c'était aussi un garçon blessé et en colère qui se recroquevilla d'humiliation quand ses enseignants lui demandèrent de leur expliquer ce qui lui était arrivé.

Selon l'agent du comté de Craig qui prit sa déposition, Shane rapporta que Danny l'avait « fouetté avec un cordon de téléphone environ trente fois, giflé et [lui avait] donné trois coups de poing ». Le policier nota aussi que les fesses de Shane étaient « couvertes de bleus et en sang ».

Après ça, Shane ne rentra pas chez lui. En réaction, Danny retrouva l'adjoint du CCSO Troy Messick à la supérette Roscoe's, où Ashley travaillait à temps partiel, et signala officiellement la fugue de son fils. L'adolescent, qui n'avait pas quitté Welch, emménagea chez son ami Justin Green : il était très proche de sa famille, et sa mère l'avait pris sous son aile depuis longtemps. Avant qu'il puisse s'installer ce soir-là, des agents l'emmenèrent au bureau du shérif pour dresser un procès-verbal, puis le ramenèrent chez Justin.

De l'avis général, Shane était heureux avec sa famille d'adoption. Il continua d'aller au lycée, et cette période de quelques mois à la veille de ses dix-sept ans lui laissa d'agréables souvenirs, si épars soient-ils.

Le 2 septembre 1998, un mandat d'arrêt fut lancé contre Danny Freeman, accusé de « coups et blessures sur mineur ». Le dossier fut pris en charge par le procureur adjoint Clint Ward, l'homme que plusieurs témoins entendraient proclamer que le meurtre des Freeman avait tout l'air d'un règlement de comptes entre trafiquants de drogue. D'après Dwayne Vancil, Danny pensait que le bureau du procureur exagérait : il avait simplement essayé de corriger le comportement de son fils, et le foin qu'on faisait autour de cette histoire était ridicule. Il fut arrêté le jour même, puis relâché après avoir payé une caution de cinq mille dollars, une petite fortune pour une famille avec le genre de revenus plus que modestes qu'on trouvait à Welch.

Dans la seule déclaration directement attribuée à Shane que j'aie pu trouver, prononcée lors d'une audience préliminaire le 20 octobre 1998, le garçon expliqua : « Je parlais à quelqu'un à qui je n'aurais pas dû parler. [Mon père] m'a surpris, et comme il ne trouvait pas de ceinturon, il s'est servi du cordon de téléphone. » Peu après, le 6 novembre 1998, Shane fêta son dix-septième anniversaire.

Thanksgiving arriva avant que la famille Freeman n'ait eu le temps de se rendre compte que la fête approchait. Le grand-père de Shane, le père de Danny, Glen Freeman, monta en voiture depuis la Louisiane avec sa femme – la belle-mère de Danny et la mère de Dwayne –, un voyage de douze heures. Ils apportaient des glacières remplies d'écrevisses et de crabes, de *dirty rice* et de gombo. J'imagine le léger fumet d'épices cajuns qui envahit le mobile home pendant qu'ils plaçaient chaque viande et accompagnement dans une grande bassine pour laisser les convives choisir ce qu'ils préféraient dans ce festin créole. Shane fit une apparition, sourire aux lèvres, partageant sa journée entre les Freeman et les Green. Tandis que le reste de la famille bavardait de tout et de rien au dîner, le garçon remarqua une lueur inquiète dans le regard d'Ashley. Il serra le genou de sa sœur sous la table et se pencha vers elle.

« Tout va bien, Ash, la rassura-t-il. Je suis très bien où je suis. »

Ashley, qui adorait son grand frère, lui rendit son sourire.

« Ne t'inquiète pas, d'accord ? reprit-il.

— Moi ? M'inquiéter ? » Elle croisa les bras avec une moue narquoise. « Pour toi ?

— Viens par là, morveuse. »

Il l'attira à lui et frotta son crâne avec son poing, avant qu'ils posent confortablement un bras sur l'épaule de l'autre.

Ce Thanksgiving, le 26 novembre, serait le dernier jour où Shane verrait ses parents, sa sœur et sa famille élargie.

À peu près à la même époque, la mère de Justin Green loua un appartement pour les deux garçons. L'endroit était au mieux spartiate, mais c'était un rêve de Noël devenu réalité, meublé des frasques de deux adolescents impatients de grandir. Quand bien même la vie de Shane semblait plus facile, il avait emporté ses démons avec lui.

« Il avait beaucoup de problèmes, à cause du sort dont il avait écopé », me dit Justin.

Les cambriolages continuèrent à Welch, même si Shane poursuivait assidûment sa scolarité. Il traversait régulièrement ce qu'on considérerait par la suite comme des épisodes maniaco-dépressifs, et les plaisirs de cette existence sans surveillance furent de courte durée. Mais certains habitants de la ville soutiennent que Shane ne commettait de délits que pour échapper à son père au tempérament explosif, que la prison lui paraissait une meilleure option qu'une maison où on marchait sur des œufs.

Une semaine et demie après Noël, le 4 janvier, alors qu'il devait bientôt retourner en classe, Shane prit le pick-up de Justin sans sa permission et une arme à feu de grand calibre ; Justin dit ne pas savoir où il se l'était procurée. Il arriva chez sa grand-mère Celesta à 8 h 15, affolé, déclarant que s'il n'était pas parti d'ici trente minutes, on le tuerait.

« Qui va te tuer ? » lui demanda Celesta.

Mais il refusa de répondre. À la place, il répéta la même chose, suppliant sa grand-mère de lui donner les clés de son pick-up. Celesta hésita.

« Bon, je ne sais pas qui te court après, mais tu ne devrais pas garder cette arme. Elle va seulement t'attirer des ennuis. »

Shane s'assit dans le mobile home et se prit la tête dans les mains, désespéré.

« Ils vont me tuer si je ne pars pas. »

Celesta céda, lui donna les clés et le regarda démarrer, sans savoir que ce serait la dernière fois qu'elle verrait son petit-fils. Je ne découvrirai jamais si Shane essayait seulement d'effrayer sa grand-mère pour récupérer son pick-up ou si quelqu'un était vraiment à ses trousses. En tout cas, le garçon commença à perdre son sang-froid.

« Choisis une chanson, dis-je à Justin, essayant de l'aider à dresser le portrait de son meilleur ami. Quelle était sa chanson préférée, une chose qu'il aurait écoutée ?

— *Truly Madly Deeply* de Savage Garden, répond-il.

— N'importe quoi !

— *Tootsie Roll ?* »

Nous éclatons de rire.

Pendant quatre jours, Shane se lança dans une succession frénétique de délits qui semblaient refléter son état mental – il finit par essayer de s'enfuir, a priori en Louisiane, où son grand-père et sa tante vivaient, mais il n'alla pas loin. Au cours de cette brève carrière criminelle, il devint un fugitif et reçut le surnom de « Bandit au gyrophare ».

Après que Celesta lui eut remis les clés du pick-up Chevrolet bleu, celui dans lequel je m'assiérais plus tard, Shane se retrouva à Afton, à environ vingt minutes de route au nord-est de chez sa grand-mère. C'était l'endroit où il suivait une formation de mécanicien, mais il n'alla jamais en cours. Les déplacements de Shane pendant les jours suivants sont sujets à débat ; il était en cavale, se cachait d'un endroit à l'autre et ne maintenait de contact régulier avec personne. Des élans d'obsession et d'indécision l'assaillaient tandis qu'il enchaînait les vols de voiture, en sueur et fébrile, une frénésie qui connut une fin abrupte quelques jours plus tard.

Aucun des proches de Shane que j'interroge n'a la moindre idée de ce qui avait pu déclencher cette folie.

« C'était à cause des services sociaux », m'avoue Justin, révélant le secret vieux de vingt ans qui semble échapper à la famille et aux amis du garçon.

D'après lui, tout était parti d'une visite des services sociaux de l'Oklahoma à leur nouvel appartement le matin où Shane avait pris la fuite.

« Danny ne supportait pas qu'il ne soit pas chez lui, sous sa coupe, alors il se battait pour le récupérer. »

À dix-sept ans, Shane n'était pas autorisé par la loi à vivre seul ; les services sociaux étaient donc venus lui annoncer qu'il devait retourner chez ses parents.

« Et c'était hors de question », conclut Justin.

On a aussi émis l'hypothèse que Shane allait être placé en famille d'accueil.

À un moment donné de cette période chaotique, l'adolescent trouva un véhicule de garde-chasse inoccupé dans le comté de Craig, et escamota aussitôt la veste et le carnet de contraventions de l'agent. Cela comblait sa soif de sensations fortes, de frissons, mais le garçon était aussi pétri de stress et d'angoisse qu'il avait du mal à gérer. Il ne s'était pas non plus séparé du gyrophare volé précédemment, à une date inconnue.

Le 5 janvier, Shane réapparut chez une petite amie, et repartit vers 17 h 30. J'ai tenté plusieurs fois de contacter cette personne, sans succès. Plus tard dans la soirée, il assista à un match de basket de la jeune fille au lycée d'Afton et s'en alla à 22 h 45. Pendant la nuit, une vague de froid gagna l'Oklahoma, apportant une terrible tempête hivernale faite de grêlons de la taille de balles de golf et de bourrasques qui décrochèrent les panneaux de signalisation. Dehors, sur les routes d'un noir d'encre qu'il devait parcourir pour atteindre sa destination suivante, Shane parvint d'une façon ou d'une autre à affronter les inondations, le verglas et le vent hurlant ; il semblait programmé pour surmonter la plupart des obstacles que la vie dressait sur son chemin. À ce stade, sa fugue fut officiellement signalée dans la base de données du NCIC.

Le mercredi 6 janvier, plusieurs habitants de Bluejacket aperçurent Shane au volant du pick-up de sa grand-mère.

Le soir même, entre 19 heures et 19 h 30, Sabrina Chivers, âgée de dix-sept ans, remontait en voiture avec une amie le bloc 3500 de North Main Street à McAlester, à environ deux cent cinquante kilomètres de Welch, quand elle remarqua les lumières d'un gyrophare dans son rétroviseur. Ne sachant pas trop ce qu'elle avait fait pour attirer l'attention d'un policier, elle s'arrêta. Un jeune agent s'approcha de sa vitre et scruta les deux adolescentes.

« Bonjour, mademoiselle, commença-t-il. Permis et papiers du véhicule, s'il vous plaît. »

Sabrina les lui tendit. L'agent la remercia, et elle l'observa dans son rétroviseur extérieur pendant qu'il emportait ses papiers vers son pick-up, où il s'assit quelques minutes avant de revenir.

« Mademoiselle, pourriez-vous m'accompagner à ma voiture ? »

Sabrina jeta un coup d'œil inquiet à son amie, convaincue que quelque chose clochait. Mais elle s'exécuta. Tandis que la circulation continuait dans la rue, elle s'assit sur le siège passager du pick-up. Elle fixa le policier qui faisait semblant d'utiliser un talkie-walkie au bord de la chaussée, dos tourné.

« Vous avez de l'alcool dans le véhicule ? » lui demanda-t-il.

Elle secoua la tête.

« D'accord, attendez là, mademoiselle. »

L'agent s'éloigna de nouveau, laissant Sabrina dans le pick-up. Elle le vit inspecter la banquette de sa voiture puis retourner vers elle. Remarquant qu'il avait l'air très jeune, Sabrina se racla la gorge et demanda :

« Ça fait longtemps que vous êtes policier ?

— Deux semaines.

— Et comment vous vous appelez ?

— Shane Freeman, mademoiselle. »

Il décréta qu'elle pouvait repartir. Mais, alors que Sabrina sortait du pick-up, un autre agent arriva, alerté par un automobiliste qui avait trouvé la scène suspecte. Shane démarra en trombe avec son pick-up bleu, et se lança dans une course-poursuite avec le policier sur Main Street puis dans les environs de McAlester. Il slaloma dangereusement mais précisément au milieu des voitures, montant et descendant du trottoir à toute allure jusqu'à ce que les devantures de magasins se fassent rares et que la route s'enfonce dans les arbres. Là, il freina brusquement au milieu de la chaussée, bondit de son véhicule et poursuivit sa fuite à pied. La police de la route de l'Oklahoma et une brigade canine furent appelées en renfort pour chercher le garçon dans la zone de Gaines Creek, à l'est de McAlester, entre Seven Devils Road et le parc régional de Robbers Cave. Plus tard, le sergent de police Cecil Day raconterait au *Tulsa World* :

« Il s'est engagé dans une zone boisée, est sorti de son pick-up et s'est enfui entre les arbres. Nous l'avons pourchassé avec des chiens, mais nous avons perdu sa trace. »

Lorsque je contacte le commissariat de McAlister, on me dit que l'incident est trop ancien pour figurer dans leurs archives.

Les plaisanteries que Shane avait faites en regardant la télé, clamant qu'il serait capable de distancer les policiers, étaient au final une juste prophétie.

Les agents trouvèrent deux armes à feu chargées dans le pick-up abandonné qui appartenait à la grand-mère du garçon. Pour une raison inconnue, ils étaient persuadés que Shane possédait encore un révolver de calibre 357 Magnum. L'adolescent traversa vaillamment la forêt, griffé par des ronces et des branches nues, et trouva un abri. Pendant la nuit, il dénicha un nouveau pick-up dont on avait laissé les clés sur le contact, propriété d'un homme mort de vieillesse en 2008. C'était un 4 × 4 Ford F-250 XLT de 1989. Le vol fut signalé dans la petite ville de Krebs le 7 janvier. Une fois en possession du véhicule, Shane décida de quitter le comté de Pittsburg.

Aujourd'hui encore, personne ne sait précisément pourquoi il choisit de retourner dans le comté de Craig au lieu de poursuivre sa route vers le sud-est et la Louisiane, où sa famille pensait qu'il se dirigeait au départ.

Shane avait besoin de vivres, et quand il fut de retour en terrain connu, le 7 janvier, le domicile qu'il décida de cambrioler était celui de la famille Bible. Il passa la nuit dans son pick-up sur un chemin de terre en face de chez eux, attendant que Jay et Lorene partent au travail. D'après Lorene, il pénétra dans la maison vers 9 heures du matin, acheta des films pornos sur une chaîne payante, se servit dans le frigo, prit une douche et sélectionna quelques bricoles à emporter. Il vola des couvertures, mais la plus grande partie de ce qu'il empocha venait de la chambre de Lauria, dont son oreiller et son couvre-lit, soixante-sept dollars, un tee-shirt et un jogging. Apparemment, Lauria déclara plus tard que sa mère aurait tué le garçon rien que pour avoir mangé des restes de poulet frit sur sa jolie vaisselle en porcelaine.

Shane récupéra aussi plusieurs armes à feu, et partit de chez les Bible aux alentours de 15 h 30.

« Il avait emporté assez de munitions pour tenir tête à une armée », me dit Lorene.

Son mari et elle allèrent déposer plainte au bureau du shérif du comté de Craig.

« Aucun de ces fermiers n'était inquiet, déclarerait Danny au *Tulsa World* en janvier 1999. C'était un garçon bien élevé… Il chapardait des choses, mais il n'était pas violent. »

Le 8 janvier 1999, Shane portait une veste militaire, un jean bleu et des baskets. Alors qu'il se trouvait près de l'intersection de la route 4430 et de la route 40, à une quinzaine de kilomètres de chez lui, le pick-up qu'il avait volé finit par tomber en panne. Les environs étaient étrangement calmes, sans la moindre trace de présence humaine avant qu'on entende des pneus crisser au loin. Rendus lugubres par l'hiver, les champs aux alentours étaient habités de corbeaux et de vaches limousines, de paille gelée et d'un froid qui pénétrait jusqu'à la moelle. Des bourrasques glaciales se levaient et retombaient. Shane, qui était débrouillard, alla couper un bout de fil barbelé pour voir s'il pouvait rafistoler les barres d'accouplement du pick-up. À ce moment-là, un agriculteur du coin, Terry Layton, dont on pouvait distinguer la maison quand on n'avait pas le vent de janvier dans les yeux, appela le bureau du shérif à Vinita pour signaler la présence du « bandit au gyrophare ».

La personne qui arriva sur les lieux, à exactement 16 h 20, était l'agent du CCSO David Hayes, frère aîné du sous-shérif Mark Hayes – qui était donc son supérieur hiérarchique. Partant du principe qu'il avait affaire à un fugitif armé, Hayes sortit sa carabine de la voiture de patrouille qu'il avait garée face au pick-up du garçon.

Il travaillait pour le bureau du shérif depuis deux jours seulement.

Les comptes rendus varieraient au cours des jours, mois et années qui suivraient ; mais, selon la version officielle, Shane, debout près de la portière du conducteur du pick-up, plongea la main à l'arrière de son jean et en ressortit une arme qu'il brandit vers l'agent. Voyant que le garçon le visait, Hayes leva sa carabine et l'arma. Il conseilla à Shane de lâcher son arme, et se retrouva « avec un canon braqué en pleine figure ».

Puis, à 16 h 20, moins d'une minute après l'arrivée de l'agent, un coup de feu retentit.

Aujourd'hui, les habitants de Welch semblent souvent avoir oublié la mort du garçon. « Ça me dit quelque chose. » « Je crois que je me souviens d'un truc comme ça. » Au départ, je ne trouve mention de l'incident que dans un bref article du *Tulsa World*. Alors que je vagabonde dans son ancien lycée, je parviens à dénicher un petit texte en feuilletant des albums-souvenirs poussiéreux. Il est accompagné d'une photo noir et blanc de Shane enfant, en train de jouer avec un pick-up en plastique.

Mes petits-enfants. J'en ai eu six – une parfaite demi-douzaine. Un garçon et une fille, une fille et un garçon. Puis un garçon et une fille. J'avais l'habitude de dire que chacun de mes enfants en avait eu deux. Maintenant, l'un des miens est loin de moi, mais jamais loin de mon cœur ni de mon esprit. Je peux encore l'entendre dire : « Coucou, grand-mère ! » quand je veux, cet aîné qui m'est si cher.

Avec tout mon amour, Grandma Chandler.

Sur une autre page, une sorte de notice nécrologique publiée par le lycée :

Shane Freeman est né le 6 novembre 1981 et décédé le 8 janvier 1999. Il s'était installé à Welch en 1995. Shane faisait partie des équipes de football, de basketball et d'athlétisme. Il était aussi membre des associations FHA [Future Homemakers of America] *et TSA* [Technology Student Association], *et suivait une formation professionnelle de mécanicien. Quoi qu'il arrive, Shane avait toujours le sourire. Il était toujours au centre de l'attention, avec ses bonnes plaisanteries et sa personnalité extravertie.*

Je n'ai pu trouver aucun avis de décès officiel.

Ni de rapport de police.

Ni de rapport d'autopsie.

Ce n'était que le début de l'enfer pour les membres de la famille qui cherchaient à comprendre la mort de leur fils et frère unique, un enfer qui créerait une tension de plus en plus brûlante entre la police et les Freeman jusqu'à la mort prématurée de ces derniers à la fin de la même année. Et si je me tiens là, à l'ouest de Welch, c'est pour faire le tri dans les émotions des proches de Shane, qui semblent obscurcir son souvenir. Sur cette route de campagne, le rouge de la fureur envers la police et le vert de la nausée provoquée par les événements de l'année suivante se dissipent, et je parviens à voir Shane exactement tel qu'il était, tel qu'il aurait dû être : un garçon de dix-sept ans avec toute la vie devant lui.

12

Les accusations entourant la mort de Shane Freeman

Je nage dans des nuits étoilées d'oubli, fredonnant la chanson « Oklahoma ! », là où les blés ondoyants sentent divinement bon. Je me demande pourquoi l'Oklahoma veut ma mort, alors que j'atteins près d'une dizaine de crises d'angoisse par jour. Je me rappelle de respirer avec le ventre quand le vertige me gagne. *Inspire quatre secondes, attends quatre secondes, expire huit secondes*. J'ai parfois l'impression d'essayer d'éteindre un feu de forêt avec un arrosoir. Puis je balaie l'odeur de la meth et les avertissements qui me parviennent, pour me souvenir du rire des filles, que je n'ai jamais entendu, et de leurs jeux d'enfants. Je m'assois, et j'étudie de manière obsessionnelle les témoignages changeants des junkies qui prétendent ne rien savoir et des policiers qui trouvent mes efforts idiots. Et ils ont peut-être raison. Mais au moins je suis là, quand bien peu de gens semblent l'être dans une affaire qui fait rarement l'actualité en dehors des petites villes portées sur les ragots de l'Oklahoma. Je me demande pourquoi.

« Je vous conseille de traiter ce projet avec beaucoup de prudence », écrit publiquement un membre des forces de l'ordre sur mon mur Facebook ; il ne me reparlera plus jamais.

« Ils n'hésiteront pas à vous tuer », me dit une autre source.

Mais qui sont ces « ils » ?

Les appels où je n'entends qu'un souffle rauque et les messages énigmatiques de comptes Facebook clairement factices commencent environ un an après que j'ai entamé cette enquête.

Alors que je suis en plein dedans, j'ai du mal à décrire cette peur dévorante de mon propre corps, la façon dont il me trahit. C'est cette dépression nerveuse infamante qui pourrit l'arbre généalogique de ma famille. Les sueurs, le cœur battant, les symptômes grippaux douloureux, la tête horriblement brumeuse et le sentiment qu'on m'empoisonne à petit feu, les matins glacés qui me clouent au lit, la perte d'appétit, la diarrhée et les vomissements qui me font perdre quinze kilos en un mois. Les crampes d'estomac aigres, les picotements sur tout le corps, l'envie constante d'uriner, les palpitations, l'impossibilité de prendre la grande inspiration dont j'ai tant besoin et les redoutables migraines qui me hérissent le crâne. Je ne comprends pas ce qui se passe ; j'ai toujours été forte, intrépide. J'ai sauté en parachute et fait face à des armes chargées sans broncher, alors pourquoi cela m'arrive-t-il maintenant ? Pourquoi suis-je en train de mourir ? Et pourquoi personne ne peut-il me dire de quoi je meurs ?

Une ombre me suit partout où je vais, une silhouette monstrueuse cachée sous chaque arbre au loin dans les plaines, dans les taches aveugles du ciel brillant de l'Oklahoma. Elle s'appelle la peur, et elle est toujours prête à bondir. Mais je ne peux pas partir, pas avant d'avoir assisté à un semblant de résolution concernant la disparition de ces deux belles jeunes filles dont je recrée les voix dans mon cerveau brisé, des jeunes filles que leurs parents attendront de retrouver jusqu'à la fin des temps. Et quand j'ai envie de tout laisser tomber, je me rappelle qu'il y a deux familles qui n'ont pas cette possibilité. Ce sont ces proches qui connaissent encore le son réel du rire des filles et la sensation de leurs cheveux sur leur poitrine quand ils les serraient dans leurs bras, il y a si longtemps. Par ces minuscules rappels, je veux absorber une partie de la force de Lorene, cette détermination maternelle nourrie par la première plongée dans le regard de sa fille et les dernières paroles qu'elle l'a entendue prononcer.

Je comprends peu à peu qu'il n'y a pas de véritable différence entre être courageux et faire semblant de l'être. Un remède se présentera peut-être demain. Ou le jour suivant. Ou le jour suivant.

L'espoir.

La nuit, les mobile homes du nord-est de l'Oklahoma sont de minuscules taches à l'horizon, une unique lampe signalant leur existence face au royaume d'étoiles environnant. Je les contemple, et imagine que le ciel n'aurait aucun mal à les aspirer avec une paille. De jour, les prés blonds sont infinis, les parcelles indiscernables les unes des autres. Il y a tant de cachettes possibles, tant de choses cachées, tant d'endroits où cacher un cadavre. Je me dis que Lauria Bible et Ashley Freeman pourraient être n'importe où et nulle part à la fois.

« Je ne sais pas pourquoi je me sens plus proche de Shane que de quiconque dans cette histoire », dis-je à mon mari.

Bien sûr, j'apprends à aimer les filles disparues comme les artistes aiment leur œuvre, mais elles ne me ressemblent pas, saines et bonnes, et j'aurai toujours des difficultés à m'identifier à elles.

« C'est peut-être parce que tu étais exactement comme Shane au même âge », me répond-il.

Il a raison, évidemment.

Il y a si peu d'informations disponibles sur la mort de Shane Freeman que je décide de consulter les archivistes de Vinita, un groupe de femmes âgées qui se répandent en conspirations et murmures dans l'arrière-salle de la bibliothèque (elles ont déménagé dans l'arrière-salle d'une entreprise de pompes funèbres depuis, me dit-on). « Retrouvez-nous au cimetière ce soir », me demandent-elles, souhaitant éviter les oreilles indiscrètes. Il y a sûrement d'autres endroits où nous pourrions être tranquilles qu'un cimetière, mais je crois que le côté macabre de l'idée leur plaît. Nous feuilletons des piles d'albums qu'elles remplissent de coupures de journaux depuis des années, tandis qu'elles se dévissent le cou pour surveiller les alentours. Ce sont des microfiches vivantes. Je pourrais passer une éternité là, en noir et blanc, comme ces dames le font, mais le temps me manque. Je photographie autant d'articles que possible avec mon portable pour les lire plus tard.

Au fil de mon enquête, on me livre des récits divergents sur la façon dont Shane avait été abattu par l'adjoint du shérif David Hayes : il avait reçu une balle dans la poitrine ou quatre dans le dos, il était mort au bord de la route ou en escaladant une clôture, il n'était pas armé du tout, il avait vu des agents se livrer à des activités illicites et avait été tué pour cela. En l'absence de documents d'archives et de rapport d'autopsie, il y a peu de chances pour que je sois fixée un jour, et David Hayes ne s'est pas exprimé sur l'incident une seule fois en vingt ans. Mais je ne suis pas la première à me heurter à ces écueils : je découvre des articles retraçant une dispute publique entre les forces de l'ordre et le *Joplin Globe* au sujet de la mort de Shane.

Avant de recueillir la version de la famille Freeman, je m'entretiens avec le shérif de l'époque, George Vaughn, première personne à avoir été chargée d'enquêter sur la mort de Shane et le meurtre de ses parents. J'ai l'occasion de le rencontrer plusieurs fois avant que sa santé se dégrade trop pour lui permettre de sortir seul. À près de quatre-vingts ans, il est désormais pasteur d'une église baptiste de quartier, et m'annonce en préambule qu'il est atteint de la maladie d'Alzheimer et que ses souvenirs risquent d'être brumeux... Peut-être. Il est solidement bâti, et ses mouvements sont extrêmement lents. Mais il s'exprime avec clarté.

« David Hayes était un agent expérimenté », me dit-il.

Quand il ne sirote pas son mocha, il passe sa canne d'une main à l'autre en une sorte de tic, comme s'il hésitait entre deux solutions, peut-être deux variantes de la vérité. À chacune de nos entrevues, il défend David Hayes, soutenant que la mort de Shane Freeman était *justifiable*.

« Mon agent a réagi comme on l'avait formé à le faire. »

Les seules traces qui me restent du litige entre le *Joplin Globe* et le bureau du shérif sont des photos prises avec mon portable d'articles en noir et blanc collectés par les femmes du cimetière, qui remontent à 2002, quand George Vaughn n'était plus en poste. Il avait perdu les élections l'année suivant les meurtres de Welch et été remplacé en janvier 2001 par Jimmie L. Sooter, âgé de cinquante-deux ans. La dispute avait commencé quand le *Joplin Globe* avait demandé à obtenir le rapport d'enquête sur l'incident de 1999 qui avait causé la mort de Shane, en se réclamant du Freedom of Information Act, une loi autorisant le public à consulter les documents des agences publiques. Apparemment, cette requête avait coïncidé avec la prise de fonction du nouveau shérif. En poste depuis une semaine à peine, « Sooter [avait] déclaré qu'il avait pour principe de refuser toutes les demandes d'accès aux archives. Il [avait] ajouté qu'il pensait que les documents concernant l'affaire Shane Freeman avaient été égarés », selon le *Joplin Globe*. Quand le journal avait remarqué que le nouveau shérif « enfreignait l'Oklahoma Open Records Act », un autre décret relatif à la liberté d'information, Sooter avait qualifié l'article de « mensonger », décrétant que son équipe avait tenté de retrouver les documents et qu'on l'accusait à tort.

Après plusieurs échanges de ce genre avec le CCSO, le *Joplin Globe* s'était tourné vers le procureur du district Gene Haynes, à qui il revenait de décider si l'État de l'Oklahoma devait porter plainte contre David Hayes et/ou le bureau du shérif pour avoir abattu Shane. À en croire le journal, le procureur s'était fendu de la réponse suivante le 11 avril 2002 :

Il y a plusieurs semaines, j'ai reçu une lettre de votre publication affirmant que le shérif du comté de Craig James Sooter avait refusé votre demande d'information sur la mort de Shane Freeman, abattu par l'agent David Hayes. Par conséquent, nous avons demandé au shérif de tenter de localiser le rapport sur l'affaire afin de vous communiquer les informations que nous sommes tenus de vous fournir en vertu du Oklahoma Open Records Act. Le shérif nous a informés qu'il n'avait pas retrouvé de documents concernant ce dossier. Comme vous le savez, la mort de Shane Freeman a eu lieu durant le mandat du shérif précédent, George Vaughn. Je pense que les rapports sur l'incident ont probablement été perdus pendant la transition entre les deux équipes, et que le shérif Sooter ne peut réellement pas les trouver.

Ce ne serait pas la première fois que cette excuse – des preuves disparues pendant la passation de pouvoir entre shérifs – serait invoquée dans l'affaire, et j'aurais plus d'une occasion de la maudire.

L'ancien shérif, Vaughn, avait certifié que les documents se trouvaient encore au bureau quand il avait quitté son poste. Et devant son mocha presque terminé, chez un glacier de Vinita, il continue à le soutenir :

« C'est la procédure, en fait. Quand les forces de l'ordre sont impliquées dans un décès, on prévient l'OSBI. »

Il s'agissait d'une autre piste que le *Joplin Globe* pouvait explorer, dans ses efforts pour obtenir le rapport d'enquête. Mais lorsque les journalistes avaient réclamé les documents à l'OSBI, la porte-parole et chargée des relations publiques de l'agence, Kym Koch, avait répondu que, par souci de confidentialité, les archives de l'OSBI étaient protégées par les lois de l'État. Elle avait cependant noté que le ministère public avait la possibilité de communiquer ces documents, s'il le jugeait bon, les archives juridiques étant plus accessibles au public que les rapports d'enquête détenus par l'OSBI. Ces propos semblaient renvoyer la balle au bureau du procureur, et l'Association des journalistes de presse de l'Oklahoma n'avait pas tardé à intervenir pour encourager l'administration à s'efforcer de localiser le rapport. Après cela, la secrétaire du procureur Haynes avait « retrouvé une copie des documents de Vaughn », une révélation que le public avait jugée très douteuse.

Sous la pression d'une communauté de plus en plus sceptique, le procureur avait admis que son équipe avait découvert une cinquantaine de photos de la scène du crime prises par l'OSBI. Il avait aussi déclaré ouvertement que le CCSO était responsable de la perte de ces documents, ajoutant qu'on avait retrouvé « deux pellicules exposées parmi les preuves recueillies sur les lieux », ainsi qu'une captation vidéo de la scène du crime réalisée par l'agent de l'OSBI Dennis Franchini. Néanmoins, il ne reste aucune trace publique de ces documents aujourd'hui.

Franchini, désormais à la retraite, refuse aimablement de se prononcer sur l'affaire lorsque je le contacte, affirmant que les lois de l'État l'en empêchent.

Le litige entre le *Joplin Globe* et le bureau du procureur avait pris fin en 2002, quand le journal avait obtenu un rapport d'enquête de vingt-neuf pages sur la mort de Shane, comprenant dix pages d'observations du CCSO, sept pages d'observations de la police de McAlester – dont l'un des agents avait poursuivi Shane en voiture jusqu'à ce qu'il prenne la fuite à pied quelques jours avant sa mort –, et douze pages rassemblant le rapport d'autopsie, les remarques du médecin légiste et une note personnelle du procureur Gene Haynes. Cependant, le *Joplin Globe* n'avait jamais publié ses conclusions, et quand je me renseigne auprès de la rédaction, on me renvoie au journaliste chargé de l'enquête, qui ne parvient pas non plus à retrouver son analyse.

Ayant contacté tous les services concernés, je me retrouve sans grand-chose d'autre que des coupures de journaux, le bec dans l'eau. Je n'ai pas de rapport officiel sur la mort de Shane, pas de dépositions et aucune information sur les événements qui ont suivi le coup de feu, en dehors de rumeurs qui décrivent Shane de façons on ne peut plus variées, allant du gamin perturbé à la réincarnation de Clyde Barrow.

« Avez-vous vérifié la liste des avions qui ont décollé dans la zone à l'époque ? » me demandent les dames du cimetière, penchant la tête pour m'observer par-dessus leurs lunettes.

Lorsque je tente d'obtenir le rapport d'enquête auprès du bureau du procureur, désormais dirigé par Matt Ballard, j'essuie une nouvelle déconvenue.

« Après avoir consulté nos archives, nous n'avons pas pu localiser de documents correspondant à votre requête. Le rapport auquel vous faites référence – s'il a jamais été enregistré par nos services – semble avoir été rédigé il y a quinze ans, par des personnes qui ne travaillent plus pour cette administration depuis des années. Notre équipe a mené des recherches approfondies pour tenter de localiser tous les documents en accès libre correspondant à votre requête, sans succès », m'écrit le directeur de la division civile.

Je suis estomaquée que l'existence même du rapport soit remise en question, alors que ses auteurs sont d'anciens employés de cette administration.

Je ne parviens pas non plus à m'entretenir personnellement avec Gene Hayes.

À l'époque de la controverse, après avoir étudié tous les documents remis à son administration, le procureur avait fermement défendu David Hayes : il avait « déterminé que la mort de Shane Freeman était justifiée ». Même si le seul témoignage disponible était celui de l'agent, les preuves et les rapports d'autopsie le corroboraient. « Je n'ai trouvé aucune raison d'engager des poursuites pénales contre David Hayes. »

Cela reste la position officielle aujourd'hui.

En 1999, Danny Freeman avait refusé de croire à la légitime défense – et à mon arrivée dans l'Oklahoma, pas une personne au courant de l'affaire ne niait que, après la mort de son fils, une « guerre ouverte » s'était déclarée entre Danny et certains agents du CCSO, dont David Hayes, le sous-shérif Mark Hayes, l'adjoint Troy Messick, le lieutenant Jim Herman, l'inspecteur Charles Cozart et le shérif George Vaughn. Tous ces hommes s'étaient rendus sur la scène du crime après la mort de Shane et, à l'exception de David Hayes, ils étaient aussi présents lors de l'incendie chez les Freeman en décembre 1999.

David Hayes n'était simplement pas de service quand l'incendie avait été signalé.

Mais ce n'était pas seulement la mort de Shane et la polémique qu'elle avait suscitée qui avaient conduit les gens à soupçonner que l'équipe du shérif était mêlée aux meurtres de Kathy et Danny. Outre l'enchaînement profondément suspect des événements, dans les mois qui avaient suivi la mort de Shane, Kathy et Danny s'étaient renseignés sur la possibilité d'attaquer le comté en justice pour décès imputable à une faute.

Même s'ils avaient deux ans pour porter plainte, le couple avait été assassiné neuf jours avant ce que beaucoup de personnes que j'ai interrogées pensaient à tort être la date limite : un an après la mort de Shane.

13
Le petit ami, Jeremy Hurst, et le grand-père, Glen Freeman

Je vais à Welch seule la nuit. Les coyotes hurlent sur les collines. Je perçois une légère odeur de brûlé, comme un souvenir, mais c'est un souvenir vague, et je m'efforce de compléter les fragments manquants. Peut-on vraiment savoir ce qui s'est passé ici ? J'imagine que si c'était le cas, je ne serais pas là, tandis que la nuit déferle comme une vague depuis les collines et que je suffoque dans la fumée.

Quand mon angoisse se relâche, la prairie aussi. J'écoute.

« C'était un soir comme les autres », me dit Jeremy.

Jeremy Hurst, petit ami d'Ashley à l'époque et dernier témoin connu à avoir vu les Freeman en vie, devient l'un de mes premiers informateurs, et l'une des premières personnes à m'emmener à cet endroit où je retournerai tant de fois au cours des ans. Il est petit, un garçon de Bluejacket avec des yeux bleu glacier sous le bord couleur crème d'un Stetson. Il me dit que, le soir de l'anniversaire d'Ashley, il lui avait offert un collier, une chaînette en argent avec un pendentif en forme de cœur orné de sa pierre de naissance, la turquoise, qui figure désormais aux côtés de la bague aux couleurs de son lycée dans la liste des effets personnels d'Ashley, notée sur son avis de recherche.

« Je l'aimais », me dit-il.

Aujourd'hui, Jeremy est un chauffeur routier qui s'occupe de la ferme de sa famille, toujours implantée parmi les ranchs de Bluejacket. Nous discutons dans son pick-up après avoir quitté la supérette où Ashley travaillait au centre-ville de Welch – elle s'appelait Roscoe's en 1999, mais changera plusieurs fois de nom au fil de mes visites dans l'Oklahoma, pour finalement être démolie. C'est l'une de ces boutiques fréquentées par des habitués où l'on vend de la couenne de porc frite et du poulet rôti sous des lampes chauffantes ; l'odeur de graisse restera imprégnée dans mes cheveux et mes vêtements toute la journée. Jeremy et moi passons aussi devant l'ancien emplacement du magasin de sa grand-mère, de l'autre côté de la rue, où il avait été invité à se joindre à sa petite amie et sa famille une dernière fois le soir du meurtre. Il ne tourne même pas la tête dans cette direction, alors j'évite d'aborder le sujet pour le seul plaisir de faire la conversation.

« Tu as des regrets ? » dis-je.

Sans sourciller, il regarde droit devant lui tandis que nous roulons vers l'ouest de Welch.

« Je ne sais pas. Si j'avais été là, j'aurais peut-être… J'aurais peut-être pu faire quelque chose. »

Pendant que nous traversons la ville sur la route que les Freeman empruntaient tous les jours,

Jeremy et moi parlons de sa dernière soirée avec la famille.

« On a mangé du gâteau et bu du soda, et c'est à peu près tout, me dit-il, une description qui n'a pas changé avec les années, et qui correspond aux observations du médecin légiste sur le contenu de l'estomac de Danny et Kathy. Quand je suis parti, vers 22 heures, Ashley et Lauria regardaient tranquillement la télé, poursuit-il. Une émission sur la chasse. »

Dans les rétroviseurs extérieurs, rien que de la poussière – ce qui est derrière nous n'existe plus. Devant nous, le vertige blond de prairies éclairées par l'été.

Jeremy et moi discutons aussi de la façon dont il a appris la nouvelle de l'incendie, le lendemain, après avoir rentré le bétail dans la ferme de sa famille.

« C'est ma grand-mère qui me l'a annoncé. Je ne savais pas qu'il y avait un mort, au début. Mais j'étais complètement sonné. C'est difficile à décrire. J'ai sauté dans mon pick-up et je suis allé au mobile home aussi vite que j'ai pu. »

Nous parcourons le même chemin à cet instant.

« Quand je suis arrivé, un des agents du shérif a dit en ricanant : "J'ai l'impression qu'il y en a un qui va passer le réveillon tout seul !" Je n'arrivais pas à croire qu'il me dise un truc pareil ; j'étais dans tous mes états. Mais ensuite, on m'a emmené derrière le mobile home pour m'interroger. »

Avec le temps, Jeremy et moi deviendrons proches. Il m'invitera à son mariage, et je mangerai du poisson-chat pané à la farine de maïs avec sa femme et ses filles. Peut-être qu'à notre rencontre, j'aurais dû y réfléchir à deux fois avant de sauter dans le pick-up de la dernière personne à en avoir vu quatre autres en vie, mais j'apprécie la vue sur la campagne et l'odeur de foin fraîchement coupé qui s'engouffre avec le vent par les fenêtres.

« À un moment, les agents sont venus chez moi et ont demandé à voir mes armes à feu, m'explique Jeremy. Quand je les leur ai montrées, ils ont vu qu'elles prenaient la poussière. Ils m'ont dit de les nettoyer et sont partis. »

Nous gardons le silence pendant le reste du trajet, et je me sens inspirée par le paysage qui nous entoure. Le calme est confortable.

« Ça lui a complètement brisé le cœur », me dit la mère de Jeremy un jour, alors que nous sommes assises dans les gradins à un match de football américain que Jeremy arbitre à Bluejacket,

Face à nous, rayonnant sur la touche, les lumières du vendredi soir et une file de pom-pom girls habillées en blanc virginal, un groupe dont Lauria faisait elle-même partie il y a des années. Autour, des ventes de gâteaux et des glacières remplies de citronnade, et une tombola pour gagner un authentique fusil de calibre 22.

« C'était une tragédie, continue la mère de Jeremy. Il ne le montre pas. Il est toujours en train de plaisanter et de sourire. Malgré tout, ça a été extrêmement dur pour lui. »

Mais, pendant ce trajet au cœur de l'ouest de Welch, je suis entourée d'or pur, une couleur qui restera imprimée sur ma rétine quand j'essaierai de dormir sous une couche de gel à l'aloe vera. Je rêverai que je suis un épouvantail, statique et exposé au milieu de la prairie. Le soleil qui cogne me donne la migraine à mesure que la journée s'écoule, mes bras sont rouges et endoloris.

Alors que Jeremy et moi roulons au milieu des exploitations agricoles, nous arrivons soudain à un panorama sur les collines et les arbres qui avait été dissimulé par le soleil aveuglant. On dirait que le rythme cardiaque de la terre s'accélère ; nichée parmi ces collines, la ferme des Freeman.

Jeremy ralentit près de deux piliers en pierre et fil de fer à l'entrée de la longue allée. Présentes aux trois autres coins de la propriété de vingt hectares, ces structures ont été érigées par les quatre Freeman, preuve de leur labeur, de leur existence. Avec une paire au début de l'allée et trois autres de l'autre côté de la route, elles semblent représenter les deux amies et les trois Freeman que je sais déjà morts. C'est ici, m'expliquera-t-elle, que Lorene Bible vient se recueillir en mémoire de sa fille disparue.

Même si je ne suis pas quelqu'un de timide et que je n'éprouve aucun scrupule à frapper à la porte d'un inconnu, on m'a mise en garde contre le père de Danny Freeman, qui s'est apparemment installé sur le terrain : « Si vous allez là-bas, attendez-vous à du grabuge. »

Quand le pick-up s'arrête et que le moteur se coupe, les bruits de la campagne sont nets et beaux ; l'ombre bloque les sifflements du soleil et des vautours décrivent des cercles au-dessus de nos têtes. À chacune de mes visites, des vautours sembleront toujours planer à l'ouest de Welch. Un mobile home de couleur claire se trouve au sommet de la colline, plus neuf que celui des Freeman ne l'était avant d'avoir été réduit en cendres.

La journée commence à basculer dans le crépuscule ; mon regard ne cesse de dériver vers le mobile home, les fenêtres qui étincellent comme des flammes dans le soleil faiblissant, et j'essaie d'entrevoir le passé. Puis, comme je l'espérais autant que je le craignais, un groupe de petits chiens apparaît en haut de la colline en aboyant.

« Tu as déjà rencontré le père de Danny Freeman ? demandé-je à Jeremy.

— Non. »

J'empeste comme un bouillon d'os à cause de la chaleur, alors que j'attends un homme dont on m'a dit qu'il n'hésitera pas à me tuer s'il l'estime nécessaire. Bientôt, nous entendons le vrombissement d'un quad qui descend la colline de travers, conduit par un cow-boy vêtu de blanc. Ne voulant pas paraître louche, je m'avance dans sa direction et m'arrête à la clôture en barbelés. De l'endroit où je me tiens, la maison est au-dessus de moi, légèrement sur la gauche, à dix heures ; Glen vire de bord, s'arrêtant à deux heures. Je m'aperçois vite qu'il s'est arrangé pour que le fusil accroché à son véhicule soit braqué sur moi, ce qui ne me pose pas de problème, tant qu'il ne l'a pas en main. Il s'approche avec son chapeau de cow-boy blanc et un colley à ses côtés, chemise à carreaux raidie par l'amidon. Dans l'ombre de son couvre-chef, son visage arbore des marques de brûlures évidentes, découpées comme de la dentelle, et il lui manque un bout du nez. Je me penche par-dessus la clôture pour serrer la main du père de Danny Freeman.

Nous entamons une conversation maladroite, Glen hésitant à s'exprimer publiquement ou à dépasser ce carré d'herbe, où je continue à lui parler au-dessus des barbelés depuis le fossé qui borde le chemin de terre. Au bout d'une quinzaine de minutes, je le convaincs de nous laisser visiter la propriété, où j'espère voir l'endroit où les Freeman ont vécu. Il nous donne la permission d'entrer sur son terrain et remonte la colline avec son quad pendant que je saute à l'arrière du pick-up de Jeremy. La température commence à baisser tandis que nous nous engageons dans l'allée. C'est la première fois que je me rends à la ferme des Freeman. Sans que je puisse l'expliquer, là, à l'arrière du pick-up, le spectacle me frappe et des secondes de souvenir se déploient sur les rayons du soleil depuis les collines et les champs chatoyants. Je n'ai aucun mal à comprendre pourquoi Danny Freeman avait choisi ces lieux pour s'établir avec sa famille toutes ces années auparavant. C'était cette vue qu'ils contemplaient quand ils se reposaient après une longue journée de travail, la vue d'un retour à la maison. Elle est paisible. Mais, sachant ce que je sais, je la trouve aussi glaçante.

Je reviendrai d'innombrables fois à cet endroit.

« Le problème, commence Glen avant même que je n'aie eu le temps de descendre du pick-up de Jeremy, c'est que personne ne veut entendre que le bureau du shérif est mêlé à l'affaire. »

Glen est un personnage on ne peut plus austère, un prototype obsolète de l'ère John Wayne, toujours prêt à débiter des anecdotes de son passé glorieux d'une voix grave et rauque. « Une fois, j'ai frappé un homme au ventre si fort que j'ai touché sa colonne vertébrale, il a gerbé pendant des heures », aime-t-il raconter. À quatre-vingts ans, il est plus lent qu'il ne le voudrait, avec des cheveux blancs clairsemés sur un patchwork de taches de vieillesse et de brûlures, coiffés d'un Stetson. Pendant que Jeremy et moi le suivons vers son mobile home, il nous explique que ses cicatrices sont le résultat d'un traitement contre le cancer de la peau.

À cause de son nez tronqué, il renifle souvent, un écoulement nasal presque constant qui le force à s'interrompre pour se moucher. Il avoue que son apparence le complexe.

« Les gens préfèrent penser que je suis un vieux cinglé. »

Nous passons par la porte de derrière pour sortir là où le mobile home des Freeman se trouvait.

C'est la première fois que j'entends la prairie chanter.

Les vieilles cabanes construites par Danny sont encore debout, les enclos peuplés de chèvres et de béliers – un dindon sauvage paraît presque symbolique. La maison de Glen ne se dresse qu'à quelques mètres au sud de l'endroit où se situait celle de son fils ; aujourd'hui, il n'en reste qu'une empreinte rectangulaire au sommet d'une petite colline desséchée par le soleil. Là, l'herbe est légèrement jaunie, avec un poteau électrique et le saule pleureur qui n'a pas bougé du côté ouest du terrain incendié. Au pied de l'autre versant de la colline, on entend le ruisseau qui coule au-dessus du barrage en béton où Danny nourrissait les dindons et partait pêcher les grenouilles à la lance. C'est à cet endroit que la photo la plus connue des filles a été prise il y a seize ans. Debout à l'ancien emplacement du mobile home, je suis traversée d'un frisson qui me rappelle le sentiment qu'on éprouve dans une église, cette atmosphère sacro-sainte qui m'émeut : sur ce lopin de terre, il y a eu de la vie, il y a eu une famille, il y a eu la mort. Pour la première fois du voyage, je me signe.

« Vous êtes pile là où on a retrouvé le cadavre de Danny », me dit Glen à un moment donné, sans émotion apparente.

Le saule pleureur qui effleurait autrefois la fenêtre d'Ashley est vert et touffu, bruissant à côté de moi, des bandes de lumière traversant l'ancienne scène du crime. Pendant que Glen me guide dans les pièces imaginaires de la maison, il évoque l'affaire comme s'il parlait seul.

« Je crois que Kathy était en travers du matelas parce qu'elle essayait d'attraper le fusil de chasse que je leur avais acheté, qu'ils gardaient à la tête du lit, dit-il. Si elle y était arrivée, ils auraient passé un sale quart d'heure.

— "Ils", dis-je. Vous pensez qu'il y avait plus d'une personne ? »

Glen hoche la tête, précisant qu'il aurait été sacrément difficile pour un seul individu de tuer deux adultes et de retenir les deux filles prisonnières, tout en faisant les nombreux allers-retours nécessaires pour décrocher et emporter les vitrines contenant les pointes de flèches. Que ces dernières aient été un trophée ou le motif du crime, la plupart des gens proches de l'affaire que j'interroge au fil des ans sont persuadés qu'elles sont liées aux meurtres, et Glen est clairement du même avis, de même que les Bible, qui considèrent le vol comme une occasion saisie par le tueur plutôt qu'un mobile. Selon les opinions, ces pointes de flèches pourraient valoir à peu près n'importe quoi, de quelques centaines à quarante mille dollars.

Le sujet ressurgit à de nombreux stades de mon enquête, et je repense aux propos de l'ex-agent de l'OSBI Steve Nutter, quand je l'ai rencontré à Tulsa :

« La famille trouvait la disparition des pointes de flèches inquiétante. Moi un peu moins. Je ne dirais pas que ça ne me préoccupait pas, mais pas autant qu'eux. J'ai fait mes études à l'université d'Emporia, au Kansas, dans ce qu'on appelle les Collines de silex. J'étais membre d'une association d'étudiants, et comme tous les autres, on allait parfois dans la campagne avec des fûts de bière pour boire autour d'un feu de camp. Et je sais que le silex explose quand on le chauffe. »

Ne pouvant pas me référer à un rapport établi par les pompiers et/ou à une éventuelle enquête sur l'incendie, je me renseignerai auprès de mon ami Aaron Roper, rencontré lors de mes premiers voyages dans l'Oklahoma. C'est un ressortissant pur jus de la région, un homme instruit, ancien spécialiste des interventions anti-incendie pour le service fédéral des eaux et forêts.

« On aurait retrouvé quelque chose », m'expliquera-t-il quand je lui parlerai des dizaines de vitrines contenant des pointes de flèches dans le mobile home des Freeman. « La pierre et le verre ne se désintègrent pas. Un incendie domestique brûle à six cents degrés. Même l'or ne fond pas à cette température. On aurait trouvé des pointes de flèches brûlées ou du verre fondu. »

J'aime jouer l'avocat du diable, essayer de défendre chaque argument contraire. Mais Aaron semble fonder ses informations sur la science, pas des beuveries d'étudiants, et même s'il reconnaît que le silex peut se fragmenter à des températures extrêmes, comme l'a dit Nutter, il m'assure qu'il ne disparaîtrait pas.

« Le silex brûle à mille deux cents degrés. Il en faut quatre cents pour incinérer un corps. Le genre de chaleur dont on parle, qui ferait disparaître des pointes de flèches et des vitrines, serait de type nucléaire. »

« La famille est restée focalisée sur ces pointes de flèches, m'a raconté Nutter. J'étudiais toutes les pistes qui les concernaient. Ils m'appelaient pour me dire : "Hé, Untel ou Untel a des pointes de flèches. Ce sont peut-être celles de Danny." Alors j'allais voir, mais ça n'a jamais rien donné. Je ne les considère pas comme un élément important. »

Au cours du même entretien, la nouvelle responsable de l'enquête, Tammy Ferrari, a ajouté :

« On nous donne encore des infos sur les pointes de flèches. On a encore des tas de gens qui appellent pour ça. »

À l'intérieur de son mobile home à Welch, le père de Danny garde plusieurs chiens et encore plus de fusils, dont beaucoup sont éparpillés sur les tables et le canapé ; j'ai pu constater que ce n'était pas inhabituel dans l'Oklahoma. Comme son fils, il a assemblé une impressionnante collection de pointes de flèches, qu'il me montre à plusieurs reprises.

« J'ai quatre-vingts ans maintenant, me dit-il. Je ne sais pas si on apprendra la vérité avant que je quitte ce monde. »

Notre conversation dure des heures. Jeremy Hurst, assis sur le canapé, garde le silence la plupart du temps : quand Glen parle, mieux vaut l'écouter. Quand je peux enfin reprendre mon souffle, le soleil est passé derrière les Collines de silex à l'ouest.

Aujourd'hui, on ignore toujours ce que sont devenues les pointes de flèches disparues.

« Est-ce que ça vous arrive d'avoir peur ? dis-je à Glen. Comme vous vivez tout seul ici, et que le ou les tueurs sont encore dans la nature ? »

Glen a des réflexes rapides pour un homme de quatre-vingts ans ; un pistolet apparaît sous le bras du fauteuil où il est assis, et je me retrouve à fixer son canon.

« Vous voyez ça, Jack ? » (Il n'arrivera jamais à dire « Jax ».)

Une bourrasque remonte de mon sternum à mon cerveau, cette décharge familière qui m'avertit d'une crise d'angoisse ; mais je n'ai pas peur. L'anxiété peut parfois me terrasser, mais je ne suis pas craintive en temps normal, et je sais que je dois rester immobile, rester calme.

« Si quelqu'un vient ici, voilà ce qu'il trouvera », continue-t-il, l'arme braquée sur moi depuis l'autre bout de la pièce.

Même si j'ai conscience que Glen ne cherche pas à avoir l'air menaçant – du moins pas envers moi, précisément –, cette image du vieil homme calé dans son fauteuil, pistolet à la main, me semblera toujours la plus juste que je puisse donner de lui. Ce ne sont pas ses intentions qui m'effraient, mais ses paluches imprévisibles de vieux cow-boy.

« Mais vous, vous devriez avoir peur, Jack. » Glen range lentement le pistolet dans sa cachette. « Vous auriez peur, si vous saviez à qui vous avez affaire. »

Plus d'un an s'est écoulé depuis ma rencontre avec Glen Freeman. C'est l'automne dans l'Oklahoma, quand les jours sentent le feu de bois, les nuits sentent la pluie et le soleil fond comme de l'or coulé dans les lingots que sont les prairies américaines. Je me perds des heures dans la campagne profonde de l'ouest de Welch – le territoire indien, comme l'appellent les anciens –, mais je retrouve toujours le chemin des deux piliers en pierre. La propriété des Freeman devient ma base, et, dès lors, je définis chaque endroit de Welch par rapport à elle. *Untel vit à quinze kilomètres au nord de chez les Freeman. Tel autre vit à dix kilomètres à l'ouest de chez les Freeman*. Il y a si peu de points de repère sur la toile vierge du nord-est de l'Oklahoma que je n'ai pas le choix.

Un de ces jours d'automne, je retrouve le demi-frère de Danny, Dwayne Vancil, et son père, Glen Freeman, sous l'auvent du mobile home de Glen. Je leur parais étrange, avec mes cheveux teints en roux, mon jean troué et mon tee-shirt Echo and the Bunnymen. *C'est quand même pas croyable que les jeunes achètent leurs jeans comme ça de nos jours.* À leurs côtés, Chris, la demi-sœur de Danny, que j'ai déjà rencontrée quelques fois. Elle est séduisante, avec de longs cheveux striés d'argent et la peau mate. Comme son père, elle est sévère, forte, ne détourne jamais le regard. Comme tout le monde ici, elle veut que justice soit faite. Mais, contrairement à Glen, elle est prête à laisser voir son chagrin à travers ses larmes quand elle parle du meurtre de sa famille. Ce jour-là, elle est venue de Louisiane, où je lui rendrai visite peu après pour faire un tour en hydroglisseur dans les bayous infestés d'alligators.

« Entrez », dit-elle en indiquant le mobile home de son père d'un signe de tête.

Laissant Dwayne et Glen dehors, elle me montre une boîte qu'elle a dénichée dans les affaires de son père, et me tend sans un mot plusieurs lettres. Aucune n'a de destinataire particulier ; ce sont plutôt des déclarations, qui semblent exposer des faits. L'une d'elles a été écrite à la main par la mère de Kathy, Celesta Chandler, à l'automne 1999, quelques mois avant le meurtre des Freeman : neuf pages détaillant les circonstances douteuses de la mort de Shane, l'enquête et l'année qui ont suivi. Ces deux documents nous sont parvenus intacts parce que Kathy, qui ne se sentait pas en sécurité, en avait confié une copie à une amie proche, DeAnna Dorsey, ainsi qu'à l'épouse aujourd'hui décédée de Glen (la belle-mère de Danny et la mère de Dwayne et Chris).

La seconde lettre commence par les mots « UNE BALLE », griffonnés en haut de la page. Cette déclaration, dont j'ignorais l'existence jusqu'ici, a été rédigée par Kathy Freeman quelques jours avant qu'on découvre son corps calciné.

Je prends ses mots en photo avant de pouvoir les lire.

Sa lettre fait l'effet d'un testament retraçant les trahisons et tragédies que sa famille a subies, et, alors que je tiens ces pages entre mes mains, je ne peux pas m'empêcher de me demander si, pendant ces derniers jours, Kathy savait qu'elle allait mourir.

14

La dernière lettre de Kathy Freeman

Je rapporte les lettres de Kathy Freeman et de sa mère, Celesta Chandler, dans ma chambre de motel, où j'avale une tasse de café froid qui attend là depuis que je suis partie ce matin. Mon estomac proteste. Un orage dehors, le ciel explose ; mon cœur palpite d'excitation tant j'ai hâte de disséquer ces lettres. Depuis quelques mois, mon corps ne parvient plus à distinguer l'enthousiasme de la peur, alors mon excitation se change en terrible crise. Je relis la même phrase encore et encore. Je cache mon téléphone et prends une grande inspiration. Je vais à l'encontre de mon instinct, puisqu'il ne m'aide pas : je mets cette chose au défi de se déchaîner. D'un coup, mon souffle atteint mon ventre. Je reprends ma lecture.

La lettre écrite par Mrs. Chandler, en 1999, affirme : « Quelques semaines après la mort de Shane, son père, Danny Freeman, s'est entretenu avec un avocat pénaliste à Tahlequah, dans l'Oklahoma. Il s'appelait Tim Baker. Il semblait intéressé par l'affaire, avant qu'il parle à Clint Ward, le procureur adjoint du district. »

Je fais le trajet de cent cinquante kilomètres vers le sud pour retrouver Mr. Baker à Tahlequah, la capitale de la Nation Cherokee. Aujourd'hui retraité, Baker ne se rappelle pas avoir rencontré les Freeman en 1999. Clint Ward me répond la même chose lorsque je lui lis la lettre :

« Je connais Tim Baker, et c'est un bon avocat. Je ne me rappelle pas avoir parlé [de l'affaire] avec lui, en revanche. »

Je localise aussi un troisième avocat à Tulsa, qui ne se souvient pas d'avoir rencontré les Freeman, contrairement à ce que la famille avance.

Dans sa lettre, Celesta Chandler déclare que Tim Baker leur avait écrit : « L'affaire serait trop difficile à gagner. [...] L'agent [David Hayes] ne reviendra jamais sur son témoignage. »

« Le problème, me dit Lorene quand je lui demande son avis sur la mort de Shane, c'est que Danny est allé voir plusieurs avocats, et qu'ils lui ont tous assuré qu'un procès ne tiendrait pas la route. Il n'a pas voulu l'accepter. » Elle semble compatir un peu plus avec la détresse de Kathy : « En tant que mère, elle essayait simplement de comprendre ce qui était arrivé à son fils. »

Je m'assois pour travailler près d'une grande fenêtre qui s'éclaire en lavande et argent, mon monde fracturé par la foudre. Mais je lis à présent ce que Kathy a écrit dans les jours précédant son meurtre, la déclaration accrochée sur son frigo avec un aimant en forme de vache. Et, à mesure que je lis ses mots, je vois une femme en colère, une femme anéantie, une femme voulant à tout prix que justice soit faite pour son fils.

Je vois une mère.

Je m'appelle Kathy Freeman. J'habite à l'ouest de Welch, dans l'Oklahoma – j'ai passé toute ma vie dans le comté de Craig. J'ai des plaintes à exprimer contre le bureau du shérif du comté de Craig. Mon fils, Shane Freeman, qui venait d'avoir 17 ans le 6 novembre 1981 [*sic*], *a été abattu par l'adjoint David Hayes le 8 janvier 1999, avec un fusil, quelques secondes après l'arrivée de Hayes. L'incident a eu lieu sur un chemin de terre dans la prairie, à environ vingt-deux kilomètres à l'ouest et douze kilomètres au nord de Welch. La balle a transpercé l'arrière du coude gauche de Shane et pénétré dans son corps à cinq centimètres à gauche de son téton. Je veux qu'on m'explique d'où elle a été tirée. Shane a été abattu à 16 h 30, mais le shérif Vaughn ne nous a prévenus qu'à 22 h 15.*

Même si les forces de l'ordre ont fait tout ce qu'il fallait, elles ont quand même mal agi. Tous les habitants de Welch et des environs le savent, et veulent aussi qu'il y ait des conséquences. Tous ceux qui connaissent Shane sont convaincus qu'il n'aurait jamais sorti d'arme. David Hayes a pris une décision radicale, et il doit en être tenu pour responsable, comme toute l'équipe du shérif.

Les agents du comté de Craig se comportent mal et pensent pouvoir s'en tirer impunément. Ils ont été sur la défensive dès le début, nous ont harcelés et ont essayé de nous intimider. La liste suivante récapitule les actions du comté qui me paraissent suspectes ou étranges.

Je suis emportée par ses mots, et soudain il n'y a plus de tempête, ni dans ma tête ni dehors. Il n'y a plus que Kathy et moi, comme si j'étais assise avec elle à la table de la cuisine dans le mobile home des Freeman, le poêle à bois allumé, son monde glacé et noir. Son stylo se pose sur le papier, ses mots sont des lacérations furieuses.

Kathy poursuit sa lettre en énumérant huit choses qui prouvent selon elle les actes répréhensibles commis par le bureau du shérif. Elle commence par noter : « Les fleurs et les croix en bois au bord de la route ont été enlevées par le comté. » Apparemment, les croix et les bouquets confectionnés par la famille de Shane, ou plus précisément par sa petite sœur Ashley, disparaissaient régulièrement de la route de campagne où Shane avait rendu son dernier soupir. Aujourd'hui, les membres de la famille que j'interroge restent persuadés qu'il s'agissait d'un acte cruel du CCSO, qui faisait généralement enlever les hommages un jour après qu'on les avait déposés.

« Le comté ne voulait aucune trace de sentimentalisme », me dit la demi-sœur de Danny, Chris.

En plus des fleurs et des objets commémoratifs, on trouvait dans tout l'Oklahoma des pancartes peintes à la main installées par des camarades de classe du garçon, qui réclamaient « Justice pour Shane ». Elles aussi disparaissaient. Près de vingt ans plus tard, je verrais une des pancartes originales dans le jardin de Celesta et Bill Chandler.

J'imagine Kathy en train d'écrire sa lettre à travers la fumée d'une cigarette, et j'en allume une pour moi pendant qu'elle continue.

Le deuxième élément qu'elle a noté est : « La route a été nivelée tout de suite. »

Je tente sans succès d'obtenir l'accès aux archives du commissariat à l'aménagement du territoire du comté, mais je ne m'attendais pas vraiment à ce qu'ils aient gardé la trace de travaux de voirie remontant à deux décennies. D'après les Freeman, ces travaux avaient commencé le lendemain de la mort de Shane.

« Un ami m'a appelé pour m'avertir qu'ils nivelaient la route, m'explique Dwayne Vancil. J'ai dit que c'était n'importe quoi. Je suis allé voir, et c'était vrai. »

Moins de vingt-quatre heures après la mort du garçon, la route où il avait été abattu avait été refaite de bout en bout, le revêtement et les pierres raclés par des pelleteuses. Les Freeman sont persuadés que cette manœuvre visait à faire disparaître des preuves. Ils n'arrivent pas à comprendre pourquoi un tel projet aurait été mené de toute urgence au milieu de l'hiver, au milieu de nulle part, au milieu de l'enquête qui aurait dû avoir lieu.

« Le shérif a mis six heures à nous prévenir », poursuit la liste de Kathy. Les parents de Shane avaient dû constater ce décalage dès qu'ils avaient obtenu le rapport d'autopsie et les dépositions des agents présents sur les lieux. D'après les médias et

Kathy, Shane avait été tué à 16 h 20, et la famille avertie à 22 h 15 seulement.

Je sais que cette information aurait pu être confirmée par une amie des Freeman, DeAnna Dorsey. Habitante de Welch et l'une des plus proches confidentes de Kathy, DeAnna était infirmière au Centre hospitalier du comté de Craig à Vinita. Selon les Freeman, elle avait appris la mort de Shane alors qu'elle travaillait aux urgences, quand on avait déposé le corps à l'hôpital pour que le médecin légiste Donna Warren l'examine. Choquée par la nouvelle et espérant apporter son soutien à la famille, elle s'était aussitôt rendue au mobile home des Freeman. Là, elle s'était aperçue avec stupeur que, malgré les heures écoulées depuis l'incident, les parents de Shane n'étaient pas encore au courant. Elle n'avait pas trouvé les mots pour leur dire. Comme la plupart des sources affirment que DeAnna était présente quand le shérif Vaughn avait annoncé la mort de Shane à ses parents, je sais qu'elle aurait pu corroborer ou réfuter les accusations de Kathy, ainsi que les déclarations de sa famille, qui continue à soutenir que le shérif avait dit à Kathy, Danny, Ashley et DeAnna qu'il n'y avait « pas d'arme visible » : Shane n'était pas armé.

Les Freeman me répéteront ces trois mots chaque fois ou presque que je leur rendrai visite : « Quand Vaughn est arrivé au mobile home, il leur a dit : "Pas d'arme visible." »

À en croire le père et les proches de Danny, le CCSO avait ensuite déclaré que Shane avait un fusil. Environ une semaine après, le fusil était finalement devenu un pistolet.

DeAnna Dorsey aurait aussi pu donner son avis sur le quatrième élément de la liste de Kathy : « Le corps a été envoyé à Oklahoma City avant qu'on nous prévienne. » Ne sachant pas s'il s'agit réellement d'une faute professionnelle, ni comment il aurait fallu procéder, je me renseigne auprès de mon ami Darren Dake, ex-shérif devenu coroner et professeur, installé à Cuba, dans le Missouri.

« La famille n'est pas tenue d'identifier le corps avant une enquête ou une autopsie, me dit-il. En fait, si la police connaît la victime ou a confirmé son identité grâce à un permis de conduire, la famille n'a aucun rôle à jouer. »

Quand je l'interroge sur ce qui aurait pu expliquer que le cadavre de Shane ait été envoyé au service de médecine légale d'Oklahoma City plutôt qu'à celui de Tulsa, plus proche, un autre détail qui préoccupait les Freeman, il me répond que ce genre de chose n'est pas rare.

« On peut raisonnablement penser que le service local ne disposait pas des moyens nécessaires pour mener l'autopsie, ou a préféré envoyer le corps à un service plus important et situé dans une autre juridiction, étant donné que les forces de l'ordre étaient impliquées dans l'incident. »

Malgré ce que Kathy affirme dans sa lettre, je n'arrive pas à vérifier que le corps de Shane avait été transféré à Oklahoma City. Puisque je ne dispose pas du rapport d'autopsie et que Donna Warren est décédée il y a plusieurs années, je n'ai aucun moyen de m'en assurer, à moins de pouvoir parler à l'infirmière et amie des Freeman DeAnna Dorsey.

Cette dernière aurait également pu confirmer le cinquième élément sur la liste : « Le shérif a menti en disant à l'hôpital qu'on nous avait déjà prévenus. »

Mais le sixième élément est le plus accablant, s'il est avéré. Bien que cette information soit peu connue du public, le reste de la famille Freeman en parle encore régulièrement. Dans des termes assez vagues, Kathy évoque un événement survenu un après-midi de février, un mois après la mort de Shane : « Le père de Shane [Danny] a été arrêté sur Main Street à Vinita parce qu'il était passé à Big Cabin en rentrant du travail. On l'a tenu en joue avec un fusil. On lui a dit que, s'il essayait de s'enfuir, on l'abattrait. On a fouillé son pick-up et on l'a emmené au palais de justice. Le shérif a laissé David Hayes hurler sur Danny. »

Big Cabin est le nom d'une ville à quarante-cinq kilomètres au sud de Welch, et plus précisément le lieu où David Hayes, le policier qui avait abattu Shane, résidait à l'époque, et où je rencontrerais son frère, le sous-shérif Mark Hayes, dans sa grange réaménagée.

La lettre de la mère de Kathy donne un peu plus de détails sur l'incident : « Le 9 février 1999, un mois après la mort de Shane, Danny a été arrêté parce qu'il était allé à Big Cabin. On lui a braqué un fusil dessus, on l'a menotté et son pick-up a été fouillé. Les agents du shérif l'ont emmené dans leurs locaux et lui ont hurlé sur tous les tons qu'il était un mauvais père. Le shérif George Vaughn a tout vu et est resté les bras croisés. D'autres agents étaient présents. »

Le spectacle avait dû faire grand bruit, dans une bourgade comme Vinita : une voiture remplie d'agents du shérif devant le vieux KFC, Danny menotté en pleine circulation. J'avais entendu parler de l'événement pour la première fois en discutant avec Vaughn autour d'un thé. Coïncidence, Jeremy Hurst était passé par là au milieu de notre entretien. Quand je l'avais interrogé sur l'arrestation supposée de Danny, l'ex-shérif avait affirmé que « Danny harcelait David à Big Cabin », qu'il « restait assis dans sa voiture près de chez [lui] ».

« D'après mes souvenirs, on l'a fait venir au bureau, on a discuté avec lui et on lui a dit : "Ces choses ne se font pas" », avait déclaré Vaughn en passant sa canne d'une main à l'autre.

Le sous-shérif Mark Hayes se rappelait aussi que Danny était venu à Big Cabin peu après la mort de Shane. Il avait arrêté son pick-up à côté d'un groupe d'enfants qui jouaient dans la rue « et [leur] avait demandé s'ils savaient où était l'agent qui avait tué son fils ». Les parents d'un des enfants avaient prévenu le shérif.

« On a décidé d'aller voir ce qui se passait à Big Cabin, et on a croisé Danny dans son véhicule sur la route 66, de ce côté-ci de Vinita, m'a expliqué Mark Hayes. On l'a interpellé, et il a accepté de nous suivre au bureau. »

Là-bas, ils avaient retrouvé l'adjoint David Hayes, l'inspecteur Charlie Cozart, le lieutenant Jim Herman et peut-être d'autres agents, qui faisaient tous partie de l'entourage de Vaughn.

Selon plusieurs membres de la famille Freeman, les hommes s'étaient relayés pour hurler sur

Danny, le provoquant et proférant des menaces contre sa famille. Ils lui avaient rappelé qu'ils représentaient la loi et que personne ne le croirait s'il essayait de les accuser de quoi que ce soit. Les proches de Danny affirmaient qu'ils avaient menacé d'abattre sa famille entière. D'après son frère Lonny, le shérif Vaughn était arrivé alors que des agents entouraient Danny, menotté à une chaise, et Danny lui avait crié : « Pourquoi vous les laissez faire ça ? » Vaughn était ressorti de la pièce sans un mot.

Si l'on se fie à ces récits, cette arrestation constituait une atteinte aux droits de Danny.

« Je crois que Danny cherchait à les sonder, me dit sa demi-sœur Chris. Je ne crois pas qu'il pensait que tous les agents du shérif étaient pourris, mais il voulait repérer ceux qui l'étaient. »

Elle m'explique toute la volonté qu'il avait fallu à Danny, un homme qui ne se laissait jamais marcher sur les pieds, pour ne pas riposter.

« Ils voulaient que Danny réagisse. Ils voulaient avoir une raison de l'enfermer une bonne fois pour toutes. »

« C'étaient des représailles, affirme pour sa part Lorene Bible. Danny avait menacé la famille de David Hayes, harcelé ses enfants et ainsi de suite, et l'équipe du shérif contre-attaquait. »

Certains disent que Danny voulait la tête des agents.

D'autres qu'il voulait des informations compromettantes sur eux.

Je n'ai pas de mal à croire que Danny ait été malmené par le CCSO, puisqu'il est bien connu et prouvé que la corruption gangrenait plusieurs bureaux du shérif dans le nord-est de l'Oklahoma dans les années 1980 et 1990 : il y régnait une mentalité du Far West, et une longue et sinistre lignée d'agents rattrapés par des scandales, impliqués dans des meurtres ou assassinés ; dans le comté voisin d'Ottawa, le shérif Harkins avait été tué à coups de couteau seulement deux semaines et demie avant le meurtre des Freeman. Les accusations de corruption et les témoins directs de fautes commises par les forces de l'ordre ne manquent pas, et, pendant quatre ans, j'entends les histoires les plus invraisemblables. « J'ai vu l'adjoint Untel faire une overdose dans mon salon, l'aiguille encore dans le bras. Je devais avoir dix ans, et j'ai regardé ma mère tenter de le ranimer », me raconte-t-on entre autres exemples (des faits confirmés par ledit adjoint). Au début, j'attribue une partie de ces récits à la rumeur et aux vieilles rancœurs, mais il y a beaucoup trop d'histoires d'agents mêlés à des affaires de drogue, de sexe illicite et de harcèlement, souvent étayées par la presse après l'arrestation ou le procès des individus en question.

« Les deux parties avaient des choses à se reprocher », me dit Lorene, parlant de Danny Freeman et du CCSO.

Mais Kathy n'est pas la seule personne proche de l'affaire à avoir dénoncé les provocations de la police. Je reçois un autre témoignage de harcèlement de la part de Jeremy Hurst, le petit ami d'Ashley, qui se rappelle un après-midi de printemps où Ashley et lui s'étaient arrêtés dans un magasin de Welch. Ils avaient attrapé quelques paquets de chips dans les rayons, échangeant des coups de coude joueurs, yeux bleus souriants, quand un des agents qu'ils connaissaient était entré dans la boutique. L'homme n'avait pas fait d'achats ni observé les lieux, se contentant de fixer le couple. Et quand les deux jeunes étaient partis, il les avait suivis, montant dans sa voiture de patrouille et avançant lentement derrière eux.

« On ne roulait pas trop vite ni rien », dit Jeremy.

Pourtant l'agent les avait arrêtés, leur avait demandé où ils allaient et ce qu'ils faisaient. D'après Jeremy, ce genre d'incident se reproduisait presque chaque fois qu'il était de sortie avec Ashley.

« On ne faisait rien de mal. »

Je passe beaucoup de temps à sillonner la zone des quatre États, pour écouter des dizaines de témoignages de parents et amis des Freeman sur le harcèlement auquel l'équipe du shérif soumettait la famille jusque chez elle. On me raconte que des agents surgissaient dans ce coin de campagne reculé au milieu de la nuit et braquaient leurs phares sur le mobile home : des lumières blanches aveuglantes qui éclairaient les fenêtres des Freeman, les tirant du lit et rendant leur chien hystérique. Ou les nombreuses fois où Ashley était descendue du car de ramassage scolaire pour trouver des agents garés juste là, à la regarder, alors qu'il n'y avait rien d'autre aux alentours que des routes rurales et des fermes. Certains jours, elle en pleurait presque d'angoisse. Aux dires de la plupart, ce harcèlement constant était orchestré par l'inspecteur du CCSO Charlie Cozart.

« C'était le meneur de la bande », m'assurent plusieurs personnes, chez les Freeman comme les Bible. « Le shérif ne contrôlait pas ses hommes. C'étaient Charlie et les frères Hayes qui le faisaient. »

La lettre de Celesta Chandler affirme aussi : « Des agents du shérif ont commencé à se garer sur la route devant chez les Freeman, au vu et au su de la famille. » Apparemment, Kathy n'était pas la seule à se plaindre du CCSO.

Le septième élément noté dans la lettre de Kathy est le suivant : « Des panneaux de signalisation sont apparus d'un coup à Welch, parce que l'ambulance n'avait pas pu trouver l'endroit. » La famille avait demandé au comté pourquoi des panneaux avaient disparu des routes de campagne. Ils étaient convaincus que l'ambulance s'était perdue en chemin à cause du manque de signalisation, ce qui expliquait qu'elle soit arrivée une heure vingt après le coup de feu fatal. En l'absence de rapport de police ou d'enquête, je n'ai aucun moyen de le vérifier.

Le huitième et dernier élément de la liste stipule : « Ils n'ont pas accepté l'aide d'EMT. Elle vivait à côté. » Kathy parle ici d'une habitante de Welch qui s'était arrêtée pour tenter de secourir Shane. L'attitude des agents n'aurait cependant pas été contraire à la loi, si Shane avait déjà été déclaré mort – ce qui était le cas – et que les lieux étaient considérés comme une scène de crime.

Au bas de la page, la signature de Kathy suit une sorte de slogan : « Un policier, un garçon, une balle. »

Danny avait employé une formule quasi identique dans le *Tulsa World* : « Un policier, une balle, un garçon de dix-sept ans. »

D'après la lettre de Celesta Chandler, Kathy et elle s'étaient rendues à une réunion communale au bâtiment de la Public Service Company of Oklahoma le 6 octobre 1999, deux mois et demi avant le meurtre des Freeman. Là, les habitants du comté avaient formulé plusieurs plaintes contre le bureau du shérif. Quelqu'un, dont le nom a été découpé au bas de la lettre et n'a jamais été découvert, avait conseillé aux deux femmes de mettre leurs plaintes par écrit et de les faire certifier par un notaire.

Chose peut-être inévitable, cette lettre est un amalgame d'émotions, de on-dit et – parfois – de théories du complot. Mais, au fil de mes recherches sur l'affaire, je constate invariablement qu'il n'y a pas de fumée sans feu.

Je vois d'ici Kathy Freeman se lever de la table de la cuisine et coller la feuille sur le frigo avec l'aimant vache, sans avoir conscience qu'elle sera tuée à peine quelques jours plus tard.

Lors d'une précédente conversation, le sous-shérif Mark Hayes m'avait signalé que, en février 2000, son frère et lui avaient passé un test au détecteur de mensonges organisé par l'OSBI après l'incendie chez les Freeman. Il s'agissait de déterminer si les deux hommes étaient impliqués dans la mort de Kathy et Danny, et la disparition d'Ashley et Lauria.

« Ça m'a tout de suite paru une bonne idée, avait déclaré Hayes alors que nous étions assis chez lui. Pour une raison ou une autre, Shane a fait un choix cet après-midi-là, et l'adjoint a réagi comme on l'avait formé à le faire. »

Je consulte un article du *Tulsa World* daté de février 2000, intitulé : « Des tests ordonnés suite à des rumeurs dans l'affaire des jeunes habitantes de Welch disparues. » Le chapeau précise : « Deux frères, respectivement adjoint du shérif et sous-shérif, passent des examens [*sic*] au détecteur de mensonges concernant la disparition de deux jeunes filles. » Mais les frères Hayes semblent avoir été les seuls à confirmer l'information. L'article note ainsi : « Ce mardi, une porte-parole de l'OSBI [Kym Koch] a refusé de faire le moindre commentaire sur ces tests, par souci de confidentialité. » Ce détail me laisse perplexe.

À ce jour, je n'ai vu aucun rapport officiel détaillant les résultats des tests, et je ne suis pas plus avancée sur le genre de questions qui ont été posées.

Le CCSO était clairement sur la sellette à la fin du mandat de Vaughn, en partie parce qu'on soupçonnait les agents d'avoir participé au meurtre des Freeman. Pour ne rien arranger, on avait découvert en août 2000 que l'inspecteur Charlie Cozart, enquêteur principal du bureau et instigateur présumé du harcèlement contre les Freeman, avait démissionné pour n'avoir pas réussi à prouver qu'il avait décroché ne serait-ce qu'un certificat de fin d'études secondaires, ce qui aurait dû l'empêcher d'être employé par le CCSO. Dans un article de l'*Oklahoman* daté de 2000, le shérif Vaughn déclarait : « Cozart travaille pour les forces de l'ordre de l'État et de la région depuis des années. [...] Je n'ai jamais eu de raisons de douter de ses qualifications. » Cédant à la pression de la Commission de formation des forces de l'ordre, Vaughn avait exigé la démission de Cozart dans l'espoir de lui obtenir un poste à la prison, qui « ne demandait pas de diplôme d'État », comme il l'avait expliqué au *Tulsa World*.

Un reportage du *Joplin Globe* notait : « Au moins une affaire de drogue sur laquelle Cozart a travaillé a été déboutée en raison de son manque de qualifications. »

« J'étais abasourdi », m'avait raconté Mark Hayes, qui décrivait Cozart comme son meilleur ami. Avec un sourire, il m'avait montré des photos de l'inspecteur, les premières que je voyais. Puis il avait éclaté de rire. « Vous voulez que je vous dise un secret ? Je crois que c'est son frère qui l'a dénoncé. »

Il faisait allusion à Marvin Cozart, un criminel violent et néonazi originaire de Picher, dont le casier judiciaire comprenait des inculpations pour évasion de prison, agression, cambriolage et même meurtre.

« Je crois que Marvin avait une condamnation qui lui pendait au nez, et qu'il avait décidé de se retourner contre son frère. »

Inculpé en même temps que six autres personnes pour avoir battu un homme à mort avec un tuyau, Cozart espérait ainsi obtenir une réduction de peine. Bien qu'il se soit évadé à plusieurs reprises, il est aujourd'hui incarcéré, et ne répondra pas à mes lettres.

J'avais échangé avec Mark Hayes pour la première fois sur Facebook, quand il avait été tagué en compagnie de Charlie Cozart sur une photo publique. Dans les commentaires, quelqu'un avait écrit à propos de Cozart : « C'était mon dealer, et puis il est devenu flic et m'a coffré… Le monde à l'envers. » C'est un sentiment qui revient souvent.

« Charlie était grande gueule, indiscipliné et ignare. Oh, et bien sûr, c'était un trafiquant de drogue », me dit Jim Herman, lieutenant du CCSO à la retraite.

Herman est un ex-collègue de Cozart, et faisait partie de la clique de Vaughn qui était intervenue après la mort de Shane puis de ses parents. Je m'entretiendrai personnellement avec plusieurs témoins qui corroboreront l'idée que l'inspecteur Cozart fabriquait de la meth.

« À Big Cabin, c'était le seul flic de la ville, mécanicien et dealer… Il vendait de la dope comme si de rien n'était », continue Herman, qui m'explique en détail comment Cozart arrêtait des « voyous » au bord de la route et sortait de la drogue de son propre coffre pour la mettre dans les affaires des gamins.

On m'avait toujours décrit Jim Herman comme une sorte d'empoté, lent à la détente. Mais, quand je discute avec lui, il n'y a pas une époque, une date, un numéro de téléphone dont il ne se souvienne pas des décennies plus tard ; il a le même genre d'intelligence que mon père. C'est un informateur enthousiaste, qui me dit que les Freeman le prenaient à tort pour la personne qui campait devant leur mobile home jour et nuit, alors qu'il s'agissait de Cozart.

« Nos voitures se ressemblaient énormément, admet-il. [Tous les agents du CCSO savaient] que Cozart allait à l'ouest de Welch, vers la maison des

Freeman. Il surveillait les véhicules qui passaient. Danny était un dealer de bien plus grand calibre que Charlie. »

Quand je lui demande quel genre de collègue Cozart était, il répond :

« Je ne voulais pas patrouiller avec lui. Je ne voulais pas être là quand il, euh… quand il faisait quelque chose. Je ne voulais pas qu'on m'associe à lui. »

Les hommes qui formaient le noyau du CCSO étaient quasiment tous partis quand le shérif George Vaughn avait perdu son poste en novembre 2000, sa première défaite électorale depuis 1968. Il avait été battu par Jimmie L. Sooter, qui avait pris ses fonctions au début de l'année suivante.

« Disons simplement que Sooter l'a emporté haut la main », déclare Mark Hayes.

Il était de notoriété publique que l'affaire Bible-Freeman avait constitué un facteur important dans la déroute de Vaughn. Troy Messick, qui avait annoncé la nouvelle de l'incendie à Lorene Bible et avait été le premier agent à intervenir quand son mari et elle avaient découvert Danny le lendemain, avait apparemment quitté son poste avant la fin de l'année pour intégrer la police de Vinita.

Cozart avait démissionné à cause de ses faux diplômes, puis était décédé en avril 2003 d'un cancer de l'œsophage.

Mark Hayes était devenu adjoint du shérif dans le comté de Rogers.

David Hayes était aussi parti travailler pour le comté de Rogers, où il est aujourd'hui capitaine du bureau du shérif.

« Sooter nous avait promis de résoudre l'affaire », me dit Glen Freeman.

De fait, les Freeman et les Bible se rejoignent sur ce point : Sooter avait paru plus que certain de pouvoir élucider l'énigme. Rien qu'à Welch et à Bluejacket, où se situaient les lycées respectifs d'Ashley et Lauria, les habitants « avaient voté trois contre un pour ne pas réélire Vaughn ».

« Il avait fait du bon boulot au début, résume Lorene. Pas à la fin. »

Avec le recul, les Freeman estiment possible que la mort de Shane ait été justifiée, qu'il ait fait un geste malencontreux et se soit mis dans le pétrin. Reste que bien des éléments avaient encouragé les soupçons sur le comportement des forces de l'ordre après l'incident : les documents perdus, le harcèlement de la famille pendant l'année qui avait suivi, le meurtre choquant des parents de Shane et la disparition de sa sœur et de sa meilleure amie, puis la démission de Cozart.

Mais je sais qu'il y a une pièce manquante du puzzle que je dois encore étudier, avant de m'intéresser de plus près à la piste de la drogue privilégiée par les Bible. Et il s'agit de DeAnna Dorsey, l'amie des Freeman, qui aurait été la mieux placée pour répondre à mes questions sur les malversations possibles entourant la mort de Shane, le procès espéré et l'idée que les Freeman ont été assassinés pour que le CCSO puisse étouffer l'affaire. D'ailleurs, quand les membres de la famille me racontent leur histoire, je remarque que leur colère atteint son paroxysme lorsqu'ils abordent le sujet de DeAnna.

« Si quelqu'un vous disait : "S'il m'arrive quelque chose, cherchez de ce côté-là", vous ne l'écouteriez pas ? » me demande Dwayne, qui clame depuis longtemps que, après la mort de Shane, Danny était persuadé qu'il serait abattu dans l'année parce qu'il en savait trop. « Si la police n'a pas tué mon frère et sa famille, alors elle a recruté des gens pour le faire. Et je pense que le meurtre de DeAnna nous a prouvé une bonne fois pour toutes que la police était impliquée. »

15
Le meurtre de DeAnna Dorsey

2001
Moins de deux ans après l'incendie

Je savais très peu de choses sur DeAnna Dorsey quand j'ai entamé cette enquête, et je crains de ne pas en savoir beaucoup plus à l'heure où j'écris ces lignes. C'était une femme de quarante-cinq ans bien charpentée, aux cheveux courts et bouclés couleur miel et aux yeux marron, une habitante honnête de Welch. Les rares articles de journaux qui la mentionnent la décrivent comme « profondément croyante » et dotée d'une « solide conscience professionnelle ». Elle travaillait au Centre hospitalier du comté de Craig depuis 1996, rentrant souvent chez elle les larmes aux yeux à cause de tous les gens qu'elle n'avait pas pu aider, les malades et ceux qui n'avaient pas été sauvés.

C'était à la fin de l'adolescence de DeAnna, née Bartell, un jour d'août particulièrement étouffant, que son mari l'avait vue pour la première fois à Bernice. On était au milieu des années 1970, et il se rappelait l'avoir trouvée « plutôt mignonne » alors qu'elle pelletait treize tonnes de sable entassées dans la benne du pick-up de son père. Comme beaucoup des femmes que j'ai rencontrées dans l'Oklahoma, de Lorene à Chris et bien d'autres, DeAnna était extrêmement dure à la tâche et faisait face au monde qui l'entourait avec une attitude stoïque, proprement biblique. Des années plus tard, les gens la qualifieraient en plaisantant de sergent instructeur. En tout cas, en ce jour d'été à Bernice, elle avait refusé les avances du jeune homme.

« Alors je suis allé à l'épicerie, j'ai acheté des bouteilles de Mountain Dew et je lui en ai rapporté une », racontait Dale Dorsey.

Par chance, c'était la boisson gazeuse préférée de DeAnna.

Ils s'étaient mariés cinq mois plus tard.

DeAnna pensait que Dieu la préparait constamment à faire Son œuvre. En tant que secrétaire et trésorière de l'Église des Assemblées de Dieu, où ses enfants continuent de travailler aujourd'hui, elle observait fidèlement la doctrine pentecôtiste : prêcher ardemment. Investir stratégiquement. Planter vigoureusement. Pourvoir habilement. Et prier avec ferveur.

« C'était la personne la plus proche d'une sainte que j'aie connue », me dit Dwayne Vancil, qui avait été son chef dans une usine d'automobile au début des années 1990.

Il se souvient qu'elle n'avait pas la vie facile, ayant entamé sa vie de couple sans ressources – les jeunes mariés vivaient dans une maison à laquelle il manquait des murs et une partie du toit –, mais il affirme qu'il n'y avait pas « plus dévouée qu'elle à sa famille ». En plus de travailler pour Dwayne, DeAnna suivait une formation d'infirmière et faisait apparemment du bénévolat à l'hôpital (un fait que je n'ai pas pu confirmer), ne ménageant pas ses efforts pour terminer ses études tout en élevant ses enfants et trimant à la chaîne. À quarante ans, elle avait été la première personne de sa famille à décrocher un diplôme universitaire, ayant souvent recruté ses proches pour l'aider à potasser le soir. Elle avait persévéré, et, aux dires de tous, DeAnna était une femme qui avait réussi et travaillé dur pour la vie qu'elle menait, une vie dont elle était très fière.

« Elle avait un air si particulier, un tel aplomb, avait déclaré l'infirmière en chef du Centre hospitalier à la presse locale en 2001. J'aurais voulu lui ressembler. »

Après la mort de Shane, c'était à DeAnna que Kathy avait confié toutes les informations concernant l'incident, accompagnées d'une mise en garde désormais familière : « S'il devait nous arriver quoi que ce soit... » Et quand cette prémonition s'était réalisée le 30 décembre 1999, quand elle s'était retrouvée chez elle avec une fille qui, si elle n'avait pas été interdite de sortie à la dernière minute, aurait dû passer la nuit dans le mobile home condamné des Freeman, DeAnna était prête à dénoncer publiquement les agents du shérif. Elle n'avait pas hésité à les accuser de la mort de Danny et Kathy et de l'enlèvement d'Ashley et Lauria.

Dans les mois qui avaient suivi le meurtre épouvantable des Freeman, DeAnna avait gardé précieusement les documents qu'on lui avait remis à propos de Shane, qui comprenaient vraisemblablement le rapport d'autopsie, les témoignages des agents impliqués et d'éventuels papiers se rapportant au procès. Elle était bouleversée par ce qui s'était passé, à juste titre, allant jusqu'à dire qu'elle considérait Ashley comme sa « deuxième fille ».

En septembre 2001, sa fille Katie et elle avaient pris ces documents sous le bras pour accompagner Lorene et Jay Bible, Dwayne Vancil et le lieutenant du CCSO Jim Herman à Los Angeles, où ils devaient participer au pilote d'une nouvelle émission appelée « What Really Happened », présentée par Rolonda Watts.

Faute d'avoir trouvé un distributeur, l'émission n'a jamais été diffusée, mais j'ai réussi à exhumer l'enregistrement original.

DeAnna et Katie étaient assises dans l'auditoire. DeAnna, vêtue d'un ensemble chemisier-pantalon bleu canard, tenait une mince liasse de papiers à la main. Rolonda Watts avait invité Katie à se lever pour parler de cette fameuse soirée d'anniversaire à laquelle elle aurait dû assister. Quand la présentatrice lui avait demandé comment cette tragédie l'avait affectée, la lycéenne s'était interrompue, en larmes.

« C'est très difficile à l'école... Vous n'avez plus personne. Ni la personne avec qui vous déjeuniez tous les jours, ni celle avec laquelle vous passiez tout votre temps », avait-elle répondu d'une voix étranglée, parlant d'Ashley.

Quand on lui avait demandé ce qu'elle pensait qu'il était arrivé, son ton était aussitôt devenu furieux.

« Je crois dur comme fer que le bureau du shérif du comté de Craig est derrière tout ça », avait-elle déclaré, tandis que Lorene et Jay la regardaient depuis l'estrade. « Parce qu'Ashley m'avait parlé de certains événements. [Les agents du CCSO] surveillaient leur maison. Ils se garaient, genre, juste un peu plus loin sur la route, dans une grange. Et ils suivaient Danny en ville, ils le suivaient quand il rentrait chez lui, et puis ils se garaient de nouveau dans la grange et les surveillaient chaque fois qu'ils sortaient de chez eux. »

À côté d'elle, DeAnna hochait la tête.

« Alors Ashley avait bel et bien peur pour sa famille, parce que la police avait abattu son frère et qu'ils avaient tenu tête aux agents ? avait demandé la présentatrice.

— Oui, avait simplement répondu la fille de DeAnna. Oui. »

Dwayne m'explique que, le jour de l'enregistrement, DeAnna avait une foule de choses à dire sur la situation et que, comme sa fille, elle avait accusé l'équipe du shérif. Les deux familles me racontent que, à un moment donné, elle s'était levée de sa chaise et avait invectivé le lieutenant Jim Herman, tonnant que les agents étaient responsables du meurtre des Freeman et de la disparition des filles, qu'ils avaient menti sur les propos qu'ils avaient tenus quand ils leur avaient annoncé la mort de Shane : « Pas d'arme visible. » Mais lorsque je parviens enfin à obtenir l'enregistrement de l'émission, je me rends compte que ces passages ont été coupés au montage : je ne pourrai donc jamais assister à la confrontation. Cela dit, il y a un moment très clair où un faux raccord montre DeAnna en train de se rasseoir, alors que Jim Herman vient de se défendre du mieux qu'il peut. J'imagine que c'est là qu'elle lui a fait des reproches. On l'aperçoit aussi parfois debout, en train de regarder la présentatrice comme si elle attendait de prendre la parole, papiers toujours en main.

Pendant l'émission, quand on lui avait demandé pourquoi personne n'avait cherché les adolescentes, Jim Herman avait répondu que ce n'était pas le travail du CCSO mais de l'OSBI, à qui l'affaire avait été confiée. Il répéterait la même chose des années plus tard, tout comme Mark Hayes. Les agents semblaient partir du principe qu'avoir alerté l'OSBI les délivrait de toute responsabilité. Lorene avait suscité des applaudissements dans l'auditoire en faisant remarquer que chaque agence avait délégué le travail à la suivante, ce qui expliquait que les proches des victimes comme Jay et elle-même aient été obligés de se démener et de poser des questions gênantes, tout ça pour s'entendre dire qu'ils fichaient la pagaille.

« Et je continuerai à ficher la pagaille jusqu'à ce que je puisse ramener ma fille à la maison », avait-elle conclu.

Comme d'habitude, Lorene était sur le pied de guerre, clamant son intention de remuer ciel et terre, et de faire tout le nécessaire pour retrouver sa fille et la meilleure amie de celle-ci, tandis que Jay restait assis à côté d'elle, en proie à une forte émotion.

Ce qui m'intéresse particulièrement dans cette vidéo est qu'on y assiste à la première intervention publique de l'OSBI. La porte-parole de l'agence, Kym Koch, s'était jointe au débat par satellite pour défendre ses actions. Interrogée sur les résultats de l'enquête, elle avait expliqué :

« Aucune rumeur ne circulait en ville, vraiment. Comme vous le dira Steve Nutter, l'agent chargé de l'affaire, tout était très calme. Après ça, les rumeurs ont démarré d'un coup et…

— Pardon ? l'avait interrompue Dwayne. Il y avait un paquet de rumeurs qui circulaient ! »

Kym Koch avait alors confirmé que, pendant les premiers jours, on avait entendu dire que Danny avait tué Kathy, puis que les filles avaient tué leurs parents, puis que Danny vendait de la drogue chez lui, puis que des ressortissants mexicains étaient impliqués, puis que les filles avaient été vendues comme esclaves sexuelles à des chauffeurs routiers. Mais elle soutenait que ces pistes n'avaient rien donné.

« Rien du tout, avait-elle assuré d'un ton ferme. Nous n'avons rien découvert qui corrobore ou étaye ces rumeurs, notamment celles concernant le bureau du shérif. »

Cela faisait mauvais genre que, après avoir affirmé qu'aucune rumeur ne courait, la porte-parole ait pu en citer six sans même réfléchir. Elle affichait un air suffisant, un peu trop certaine de son pouvoir sur tous ces campagnards. Interrogée sur la dernière théorie en date de l'OSBI, elle avait bredouillé, regardant autour d'elle en quête d'une réponse.

« La plus importante était probablement celle de la drogue, avait-elle finalement déclaré, levant les yeux au ciel. L'idée que [Danny] se livrait à des trafics depuis chez lui. »

Des huées et des quolibets s'étaient élevés dans l'assistance.

La porte-parole avait tout de même reconnu que l'OSBI avait commis une « erreur » en passant à côté du cadavre de Danny. Lorsqu'on lui avait demandé pourquoi les agents ne l'avaient pas remarqué, comment ils avaient pu ne pas le sentir sous leurs pieds, elle s'était contentée de secouer la tête.

« Je ne peux pas l'expliquer. »

En regardant la vidéo, je perçois le tremblement dans la voix de Dwayne quand il déclare que sa famille et celle des Bible ont encore deux proches portés disparus et que personne ne cherche à les aider à l'OSBI.

« Et c'est maintenant que vous nous dites que vous avez commis une erreur ? »

Lorene et Jay, qui n'avaient pas fait de commentaires sur les accusations portées contre la police durant l'émission, déclareraient par la suite qu'ils savaient que les producteurs espéraient que les deux familles s'entre-déchireraient et qu'ils avaient refusé de mordre à l'hameçon, préférant ne pas révéler leurs propres hypothèses face aux caméras. En réalité, dès le lendemain de l'incendie, les Bible avaient été occupés à explorer les rumeurs galopantes sur un règlement de comptes entre trafiquants que l'OSBI refusait apparemment d'étudier, tandis que les Freeman restaient campés sur la théorie de la corruption policière. Jay et Lorene n'avaient jamais publiquement défendu la thèse d'un lien entre la mort de Shane et les efforts présumés du CCSO pour étouffer l'affaire, et le meurtre de Kathy et Danny et l'enlèvement possible des adolescentes.

La présentatrice avait rendu la parole à la fille de DeAnna, qui se tenait debout, prête à défendre les Freeman et interroger Kym Koch :

« Je veux juste savoir, précisément, d'où elle tient la preuve que c'était une affaire de drogue. Où est la preuve ? On l'attend toujours !

— Vous m'avez demandé une théorie, et je vous en ai donné une », avait répondu la porte-parole de l'OSBI, provoquant une fois de plus le mécontentement de l'auditoire.

Dwayne Vancil n'avait jamais cru que l'usage de marijuana de son demi-frère ait le moindre rapport avec les meurtres, et il avait bien exposé son point de vue :

« Les flics avaient passé une année à essayer de le coincer, de le coffrer, avait-il souligné. Si Danny s'était livré à des activités illégales, ils l'auraient jeté en tôle. »

À la fin de l'enregistrement, tandis que le public applaudit, on peut voir Rolonda Watts s'approcher de ses invités pour leur serrer la main, en commençant par DeAnna Dorsey.

DeAnna portait son uniforme blanc avec fierté. Avant que les infirmières de tout type passent à une tenue de travail colorée, ce blanc respecté était synonyme non seulement de propreté, mais aussi de la rigueur de la formation et du courage exigé pour arborer cette teinte face aux salissures ordinaires du métier. On était le 6 octobre 2001, un samedi matin peu animé, avec seulement six patients dans l'unité. Il s'était écoulé douze jours ou moins d'une semaine (les informations varient selon les articles, et je n'ai pas réussi à trouver la date exacte du tournage) depuis que DeAnna s'était rendue à Los Angeles et avait ouvertement fustigé le bureau du shérif pour sa gestion désastreuse du meurtre de son amie. Ce matin-là, elle portait sa montre, un objet qui distinguait autrefois les membres de sa profession. Elle venait de changer les draps de la chambre 100 et de retourner au poste des infirmières pour téléphoner à sa fille Katie. L'appel ne passerait jamais. Alors que DeAnna avait encore le combiné en main, un homme portant un pantalon de camouflage, une longue veste militaire et un bandana rouge sur la tête pénétra dans l'hôpital. Certaines personnes affirment que l'homme avait demandé spécifiquement où se trouvait l'infirmière, mais je n'ai pas pu le confirmer. Il tira à six reprises sur elle et l'atteignit cinq fois, sous les yeux de ses collègues et patient.

Je n'ai pas eu la possibilité de m'entretenir avec les enfants et le mari de DeAnna, mais j'ai rendu visite à une femme appelée Sydney Horton. Sydney n'avait que dix ans le jour de l'incident, et se trouvait à l'hôpital avec son père médecin.

« Il était en train de faire sa tournée, m'explique-t-elle. J'étais assise au bureau [vide] de son collègue quand un bruit m'a fait lever la tête. »

D'après son père, on aurait dit des ampoules qui sautaient.

« J'ai vu DeAnna s'effondrer, continue Sydney, qui se trouvait à trois ou quatre mètres de l'infirmière. Et puis mon père m'a attrapée et m'a entraînée dans la réserve. Il y a eu d'autres détonations.

Nous sommes restés cachés. Quand le silence s'est fait, mon père est allé voir si DeAnna allait bien, ce qui n'était évidemment pas le cas. Puis il est revenu s'occuper de moi. Il m'a dit de fermer les yeux quand nous sommes sortis de la pièce. »

Lorsque je lui demande si elle avait compris ce qui s'était passé, Sydney me répond que non, jusqu'à ce que l'expression de son père lui donne conscience de la gravité de la situation.

Elle ne sait pas bien si elle a vu le tueur de ses propres yeux ou si ses souvenirs découlent de tout ce qu'elle a lu sur l'incident au fil des années.

Ce jour-là, cinq balles transpercèrent DeAnna Dorsey quand le tueur vida son chargeur sur elle, la ratant une fois. La première l'atteignit au sourcil gauche, pénétra dans son cerveau et y resta logée. La seconde entra à la base de son cou et ressortit en haut de son dos. La troisième la toucha juste derrière l'oreille gauche, traversa le bas de son crâne, délogea une molaire de l'autre côté et ressortit par sa joue droite. La quatrième et la cinquième balle se fichèrent à l'arrière de son crâne, derrière son oreille gauche, et ressortirent par son front. Elle mourut sur le coup, à 9 h 50.

Un instant plus tard, Ricky Martin, âgé de quarante-sept ans, tentait de recharger son pistolet semi-automatique dans le parking de l'hôpital. Les deux premiers policiers de Vinita qui arrivèrent sur les lieux le trouvèrent debout sur une voiture. Martin les insulta tandis qu'ils dégainaient leur arme et lui ordonnaient de lâcher la sienne. Quand il braqua son pistolet rechargé sur eux, les agents tirèrent chacun une fois, l'un avec une carabine, l'autre un pistolet de calibre 40.

Selon le rapport d'autopsie, Martin mourut peu après, avec cinq gros plombs de carabine logés dans les poumons, le cœur, le foie et « d'autres tissus mous et osseux ». Seulement dix minutes s'étaient écoulées depuis que des témoins l'avaient vu abattre DeAnna Dorsey.

On annonça plus tard que Ricky Martin était un schizophrène paranoïaque, sans aucun lien avec DeAnna. La police locale ne parvint jamais à expliquer pourquoi il s'en était pris à l'infirmière, déclarant : « Pour une raison ou une autre, il a simplement jeté son dévolu sur elle. » D'après les médias, il n'y avait pas de trace d'alcool ni de drogue dans son système sanguin.

Avant le meurtre, on avait souvent vu Ricky traîner dans les rues de Vinita, vêtu de son treillis et de sa longue veste militaire, un clochard qui semblait avoir sombré après une de ces jeunesses américaines dont la plupart rêvent : une bourse d'études décrochée grâce au football, un physique avantageux, une famille équilibrée, autant de choses qu'il semblait posséder quand il avait grandi à Ada, dans l'Oklahoma, à trois heures de route de Vinita. Mais les symptômes de la schizophrénie avaient montré leurs crocs peu après sa sortie du lycée, et Ricky Martin s'était bientôt retrouvé à errer de ville en ville, dormant régulièrement dans des ruelles ou au bord de la voie de chemin de fer qui passait derrière la vertueuse route 66 de Vinita, essayant de temps en temps de faire ajuster son traitement quelque part. D'après un membre de sa famille, les problèmes de Ricky avaient surgi après un accident de la route où il avait été éjecté de son véhicule, subissant des dommages cérébraux permanents.

Avant le meurtre de DeAnna, en janvier 2000, l'hôpital psychiatrique d'Eastern State à Vinita avait entrepris de fermer ses portes, un processus qui avait paru durer des mois, de la réduction des effectifs ordonnée par l'État jusqu'à la cessation totale des activités, entraînant l'exode de centaines de patients atteints de maladies mentales qui avaient dû se reloger dans les asiles surpeuplés de Tulsa ainsi que des cliniques de quartier et établissements de soins spécialisés plus petits et mal équipés. Ces institutions avaient passé des contrats avec le Département de la santé mentale et toxicomanie de l'Oklahoma, l'ODMHSAS, tandis qu'une partie des bâtiments de l'hôpital psychiatrique avait été récupérée par le Département des prisons, qui y parquait des prisonniers exemptés de procès pour aliénation mentale. Depuis 1979, il s'agissait déjà du centre de traitement officiel pour les personnes ayant besoin d'être examinées et suivies pour des raisons judiciaires. En 2008, tous les autres patients avaient fini par quitter les lieux.

Bon nombre d'entre eux avaient passé des années à Eastern State, participant à des programmes de travail qui faisaient de l'asile un des principaux employeurs du comté de Craig – les vaches holsteins qu'on y élevait gagnaient fréquemment des prix. Le terrain comportait des granges et des serres, des conserveries et même des quartiers militaires utilisés pendant la Seconde Guerre mondiale. L'établissement avait encore grandi à la fin de la ségrégation, accueillant des résidents de l'asile psychiatrique pour Noirs de Taft State dans les années 1960. De nos jours, les lieux abritent encore les sépultures de milliers de patients, bien que seule une centaine de pierres tombales ait survécu aux actes de vandalisme, aux adolescents chahuteurs et à la mauvaise gestion des archives. L'endroit, désormais abandonné, ressemble plus à une attraction hantée qu'à un ancien hôpital. Les panneaux jaunes avertissant : « Les auto-stoppeurs peuvent être des internés évadés » sont toujours en place, même si les habitants de la région ne les remarquent souvent plus.

Pendant des années, l'hôpital de Vinita avait servi de base à Ricky, qui y séjournait régulièrement pour qu'on mette son traitement à jour. Quand l'établissement avait coulé, l'homme s'était apparemment retrouvé déboussolé, errant sans savoir où s'adresser pour recevoir l'aide à laquelle il était tant habitué. Une semaine avant l'incident, il s'était rendu dans une clinique de Tulsa, mais, pour des raisons qui avaient probablement à voir avec des coupes budgétaires internes et au niveau de l'État, on l'avait refoulé. Il était retourné à Vinita, où il espérait trouver du secours.

Les habitants de la région s'accordent à dire que le meurtre de DeAnna était un acte dénué de sens, commis par un déséquilibré à court de neuroleptiques ou ayant cessé de les prendre. L'homme n'avait pas de raison concrète, en dehors de son esprit malade, de tuer cette mère de famille.

Les Freeman ne sont pas de cet avis.

« Il était influençable, affirment-ils. DeAnna avait dénoncé le bureau du shérif du comté de Craig à peine quelques jours avant. »

Les Freeman estiment depuis longtemps que le meurtre de DeAnna pourrait être lié à celui de Danny et Kathy, et à l'enlèvement d'Ashley et Lauria. Ils sont convaincus que les agents du CCSO avaient recruté Ricky Martin pour faire taire l'infirmière. Ils pensent aussi que la même chose s'était produite avec Danny et Kathy, qui s'apprêtaient à attaquer le comté en justice pour avoir causé la mort de leur fils.

Puisque la police de Vinita avait abattu Ricky Martin, l'enquête sur son décès et celui de DeAnna Dorsey avait été confiée à l'OSBI. Chose imprévue, l'affaire avait mis en lumière les problèmes de santé mentale qui se propageaient dans l'État à la même vitesse que l'épidémie de méthamphétamine, et la population avait commencé à réclamer que le gouverneur Frank Keating et le commissaire à la santé mentale mènent une enquête approfondie sur l'incident. Ces derniers, ainsi que le député Joe Eddins, avaient reconnu qu'avec « la restructuration d'Eastern State et l'accent porté sur les traitements au niveau local, les personnes en difficulté mentale [finissaient] en prison ». Les résultats de l'enquête avaient été remis à Frank Keating, qui ne les avait pas rendus public. Cependant, le directeur de l'ODMHSAS, Terry Cline, avait affirmé dans une lettre adressée au gouverneur que le service dédié aux droits des patients avait étudié le dossier, et conclu que ni son administration ni les établissements de soins locaux n'étaient à blâmer.

En décembre 2001, Dale Dorsey avait exprimé sa colère, accusant le gouverneur de ne pas prendre le meurtre de sa femme au sérieux et d'avoir « fermé les yeux » sur le fait que la restructuration qu'il avait ordonnée entraînerait inévitablement ce genre de drame.

« J'aimerais pouvoir montrer des photos du sac contenant le cadavre de ma femme aux législateurs de l'État et au gouverneur », avait-il déclaré au *Tulsa World*.

« La restructuration a eu lieu, c'est terminé », avait rétorqué le commissaire à la santé mentale dans le même article.

La mort de DeAnna Dorsey avait peu à peu été cantonnée à des entrefilets dans la presse locale, sans jamais avoir pris la dimension capitale et tangible que l'affaire Bible-Freeman avait atteinte dans la région.

La famille Dorsey a opposé un refus poli à mes demandes d'entretien. Tout ce qui me reste de DeAnna est une capture vidéo floue d'une femme vêtue d'un ensemble chemisier-pantalon bleu canard, assise dans l'auditoire d'une émission qui n'a jamais été diffusée.

Aujourd'hui, les habitants du comté de Craig restent divisés sur la question de savoir si le meurtre de DeAnna était un crime dénué de sens ou s'il était fondamentalement lié à l'assassinat des Freeman et à la mort de Shane, sa décision courageuse de dénoncer le CCSO ayant fait de l'infirmière une cible à abattre.

Les autorités n'ont jamais découvert de rapport entre le meurtre de DeAnna et celui des Freeman. Même s'ils reconnaissent que cette coïncidence frappante méritait qu'on s'y attarde, les Bible ne pensent pas non plus que cet assassinat soit lié à celui des Freeman ou à la disparition de leur fille.

Une fois de plus, les deux familles campent de chaque côté d'un fossé grandissant, les Freeman ne démordant pas de l'idée que la mort de Shane et la corruption de la police sont au cœur de l'affaire, alors que les Bible continuent à soutenir la théorie de la drogue, que j'étudierai bientôt.

En effet, si j'ai exploré le point de vue des Freeman sur cet aspect essentiel de l'histoire, il est tout aussi important que j'examine les rumeurs liées à la drogue que la famille a écartées pour se concentrer sur la corruption et les manigances des forces de l'ordre. Cette piste défendue par les Bible m'emmène dans le comté voisin d'Ottawa, à l'extrémité nord-est de l'État, un endroit parsemé de villes fantômes, de communautés ravagées par la meth et de patelins anonymes que même certains habitants du coin évitent de traverser, qu'on appelle familièrement « le territoire hors la loi ».

Mais, malgré leurs avis divergents, les Freeman et les Bible se rejoignent sur un point : quelle que soit la théorie qu'on privilégie, l'enquête sur leurs proches n'a pas été menée correctement, les forçant à embaucher leurs propres détectives privés et à se charger du travail eux-mêmes.

TROISIÈME PARTIE
Drogues

16

L'endroit le plus toxique d'Amérique

L'Oklahoma me coupe le souffle dans plus d'un sens du terme ; je peux être subjuguée par sa beauté ou suffoquée par son aspect désolé. Il faut que j'écoute la prairie, mais aussi que je m'approche de son cancer. J'ai du mal à imaginer un endroit comme Picher, à seulement une demi-heure de route au nord-est de Welch, témoin d'une catastrophe environnementale dont peu de personnes extérieures à la région – moi y compris, avant cette enquête – ont entendu parler. C'est dans ce lieu évoquant le cauchemar d'un monde dévasté par l'apocalypse que les détectives privés Tom Pryor et Joe Dugan avaient débarqué au début de l'an 2000, après avoir remonté la piste de la carte d'assurance trouvée dans la propriété des Freeman. N'ayant pas réussi à éveiller l'intérêt de l'agent de l'OSBI Steve Nutter, ils avaient décidé d'enquêter eux-mêmes.

Le Picher que j'apprends à connaître et le Picher d'autrefois sont deux mondes différents ; pour me familiariser avec l'affaire, je dois me familiariser avec cet endroit, le comprendre dans son contexte. Plus d'une fois, je passe outre les panneaux d'avertissement du gouvernement qui décorent les montagnes blanches de cette ville fantôme, à trois kilomètres au sud de la frontière du Kansas. J'enserre fermement la taille d'un ancien habitant qui se décrit comme un métis quapaw, craignant que le quad ne se renverse sur les graviers couleur d'os des terrils. Des collines de dolomie et de calcaire, séparées par l'extraction du minerai pendant le boom de l'industrie du plomb et du zinc, dominent de nos jours une ville jadis prospère qu'on surnommait « la boucle de la Ceinture de plomb de l'Amérique ». Elles étincellent au milieu des champs majestueux de nothoscordums et de commélines, tel un collier de perles accroché à la frontière du Kansas, désormais polluées et toxiques. Autrefois faite d'argent et d'or, la carcasse de Picher est une bouche cariée qui a avalé ses maisons et ses routes dans des dolines et des effondrements de terrain causés par la surexploitation minière et l'évidement du sous-sol, qui ont rendu la surface instable.

C'est là que la prairie cesse de chanter.

Les muscles de mes yeux sont fatigués, travaillant dur face aux montagnes blanches où je me tiens, faisant naître des formes grises qui entrent et sortent des maisons abandonnées en contrebas. Cette enquête change les ombres de ma psyché épuisée en assassins toujours prêts à venir à ma rencontre, nageant dans la paranoïa et les hallucinations fugaces.

« La vallée de la mort de l'Oklahoma », dit Tom Pryor.

Âgé de soixante-quinze ans, le détective privé est aujourd'hui retraité et affligé d'une broncho-pneumopathie chronique obstructive (BPCO), qui fait que nos conversations sont ponctuées de quintes de toux.

« Impossible de savoir combien de cadavres il y a là-dessous. »

Le vent se lève, et j'ai peur de respirer l'air de cette ville fantôme, même si personne autour de moi ne paraît s'en soucier.

« Toutes ces mines et ces carrières… »

J'avais supposé que les souvenirs glorieux du passé récent de Picher ne seraient pas complètement estompés dans l'esprit des gens. Après tout, certaines personnes éparpillées dans les villes voisines, comme Cardin, Commerce et Miami, dont le nom se prononce « mayameu », ne cessera-t-on de me rappeler, se désignent encore fièrement comme des « rats des terrils ». Plusieurs milliers d'anciens habitants de Picher continuent à se rassembler à Noël pour défiler dans les rues abandonnées, devant les vieux bâtiments en ruine. Mais d'autres tiennent à chasser cet endroit très loin de leurs pensées. L'amertume, aussi âcre que la chicorée qui pousse comme de la mauvaise herbe à la lisière de la ville, rôde dans l'air et dans leur âme. Aujourd'hui, le site a été rebaptisé « Tar Creek Superfund », bénéficiaire d'un programme gouvernemental visant à éliminer les déchets dangereux de façon sécurisée en suivant les consignes de l'Agence de protection de l'environnement (EPA), dont le directeur a jadis qualifié Picher d'« endroit le plus toxique d'Amérique ». L'expression est restée.

À présent, un panneau décrépit en bordure de la ville m'accueille en territoire amérindien.

Mais il n'en a pas toujours été ainsi. À son apogée, Picher était le cœur du district minier des Trois-États, une zone d'environ six mille cinq cents kilomètres carrés couvrant le nord-est de l'Oklahoma, le sud-est du Kansas et le sud-ouest du Missouri, qui avait produit près de soixante-quinze pour cent des balles et des obus utilisés durant les deux guerres mondiales. Pendant son âge d'or, entre les années 1920 et 1950, on y avait extrait l'équivalent de 290 millions de dollars de minerai, ce qui faisait de cette région la plus grande exportatrice de plomb et de zinc du monde. Le patriotisme battait son plein, et l'industrie florissante créait un fort sentiment de communauté. Les mineurs allaient et venaient sous terre, récoltant une bonne dose de poussière noire et argentée avec leur pain quotidien, et les habitants de l'Oklahoma qui n'avaient pas à partir loin pour trouver un bon emploi en étaient profondément reconnaissants. Picher : une population stable de quinze mille habitants pour un total de quatorze mille mines.

Aujourd'hui, les milliers de kilomètres carrés de tunnels et de galeries, dont beaucoup servaient autrefois d'autoroutes souterraines entre États, sont en grande partie effondrés et remplis d'eau toxique. Malgré cela, les vieux de la vieille, les acharnés qui refusent d'admettre que la terre qu'ils aimaient tant les a trahis, évoquent encore leur enfance en riant et regardent de haut les générations suivantes, qui n'ont jamais mis un pied dans les mines ou connu la ville quand elle s'enorgueillissait de six cinémas et deux dizaines de saloons.

Cette version idyllique de Picher est impossible à imaginer maintenant.

Avec le temps, les affaires de milliers d'hommes du Midwest appâtés par la promesse alléchante de deux cent cinquante exploitations minières avaient commencé à péricliter. Les terrils toxiques devenaient trop gros, la demande baissait. Le plomb et le zinc se changeaient en dolomie et calcaire ordinaires à mesure que les mineurs creusaient, peu importait dans quelle direction. On pouvait dire qu'ils avaient abusé des bonnes choses, ces gens habitués à souffrir avant que les mines bouleversent leur destin. L'abondance était d'ordinaire étrangère aux habitants de l'Oklahoma, et leur trop-plein d'enthousiasme minier saperait le sol sous leurs pieds, formant des dolines et des affaissements de terrain dans les villes fantômes plus petites des environs, comme Saint-Louis (rebaptisée Zincville) et Hockerville, plongées dans l'ombre inquiétante de leur voisine Picher.

Pendant des années, les habitants avaient récupéré de la pierre à l'envi dans les terrils, s'en servant pour combler leurs terrains de jeux ou les compétitions d'athlétisme scolaires.

Désormais, il ne reste que les boyaux évidés d'une terre promise : quatorze mille exploitations abandonnées. Soixante-dix millions de tonnes de résidus miniers entassés en piles mesurant jusqu'à soixante mètres de haut et deux cents mètres de large, l'équivalent de quatre terrains de football américain. Et trente-six millions de tonnes de déchets toxiques qui polluent les eaux. Pour chaque once de plomb extraite de la terre, on obtenait cinq kilos de minerai inutilisable, qui avaient alimenté les terrils.

Avant l'exode, les enfants jouaient dans les bassins artificiels remplis par la pluie et les écoulements souterrains, et dans les cuves construites pour accueillir la fine poudre résultant de l'extraction du plomb et du zinc. Ils ressortaient de ces piscines couleur rouille qui empestaient le vinaigre avec des coups de soleil douloureux, mais semblaient toujours prêts à accepter ces désagréments tant que l'eau était assez fraîche pour les soulager dans la touffeur de l'été. Pourtant, on s'était peu à peu rendu compte que ce ne pouvait pas être le soleil qui donnait une teinte orange permanente à leurs cheveux. Les rougeurs sur leur peau s'avéreraient être des brûlures chimiques causées par les eaux chargées de cadmium et d'arsenic évacuées des mines, même si les habitants ne comprendraient l'ampleur des dégâts que lorsque des scientifiques viendraient faire des analyses dans les années 1990. Les années passant, cette même eau souterraine s'échapperait des bassins et commencerait à envahir les mines abandonnées.

Auparavant, personne n'avait conscience des dangers que les ressources les plus précieuses de Picher présentaient pour la population, et cet aveuglement avait perduré de génération en génération. Les gens passaient leur temps à se rouler dans la poussière dont ils étaient si fiers, à boire l'eau polluée et nager dedans. Après que les résultats des lycéens aux examens avaient entamé une chute libre et que la maladie s'était frayé un chemin dans chaque foyer ou presque, une étude menée en 1996 avait démontré que quarante-six pour cent des enfants de Picher âgés de un à cinq ans avaient une forte concentration de plomb dans le sang, onze fois plus élevée que dans le reste du pays. Le taux de fausses couches chez les femmes atteignait plus du double de la moyenne nationale, et les maladies pulmonaires chroniques étaient plus élevées de deux mille pour cent. Ces problèmes ne venaient pas seulement du plomb et du zinc dans l'air et l'eau ; le fer, le manganèse et le cadmium jouaient aussi un rôle dans le ralentissement du développement neural des enfants. Comme l'absorption de plomb laisse des dommages irréversibles dans le cerveau, les organes, le sang et les nerfs, la plupart des victimes souffriraient des symptômes de cette intoxication toute leur vie.

Au début, beaucoup de maux dont les habitants se plaignaient avaient été relégués dans la catégorie de l'« hystérie » ordinaire : insomnie, hallucinations, perte de mémoire, agressivité. Les femmes étaient plus maussades et entendaient moins bien, les hommes n'arrivaient à rien au lit. Mais, au bout d'un moment, un liseré bleu-noir, appelé « liseré de Burton », avait commencé à apparaître sur leurs gencives, et ils avaient éprouvé de plus en plus de difficultés à parler. Migraines, problèmes de motricité, troubles digestifs, dépression, perte de sensibilité dans les extrémités des membres, baisse de l'urine, lésions cérébrales. D'un point de vue neurologique, les enfants de Picher étaient encore plus touchés, avec une aggravation spectaculaire des handicaps mentaux sévères. Ils perdaient l'odorat ; leurs os étaient d'une densité si faible que le poids de leur propre corps pouvait les fracturer. À l'heure du dîner, après la prière, ils saignaient du nez et de la bouche à table. Les maladies du foie, des poumons et des reins tueraient de nombreuses personnes, mais seraient peu signalées par une population qui s'obstinait dans son orgueil et refusait d'accepter que la terre où elle avait grandi ait pu se retourner contre elle de cette manière. Les trains avaient cessé de circuler, et les panneaux de bienvenue se désagrégeaient lentement.

Aujourd'hui, l'immense fierté encore manifestée par ceux qui sont nés là ressemble à de l'entêtement et du déni, surtout lorsqu'il s'agit de personnes ayant échappé aux maladies.

Bien que plusieurs études de santé financées par le gouvernement aient été effectuées sur les enfants de la région depuis sa classification en zone à dépolluer, il ne semble exister aucun rapport public indiquant combien d'adolescents, d'adultes et de personnes âgées ont été touchés, et combien sont morts à cause d'une intoxication aux métaux lourds. Avec tant de gens malades et souffrants, les souvenirs étincelants de la gloire passée de Picher avaient commencé à rouiller, ne laissant que le désespoir.

En 1999, il ne restait plus que mille six cents habitants en ville. Bon nombre d'entre eux étaient des hommes qui refusaient de se soumettre au « pouvoir ». Mais d'autres, au sang empoisonné depuis longtemps, avaient adopté une approche plus pragmatique : le taux de pauvreté local atteignait le double de la moyenne nationale, et le désespoir ambiant avait vu naître une vague de fabrication et de consommation de méthamphétamine. Les mines, jadis symboles de la prospérité de Picher, offraient l'occasion rêvée d'escamoter les preuves des activités des chimistes et leur matériel. Les maisons du coin, où les rebords de fenêtres avaient été décorés de tartes aux cerises et la voix de Johnny Cash s'était élevée de tourne-disques, étaient devenues des plaques tournantes où les fabricants de meth travaillaient puis s'éclipsaient, ne restant jamais trop longtemps dans un logement abandonné.

L'un de ces hommes était un ressortissant du Kansas appelé Warren Philip Welch II, ou « Phil », qui avait passé une bonne partie de sa vie à une vingtaine de minutes de route de Picher. Bien que l'on ignore la période exacte où il avait habité dans la ville même, on sait grâce à des quittances obtenues par le détective privé Tom Pryor qu'il y avait résidé d'octobre 1999 à avril 2000 au moins.

La dépression se propage aussi vite que l'intoxication aux métaux lourds, et Picher ne recevrait jamais assez d'argent pour compenser les ravages. C'était une ville pieuse de la Ceinture biblique de l'Amérique, mais le Dieu que ses habitants vénéraient restait parfois introuvable, et, pour pallier ce manque, beaucoup avaient cherché de nouvelles béquilles. À la fin des années 1990, la meth régnait en maître, accueillant à bras ouverts les fatigués et les accablés, puis les chômeurs et les déracinés. Dans un rayon de quatre-vingts kilomètres, la ville était l'épicentre de l'épidémie. Comme beaucoup d'autres, Phil Welch avait déplacé son mobile home là où personne ne viendrait le déranger, s'installant au 412 South College Street, bien calé contre un arrière-fond de poison.

Même si les rumeurs liées à Picher avaient été parmi les premières à circuler après le meurtre des Freeman et la disparition des adolescentes, elles n'avaient jamais suscité autant d'intérêt que d'autres théories.

« Les infos que les détectives privés nous fournissaient étaient très vagues, affirme Lorene Bible, et les Freeman sont du même avis. Ils disaient qu'ils avaient entendu des choses, mais ne précisaient pas quoi. Ou bien ils évoquaient des preuves sans nous dire où les trouver. »

« Tout le monde parlait de Phil Welch », me dit Pryor.

Après avoir repéré la carte d'assurance dans la propriété des Freeman, Pryor et Dugan avaient remonté sa piste jusqu'à une habitante de Chetopa, une ville du Kansas située au nord de Welch, à vingt-sept kilomètres de Picher. La femme, connue sous le nom d'E.B., avait renvoyé les détectives vers son petit ami Phil Welch.

En janvier 2000, environ deux semaines après la découverte des cadavres de Kathy et Danny, Phil Welch, alors âgé de cinquante-quatre ans, errait dans les ruines croulantes de Picher, avec les terrils en arrière-plan. Vêtu d'une chemise de cow-boy aux boutons-pressions en nacre, il arpentait les plaines qui entouraient la ville. Au début de l'après-midi, il scruta l'horizon argenté, captivé par la beauté du givre et le poids des nuages. Tandis que des larmes coulaient sur son visage, il chanta sans avoir besoin de consulter le recueil qu'il tenait à la main le cantique « Rien que le sang de Jésus ». Et quand les champs gardèrent le silence, il se sentit brusquement vide. C'était un gouffre qui ne pouvait être comblé qu'avec du poison.

En dépit de ses convictions religieuses, la plupart des gens à qui je parle de Phil Welch le décrivent comme le diable en personne. C'était un toxicomane et fabricant de meth notoire qui déménageait fréquemment, mais jamais bien loin. Le mot qui revient le plus souvent à son sujet est « terrifiant ». Et quand je contacte un de ses beaux-enfants, la première réaction que j'obtiens est succincte :

« Phil Welch est un homme abominable. »

Phil avait deux maisons, l'une à Picher, où il fabriquait de la drogue, et une autre à Chetopa, où sa femme et les enfants de celle-ci vivaient.

« [Ma mère] ne restait avec lui que parce qu'elle avait peur qu'il la tue, me dit cette personne. C'était un homme abominable qui la battait et battait ses enfants. Il faisait des choses terribles. »

Dans les environs gelés de Picher, Phil continuait à scruter le paysage, le sanctifiant peut-être avec une de ces diatribes religieuses qui faisaient sa réputation (elles duraient des jours, me dit-on). Derrière lui, la machinerie des mines était à l'arrêt, et la maladie qui s'était enracinée dans ces puits n'avait jamais été évacuée du système de Picher – ni du sien. Il baissa les yeux vers ses mains, qui perdaient en motricité chaque jour. Il les maudit, sans se rendre compte qu'il s'agissait des signes annonciateurs d'une infirmité dont il jurait qu'elle était un châtiment divin.

« Nous n'avions pas le droit d'être malades, me raconte un autre de ses proches. Il pensait que c'était une punition divine qui s'abattait sur la maison. »

Les membres de la famille étouffaient fréquemment leur toux avec un oreiller ou réprimaient leurs éternuements pour ne pas attirer l'attention. Je me demande ce que Phil avait pensé quand ses mains avaient commencé à le trahir.

Au loin, un ruban de poussière familier lui signala l'arrivée d'un véhicule. Il s'agissait cette fois d'un pick-up Ford bleu occupé par deux hommes, coiffés de chapeaux de cow-boy qui oscillaient à l'unisson et projetaient des ombres sur la vitre arrière illuminée.

C'étaient les détectives privés Tom Pryor et Joe Dugan. Aujourd'hui, Pryor admet qu'il lui arrive encore de porter son fameux chapeau.

« On l'a trouvé en train de marcher au bord de la route, se souvient-il. J'ai demandé à Joe si c'était Phil Welch, et il m'a répondu : "Je crois." »

Phil regarda la voiture ralentir à sa hauteur ; puis les hommes s'arrêtèrent. Ils venaient comme lui de la direction de Chetopa, dans le Kansas.

« On ne lui a pas dit qui on était, ni rien », se rappelle Tom.

Phil avait l'habitude de considérer presque tout comme un signe, et cette journée ne faisait pas exception à la règle. Dieu le conduisait quelque part, ou plaçait quelqu'un sur son chemin, et il y avait une bonne raison à cela. Il redressa fièrement la tête.

« Hé, l'ami, on vous dépose quelque part ? » lui demanda Pryor.

Phil décocha un regard en coin aux deux hommes, les étudia un moment. Mais il n'allait à aucun endroit précis, et ne venait d'aucun endroit précis non plus. Il était fébrile, et le ciel au-dessus de sa tête ne bougeait pas assez vite pour lui, de toute façon.

« Pourquoi pas », dit-il.

Pryor descendit de la voiture pour laisser Phil s'asseoir au milieu de la banquette.

« Il avait un air à la Charles Manson, me raconte-t-il. C'était ce genre de type. »

Serré entre les deux hommes, Phil fredonna les bribes du cantique qui lui trottaient encore en tête. Il gardait les yeux braqués devant lui, le regard lointain et vide, comme s'il n'était pas là. Cela lui donnait une intensité redoutable, qui incitait son entourage à la prudence.

« Où vous allez ? lui demanda Pryor.

— À Picher, disons. »

Le bout de ses doigts était brûlé, ses ongles noirs et ambrés, extrêmement cassants ; il les tapotait sur la reliure en cuir de son recueil de cantiques. Il claquait aussi sans arrêt de la langue, un toc qui se manifestait quand il avait pris de la drogue, c'est-à-dire quasiment tout le temps.

« On s'arrête pour manger un hamburger, Joe ? demanda Pryor avant de jeter un coup d'œil à Phil, qui ne détacha pas le regard de la route. Vous voulez un hamburger ? »

L'homme était « vraiment bizarre », m'explique le détective :

« Il pouvait être au milieu d'une phrase et partir tout à coup dans une tangente religieuse, se mettre à prêcher sur n'importe quel sujet. J'ai l'impression qu'il connaissait la Bible de A à Z. Son père était pasteur. Je crois qu'il le punissait en le battant avec. »

Je ne parviens pas à vérifier cette information, et les rares parents de Phil encore en vie semblent avoir pris de franches distances avec lui au cours du temps.

Les trois hommes se dirigèrent vers le Gorilla Cage, un drive-in aujourd'hui disparu avec un gorille géant à l'entrée, la mascotte de Picher. Ils se garèrent devant le petit bâtiment, qui ressemblait à une boîte à chaussures avec un auvent métallique orné de bandes rouges et blanches brillantes. Il était encadré de flèches et de panneaux lumineux, une version plus compacte des restaurants bardés de néons de la route 66 voisine, qui imploraient les automobilistes de venir goûter leurs célèbres « fritures de veau » – une façon appétissante de désigner les testicules frits populaires dans la région. Les haut-parleurs diffusaient « Stand by Your Man » de Tammy Wynette, comme si les habitants de Picher s'accrochaient désespérément à un passé dont la ville rêvait encore. Pryor savait qui était Phil, et il tenta plusieurs fois d'accrocher son regard. Il y eut des moments de silence abyssal, remplis par l'électricité d'un orage qui se profilait lentement au-dessus de leurs têtes.

Phil indiqua les collines toxiques environnantes.

« Vous voyez cet endroit ? remarqua-t-il. Damné par Dieu. Des gens mauvais. On ne peut sauver personne, ici. » Il dévisagea les détectives privés, puis retourna à son hamburger, s'adaptant au silence des deux hommes qui l'entouraient. « Comme Sodome. »

Pryor et Dugan acquiescèrent. Phil inspecta chaque terril qui se dressait devant le pick-up.

« Franchement, je n'arrive même plus à compter les transgressions. Les Blancs se sont emparés de cette terre et l'ont violée à mort avant de la rendre. Et on se demande pourquoi Dieu est en colère. Un jour, Il rasera simplement cette ville, lui enverra la catastrophe naturelle qu'elle mérite tant. »

Je sais aujourd'hui que cette prophétie se réaliserait, car une tornade de niveau EF4 finirait par porter le coup de grâce à Picher en 2008, tuant sept personnes et détruisant cent cinquante maisons.

Des habitants arborant les signes clairs d'une dépendance à la meth erraient aux alentours. Ces personnages émaciés, aux lèvres encroûtées, portaient les amples vêtements de cow-boy de leurs ancêtres. Enveloppés dans un vent toxique, ils formaient un contraste saisissant avec ceux qui s'accrochaient encore aux rêves de la ville d'autrefois, et souriaient d'un air crispé en faisant comme si les junkies qui envahissaient l'endroit n'étaient pas là.

Pryor essaya de détourner Phil du sujet des punitions divines :

« Au fait, vous avez entendu parler de ces filles, à Welch ?

— Ouais, répondit Phil, tout aussi furieux que tendu. J'ai entendu parler de ces petites garces. »

Pryor pencha très légèrement la tête en arrière pour jauger la réaction de son partenaire.

« J'ai eu envie de l'étrangler sur-le-champ, me dirait-il plus tard. Mais j'ai gardé mon calme. »

« Vous êtes d'où, déjà ? demanda Joe Dugan à Phil.

— De Chetopa, mais je fais des missions ici aussi.

— Tiens, j'habitais à Chetopa avant », remarqua Pryor.

Non seulement il y avait habité, mais il avait aussi dirigé la police de la ville, avant de monter son agence de détectives.

« Des femmes du coin avec qui j'ai discuté m'ont dit qu'un type appelé Phil Welch avait tué ces filles. Vous ne le connaissez pas, si ? »

Phil arrêta de mâcher, gardant la nourriture qui lui restait dans une joue.

« Si, c'est moi. »

Il se mit à bredouiller une réponse, mi-cohérente, mi-spirituelle, les divagations religieuses qui faisaient sa renommée s'intensifiant avec son angoisse apparente. Les deux hommes assis à ses côtés ne saisirent que des bribes de son discours.

« J'ai entendu dire qu'elles étaient quelque part dans un puits de mine, dit Phil. Ces deux petites garces. »

Pryor affirmerait qu'en voyant son regard vide, il avait su tout de suite qu'il était en présence d'un assassin.

Phil commença à s'agiter, se grattant les bras, balbutiant des fragments inintelligibles de sermons et de versets de la Bible. Pryor et Dugan étaient persuadés que l'homme avait des informations sur ce qui était arrivé à Laurie et Ashley après leur disparition.

Mais Pryor craignait qu'il ne devienne violent s'il ne le laissait pas descendre du pick-up. Phil lui grimpa quasiment dessus pour échapper à ce qui prenait trop rapidement des allures d'interrogatoire. Il atterrit sur les pierres des terrils qui formaient le trottoir du restaurant, puis s'éloigna aussi vite que possible, les épaules voûtées, gonflé d'une rage qui affleurait toujours à la surface. *Une saine colère*, pensait-il. Sans rien dire, Pryor et Dugan le regardèrent partir à pas furieux et disparaître dans le paysage délabré de Picher. Même une fois qu'il fut hors de vue, ils l'entendirent encore déclamer des passages de la Bible.

Ce soir-là, Phil se retira dans son mobile home de Picher. C'était un logement décrépit qui servait de labo à meth, encombré de détritus et crasseux. Il n'y avait pas d'eau courante, et l'électricité fonctionnait par intermittence ; l'endroit était humide, froid. Des magazines pornos et des mégots de cigarette jonchaient le sol, des chats de gouttière et des rats allaient et venaient comme bon leur semblait. Les mains de Phil refusèrent de lui obéir quand il tenta d'actionner la poignée de la porte, et il lui fallut un moment pour les maîtriser. Il les maudit de nouveau, dérouté par ces accès de paralysie qui ne feraient que s'aggraver avec le temps. L'idée lui vint que Dieu lui disait de ne pas entrer. Mais, quand il se retourna, les nuages d'orage étaient bleuis et enflammés, sûrement un signe que son Dieu capricieux voulait qu'il s'abrite dans le mobile home. Après avoir bataillé près d'une demi-heure, Phil Welch fut enfin délivré de la punition divine et franchit le seuil en titubant.

Plusieurs personnes se trouvaient déjà à l'intérieur – associés, amantes, magouilleurs et dealers. Le groupe comprenait une des petites amies de Welch, une ou deux prostituées et deux comparses inséparables, David Pennington et Ronnie Busick – deux hommes qui avaient passé la majeure partie de leur vie en proie à la meth et, plus récemment, sous la domination de Phil Welch.

« Tout le monde avait une peur bleue de Phil Welch, parce qu'ils savaient tous de quoi il était capable », me dit un informateur.

Bruce, un motard pur et dur et amateur de meth installé à Picher, un homme qui ne m'aurait jamais paru du genre à avoir peur de quoi que ce soit, me raconte que Phil Welch avait failli l'étrangler une fois :

« Si vous voulez savoir à quoi ressemblait le mal à l'état pur, c'était Phil. »

Le mal, ne cesse-t-on de me dire, était lové dans son regard.

« Tu as déjà vu le diable ? me demande un de mes informateurs pendant qu'il s'envoie une dose. Je suis sérieux, Jax. Je te pose la question. Tu as déjà vu le diable ? Parce que moi, oui, et c'était Phil Welch. »

Dans les jours et semaines entourant le meurtre des Freeman, David Pennington et Ronnie Busick suivaient Phil Welch de plus près que jamais, plus drogués que jamais. Tous deux originaires de Chetopa, dans le Kansas, ils avaient été façonnés par la misère et la meth. Et quand ils virent que Phil rentrait enfin, le gospel qu'il exigeait toujours qu'on passe en sa présence résonna de nouveau

– un antique et simple chant folklorique qu'on aurait pu entendre à l'époque du Dust Bowl.

Les trois hommes continuèrent à se shooter, Phil Welch s'arrêtant brièvement pour regarder le mur sale où une affiche propre était accrochée…

Sur l'un des avis de recherche que Lorene Bible avait fait imprimer quelques jours plus tôt, les visages de Lauria et Ashley lui rendirent son sourire.

17
Le territoire hors la loi

2001
Moins de deux ans après l'incendie

Je roule pendant des jours. Le givre a transformé chaque centimètre carré de terrain et chaque branchette nue en cristal, les alourdissant de sorte que j'ai l'impression que l'hiver se referme sur moi. C'est un paysage féerique tiré d'une carte de Noël. Je me dis que je vais mourir gelée dans les Ozarks de l'Arkansas, piégée par la glace et le désespoir, les bourrasques qui font tanguer ma voiture et l'obscurité des routes à pic. Je m'arrête sur le bas-côté, me retrouvant avec cette paranoïa qui m'accueille dans le Midwest à chaque trajet depuis la côte Est. J'aime les heures passées sans réfléchir, le relief changeant à mesure qu'il défile et l'immensité du ciel ; j'aime la neige qui tombe dans mon sommeil. À mon réveil, je découvre une beauté spectaculaire, aveuglante – blanc laiteux et teintes opalines. Mais il faut que je me réchauffe – il faut que je me débarrasse de l'odeur de gaz d'échappement et de glaçage de donut et que je me remette au travail, alors que je m'apprête à enquêter sur les rumeurs de drogue qui ont plané autour des meurtres de Welch et de la disparition des filles depuis le premier jour.

J'ai toujours eu le sentiment que les Freeman se concentraient sur le « pourquoi » des crimes commis contre leur famille, tandis que les Bible préféraient se concentrer sur le « où ». Les premiers cherchent des réponses dans les pièces de puzzle qui ont mené aux meurtres tandis que les seconds restent ancrés dans le présent. Il n'y a pas de bonne réponse, et, ici, il n'y a pas de réponses du tout. « Que dois-je faire d'autre pour retrouver mon enfant ? » me demande sans cesse Lorene, une question rhétorique. Pour elle, ce qui se situe dans le passé ne peut pas être changé ; ça n'a pas d'importance. Elle ne manifeste jamais le désir de *s'appesantir*, comme elle dit, rien qu'une volonté inébranlable de retrouver sa fille.

C'est une fin de soirée de début janvier, et je suis pelotonnée sur le canapé du shérif du comté d'Ottawa, Jeremy Floyd. Le feu de cheminée nous tient chaud ; le shérif est en pyjama, une couverture écossaise sur les jambes. Sa femme joue avec deux yorkshires ; nous avons le ventre bien rempli, grâce à un sanglier que le shérif a tué et préparé lui-même. Les Floyd ont la gentillesse de me laisser dormir chez eux et travailler à la table de leur salle à manger. Jeremy est un homme à la voix douce qui a été un gamin de Commerce, une bourgade de l'Oklahoma située à quelques kilomètres de là, sur la route 66. J'essaie de l'impressionner en remarquant qu'il a grandi dans la ville où les célèbres Bonnie et Clyde ont commis leur treizième et dernier meurtre en 1934, celui du policier Cal Campbell – le premier agent du comté d'Ottawa à mourir dans l'exercice de ses fonctions –, et enlevé le commissaire Percy Boyd, blessé par balle puis relâché à une centaine de kilomètres au nord, dans le Kansas.

Aujourd'hui, une photo en noir et blanc des arrière-grands-parents de Floyd est accrochée au mur de son bureau.

« Mon arrière-grand-père était en train de labourer avec des mules dans son ranch, à l'ouest de Commerce, m'explique Jeremy. Un jeune type bien habillé est arrivé et l'a braqué avec une arme à feu. Il l'a obligé à conduire ses mules jusqu'à sa voiture, qui était coincée dans un fossé au bord d'une route de campagne. Et à l'époque, ce n'était pas rien d'avoir une voiture. À ce qu'on dit, il y avait une femme à l'intérieur. Grandpa Smith était persuadé que, dès qu'il aurait tracté le véhicule avec ses mules, l'homme le tuerait. Mais à la place, le type lui a donné de l'argent et s'est remis en route. Peu après, le couple a abattu ce policier en ville. »

Bien qu'il soit un descendant direct du célèbre gangster et ennemi public numéro un Charles Arthur Floyd, *alias* « Pretty Boy », c'est une histoire sur Jesse James, transmise dans sa famille de génération en génération, que le shérif me raconte :

« Jesse James est arrivé à Commerce, blessé. Mais ma grand-tante, qui était une bonne chrétienne, ne voulait pas de hors-la-loi chez elle. Elle l'a autorisé à se soigner dans la grange. Quand Jesse James a été prêt à repartir, il lui a laissé un bocal rempli d'argent. »

La rumeur disait qu'elle l'avait enterré, et les générations suivantes s'étaient bien amusées à creuser des trous dans le jardin familial.

« Le comté d'Ottawa a une histoire très riche, poursuit le shérif. Tous les bandits que vous pouvez imaginer y sont liés. Ça a toujours été un territoire de hors-la-loi. »

Comme ses ancêtres, Jeremy Floyd n'est pas étranger au monde du crime, mais il manifeste une droiture qui semble avoir échappé à beaucoup de policiers d'Ottawa avant lui. Il est réservé, gentil, avec des yeux d'un noir de jais et un sourire enfantin qui semble toujours surgir à l'improviste, même lorsque nous sommes assis près du feu mourant. Quelques semaines à peine après avoir été élu shérif, en 2016, il a prouvé qu'il n'était pas homme à se laisser marcher sur les pieds quand il a abattu un criminel de quarante-deux ans, dans un cas incontestable de légitime défense. Ses dehors effacés cachent une force qu'il peut mettre à profit en un clin d'œil et que vous n'avez pas envie de voir se retourner contre vous, et une voix si basse qu'elle me force à décoller les deux oreilles du canapé.

« Je crois qu'on peut dire que le bureau d'Ottawa était très en retard sur son temps, déclare-t-il. Quand je suis devenu shérif, j'ai eu à cœur de nous sortir de ce mauvais pas. »

Le soir suivant, nous allons dîner dans un *steak house*, où le shérif, vêtu d'un tee-shirt et d'un jogging, garde la tête baissée sous sa casquette de baseball pour éviter d'être interrompu par les gens du coin. Les lumières vives de la route 66 éclairent notre peau, les patates douces et le beurre chaud sur nos fourchettes. Plongé dans ses pensées, Floyd contemple la ville et le comté qu'il a juré de protéger. Ses yeux ne s'arrêtent sur rien de particulier ; il sait ce qu'il y a dehors.

« C'est un endroit qui vous hante, dit-il. Une fois qu'on en fait partie, on ne peut plus jamais le quitter. »

J'ai remarqué.

Je n'ai pas besoin de m'aventurer très loin dans la campagne pour constater l'emprise que la meth a sur ce comté, une épidémie qui glisse comme une savonnette entre les doigts du shérif.

« La meth a été un véritable raz-de-marée, m'explique-t-il, quand nous parlons des hors-la-loi modernes apparus au fil de l'enquête sur la disparition de Lauria Bible et Ashley Freeman. C'était le pire monstre de la région, et ça l'est encore. »

On peut dire sans se tromper que la meth a fait sa grande apparition en Oklahoma dans les années 1990, peu avant le meurtre de Kathy et Danny Freeman. À l'époque, les tueries liées au problème se multipliaient, et les forces de l'ordre peinaient à faire face à l'afflux de meth dans l'État.

Demain, je me rendrai à Wyandotte, où les deux premières perquisitions à la recherche d'Ashley et Lauria ont eu lieu à quelques semaines d'intervalle et à un jet de mégot l'une de l'autre, pendant l'été 2001.

Wyandotte, territoire de la Nation amérindienne du même nom reconnue par le gouvernement fédéral, se situe d'un point de vue anatomique dans le ventre du comté d'Ottawa. C'est dans cette ville de seulement trois cents habitants, à quarante-trois kilomètres à l'est de Welch, que les enquêteurs chargés de l'affaire Freeman-Bible se sont attardés une bonne partie de l'année 2001. Au nord-ouest de Wyandotte, on trouve le parc régional de Twin Bridges, où la plupart des habitants de la région vous diront qu'on a cherché Ashley et Lauria – même si les fouilles n'ont pas été menées dans le parc lui-même, mais dans ses environs. Les cartes y montrent des rivières entortillées et une concentration de forêts préservées, véritable paradis pour les spatulaires, poissons-chats et autres créatures de la fange, humaines ou non.

En été, j'ai vu l'endroit illuminé par les cierges magiques et l'odeur du charbon de bois, les couleurs vives des drapeaux américains ressortant sur le ciel dégagé et les pontons effleurant les scintillements de la rivière Neosho. En automne, les pélicans blancs déferlaient, trompetant face à un arrière-plan multicolore de feuilles tombant sur l'eau. Alors que l'hiver s'insinue comme une maladie, j'observe la silhouette efflanquée d'un junkie qui émerge de chez lui à 1 heure du matin pour tondre sa pelouse morte au clair de lune. En regardant vers l'aval de la rivière, je distinguerai peut-être la lueur des feux de camp au sommet d'une colline, là où le cours d'eau commence à s'amenuiser et virer vers ce qu'on appelle Lost Creek. À l'époque des meurtres de Welch, un fabricant de meth bien connu appelé Chester Leroy Shadwick II vivait à cet endroit, et c'était là que les forces de l'ordre avaient cherché les filles pour la première fois, en 2001. Cependant, au vu des documents disponibles, il semble évident qu'Ashley et Lauria ne constituaient pas la raison principale de ces descentes sur des labos de meth et autres inculpations pour trafic de drogue, le nom des adolescentes n'étant évoqué que lorsque les junkies se retrouvaient menacés d'une peine de prison. Ce n'était pas à cause des filles que les forces de l'ordre étaient arrivées là, mais plutôt les junkies qui avaient abordé le sujet à leur arrivée.

Ici, il est important de noter une nouvelle fois que beaucoup de noms dans ce livre, et en particulier dans ce chapitre, ont été modifiés.

« Folles et amusantes, me dit Amber Powell en riant quand je lui demande à quoi ressemblaient les fêtes à Wyandotte. Pour l'époque, je veux dire. »

Nous sommes assises dans un *diner* à l'ancienne proche de Tulsa, le genre d'établissement qui se raccroche désespérément à des valeurs consacrées désormais oubliées. Notre entretien se déroule sous les auspices d'affiches de Marilyn et Sinatra, autour de cornichons frits et d'un jukebox rempli de vieux tubes. Amber Powell, accro à la meth réformée, fréquente depuis longtemps les bas-fonds d'Ottawa. Elle est mince, et a sûrement été très belle à son heure de gloire, affichant aujourd'hui un sourire raviné après avoir perdu une partie de ses dents dans un incident de violence conjugale ou un autre. Elle sent les temps difficiles et le menthol. Mais, surtout, elle est l'une des nombreuses personnes citées dans un affidavit[1] de 2001 ayant servi de base à un mandat de perquisition.

Au fil des années, j'use les vingt et une pages du document jusqu'à ce que le gras et le sucre de mes

---

1. Déclaration sous serment, utilisée dans les procédures judiciaires américaines. (*N.d.T.*)

doigts les rendent molles. L'affidavit a été rédigé et signé par Mike Eason, alors employé du bureau du shérif du comté d'Ottawa. Aujourd'hui, Eason est enquêteur pour le bureau du procureur du comté de Delaware, au sud d'Ottawa, à la frontière de l'Arkansas. Même s'il n'avait jamais été chargé de travailler sur l'affaire Freeman-Bible et ne cherchait pas les filles à l'époque, Eason avait dirigé la brigade antistupéfiants et criminalité du District 13, et connaissait bien les malfrats qui gravitaient autour du monde toujours plus foisonnant de la meth à Ottawa. L'affidavit, qui, comme le veut la procédure, est rédigé à la troisième personne, explique : « De juillet 2000 à novembre 2000, le déclarant a obtenu des informations de la part de plusieurs sources qui étaient soit des IC [Informateurs confidentiels/Individus coopérants], soit des sources incarcérées à la prison du comté d'Ottawa. »

« Beaucoup de types ont commencé à nous parler de ces filles, me raconte Eason. Mais c'était il y a longtemps. »

L'affidavit évoque plusieurs informateurs qui vivaient et/ou rôdaient dans les quartiers mal fréquentés de Wyandotte, c'est-à-dire autour de la propriété du fabricant de meth établi Chester Shadwick. Le 5 janvier 2001, un peu plus d'un an après l'incendie chez les Freeman, Eason s'était entretenu avec Donovan Maxwell, un homme blanc de trente et un ans à la tête rasée et au torse couturé, incarcéré à la prison du comté pour avoir tenté de produire de la meth.

Maxwell avait déclaré que, à la fin du mois de novembre 2000, il avait reçu une « cassette vidéo de la part d'un dénommé Shannon Burleson [un criminel ayant à son actif une longue liste de condamnations pour trafic de drogue, cambriolage et agression], qui montrait des rapports sexuels entre Amber Powell et James Payne ».

Amber, la femme que j'ai retrouvée au *diner*, est la mère du fils handicapé mental de James Payne. Elle me raconte que ce dernier, un boxeur et fabricant de meth présumé, avait été inculpé pour coups et blessures avec intention de tuer après l'avoir rouée de coups de poing jusqu'à ce que son cœur cesse de battre. Il se trouve que c'était Eason qui avait pratiqué un massage cardiaque sur son corps ensanglanté et brisé, avant que l'hélicoptère des secours vienne récupérer la jeune femme inerte de trente-cinq kilos dans les collines noires de Wyandotte. Il me le confirme lui-même pendant notre entretien.

En dehors des informations contenues dans l'affidavit, je ne parviens pas à savoir précisément comment la cassette avait changé de main ni pourquoi Eason s'était intéressé à Maxwell pendant sa détention. Mais Amber m'avoue en riant que James Payne et elle enregistraient souvent des vidéos pornos.

« Avant, j'étais si maigre que je me fabriquais des tee-shirts en nouant un bandana autour de ma poitrine. »

Elle semble nostalgique, et je lui demande si cette époque lui manque.

« Juste les trous noirs après une dose, admet-elle, revivant mentalement la sensation. Ça me manque de ne plus comater comme ça. »

Maxwell avait déclaré à Eason que, après les ébats entre Amber et James, la cassette continuait, révélant une scène enregistrée précédemment où l'on voyait une « jeune fille aux cheveux blond foncé avec les poignets attachés, à genoux, et un dénommé James Payne, HB [Homme blanc], 28 ans, en train d'avoir un rapport sexuel avec cette fille ». D'après Maxwell, il y avait « une paroi rocheuse » au fond de la pièce.

« C'était la fille que j'avais vue aux infos », avait-il dit à Eason, faisant allusion à une des adolescentes disparues.

Amber affirme n'avoir jamais entendu parler de cet enregistrement montrant le père de son fils, l'homme qui l'avait laissée pour morte, en train de violer une des jeunes filles disparues ou peut-être les deux.

Donovan Maxwell disait qu'après avoir regardé la cassette, il l'avait rendue à Shannon Burleson.

Mike Eason avait retrouvé Shannon Burleson, qui avait déclaré avoir emprunté la cassette à un certain Logan Sherry. En un témoignage quasiment identique à celui donné par Maxwell en prison, Shannon avait expliqué que la vidéo montrait une jeune fille « aux mains attachées sur un lit, et que James Payne pratiquait un acte sexuel sur [elle] ». Comme Maxwell, l'unique détail qu'il avait noté était une paroi rocheuse en arrière-plan. Il ne connaissait pas le nom de la fille, mais pensait que c'était celle « avec les cheveux blond-brun », une description qui aurait pu s'appliquer aux deux adolescentes. Il assurait avoir rendu la cassette à Logan Sherry en décembre 2000, et pensait que Sherry l'avait encore.

Quand je contacte Shannon Burleson sur Facebook, il prétend ne pas être l'homme cité dans l'affidavit, même s'il est facile de le vérifier, en comparant ses informations publiques avec les clichés pris par la police, sa date de naissance, etc. N'étant pas là pour piéger qui que ce soit, j'accepte son mensonge. Il me souhaite bonne chance, et je passe mon chemin. Mais, après des mois de silence, il m'envoie un gif de bonne année, puis me bloque.

Neuf mois plus tard, Shannon Burleson meurt dans un accident de moto.

Je tente ensuite de m'entretenir avec Logan Sherry, décrit comme la dernière personne à avoir récupéré la vidéo porno. D'après mes informations, il s'est désintoxiqué et possède un atelier de mécanique dans le comté d'Ottawa. Mais quand je me rends sur son lieu de travail pour l'interroger sur l'affidavit, sa femme fait un esclandre, se précipitant vers moi en hurlant. Alors que je sens son souffle sur mon visage, je peux encore voir Logan qui contemple le vide d'un air inexpressif, perdu dans un autre monde dont même ces hurlements ne parviennent pas à l'extraire. Sa femme menace de prévenir Eason, comme s'il s'agissait d'un pitbull qu'elle garde enchaîné dans son jardin. Et même si je rencontrerai plusieurs autres suspects au cours de mes déplacements dans l'Oklahoma, je n'aurai le sang glacé que cette fois-là, en voyant l'esprit de Logan Sherry dériver. Je me demanderai toujours où il est allé, quand son regard s'est vidé, et si les filles étaient là-bas.

Le 16 février 2001, Eason avait obtenu un mandat pour chercher la cassette vidéo au domicile de Sherry. Aucun enregistrement correspondant à la description de Burleson et Maxwell n'y avait été retrouvé, même si Sherry et deux autres trafiquants présents avaient été arrêtés pour avoir tenté de fabriquer de la meth. Selon l'affidavit, « Sherry [avait] déclaré avoir entendu des rumeurs sur la cassette vidéo, mais ne jamais l'avoir vue ».

En juin 2001, un « individu coopérant » désigné sous le nom de code IC#99 avait affirmé que Logan Sherry avait bel et bien regardé la cassette, qui montrait l'agression sexuelle des « deux filles de Welch ». D'après CI#99, Sherry lui avait dit que Chester Shadwick, le trafiquant de meth populaire de Wyandotte qui organisait des fêtes folles dans les collines de la Neosho, était furieux qu'il ait montré la vidéo à Shannon Burleson et à « une autre personne », et voulait la récupérer. Sherry avait ajouté que Shadwick était venu chercher la cassette avant le 16 février 2001 et qu'il s'en était « débarrassé ».

IC#99, qui avait vécu un temps dans la propriété de Shadwick, avait ensuite décrit en détail les secrets professionnels de ce dernier : l'endroit où il enterrait ses ustensiles et son matériel de laboratoire, près d'une rangée d'arbres dans son jardin, le fait qu'il avait décidé de fabriquer de la meth dans son garage plutôt que dans sa maison. IC#99 avait indiqué les mesures précises pour partager le phosphore rouge, mis son auditoire en garde contre des réactions chimiques explosives. Il affirmait que Shadwick avait menacé de l'enterrer « avec les autres » si son nom était évoqué dans une affaire de drogue. À en croire le contenu de l'affidavit, confirmé par un proche de Shadwick que j'ai interrogé, le fabricant de meth était connu pour cacher des barriques et des cartons remplis de preuves compromettantes, ainsi que de « nombreux » fusils et armes d'épaule au pied de cette rangée d'arbres, non loin d'un des camping-cars qu'il entreposait sur son terrain.

La propriété de Shadwick, d'une surface d'un hectare, n'était accessible que par un portail à bestiaux rouge au bout d'une impasse en terre qui remontait de la route 60. Une fois le portail franchi, on arrivait à la résidence principale, un petit mobile home brun clair avec des bordures marron. L'endroit comportait aussi un petit mobile home gris avec des bordures bordeaux qui servait de logement secondaire, un camping-car blanc, plusieurs cabanes et carcasses de voitures, et différents enclos et dépendances. L'hectare de Shadwick était entouré d'un terrain à la végétation dense et envahie de mauvaises herbes qui appartenait à la Grand River Dam Authority, une agence environnementale.

Six mois avant le dépôt de l'affidavit, que toutes ces rumeurs avaient incité Eason à rédiger pour pouvoir chercher la dépouille des adolescentes, CI#99 avait déclaré qu'un jour où il se trouvait en compagnie de Shadwick, il avait vu « un trou creusé près du camping-car [dans la propriété] et un bidon de 55 gallons ». Le bidon contenait « un os de jambe relié à un os de pied », d'après sa description.

La nuit, les junkies remontaient les collines en direction de la maison de Shadwick, phares dansant au-dessus de la Neosho tandis que des échos de heavy metal se précipitaient en aval, vers Lost

Creek. Des feux de joie flambaient, et les rides de la rivière noire brillaient d'un éclat ambré, comme des nerfs. La propriété semblait flotter au-dessus d'une végétation touffue et d'un terrain marécageux où les arbres se dénudaient en hiver, aussi émaciés que les invités qui les entouraient. Les briquets tempête chauffaient constamment sous des pouces noircis, marquant les contours de visages maigres et durs. Parce que la meth faisait grimper la libido et étouffait les inhibitions, on apercevait parfois une tache de chair dans l'ombre.

Le jour, ils dormaient, obscurcissant leurs fenêtres avec du cirage et des journaux mouillés, incapables de laisser leurs yeux s'accoutumer à la lumière extérieure. Aujourd'hui, les fêtards sont plus âgés, et les tatouages à l'encre de Chine sur leurs bras décharnés ont viré au vert maladif. Mais cette génération de garçons perdus vampiriques reste redoutée. On me recommande à plusieurs reprises de ne pas m'en approcher, en me disant qu'ils n'hésiteront pas à m'écorcher vive et que les forces de l'ordre leur mangent tellement dans la main qu'elles prêteront à peine attention à mon cas. Tout comme dans le comté de Craig, les innombrables scandales recensés et la corruption policière sont profondément ancrés à Ottawa.

« J'avais entendu dire que certains agents confisquaient des drogues pour leur consommation personnelle », déclare le shérif actuel, Jeremy Floyd.

Mais je pressens qu'il n'a pas envie de creuser le sujet.

Au moment de la rédaction de l'affidavit, en 2001, Chester Shadwick purgeait une peine de trois ans de prison pour possession de meth, d'armes à feu et d'un scanner radio – un chef d'inculpation souvent utilisé contre les trafiquants, qui se servaient de ces appareils pour alerter des flics véreux ou être avertis en cas de danger imminent. En réalité, la corruption régnait à tous les niveaux, allant jusqu'à un ancien shérif impliqué dans des exécutions de mineurs. Ou un autre encore, tué à coups de couteau quelques jours avant le meurtre des Freeman. Lors de mes propres déplacements dans l'Oklahoma, un ancien procureur adjoint serait arrêté pour incitation au meurtre et proxénétisme, entre autres accusations. Je verrais aussi un député se sentir obligé de se défendre publiquement sur Facebook en déclarant : « Non, je n'ai assassiné personne, et je ne suis pas pédophile. » Mais, alors que le sujet constitue une toile de fond immuable à mon enquête, je dois le laisser de côté pour l'instant.

« On ne peut pas perdre de vue notre objectif », me répète inlassablement Lorene Bible. Elle ne cesse de me dire qu'un jour viendra où elle pourra donner libre cours à sa colère, et s'en prendre aux autorités et aux policiers qui ont bâclé l'enquête ou se sont arrangés pour que des témoins cruciaux ne soient pas interrogés correctement. « On voit ça arriver tellement de fois, et vous savez ce qui se passe ? L'affaire ne tourne plus qu'autour de ces gens-là, et pas des filles. » Même si je mets à jour plus d'une dizaine d'histoires de meurtre et de disparition à travers le nord-est de l'Oklahoma où les proches des victimes crient à la corruption policière, il faut que je les relègue au second plan. Il y a eu une série de malversations choquantes à tous les échelons du système, mais il faut que je sois là pour découvrir ce qui est arrivé à Lauria et Ashley, et personne ne peut se permettre de se laisser distraire.

Pendant que les autorités préparaient leur perquisition et que Chester Shadwick purgeait sa peine dans le Missouri, sa résidence était surveillée par un homme appelé Nick Joseph, qui y logeait temporairement pour garder un œil sur la situation. En consultant la brigade des stupéfiants locale, Eason avait appris que Joseph était un fabricant de meth professionnel, « en possession d'une mitrailleuse et d'un calibre 50 ». Le 8 juin 2001, jour où l'affidavit avait été rédigé et signé, Eason avait sollicité l'aide d'un informateur désigné sous le nom de code IC#98, dont les révélations passées avaient conduit à des arrestations de trafiquants de meth et à la confiscation du matériel d'un autre fabricant. IC#98 avait déclaré à Eason que, même s'il s'était déjà rendu chez Shadwick, il avait « peur d'y aller, parce que les gens se faisaient tirer dessus » ; il avait « entendu dire que des gens [étaient] enterrés là-bas, à la résidence ». Eason avait décidé de survoler la propriété en avion, une pratique relativement courante, étant donné que le comté gardait son propre appareil à Grove, dans l'Oklahoma. Il avait repéré les deux mobile homes, un garage en tôle, un camping-car et, près de ce dernier, ce qui ressemblait à de la terre fraîchement retournée. Tout cela correspondait à la description faite par IC#99 : c'était à côté du camping-car que l'informateur avait vu « un bidon enterré contenant des os humains ».

La page d'introduction du mandat de perquisition explique comment Eason était parvenu à la conclusion que les crimes de « meurtre, séquestration, attentat à la pudeur sur mineures, fabrication de méthamphétamine, détention d'armes automatiques, trafic de drogue illicite [...] [étaient] ou [avaient] été commis » dans la propriété de Shadwick. Les fouilles devaient se concentrer sur une liste d'objectifs comprenant des bidons de cinquante-cinq gallons, des os humains ou des dépouilles humaines, des cassettes vidéo, des armes à feu, des objets liés à la fabrication et la vente de meth, et des documents et traces écrites relatifs au trafic de meth.

À l'aube du 14 juin 2001, neuf policiers et quatre inspecteurs du comté d'Ottawa, dont Eason, avaient fait une descente sur la propriété et saisi cinq cassettes VHS et un rouleau de pellicule.

Aucun rapport ne précisait si la zone présentant de la terre fraîchement retournée avait été fouillée, et la question demeure aujourd'hui.

Au final, les forces de l'ordre n'avaient rien trouvé qui corrobore les déclarations des informateurs. Personne n'avait été arrêté pour le meurtre de Danny et Kathy Freeman ou l'enlèvement des adolescentes.

Même si le dépôt de l'affidavit et la perquisition avaient eu lieu en juin 2001, aucun document n'avait été enregistré par l'État avant 2004. Alors que personne ne veut ou ne peut expliquer pourquoi les autorités avaient mis des années à archiver le dossier, Lorene Bible pense qu'on voulait éviter qu'elle ne prenne connaissance de ces fouilles, car on la trouvait « trop impliquée ». Il n'y avait rien d'étonnant à ce qu'elle ait eu l'impression qu'on continuait à lui cacher des choses, et que cela l'ait mise en colère, puisque c'était elle qui se chargeait du gros de l'enquête. Elle m'explique qu'elle aurait assisté à la perquisition dans la propriété de Shadwick si quelqu'un lui en avait parlé :

« L'OSBI, le bureau du shérif, personne ne nous tenait au courant de ce qui se passait. »

« On devait leur courir après et leur demander : "Alors, où on en est ?" ajoute Jay Bible. Il fallait leur arracher chaque information. »

« On ne savait même pas qu'il y avait eu des fouilles chez Shadwick avant d'en entendre parler pendant la perquisition chez Glover, un mois plus tard, me raconte Lorene. Nutter ne nous avait rien dit. En fait, on ne savait même pas qu'ils enquêtaient à Wyandotte avant ça. »

18
Le territoire hors la loi (suite)

2001
Moins de deux ans après l'incendie

Wyandotte se situe à environ une demi-heure de route à l'est de Welch, et à seulement quinze kilomètres de la partie sud-ouest du Missouri. Lors d'un de mes déplacements dans la région, je trouve les routes jonchées de tortues mortes après des inondations records. La tortue alligator, symbole de la Nation wyandotte et d'une antique croyance amérindienne qui veut que la vie ait commencé sur sa carapace, écrabouillée au bord de la route 60. Les matins sont roses, et ne ressemblent en rien aux nuits et aux hommes qui peuplent le territoire hors la loi. Wyandotte évoque un cimetière devant lequel on passe en retenant son souffle par peur d'éveiller des esprits tourmentés. Les réverbères s'enfoncent dans le noir, et mon imagination façonne les ténèbres en silhouettes d'hommes appuyés dans l'obscurité qui enveloppe des panneaux routiers cassés et des magasins fermés depuis des lustres. Mes phares se reflètent dans les yeux d'animaux qui appartiennent désormais aux ombres d'assassins imaginaires. L'angoisse est une décharge brûlante qui remonte dans ma cage thoracique, comme si le diable léchait mon sternum. J'éteins la musique et baisse les vitres de la voiture pour écouter le vent chaud dehors, ne détachant pas les yeux de la route lorsque je passe devant des repaires de junkies.

Mon rythme cardiaque n'est qu'un démon sur mon épaule, qui frappe des talons contre mes côtes. Mais je transforme mon passé en bouclier pour rencontrer les accros à la meth là où ils sont. Je parle leur langue, je connais leur douleur. Contrairement aux filles disparues, ce sont des gens que je comprends.

Au printemps 2001, peu avant la perquisition chez Shadwick, un fabricant de meth de vingt-six ans plein d'avenir appelé Johnny Rose, originaire de Miami, dans l'Oklahoma, avait été embauché pour aider à convoyer des fruits rouges entre plusieurs fermes de l'Oklahoma et du Colorado. Pendant le trajet, Rose avait confié au conducteur du camion qu'il savait qui avait enlevé Lauria et Ashley. C'était peut-être le côté fielleux apporté par la meth qui l'avait poussé à révéler ce qu'il avait vu et entendu à propos des filles. C'était peut-être sa culpabilité qui avait eu raison de ses inhibitions. Ou bien c'était pour éliminer la concurrence qu'il avait déclaré au chauffeur que les coupables étaient les Glover de Wyandotte, un duo père et fils qui régnait sur le monde de la meth.

Quand le chauffeur leur avait transmis ces nouvelles informations, les familles des adolescentes avaient envoyé un des détectives privés qu'elles avaient recrutés interroger Johnny Rose, qui deviendrait l'un des plus célèbres criminels de Wyandotte au cours des années suivantes.

« Johnny Rose a commencé à parler des Glover, mais c'était la première fois qu'on entendait ce nom », me dit Lorene alors que nous traversons Wyandotte.

Nous avons déjà parcouru ce chemin ensemble, un événement terrifiant en soi quand on connaît la tendance de Lorene à rouler pied au plancher.

« On avait reçu beaucoup d'échos en provenance de Wyandotte. »

Alors Lorene et sa bande avaient décidé de battre les fourrés eux-mêmes, espérant débusquer un lièvre. Comme toujours, personne ne cherchait les filles en dehors de leurs proches et des professionnels qu'ils avaient embauchés.

L'un des éléments les plus intéressants que leur enquête avait révélés concernait une soirée du Nouvel An, mentionnée selon eux par une quarantaine de personnes à l'époque. Alors que les gens en parlent encore aujourd'hui, la fête en question n'a jamais été évoquée officiellement ou publiquement par les forces de l'ordre, même si la plupart de mes informateurs à Wyandotte, qu'ils fassent partie de la police ou non, reconnaissent qu'il est assez probable qu'elle ait eu lieu. On ignorait si Rose s'était rendu à cette soirée, qui avait apparemment été l'occasion d'un véritable défilé de criminels. On racontait que plusieurs d'entre eux avaient participé au viol, à la torture et finalement au meurtre d'Ashley et Lauria, retenues contre leur gré sur les lieux.

Je repense au gif de bonne année que Shannon Burleson m'a envoyé avant de me bloquer, peu de temps avant sa mort.

« Cette soirée du Nouvel An avait été mentionnée dès les premières rumeurs qui nous étaient parvenues de Wyandotte », me dit Lorene, qui me rapporte des bruits parlant de viol collectif, de sodomisation, de victimes droguées et attachées, de meurtres et de cadavres découpés, entre autres choses qu'une mère ne devrait jamais avoir à entendre. « La fête a eu lieu quelque part [à Wyandotte]. Le problème, c'est qu'on ne sait pas où. Ça aurait pu être chez Shadwick, ou bien chez les Glover. Tous ces trafiquants de drogue sont liés d'une manière ou d'une autre. En tout cas, c'est comme ça qu'on a entendu parler des Glover pour la première fois. »

La propriété des Glover, située à seulement cinq kilomètres en amont de la rivière de celle de Chester Shadwick, abritait autrefois un duo père et fils d'une apparence solide et glaciale : Paul senior et Paul junior. Des allusions au danger qu'ils présentaient refont surface presque chaque fois que je cite leur nom. Aujourd'hui, la résidence des Glover se résume à une maison en brique délabrée posée au milieu d'herbes hautes dans un domaine de cinq hectares, juste en face d'une église qui accueille plus de corbeaux que de fidèles. Le terrain est parsemé de carcasses de voitures et de citernes rouillées.

« Ils avaient très mauvaise réputation dans le monde de la drogue, m'explique Lorene. Ceux qui les contrariaient le payaient cher. »

« Ma foi, s'ils commencent à vous tirer dessus, vous saurez au moins que vous êtes dans la bonne direction », me dit Jay Bible.

En juillet 2001, Paul Glover senior et son fils étaient incarcérés pour avoir fabriqué de la meth et géré un garage clandestin où des voitures et motos volées étaient désossées et vendues. Comme Chester Shadwick, ils fournissaient aussi une clientèle grandissante d'accros à la meth, produisant plus de marchandise que leurs voisins de l'autre côté de Twin Bridges.

« Les gens allaient chez Shadwick pour faire la fête, me dit une de mes sources. Mais les Glover, c'était le business, et on ne déconne pas avec ça. »

« C'est à cause d'une rumeur qui circulait en prison qu'on a rapproché les Glover de cet homicide, m'a expliqué l'agent de l'OSBI Steve Nutter pendant notre entretien. J'ai pu réunir assez de preuves pour obtenir un mandat de perquisition à leur domicile de l'époque. »

Je ne sais pas qui a raison : la famille Bible, qui affirme que le jeune fabricant de meth Johnny Rose avait parlé des Glover à un chauffeur routier, ou l'OSBI, qui soutient que l'information était venue de la prison.

Pour vérifier la version officielle, je tente d'obtenir une copie de l'affidavit de 2001 concernant les Glover, rédigé par Nutter lui-même. Cela devrait être assez simple, l'affaire d'un coup de fil au service administratif du comté, puisque ce genre de document est considéré comme public. Mais, après plusieurs recherches menées par les employés du comté, il s'avère que l'affidavit a disparu.

Quand je signale le problème à Lorene, elle fait jouer tous les contacts nécessaires et finit par localiser le document à Tulsa, dans les archives de l'OSBI. Bien que Nutter l'ait rédigé en 2001, il n'a jamais été transmis au tribunal d'instance. Pour cette raison, si des preuves avaient été retrouvées pendant la perquisition – ce qui était le cas –, elles n'auraient probablement pas été admises par la justice ou auraient pu causer l'annulation du procès. En bref, si on avait découvert quoi que ce soit au cours des fouilles, l'affaire aurait tourné au fiasco.

Dix-sept ans plus tard, l'agent de l'OSBI Tammy Ferrari transmet enfin l'affidavit au service administratif du comté. Cependant, le document ne précise pas comment les forces de l'ordre étaient arrivées sur la piste des Glover.

D'après l'affidavit, qui, avec ses cinq pages, est considérablement plus succinct que celui de vingt et une pages rédigé au sujet de Shadwick, la perquisition proposée par Nutter visait à retrouver des « dépouilles humaines, des empreintes digitales, du sang, des cheveux, des fibres et autres preuves microscopiques et matérielles » en rapport avec le meurtre de Danny et Kathy, et la disparition d'Ashley et Lauria. La plupart des informations citées dans le document semblent émaner de Johnny Rose.

Rose avait déclaré à l'OSBI qu'en 2000, peu après la mort des Freeman, il avait repéré Lauria et Ashley chez les Glover, en train de « jouer au billard, dans un état second ». Rose était certain de l'identité des filles, qu'il avait reconnues grâce aux avis de recherche diffusés dans la région. Il ne les avait plus revues, affirmait-il.

Mais, quelques jours plus tard, il avait aperçu Nick Joseph avec « une pelleteuse qu'il avait louée chez Big D Rentals and Sales, à Miami ». Rose disait que Joseph avait « déplacé de la terre » et que, peu après, il l'avait vu avec une épaisse liasse de billets en main comme récompense de son travail. Nutter avait pu confirmer que Joseph avait loué une pelleteuse le 12 février 2000. Dans l'affidavit, il écrivait : « ROSE a rapporté que JOSEPH a commencé à faire des cauchemars à peu près à l'époque où ROSE a vu les filles. À un moment donné, à une date inconnue, JOSEPH a déclaré à ROSE qu'il était tout aussi impliqué que les autres dans ce qui se passait, même s'il n'a jamais précisé ce qu'il voulait dire par là. »

« Allons bon, évidemment que j'ai entendu parler de la soirée du Nouvel An, me dit un de mes informateurs de Wyandotte alors que nous sommes assis près d'une maison où il fabriquait autrefois de la meth. Tout le monde en a entendu parler. Mais est-ce que je vais te raconter ? Non.

— Pourquoi ?

— Parce que je tiens à la vie. »

Je suis sûre que c'était le cas d'Ashley et Lauria aussi.

Lorene me décrit la visite qu'elle avait rendue à Johnny Rose dans une prison de Tulsa par la suite, quand il affirmait avoir trouvé Dieu.

« Alors qu'il s'apprêtait à partir, il est revenu avec un crayon et un papier. Il a écrit un nom et dit : "Voilà mon alibi." Puis il a avalé le bout de papier devant moi. »

Lorene pense qu'il l'avait fait par peur, à cause des caméras de surveillance braquées sur eux. Je finirai par apprendre le nom écrit sur ce bout de papier, mais il ne sera plus jamais mentionné, bien qu'il s'agisse apparemment d'une des personnes ayant participé à la soirée du Nouvel An.

Quand je contacte Johnny Rose, il est incarcéré dans un pénitencier fédéral pour une affaire de drogue. Il sera cependant relâché avant que je termine ce livre, un homme au corps endurci par les murs de la prison et au casier judiciaire saturé d'inculpations pour agression et trafic de meth. Son allure m'effraie. Et il ne me répond jamais.

Revenons à l'affidavit sur les Glover.

Outre le témoignage de Rose, qui disait avoir vu Ashley et Lauria retenues contre leur gré chez les trafiquants, et soupçonner Joseph d'avoir aidé à enterrer les adolescentes, le document citait les révélations accablantes faites à l'OSBI par un dénommé Jesse Black, autre accro à la meth et criminel notoire originaire de Galena, dans le Kansas. Black soutenait que, à peu près à l'époque où Rose avait aperçu les filles chez les Glover, il avait « vu deux hommes indiens [amérindiens] arriver à la propriété [...] et se rendre dans une chambre avec Glover ». Sans préciser s'il s'agissait de Glover junior ou senior, Nutter poursuivait : « [Jesse Black] a entendu deux coups de feu, et un autre homme est entré dans la chambre avec une scie. Il a entendu le bruit de la scie. Les deux hommes indiens ne sont jamais ressortis de la chambre. »

C'étaient les nouveaux hors-la-loi de l'Oklahoma. C'étaient les noms chuchotés par les junkies aux lèvres encroûtées qui avaient remplacé les gangsters et les contrebandiers. Et, en 2001, c'était la piste la plus sérieuse dont les familles des victimes disposaient.

Le 26 juillet 2001, en début de matinée, trois agents du bureau du shérif du comté d'Ottawa – dont Mike Eason, qui avait mené les fouilles chez Shadwick –, les agents de l'OSBI Steve Nutter et Ben Rosser, un agent du FBI, deux employés du bureau du procureur et des dizaines de parents des Bible et des Freeman s'étaient retrouvés au parc régional de Twin Bridges. Là, ils avaient discuté des opérations prévues avant de se rendre chez les Glover, où les proches des victimes avaient attendu à l'écart, chose qu'on ne leur avait pas donné l'occasion de faire pendant la perquisition chez Shadwick. Ils avaient le cœur battant et le ventre noué à l'idée que, après une longue année et demie, ils retrouveraient peut-être enfin la dépouille d'Ashley et Lauria. Avant que le soleil ait franchi l'horizon, cinq chiens se tenaient alignés au bord du fossé qui longeait la maison des Glover, temporairement désertée.

« On apprend à ne pas espérer », me dit Lorene.

Je ne sais pas pourquoi cette simple phrase, qu'elle répétera bien souvent, me rend malade de tristesse.

En ce matin d'été, tandis que les forces de l'ordre ratissaient la propriété des Glover sous le regard de caméras de télévision, la population retenait son souffle. Le soleil qui se levait sur les rangées de voitures abandonnées aveuglait les badauds, l'herbe haute attirait des insectes venus des marais avoisinants et des flaques noires d'eau de pluie stagnante. Les habitants de la ville savaient depuis longtemps que les Freeman et les Bible étaient mécontents de la façon dont les autorités avaient géré l'affaire, et il s'agissait des progrès les plus importants accomplis par l'OSBI jusque-là. Celesta Chandler, la mère de Kathy, continuait à manifester sa colère :

« Ils sont repartis deux heures après être arrivés. Ils disent qu'ils n'ont rien laissé de côté, mais qui peut en être sûr ? »

D'après la porte-parole de l'OSBI, Kym Koch, les agents avaient utilisé « du matériel semblable à des détecteurs de métal » pour localiser deux endroits de la propriété où la terre avait été fraîchement retournée. Les familles affirmaient qu'ils n'y avaient pas mené de fouilles, mais, après leur départ, le demi-frère de Danny, Dwayne Vancil, était retourné sur les lieux avec une pelleteuse. Cependant, la plus grande révélation de la journée était survenue quand Nutter était sorti de la maison pour se diriger vers les proches des victimes, qui patientaient dehors, parmi les mauvaises herbes qui bordaient la propriété. Je me demande si cette situation leur faisait penser à l'incendie de 1999, lorsqu'on les avait forcés à se tenir à distance de la scène du crime.

« On a trouvé quelque chose », avait déclaré Nutter.

Dans le rapport de perquisition, une liste officielle des objets saisis au « domicile de Paul F. Glover junior », l'agent de l'OSBI avait noté :

Le 26 juillet 2001, une perquisition du domicile susnommé a été menée par des représentants de l'OSBI, du FBI, du bureau du shérif du comté d'Ottawa et du bureau du procureur du comté d'Ottawa.

Suite à ces recherches, un fragment de tapis comportant ce qui semblait être une tache de sang, d'environ trente centimètres sur trente, a été prélevé par l'OSBI et classé comme preuve.

C'est une nuit d'hiver dans le Missouri ; un mélange de neige et de pluie glacée tombe dehors, tandis que Paul Glover junior et moi sommes assis près de la baie vitrée d'un restaurant. C'est la première fois qu'il s'exprime publiquement. Les dix kilos que j'ai perdus se voient sur mon visage, mon appétit retenu en otage par mon angoisse ; mon estomac qui se tord comme une anguille ne parvient pas à garder beaucoup plus que de l'eau, et c'est ce que je commande. L'image de junkie maladroit et maigrichon que j'avais en tête cède la place à un homme musclé en survêtement, doté du regard le plus intense et direct que j'aie jamais vu. Il parle bien, se montre poli et reste concentré sur le sujet.

« J'étais à Oklahoma City, en prison, me raconte-t-il quand je l'interroge sur le moment où les soupçons se sont portés sur lui. Je regardais les infos quand j'ai vu mon portrait s'afficher. »

Nous discutons des événements qui ont mené à la perquisition dans sa propriété. Il évoque une personne que l'affidavit ne mentionne pas : la femme qui fréquentait Johnny Rose à l'époque avait mis les autorités sur sa piste en affirmant avoir vu les filles jouer au billard chez lui, apparemment contre leur gré.

« Elle leur a dit que son copain et elle étaient passés en voiture devant ma maison, qu'ils s'étaient arrêtés et étaient venus frapper à la porte. Ils étaient entrés par la fenêtre de la cuisine, et avaient vu les deux filles jouer au billard et boire de la bière. » Les yeux de Paul Glover ne quittent pas les miens. « Elle ne savait pas si c'était un rêve, parce qu'elle planait complètement à ce moment-là. »

Glover est d'avis que l'OSBI voulait conclure l'affaire et s'en laver les mains au plus vite ; son père et lui faisaient une cible facile, compte tenu de leur rôle actif dans le milieu de la meth et du fait qu'ils étaient déjà incarcérés.

Ne prenant plus de drogue aujourd'hui, Paul junior s'est éloigné de son père, qui vit toujours dans la maison de Wyandotte. Et s'il réfute beaucoup de noms que je lui cite, tirés de l'affidavit et d'autres sources, il nie aussi catégoriquement avoir participé à l'enlèvement, l'agression sexuelle ou le meurtre d'Ashley et/ou de Lauria.

« Je ne connais pas ces filles, me dit-il. Je ne connais pas leurs familles. Je ne connais personne qui les connaisse. Je n'ai jamais eu affaire à elles, et personne dans le milieu de la meth ne m'en a parlé quand j'étais là-bas, ou en prison ou ailleurs. »

Glover regrette également que les autorités aient diffusé son portrait partout aux informations, l'associant aux crimes de Welch.

« Tout ce que je sais, je le tiens de la télé et des médias. Alors je me suis dit, pourquoi ces gens veulent-ils tellement me faire porter le chapeau ? Pourquoi sont-ils chez moi ? »

Bien qu'il ne soit pas retourné dans sa ville natale depuis des années et qu'il ait fait sa vie dans le Missouri, après dix-huit ans sans toucher à la drogue, la réputation de Glover lui colle à la peau. Aujourd'hui, il est occupé à trouver un emploi dans le Missouri pour Johnny Rose, sorti depuis quelques semaines de la prison fédérale où il a passé quatorze ans sur une peine de plus de vingt-deux.

« J'imagine que j'étais une des personnes les plus connues dans le milieu de la drogue à l'époque, alors… »

En 2001, une fois que Nutter et ses collègues avaient prélevé le fragment de tapis et l'avaient classé parmi les preuves, ils n'avaient plus donné signe de vie. Malgré les sollicitations constantes des familles, ils n'avaient cessé d'affirmer que les analyses étaient en attente, et quand les résultats avaient fini par arriver, quatre ans plus tard, ils étaient discutables et n'avaient été communiqués qu'oralement.

Nutter avait affirmé à Lorene Bible que le tapis était couvert d'une « substance rouge et grasse », comme un genre d'huile pour tronçonneuse.

À Dwayne Vancil, il avait dit qu'il s'agissait de sang animal.

Aucun proche des victimes n'a jamais vu de rapport officiel, et, par conséquent, personne ne peut être certain des véritables résultats.

« Nous avons trouvé plusieurs labos de meth enterrés dans la propriété, mais pas de cadavres, m'a dit Nutter. Il y avait une tache de sang dans la maison des Glover. Je ne me rappelle pas que c'était du sang animal, mais ce n'était pas du sang humain. Je crois que c'était autre chose, mais je n'en suis pas sûr. »

Voilà tout ce que j'ai pu obtenir sur les conclusions officielles de l'analyse du tapis taché.

En fin de compte, les perquisitions chez Shadwick et les Glover n'avaient rien donné : une fois de plus, tout le monde s'était retrouvé à la case départ.

En cette nuit d'hiver à Joplin, je regarde Paul Glover junior s'éloigner, et me concentre davantage sur mon rétroviseur que sur la route devant moi. Dans les hivers semblables à celui que je traverse, quand les lumières de la ville brillent du vert et du rouge de Noël, je me rappelle que cette période de l'année était la préférée de Lauria. Et, durant le trajet du retour, je songe aux nombreuses dates anniversaires et aux nombreux Noëls passés.

Pendant les années qui avaient suivi les fouilles infructueuses, les chants de Noël avaient résonné comme des chants funèbres, et la neige duveteuse et fragile était devenue dure et amère. Chez les Bible, un symbole d'espoir résidait dans le sapin de Noël que Lauria avait érigé elle-même en 1999. Lorene le gardait dans le salon toute l'année, pour se rappeler l'époque où Lauria illuminait encore sa vie. Il était toujours orné de guirlandes, d'anges et d'ampoules scintillantes. Mais, aux alentours de 2005, il avait fini par se désagréger ; c'était l'une des très rares fois où les proches de Lorene l'avaient vue pleurer physiquement sa fille.

Lisa, la cousine de Lauria, se rappelle qu'elle avait ravalé ces émotions aussi vite qu'elles avaient surgi.

« On avait une tâche à accomplir : retrouver les filles », me dit-elle.

Les hivers avaient continué sans Ashley et Lauria.

De même que les printemps, les étés et les automnes.

Les trois années et demie qui s'étaient écoulées après la perquisition chez les Glover n'avaient pas paru très longues aux enquêteurs, mais elles s'étaient éternisées comme un couteau émoussé sur la peau des familles des adolescentes disparues, des familles laissées dans l'ignorance.

C'était à peu près à cette époque qu'un homme de trente et un ans surnommé Oklahoma s'était déclaré coupable de la mort de Danny, Kathy, Ashley et Lauria. Et même si j'ai entendu parler de lui longtemps avant d'arriver dans le Midwest, je dois replacer ses aveux dans leur contexte, ce qui me ramène à 1999 et au matin de l'incendie, à l'est de Welch, et à un dénommé Jeremy Jones.

19
L'est de Welch

30 décembre 1999
Le matin de l'incendie

En partant de Welch, sur les chemins de terre qui traversent les vastes étendues d'herbe à bison, le paysage s'ouvre pour révéler des bas-fonds étincelants de meth. Cette terre – cette partie flétrie de la prairie – vole les vertus, emporte les dents, compte les amants qu'elle prend et abandonne en laissant des encoches sur les colonnes de lit tordues de la région des quatre États où l'Oklahoma, le Kansas, le Missouri et l'Arkansas se rejoignent presque. La meth balaie les plaines subrepticement, changeant les prés en plaies suppurantes. Ses victimes émergent à la tombée du jour, plus maigres que la veille.

La nuit, leur angoisse est contagieuse. Je la comprends.

Jeremy Jones (à ne pas confondre avec les autres Jeremy que j'ai croisés jusqu'ici) était aux dires de tous un beau garçon : une canaille sculptée par les dieux de la paille et du soleil, avec un fond d'espièglerie typique des prolos ayant grandi en caravane.

« Hé, j'ai jamais habité dans une caravane, d'accord ? » me corrige-t-il au téléphone.

Cette nuit-là, il craqua une allumette et alluma une Maverick, ne fumant que parce qu'il avait quelques bières dans le sang. On lui avait appris à afficher un sourire narquois quelle que soit son humeur, comme s'il gardait toujours un secret dans la poche en cas d'urgence. Il se percha sur la carcasse rouillée d'une Ford Model T Roadster de 1920, rappel de son enfance, quand il faisait semblant d'être un des nombreux hors-la-loi qui avaient régné sur la région à l'ère des « ennemis publics ». Il passa les mains dans ses cheveux noirs ondulés, et contempla les champs où des ombres imaginaires dansaient, invoquant les fantômes de Ma Barker et de ses fils, enterrés à Welch. Ou de Bonnie Parker et Clyde Barrow, dont la fameuse planque se trouvait non loin de là, à Joplin. Ou même de Jesse James, dont l'or était enfoui quelque part dans l'État. Pour un billet de vingt, Jeremy vous montrerait où.

Jeremy était à cran, l'effet de sa dernière dose commençant à se dissiper. Des croûtes s'étaient formées sur les piqûres d'aiguille au creux de son bras, qui le démangeaient de plus en plus. Une fine pellicule de sueur affleura sur sa peau, formant presque de la vapeur dans l'air froid de Dotyville, une bourgade de l'Oklahoma située à une vingtaine de kilomètres à l'est de Welch, dans le comté d'Ottawa.

Deux heures devaient encore s'écouler avant que les Bell trouvent le mobile home des Freeman en flammes – ou bien c'était arrivé depuis dix minutes, selon la version des faits que je choisis de croire.

Aujourd'hui, Dotyville déborde sur la célèbre route 66 l'espace d'un demi-pâté de maisons, juste le temps que vous jetiez un coup d'œil à votre jauge d'essence à quatre-vingt-dix kilomètres-heure, avant de reporter votre attention sur le long chemin devant vous. C'est un patelin auquel je ne pense jamais, alors que je le traverse tous les jours. Comparé à Welch, ce n'est qu'un petit bout de charbon, un lieu qui ne comptait que dix-sept habitants en 1999. Ne couvrant pas même deux kilomètres carrés, l'endroit consiste principalement en une casse sans frontières, où l'on déverse les restes corrodés des foires aux automobiles anciennes organisées au bord de la route 66 dans les années 1950 : des Buick et des Chevrolet décaties, des cars scolaires abandonnés, des voitures déglinguées, cent fois plus nombreux que les habitants de Dotyville. Les lieux donnent l'impression de porter le deuil de « ce qui aurait pu être » ; ils évoquent le tétanos et les souvenirs rouillés du cœur de l'Amérique.

Dotyville n'apparaît sur presque aucune carte de la région, et aucun panneau, accompagné d'un titre de gloire douteux ou du sourire d'une femme au foyer radieuse peinte sur du bois, n'est là pour m'accueillir ou me souhaiter bonne route. De nos jours, seuls les résidents connaissent la bourgade par son nom de baptême, puisqu'elle a été incorporée à la commune de Miami. C'est un lieu sombre sans éclairage public, mais, la nuit, il luit d'un jaune maladif. Une petite supérette avec des taches de sang près de la pompe à essence, saupoudrées de litière. Une boucherie familiale qui prospère depuis 1969. À part ça, une seule autre affaire marche, et les gens du coin savent qu'il vaut mieux ne pas s'y attarder après le coucher du soleil.

Le Frontier Motel.

On a du mal à imaginer l'établissement dans les années 1950 et 1960, quand il attirait des hordes de familles avec sa piscine, où le boucher plonge désormais ses carcasses de bestiaux attachées avec des cordes pour que les tortues alligators les nettoient à coups de bec, ne laissant que les os. À son heure de gloire, de belles voitures de collection s'alignaient devant le motel. Je m'entretiens avec bon nombre de personnes qui se cramponnent à de fragiles souvenirs de l'endroit, toute une génération âgée qui remarque : « C'étaient les plus beaux étés de ma vie. »

En 1999, le Frontier Motel s'animait la nuit, avec ses deux rangées de chambres de plain-pied décrépites, louables à l'heure et au mois seulement. Le motel était placé sous la surveillance de BB, un gros type avec une moustache en guidon de vélo et des auréoles de sueur permanentes, connu pour avoir été le meilleur cavalier de rodéo sur taureau de Dotyville – ce qui n'était pas un exploit, dans un patelin de dix-sept habitants.

« Il ressemblait à Patrick Swayze avant de se laisser aller », me dit Jeremy Jones.

En cette aube obscure du 30 décembre, BB était en train de dépiauter un câble téléphonique en cuivre avec un canif, appuyé à la fenêtre du bureau d'accueil du petit motel, qui était simplement la chambre d'angle la plus proche de la route. Alors que Jeremy Jones passait devant lui pour la sixième fois de la matinée, BB tapota la vitre avec la pointe de son couteau. Il remonta son Stetson juste assez pour croiser le regard du jeune homme.

« Tu me tapes sur les nerfs, gamin. »

Au lieu de s'arrêter, Jeremy fit volte-face et continua de marcher à reculons en adressant un salut militaire au gérant.

« Chef, oui chef ! »

BB retourna à son cuivre.

Jeremy était un habitué du Frontier, où il trouvait de la compagnie auprès d'individus sur la même longueur d'onde que lui. Il nettoyait parfois des chambres pour être dispensé de loyer, espérant pouvoir empocher une montre ou de la monnaie par-ci par-là ; mais, à sa grande déception, les objets de valeur ne faisaient pas long feu avec le genre de faune qui fréquentait les lieux.

On ne pouvait pas se garer au motel, le bitume ayant été emporté par des inondations ; les rares clients qui possédaient une voiture devaient donc la laisser à côté des épaves sans moteur qui entouraient l'établissement, en priant pour que personne ne confonde leur véhicule avec une carcasse à désosser. Les locataires qui devaient de l'argent à BB étaient réduits à dormir dans ces tas de ferraille : un cimetière de voitures et de camions qui gémissait quand le vent tournait. Ces junkies encore sonnés émergeaient des hautes herbes au crépuscule, serpentant entre les fleurs sauvages et le blé. Rien n'a changé aujourd'hui.

Le côté nord du bâtiment était réservé aux toxicos, tandis que le côté sud était réputé pour accueillir les clients en quête de compagnie illicite. Une mère émaciée cherchait des prétendants pour sa fille de dix ans, qu'elle bradait à moitié prix, si ça l'aidait à payer sa dose. Dans une autre chambre, une série policière passait à un volume tellement élevé que la paranoïa du reste des occupants en était exacerbée. Un homme retombé des sommets de la meth n'avait pas repris conscience depuis le matin précédent, même si personne n'avait pris la peine de vérifier s'il était encore en vie, en près de vingt-quatre heures.

Il me faut deux ans pour localiser un homme du nom de Randy Madewell, *alias* Cowboy, qui peut me fournir un compte rendu direct de ce qui s'est passé cette nuit-là au Frontier Motel. Dix-sept ans après les événements, il se remet d'un pneumothorax et d'une infection, ayant été poignardé quelques semaines plus tôt. Il a arrêté la drogue, mais elle lui a déjà pris ce qu'elle voulait, dont une partie de ses dents d'origine. Il me détaille la procédure pour fabriquer de la meth, l'activité à laquelle il était occupé au Frontier Motel au moment des faits.

« Je ne trempe plus dans ces combines, plus du tout », me dit-il plusieurs fois. Puis il explique : « On ajoute les cristaux d'iode et le phosphore rouge, et c'est le souffle du diable. »

Pour ne pas risquer de transformer ce livre en mode d'emploi sur la meilleure façon de fabriquer de la méthamphétamine, j'évite de noter tous les détails. Mais je le laisse parler. C'est une chose qu'il aime faire : parler de la meth.

« Si on vous pose la question, j'ai juste vu ça sur YouTube. Mais j'étais le roi du pétrole, à l'époque. Deux dagues dans le dos. C'était ma marque de fabrique. Et Jeremy Jones ? Eh bien… »

Cette nuit-là, à peu près au moment où on abattait Kathy et Danny Freeman, Cowboy concoctait sa marchandise dans une des chambres du motel, béchers tintant sur une plaque chauffée à blanc. Une de ses ex-petites amies était avec lui.

« Et cette conne jacassait à propos de guerres entre les races et Dieu sait quoi encore. Impossible de la faire taire. »

La pièce devait avoir été étouffante et poisseuse, les veines de Cowboy semblables à des lames de rasoir.

« Jeremy était un mouchard, un vrai camé, et il n'arrêtait pas de frapper à ma putain de porte. Pardon d'être grossier, mais je ne pouvais pas encadrer ce connard. »

À l'époque, Cowboy avait de longs cheveux blond foncé qu'il coinçait derrière ses oreilles. Il éteignit la plaque électrique et remua le phosphore rouge, d'une couleur brique identique à celle des routes riches en fer qui menaient à cet endroit. On utilisait le même élément chimique dans les allumettes – l'Oklahoma était le grattoir d'une nation en flammes. Cowboy était une célébrité locale dans le milieu de la meth, un des producteurs de meilleure qualité, qui voyageait souvent, déplaçant ses labos pour éviter de se faire pincer et fournir une large clientèle. La nuit en question, il était vêtu d'un simple boxer et de santiags, la peau tatouée de têtes de mort et de croix, de symboles de prisonnier et de poignards à l'encre de Chine verdie. Il lui arrivait de voir l'encre ramper sous sa peau, des ondes de sensualité créées par la meth qui le maintenaient à cran, au bord de la folie. Sur son bras droit, il avait fait inscrire : « Plutôt la mort que le déshonneur. »

On frappa à la porte.

« J'étais prêt à lui botter le cul », me dit Cowboy.

Pour la troisième fois de la soirée, c'était Jeremy Jones. Il était torse nu, indifférent à l'hiver, puisque sa petite amie d'une heure l'attendait à l'autre bout de l'allée, du côté sud du motel. Elle s'appelait Stacy, était texane, et se souviendrait de cette nuit car c'était celle où Jeremy Jones lui avait refilé des morpions, comme elle le signalerait au *Miami News-Record* en 2005. Aujourd'hui, Stacy semble encore en pincer pour Jones.

« Il ne ferait de mal à personne, me dit-elle. Même pas à une mouche. »

Mais beaucoup de documents, de transcriptions et même de victimes ne sont pas de cet avis.

« C'était le genre de type qu'on préférait garder à l'œil, comme un ennemi, parce qu'il pouvait vous poignarder dans le dos à tout moment, me dit Cowboy. Tout était noir chez lui. Ses yeux, ses cheveux, tout. Son âme était noire. Il avait une vraie tête de merdeux. On ne pouvait pas lui faire confiance. On savait tous que c'était un mouchard. »

Dehors, Jeremy se grattait les bras en mâchonnant une poire, la tête appuyée contre la porte de la chambre de Cowboy. La femme qui essayait de vendre sa fille sortit de la chambre voisine pour voir qui était là, mais Jeremy siffla comme un serpent dans sa direction jusqu'à ce qu'elle rebrousse chemin, fermant la porte à clé derrière elle.

« Cowboy, me laisse pas en plan, dit Jeremy en se fendant d'une révérence dans le vide. Je suis complètement à sec, chéri. »

Il lança son trognon de poire en l'air et l'envoya d'un coup de basket sur le toit de la chambre de Cowboy, déjà paranoïaque.

Remonté à bloc par la meth et n'ayant pas dormi depuis quatre jours – la peur avait pris toute la place à partir du troisième –, Cowboy faillit arracher la porte de ses gonds quand il se lança à la poursuite de Jeremy, le talonnant près d'un demi-kilomètre sur une portion non éclairée de la route 66 qui menait au nord, vers Miami (ou « Mayameu »). À cette heure matinale, aucun des occupants du motel ne remarqua Cowboy, en boxer et santiags, qui pourchassait Jeremy Jones, même si aucun témoin ne se serait manifesté de toute façon. Il n'y a pas grand-chose qui puisse surprendre les gens, autour du Frontier Motel. Un homme se rappellerait avoir entendu le rire goguenard de Jeremy pendant que les deux hommes couraient dans le noir, semelles claquant sur le bitume. Un autre affirmerait qu'il manifestait des signes de détresse.

Un instant plus tard, Jeremy fut arrêté pour ivresse sur la voie publique et possession de matériel destiné à l'usage de stupéfiants par Joe Corley, adjoint du shérif du comté d'Ottawa. Corley patrouillait dans les environs quand il avait vu Jeremy courir vers lui, tandis que Cowboy, à moitié nu, battait en retraite dans l'ombre des champs. Quelque part entre le moment où il avait échappé à Cowboy et celui où l'agent l'avait interpellé, Jeremy était devenu fébrile, paranoïaque, et avait perdu toute notion du temps. Il était à deux doigts de l'hyperventilation, les yeux ronds comme des soucoupes. On raconterait plus tard qu'il nageait en plein délire, hurlant : « Il va me tuer ! Cowboy va me tuer ! »

Le procès-verbal rédigé par Joe Corley affirmait :

L'individu courait sur la route, pourchassé par un autre individu. Après l'avoir interpellé, j'ai noté que son haleine était imprégnée d'une forte odeur d'alcool, ses yeux injectés de sang, et qu'il avait des difficultés à parler [raturé/paraphé]. *Quand je l'ai fouillé* [raturé/paraphé], *j'ai découvert une* [raturé/paraphé] *seringue usagée dans sa chaussette. Après la procédure Miranda* [la lecture des droits de la personne interpellée], *il a admis avoir utilisé la seringue pour s'injecter de la meth plus tôt dans la soirée.*

Ce document, déposé auprès du tribunal d'instance du comté d'Ottawa, fut complété le matin du 30 décembre 1999, au moment où l'incendie se déclenchait chez les Freeman. Jeremy resta dans une cellule de la prison du comté d'Ottawa avec ordre de dégriser quelques heures, jusqu'à ce que sa caution de mille cent soixante dollars soit payée par un prêteur spécialisé dans le domaine judiciaire, Mike McVay, à 10 h 23. En théorie, cela signifiait qu'on ne pouvait pas le soupçonner du meurtre des Freeman.

Lors de mon entretien avec Steve Nutter, j'ai appris que, par pure coïncidence, l'agent de l'OSBI se trouvait au bureau du shérif du comté d'Ottawa, et donc au même endroit que Jeremy Jones, quand on l'avait prévenu de l'incendie dans le comté voisin.

Pour revenir au procès-verbal, dans la case dédiée à l'heure de l'incident, l'agent responsable de l'arrestation avait écrit : « 06 ». Ces deux chiffres avaient ensuite été raturés et remplacés par « 0359 ». Mais, contrairement aux autres corrections apportées au document, celle-ci n'avait pas été authentifiée par un paraphe.

« Je vous conseille de traiter ce projet avec beaucoup de prudence. » C'est ce que l'agent en question, Joe Corley, qui vit apparemment dans la misère en Floride, a posté publiquement sur mon mur Facebook après avoir ignoré mes messages pendant deux ans. « Il présente de nombreux dangers. Pour ma part, je fais très attention à ce que je dis et à qui je le dis. »

Je n'aurais pas d'autres nouvelles de cet homme.

Pendant les cinq années qui avaient suivi le meurtre des Freeman et l'enlèvement d'Ashley et Lauria, on n'avait pas étudié la possibilité que l'incident concernant Jeremy Jones soit lié au crime. Il n'y avait aucune raison de le faire.

Du moins jusqu'à ce qu'un dénommé John Paul Chapman parle de cette matinée à des policiers de l'Alabama, à plus de mille kilomètres de là, à la fin de l'année 2004.

20

La ballade de John Paul Chapman

En 2001, les habitants de Welch étaient encore sur les nerfs après le meurtre des Freeman, profondément ébranlés par l'idée que le ou les coupables rôdaient encore dans les parages, tapis dans les hautes herbes de la prairie ou vivant même parmi eux. Le manque d'information et l'absence notable de suspects arrêtés pesaient comme un nuage noir sur les vastes ranchs à l'ouest de Welch.

« C'est idiot à dire, mais j'étais vraiment paranoïaque, me raconte Missy Dixon, une autre cousine de Lauria et proche soutien de Lorene et Lisa. J'étais morte de peur. »

Malgré tout, les familles et amis des victimes gardaient espoir. Aucune dépouille n'avait été retrouvée, ce qui signifiait que les filles étaient peut-être encore en vie.

On était au début du mois de janvier 2001, peu après le premier anniversaire du meurtre des Freeman. Ayant réussi à monter sans encombre dans le car Greyhound qui l'emmènerait à travers les collines hantées des Ozarks de l'Arkansas, un dénommé John Paul Chapman étudiait la date de naissance et le numéro de sécurité sociale griffonnés sur une serviette en papier que lui avait donnée une barmaid de Joplin, dans le Missouri.

Aujourd'hui, il n'existe presque aucune information sur Chapman. C'était un homme que la plupart des femmes trouvaient beau ; il disait vouloir rompre avec son passé et prendre ses distances avec l'Oklahoma. Là-bas, il avait été accusé d'agression sexuelle en 1996 et avait plaidé coupable, ce qui lui avait permis d'éviter une condamnation pour viol et de bénéficier d'une remise en liberté conditionnelle.

« C'était quelqu'un de déterminé, me dit son ex-petite amie, Sherry Davis. Quand il veut quelque chose, il trouve toujours un moyen de l'obtenir. »

Même après m'avoir décrit son viol atroce, pour lequel Chapman avait été inculpé, elle parvient encore à manifester de la sympathie à son égard quand elle évoque les premiers temps de leur relation, teintés dans ses souvenirs du rose de l'amour fou.

« Je crois que, sans lui, je ne serais pas la femme que je suis aujourd'hui. Il était si gentil et charmant avant, me tenait toujours la porte, m'invitait au restaurant comme personne ne l'avait jamais fait. »

Sherry m'explique qu'une fois qu'il avait sombré dans la drogue, Chapman avait eu du mal à rester fidèle à sa vraie nature. Il s'était « complètement perdu », était devenu paranoïaque et violent, lui mentait sans arrêt. De fait, beaucoup de femmes qui l'ont fréquenté par le passé sont de cet avis :

c'était un homme adorable avant qu'il tombe sous l'emprise de la meth.

Le casier judiciaire de Chapman comportait aussi deux inculpations pour cambriolage et détention de stupéfiants, datant de 1996. Le dernier jour de sa période de semi-liberté, il avait été accusé d'un nouveau viol et avait pris la fuite. Il avait sauté dans le car Greyhound sans grand-chose d'autre que les vêtements qu'il avait sur le dos et cette serviette en papier dans sa poche. L'arrêt suivant était Tuscaloosa, où les trolleybus rouges carillonnaient et où le *Bama Belle*, le bateau à aubes de la rivière Black Warrior, attirait les habitants de la région dans la partie ouest de l'Alabama, à seulement une heure à l'est de la frontière du Mississippi.

L'homme de vingt-sept ans rêvait de vivre heureux sur une plage, raison pour laquelle il avait pris la direction du sud. Il ne connaissait pas bien cette partie du pays, mais avait noué contact avec des amis éloignés de la famille par l'entremise de sa mère, avant d'adopter un style de vie relativement nomade. Hyperactif par nature – on lui diagnostiquerait plus tard un trouble du déficit de l'attention –, Chapman ne chômait jamais, et trouva du travail en un rien de temps. Il m'explique qu'il considérait son séjour à Tuscaloosa comme une période de transition, prévoyant toujours d'aller s'établir plus au sud.

« Mais, un jour, je ne suis pas chez moi, me raconte-t-il. Je suis au boulot, et on m'appelle pour me dire que des marshals ou je ne sais quel chasseur de primes me cherchent parce que je ne me suis pas présenté au tribunal dans l'Oklahoma. Alors j'ai repris la route. »

Tuscaloosa deviendrait la première étape d'un long parcours.

Chapman, que la plupart des gens surnommaient « Oklahoma », était capable de convaincre n'importe qui de l'héberger, de lui faire une place sur l'un des nombreux canapés où il se reposait entre deux petits boulots. Après tout, il affirmait avoir été bien élevé, pas à la va-comme-je-te-pousse, entouré d'hommes virils qui lui avaient enseigné ce qu'il fallait savoir sur la mécanique et les armes à feu, la chasse et la construction ; il était devenu un touche-à-tout.

« On a raconté que j'avais été maltraité, ceci, cela, mais ce n'est pas vrai, a-t-il déclaré. J'étais un gamin heureux. »

Mais il n'avait jamais vraiment réussi à maîtriser sa dépendance à la drogue, et même s'il avait espéré changer, prendre un nouveau départ, un démon appelé meth refusait de le lâcher.

« Dès que je plantais une aiguille dans mon bras, je devenais un monstre. »

Sachant désormais que les autorités de l'Oklahoma étaient à ses trousses, Chapman prit la direction du sud et des plaines du golfe du Mexique, s'arrêtant à Mobile, dans l'Alabama, une ville sous influence française connue pour être le lieu de naissance du Mardi Gras, le carnaval américain. Là, on me sert tous les matins le meilleur gruau de maïs que je mangerai de ma vie, et une brise marine poisseuse colle à ma peau dès le lever du soleil. Aujourd'hui, l'endroit est peuplé de palmiers et de mousse espagnole traînante, de somptueuses cathédrales et de grands chênes qui capturent des routes pour les transformer en tunnels. Les rues animées sont bordées de magnolias et de bâtiments de style Beaux-Arts, un fier tableau du Sud profond d'avant la guerre de Sécession, où le fleuve Mobile s'ouvre sur le neuvième port du pays.

« Je dis toujours que c'est une grande petite ville », remarque Paul Burch, l'actuel capitaine du bureau du shérif du comté de Mobile.

Nous avons commencé à correspondre quand j'habitais encore en Irlande, en 2016, avant de nous retrouver dans l'Alabama puis l'Oklahoma, continuant d'échanger entre-temps.

« Il n'y a rien de mieux que de grandir et de vivre sur la côte du golfe », poursuit-il.

Et c'est vrai que cet endroit a quelque chose de très entraînant. J'y ai dansé une ou deux fois.

Mobile se situe à une demi-heure à l'est de la frontière du Mississippi et à moins d'une heure à l'ouest de la région de Floride qu'on appelle le Panhandle. À son arrivée, Chapman se lia rapidement d'amitié avec Kim et Mark Bentley, un couple très croyant installé à Turnerville, dans la banlieue nord de Mobile. Mark, qui gérait sa propre affaire dans le bâtiment, aida John à trouver un emploi.

Mais, malgré l'accueil chaleureux de l'Alabama, Chapman regrettait sa famille : sa mère Jeanne, son frère adolescent Jesse et son beau-père Tony, qui l'avait élevé depuis ses deux ans. Quand je lui demande quels sont ses meilleurs souvenirs d'enfance dans l'Oklahoma, il me répond sans hésiter : « Noël », évoquant le moment où son oncle surgissait avec des cadeaux entassés sur la banquette de sa voiture.

« Je regardais les étiquettes, et ils étaient tous pour moi. Ce paquet-là. Et celui-là aussi. Et le suivant. Et le suivant. »

J'ai toujours perçu une certaine nostalgie chez lui.

Alors que sa dépendance à la meth s'aggravait, Chapman se brouilla avec les Bentley. Le couple ne tarda pas à l'expulser, et il emménagea dans un motel bon marché, dans un quartier miteux d'Azalea City. Là, ses journées duraient soixante-douze heures ; il se shootait si souvent que son champ de vision était traversé d'éclairs noirs, comme si son cerveau disjonctait.

« Il était drogué jusqu'aux yeux », se rappelle Mark Bentley.

Chapman perdait du poids, vivait au jour le jour, de dose en dose.

Au motel, il rencontra un dénommé Craig Baxter, qui avait temporairement quitté sa ville natale de Douglasville, en Géorgie, pour trouver du travail à Mobile, où il gérait une usine pour un fabricant de matelas. Même s'ils ne se connaissaient que depuis quelques semaines, les deux hommes bavardaient comme des amis de toujours.

« Il avait du bagout », me dit Baxter en 2019.

N'étant pas satisfait de son emploi à Mobile, Baxter décida de quitter la ville. Comme il ne réussissait pas à trouver Chapman, il laissa un mot sur la porte de sa chambre : « Si tu passes en Géorgie un jour, appelle-moi ! »

Environ un mois après le départ de Baxter, en mai 2002, Chapman se retrouva à essuyer du sang sur son visage dans sa chambre de motel, éclairé par la lueur jaunâtre des lampadaires qui filtrait à travers les volets roulants. Il sutura avec du fil et une aiguille une plaie au-dessus de son œil.

« Il m'a raconté qu'il s'était embrouillé avec un des sans-abri qui vendent des journaux aux automobilistes », me dit Baxter.

Chapman appela son nouvel ami, qui lui transféra quarante dollars pour acheter de l'essence ; le jour suivant, Chapman se présentait chez Baxter, à environ cinq heures et demie au nord-est de Mobile, de l'autre côté de la frontière géorgienne. Il logea pendant un temps dans son sous-sol.

Puis il commença à se faire héberger par des connaissances dans tout l'État, et trouva du travail dans une raffinerie de pétrole, où ses collègues le décrivaient comme « un type normal ». Malgré cela, il finissait toujours pas se rendre indésirable quand sa toxicomanie était découverte ou qu'il prenait l'habitude d'aller et venir à toute heure, ramenant parfois des inconnus avec lui. Une femme l'accusa même de viol. Chapman savait se montrer séduisant quand il fallait, personne ne le niait, mais il était aussi provocateur et misogyne, et avait tendance à se mettre à dos ceux qui lui avaient donné sa chance.

« Je ne montre pas le même visage à tout le monde, m'a-t-il expliqué un jour. Une personne pourrait vous dire que j'ai un cœur d'or. Une autre que je suis un salaud insensible. Il faut les croire toutes les deux. Je ne traite pas mal les gens, je les traite comme ils le méritent. »

Au milieu de tous ses déplacements dans la région, Chapman se mit en couple avec Vicki Freeman, sans lien de parenté avec les Freeman de Welch. Il l'avait rencontrée au Gipson's Bar, un bouge populaire qui serait fermé par la suite pour avoir proposé des danses érotiques sans licence et enfreint d'autres lois liées aux taxes et à l'alcool, notamment en servant des mineurs.

« Il m'a tapé dans l'œil tout de suite, beau comme il était », me raconte Vicki.

En août 2003, ils s'installèrent dans un appartement à Villa Rica, près de Douglasville.

« Je l'aimais à l'époque », admet Chapman, même s'il dit la même chose de la plupart de ses conquêtes.

Leur relation était définie par la meth, et les forces de l'ordre devaient souvent intervenir à leur domicile après une violente dispute ou une autre. Chapman se faisait régulièrement interner en hôpital psychiatrique à cause de crises provoquées par la meth, et tenta même de se suicider en 2004. Quand il passa de l'hôpital à la prison, la police vérifia ses empreintes digitales dans sa base de données, mais le système ne releva aucun problème.

Un mois après l'emménagement de Chapman à Villa Rica, la fille adolescente d'une de ses voisines se mit à dire qu'il lui « fichait la trouille », ayant constaté pendant un barbecue de quartier qu'il était très renseigné à son sujet. Les deux femmes avaient remarqué qu'il venait fréquemment frapper chez elles, à la porte d'entrée et de derrière, et que, lorsqu'elles ne répondaient pas, il essayait de forcer la poignée pour pénétrer dans la maison. Elles finirent par appeler la police. D'après certains témoignages, Chapman s'asseyait parfois dehors le matin et buvait de la bière en parlant tout seul. Le 27 octobre 2003, il fut arrêté pour outrage à la pudeur.

« J'étais en train de pisser à côté de mon pick-up quand j'ai entendu quelqu'un se mettre à hurler parce que mon urine coulait dans l'allée du garage, et voilà, j'avais *outragé sa pudeur* », me raconte-t-il d'un ton exaspéré.

Une fois de plus, on vérifia ses antécédents judiciaires, et une fois de plus, on releva ses empreintes. Mais la base de données du FBI ne sonna pas l'alerte. En janvier 2004, Chapman fut arrêté une troisième fois pour violation de domicile, quand sa voisine trouva devant la fenêtre de sa fille une boîte contenant des jumelles, du ruban adhésif et une corde. Là encore, l'analyse de ses empreintes digitales ne donna rien. Après plusieurs incidents, les gérants du lotissement demandèrent à John et Vicki de partir. Aujourd'hui, Vicki affirme n'avoir découvert qu'après-coup que John harcelait ses voisines.

Comme l'expliquerait le *Los Angeles Times*, « [Chapman avait] été arrêté et relâché trois fois en l'espace de quelques années, car le système informatique du FBI n'avait pas réussi à identifier ses empreintes. »

« Quand j'ai vu que le système ne marchait pas la première fois, ça m'a suffi », me dit Chapman.

De fait, depuis son départ du Missouri, il avait été interpellé quinze fois par la police, avait pu souscrire plusieurs emprunts bancaires et avait même déposé de nombreuses demandes de casier judiciaire afin d'obtenir un emploi, un logement, un permis de conduire, une carte d'identité et ouvrir des comptes bancaires, le tout sans la moindre difficulté.

Sentant que la situation commençait à sentir le roussi en Géorgie à présent que la police l'avait repéré et qu'il avait épuisé tous ses contacts pour trouver du travail à Douglasville et Villa Rica, Chapman reprit la route. Il savait que l'ouragan Ivan s'apprêtait à s'abattre sur la côte du golfe, et qu'il causerait probablement assez de dégâts pour donner du pain sur la planche aux ouvriers. Le 15 septembre 2004, Chapman retourna à Mobile avec le peu de choses qui lui restait, en jurant ses grands dieux à Vicki qu'il la ferait venir quand il serait installé. Ivan était un ouragan de catégorie 5 qui était en train d'accumuler une force colossale dans les Caraïbes, avec des vents atteignant les deux cent soixante-dix kilomètres-heure. Il durerait vingt-trois jours, entraînant la mort de cent vingt-quatre personnes et des dommages à hauteur de 26,1 milliards de dollars.

Chapman surgit à l'improviste chez Mark et Kim Bentley, sachant très bien qu'il parviendrait à les convaincre de l'héberger. Tandis que le couple avait décidé de se réfugier dans une zone plus élevée et sèche au nord de Mobile, Chapman resta sur place avec le cousin des Bentley, Scooter, pour se charger des réparations qui seraient à prévoir après l'ouragan. Ils placèrent du ruban de masquage sur les fenêtres et attendirent que l'électricité tombe en panne. Alors qu'il était allé chercher des lampes torches et des piles dans leur chambre à coucher, Chapman vola le pistolet de calibre 25 des Bentley. Le lendemain, une fois le gros de la tempête passé, Mark et Kim rentrèrent chez eux. Leur voisine Lisa Nichols, âgée de quarante-quatre ans et née à Mobile, venait de regagner son domicile aussi. À un moment donné, elle attira l'attention de John sans le vouloir.

Le soir suivant, le 17 septembre 2004, Chapman tenta de violer Nichols « en menaçant d'employer la force » et lui tira trois balles dans la tête.

« Nous n'avons pas pu déterminer jusqu'où l'agression était allée, me dit le capitaine Burch. Mais nous pensons qu'il l'a tuée quand elle s'est débattue. »

Chapman répandit de l'essence dans la salle de bains du mobile home et sur le cadavre de Lisa Nichols, qui gisait à terre, et y mit le feu.

Le lendemain soir, les nuages d'orage s'étaient dissipés, et le bleu marine de la nuit avait cet aspect brillant qu'on observe quand les vents d'un ouragan dépouillent le ciel de couleur. Lisa Nichols n'avait pas répondu aux appels téléphoniques de ses filles, ni des collègues qui avaient remarqué son absence au supermarché local. Ses deux filles se rendirent au mobile home, où elles découvrirent une scène épouvantable. Elles se précipitèrent chez les Bentley en hurlant, au bord de la crise de nerfs. Mark et son cousin Scooter se dépêchèrent de leur porter secours, tandis que Chapman ne bougeait pas, « manifestant très peu d'émotion ou de désir d'aider, voire aucun », selon la cour d'appel de l'Alabama. Plus tard, des relevés montreraient que Chapman avait appelé Vicki Freeman avec le téléphone fixe de Lisa le soir du meurtre ; ils avaient discuté de leur avenir, et du fait qu'il voulait qu'elle quitte la Géorgie pour le rejoindre.

Les preuves génétiques, les aveux de Chapman et l'analyse balistique ne laissaient aucun doute sur l'auteur du crime.

« J'étais parfaitement convaincu que John Paul Chapman avait assassiné Lisa Nichols, me dit le capitaine Burch. Il aimait violer et tuer. »

Une fois de plus, les empreintes de Chapman furent vérifiées dans l'IAFIS (système d'authentification automatique et intégré par empreintes digitales), la base de données du FBI. Une fois de plus, la recherche ne donna rien.

Si la mère de Chapman ne lui avait pas manqué, la police n'aurait peut-être jamais découvert sa véritable identité.

« Une fois que John Paul Chapman a avoué le meurtre de Nichols, nous l'avons laissé appeler sa mère, me raconte Paul Burch. Avec mon partenaire de l'époque, Mitch McRae, nous avons tracé l'appel jusqu'à une certaine Jeanne Beard à Miami, dans l'Oklahoma. Nous avons contacté la police de Miami pour voir si quelqu'un la connaissait, et c'est là qu'on nous a informés que son fils avait fui la justice. »

Les agents de l'Oklahoma leur envoyèrent une photo du fils de Jeanne Beard, ainsi que son dossier et ses empreintes digitales. Jeanne était bien connue des services de police, et son fils tristement célèbre dans la région.

Dans un article du *Los Angeles Times*, qui avançait que le meurtre de Nichols, et peut-être d'autres personnes, aurait pu être évité s'il n'y avait pas eu d'immenses failles dans le système, le FBI affirmait « regretter l'incident » et annonçait qu'une enquête interne serait menée sur ces erreurs. L'agent spécial Joe Parris remarquait que l'IAFIS visait juste dans quatre-vingt-quinze pour cent des cas, ce qui permettait d'arrêter des milliers de criminels chaque mois.

« En fin de compte, cet homme ne s'appelait pas du tout John Paul Chapman », me dit Paul Burch.

On découvrit rapidement que le vrai Chapman purgeait une peine de vingt-cinq ans de prison dans le Missouri pour braquage à main armée, et que sa mère, la barmaid de Joplin, avait transmis de son plein gré son nom et son numéro de sécurité sociale à un autre individu, en les notant sur une serviette en papier.

« Elle s'était dit : "Qu'est-ce que ça peut bien faire ?", m'explique celui-ci. Son fils n'allait pas être relâché, de toute façon. »

Cet homme allait être inculpé pour le meurtre de Nichols, qui présentait des similarités frappantes avec les crimes survenus à Welch cinq ans plus tôt : les balles dans la tête, l'incendie. Mais la police de l'Alabama n'avait pas encore entendu parler de l'incident. Alors que Burch et son partenaire le ramenaient dans sa cellule après un interrogatoire, le meurtrier présumé les arrêta.

« Il y a autre chose », déclara-t-il.

L'individu qui venait d'avouer le meurtre de Lisa Nichols était Jeremy Jones, de Miami, l'homme qui avait été arrêté près du Frontier Motel à Dotyville après avoir été pourchassé par un fabricant de meth à moitié nu appelé Cowboy sur une section non éclairée de la route 66 le matin de l'incendie chez les Freeman, à seulement vingt kilomètres de Welch. Il se tourna vers les policiers.

« Il faut que je vous parle de deux filles dans l'Oklahoma. »

21
Les aveux

Burch me retrouve dans le lobby de l'hôtel de Mobile où je suis descendue, pour me remettre les aveux filmés de Jeremy Jones. Il est sympathique, et ne me doit absolument rien ; je lui suis reconnaissante de m'accorder cet accès exclusif aux enregistrements. Après les avoir récupérés, je me dépêche de remonter à l'étage pour les uploader avant de prendre la route. Je voyage deux jours dans la splendeur du Mississippi et des nappes de brouillard flottantes, comme si je traversais le ciel et la chaleur. Puis le relief vibrant de l'Arkansas vert émeraude. Puis je suis accueillie une nouvelle fois par la prairie et l'automne, la peur et les railleries imaginaires de meurtriers. Puis je passe des semaines et des mois dans l'obscurité, retranchée dans mon bureau. Je m'isole volontairement, au point d'avoir besoin qu'on me rappelle tous les jours de manger, me doucher, me coiffer. Dans mon obsession, je mémorise plus de vingt-quatre heures de séquences filmées concernant de nombreux meurtres, révélés par Jeremy Jones.

Lorsque j'ai commencé à enquêter sur cette affaire, onze ans après l'arrestation de Jones pour l'assassinat de Lisa Nichols, celui-ci restait le suspect le plus en vue du meurtre de Kathy et Danny, ainsi que de leur fille Ashley et de sa meilleure amie Lauria. Son physique attrayant lui vaut une certaine popularité, malgré les crimes atroces qu'il a avoués. Certains disent qu'il court après la célébrité, même si je finis par être convaincue du contraire. Son nom est lié à chaque avancée dans l'affaire, et les victimes de Welch n'occupent qu'une place mineure dans la longue liste de personnes qu'il reconnaît avoir tuées. Je passe trois ans à regarder ses aveux, ses descriptions détaillées d'un meurtre après l'autre : on le soupçonne d'avoir commis pas moins de vingt et un assassinats brutaux dans le Sud profond. Pendant des jours entiers, j'étudie les photos du cadavre calciné de Lisa Nichols et des griffures qu'elle a laissées sur le visage de son agresseur en tentant de se défendre. Et, pendant trois ans, j'essaie de contacter Jones, jusqu'à ce que son avocat m'envoie poliment chier. *On ne jure pas comme ça dans l'Alabama*. Alors je concentre mes efforts sur son épouse, une Allemande séduisante qui était sa correspondante de prison.

Je viens de prendre mon petit déjeuner au Clanton's Cafe – un établissement célèbre, si vous vous trouvez un jour dans cette région de l'Oklahoma –, et je dois rencontrer Mrs. Jones dans une heure. J'ai pressé une tranche de citron à mort et tracé des dessins avec mon doigt dans ma sauce à la viande, les nerfs en pelote. Mes sens peinent encore à se remettre de l'obscurité de mon isolement et de mon esprit – l'hypersensibilité causée par cette malédiction. Le soleil de l'Oklahoma transforme tout en blanc aveuglant, et le bruit d'un camion qui passe me blesse dans ma chair.

Cela fait des mois que j'échange sur Facebook avec Mrs. Jones, qui est venue rendre visite à ses beaux-parents à Miami. Nous avons prévu de nous retrouver dans une chapelle de mariage que le propriétaire doit « ouvrir juste pour nous ». J'emporte mes petits pains briochés et monte dans ma voiture, prête à partir. C'est une journée d'automne particulièrement chaude où la température ne descend pas en dessous de trente degrés du matin jusqu'au soir, maintenant mon angoisse au plus haut.

De l'autre côté de la rue, un grand panneau montre les visages de Lauria et Ashley, accompagnés d'un « **DISPARUES** » en caractères gras. Alors que je vais faire marche arrière et m'éloigner sur la route 66, mon portable sonne. Un numéro masqué.

« Jax ? demande une voix féminine.

— Qui est-ce ? dis-je.

— Vous allez retrouver la femme de Jeremy ? »

Je ne réponds pas. Je fais en sorte de rendre ma respiration audible, pour que mon interlocutrice sache que l'appel n'a pas été coupé. Juste avant que je raccroche, elle reprend :

« Ce n'est pas la femme de Jeremy. »

L'appel se termine là.

Assise dans la voiture étouffante, je tremble, envahie d'une émotion indéfinissable qui hésite entre la peur et la fureur. Je m'interroge brusquement : ai-je dit quoi que ce soit au cours de nos échanges que je pourrais regretter ? Ai-je donné à cette personne un moyen de s'immiscer dans ma vie privée ? Et surtout, si ce n'était pas

Mrs. Jones qui m'écrivait, qui était-ce ? Quand je me renseigne, avec une électricité nerveuse, deux autres sources me confirment que la personne à qui j'adressais mes messages n'était pas du tout la femme de Jeremy : c'était Jeremy lui-même.

À ce jour, je n'ai aucune idée de qui m'attendait à la chapelle.

Malgré cette révélation, je reste en contact avec « Mrs. Jones », jouant le jeu pendant trois ans. Je pense que Jeremy veut voir à quel point je m'obstinerai, alors que je continue à passer par « sa femme » pour lui parler (il est réellement marié à la belle Allemande blonde ; je ne pense simplement pas que c'était avec elle que j'échangeais). Je remarque de petits détails : le fait qu'ils fassent les mêmes fautes d'orthographe, ou la fois où Mrs. Jones me dit avoir acheté un roman que j'ai écrit, en joignant une photo non pas de l'édition américaine ou allemande, mais de l'édition britannique, dont je viens d'envoyer un exemplaire à Jeremy depuis l'Irlande. Mais, pendant un temps, je laisse ceux qui disent la vérité la dire, et les menteurs mentir.

Puis, un jour où cette mascarade me fatigue particulièrement, j'écris à « Mrs. Jones » : « Arrêtons ces conneries, Jeremy. » Je lui donne mon numéro de téléphone.

Le jour même, Mrs. Jones me bloque sur Facebook… et je reçois un appel d'une prison dans l'Alabama. Nous parlerons des centaines de fois après ça.

« La dangereuse inconnue ! » s'exclame toujours Jeremy en guise de salut, même si je ne sais pas bien pourquoi il m'a donné ce surnom.

Quand nous avons fini de discuter, il demande à parler à mon mari irlandais. « Où est mon Lucky Charms ? » dit-il – une référence au leprechaun qui sert de mascotte aux céréales du même nom.

Peu après ses aveux de 2004, Jones s'était rétracté, déclarant qu'il n'avait pas tué Nichols. Il évoquerait à plusieurs reprises le cousin des Bentley, Scooter, resté avec lui pour s'occuper des dégâts causés par l'ouragan Ivan. Quand le parquet avait appelé Scooter à témoigner, les personnes qui suivaient le procès avaient été impatientes d'entendre ce qu'il avait à dire. Mais, quelque temps avant sa comparution, l'homme, âgé de trente-neuf ans, était mort électrocuté.

L'hypothèse d'un acte criminel avait été écartée.

« Voilà un sujet que vous devriez creuser, me dit Jones. Ce n'est pas normal, si ? »

Soit dit en passant, le premier enregistrement où l'on voit Jones avouer avoir assassiné Lauria et Ashley, bien qu'il ne désigne aucune des adolescentes par son prénom, date de cinq ans jour pour jour après leur disparition. Vêtu d'un uniforme bleu marine de prisonnier, Jeremy Jones y décrit d'un ton désinvolte les meurtres de Welch. Il parle vite pour un habitant de l'Oklahoma, avec un accent nasillard, au point que je suis obligée de retourner en arrière sans arrêt.

Jones avait fait ces aveux à Paul Burch et Mitch McRae, deux inspecteurs du bureau du shérif du comté de Mobile qui ne connaissaient pas du tout l'affaire Freeman-Bible, et n'avaient donc aucun point de comparaison possible. Ils avaient contacté le shérif du comté de Craig, Jimmie L. Sooter, et l'agent de l'OSBI Steve

Nutter, qui étaient descendus dans le Sud pour les aider à mener l'interrogatoire.

« Quand on le regardait dans les yeux, on ne voyait que du noir, le mal à l'état pur, m'explique Sooter lors de notre rencontre dans son bureau de Vinita – pendant les premières années où je me rends dans l'Oklahoma, il occupe encore le poste de shérif. C'était comme si le mal suintait de ces yeux, complètement noirs. »

Cette description se rapproche fortement de celle que Cowboy m'a faite quand nous avons discuté de l'arrestation de Jones près du Frontier Motel : « Tout était noir chez lui. Ses yeux, ses cheveux, tout. Son âme était noire. »

Jeremy avait manifesté des signes d'agitation pendant la majeure partie de l'interrogatoire, mais il ne paraissait pas vraiment inquiet. Ses tressautements de genoux et ses pianotements de doigts semblaient être une conséquence de son tempérament.

« Je suis entré, sorti, j'ai mis le feu et je suis parti », avait-il déclaré, décrivant l'incendie de Welch.

Chaque fois que les policiers de l'Alabama voulaient lui soutirer plus d'informations, il s'empressait de négocier, réclamant la permission de téléphoner, un certificat qui l'autoriserait à se marier avec Vicki Freeman, de meilleurs repas.

« Il demandait toujours quelque chose – ça faisait partie du jeu », me dit un inspecteur.

Pendant ses aveux, Jones n'avait cessé de rappeler que la meth avait détruit une bonne partie de sa mémoire, laissant des morceaux qu'il avait du mal à recoller. Pour cette raison, les policiers avaient souvent fermé les yeux sur les nombreuses inexactitudes qui truffaient son récit du meurtre de Danny et Kathy.

« Je crois que [Danny] n'est pas mort tout de suite quand je lui ai tiré dessus. Ou peut-être que si. Je crois que non. Mais peut-être que si. La meth m'empêche de me souvenir, vous savez ? »

Jones m'explique que ce n'était qu'une « invention », qu'il n'avait jamais eu de trous noirs de ce genre.

« C'était ce que [les policiers] voulaient entendre. »

Concernant la matinée du 30 décembre 1999, il avait déclaré que Danny Freeman devait de l'argent à son ami Marvin Roden, une dette liée à la méthamphétamine. « C'était un toxico », assurait-il. Même si Roden, un baron de la meth présumé qui possédait un atelier de carrosserie juste en face du Frontier Motel, ne lui avait jamais demandé de récupérer son argent, Jones soutenait que sa femme lui avait dessiné une carte pour trouver le mobile home des Freeman. Il avait erré des heures dans la campagne à l'ouest de Welch, parcourant des chemins de terre non éclairés sous le couvert de l'obscurité, jusqu'à ce que ses phares illuminent la boîte aux lettres des Freeman. Ce devait être une nuit glaciale et plongée dans un silence total, quelques jours après Noël, sa période préférée de l'année.

Celle de Lauria Bible, aussi.

À ce stade de l'interrogatoire, Jeremy avait semblé s'emmêler les pinceaux sur beaucoup de détails. Il avait affirmé avoir remonté une courte allée, alors que celle-ci était plutôt longue, ne changeant d'avis que lorsque les policiers avaient répété : « Vous êtes sûr ? » Puis il avait expliqué qu'il avait monté les marches du mobile home. Quand on lui avait demandé de quel type de marches il s'agissait, il avait cherché en vain à s'en souvenir, avant de hasarder plusieurs hypothèses. « Des marches en bois... Je crois qu'elles étaient en métal ? » En fait, elles étaient en béton.

Comble de l'incohérence, j'apprendrai par la suite que Marvin Roden, dont Jeremy était censé récupérer l'argent, était mort deux ans avant le meurtre des Freeman.

Quand les inspecteurs interrogeaient Jones sur le plan de la maison, il donnait invariablement des explications erronées, ajoutant des bars de cuisine là où il n'y en avait pas, partant dans la mauvaise direction pour aller abattre le couple dans leur lit conjugal. Cependant, chaque fois qu'il peinait à se rappeler les détails, les policiers et lui faisaient une pause pour aller aux toilettes ou manger un morceau, et, à son retour, Jeremy avait remis de l'ordre dans son histoire et rectifié ses informations. Mais il se déconcentrait rapidement, oubliait des choses, et les incohérences ressurgissaient.

Lorsqu'il s'était entretenu avec les agents de l'Oklahoma Sooter et Nutter à leur arrivée dans l'Alabama, Jeremy avait déclaré avoir choisi d'utiliser un pistolet. Puis il s'était repris, affirmant qu'il était armé d'un fusil. Un peu plus tard, il avait changé de version une nouvelle fois, disant qu'il s'agissait d'une carabine. Sur plusieurs heures d'interrogatoire, on assistait régulièrement à ce genre d'échange :

« J'ai dégainé mon pistolet et je leur ai tiré dans la tête, disait Jeremy.

— Vous vous rappelez que vous aviez une carabine, non ? demandait un inspecteur.

— C'est ça. »

Le récit de Jones fluctuait aussi lorsqu'il s'agissait de dire qui était mort en premier, et quand. Il affirmait s'être posté à la porte de la chambre, faisant face à Danny et Kathy depuis le pied de leur lit, ce qui n'était pas possible : s'il s'était tenu à l'entrée de la pièce (où le cadavre de Danny avait été retrouvé), il aurait fait face au côté du lit, avec le haut du meuble à sa gauche et le bas à sa droite. Il avait commencé par expliquer qu'il avait tué Danny en premier, et qu'il avait dû se jeter sur Kathy et lutter avec elle pour l'empêcher de sortir du lit. Puis il avait déclaré qu'il l'avait tuée d'abord, qu'elle était morte sur le coup et qu'il avait vu son corps tressauter sous les couvertures. Il disait aussi avoir utilisé « des deux et des quatre », parlant de la taille des grains de plomb dans les chevrotines de sa carabine, alors que les familles soutenaient que Danny et Kathy avaient été tués avec « des sept et des huit », la grenaille associée à un calibre 12, ce que le rapport d'autopsie confirmait. Ensuite, Jones avait prétendu avoir utilisé un fusil semi-automatique 1100, puis un fusil automatique, puis un pistolet de calibre 25 pour s'assurer que le couple était mort – une explication qui n'était corroborée par aucune preuve. Compte tenu des dégâts causés par l'unique tir qui avait touché Danny et Kathy, il ne faisait aucun doute qu'ils étaient morts sur le coup.

John avait avancé l'idée que Danny et Kathy dormaient quand il les avait attaqués, ce qui allait à l'encontre de l'avis général. Il y avait la position du corps de Kathy, couchée en travers du lit sur les couvertures, tandis que Danny gisait sur le seuil. Et le fait que Danny portait encore ses chaussures, retrouvées fondues sur son cadavre, ce qui laissait penser qu'il ne s'était pas encore couché. Ou peut-être les avait-il enfilées en entendant un bruit, un aboiement, un coup frappé à la porte.

Les déclarations de Jeremy sur le type d'accélérant qu'il avait utilisé changeaient aussi fréquemment, passant d'un bidon d'essence blanche Coleman qu'il avait déniché dans la cuisine – un composant souvent employé dans la fabrication de la méthamphétamine – à l'essence de son propre pick-up. Il avait même parlé d'acétone une ou deux fois.

Les enregistrements que je visionne me donnent l'impression d'assister à un concours de devinettes. Après avoir certifié pendant des heures d'interrogatoire qu'il ne se souvenait d'aucune des filles, Jones avait expliqué qu'il avait laissé le père et la mère d'Ashley morts sur leur lit, puis était allé de pièce en pièce jusqu'à trouver les adolescentes. Plus tard, il avait tenté une nouvelle version, qui n'a pas changé depuis, racontant qu'il avait mis le feu au mobile home et avait regagné son véhicule, ne s'apercevant qu'il restait deux filles dans la maison que lorsqu'elles en étaient sorties en hurlant. C'était le genre de théorie sur laquelle toutes les personnes proches de l'affaire pouvaient se concentrer. Jeremy avait laissé entendre à Ashley et Lauria qu'il avait aperçu l'incendie depuis la route et venait d'arriver, et les avait convaincues de monter dans son pick-up pour les emmener au commissariat. Il affirmait que lorsqu'il avait tourné dans la direction opposée à la voie rapide au sortir de l'allée, les adolescentes avaient pris peur, comprenant qu'elles se trouvaient dans le véhicule de la personne qu'elles venaient probablement d'entendre abattre Kathy et Danny. « J'ai activé le verrouillage automatique des portières pour les empêcher de sortir », avait conclu Jeremy.

« Les interrogatoires présentaient quelques problèmes, admet l'agent du bureau d'enquête du Kansas (le KBI) Larry Thomas, devenu directeur adjoint de l'organisation après sa capture très médiatisée de Dennis Rader, *alias* « BTK », l'un des tueurs en série les plus célèbres d'Amérique. Mon chef a appelé Mobile et leur a suggéré d'étudier soigneusement la façon dont certaines informations avaient été traitées. »

Thomas s'était rendu dans l'Alabama quand Jones avait déclaré être coupable d'un meurtre non élucidé datant de 1992 : celui de Jennifer Judd, une jeune femme de vingt ans originaire de Picher, dans l'Oklahoma, brutalement tuée à coups de couteau dans sa maison de Baxter Springs, de l'autre côté de la frontière du Kansas, neuf jours après son mariage. Thomas ne peut pas me donner son avis sur les autres crimes dont Jones s'est accusé, qui ne relevaient pas de ses compétences, ni s'exprimer au nom du KBI, car il a pris sa retraite en 2008. Il me signale toutefois que les faux aveux ne sont pas rares ; ils proviennent souvent d'un désir d'attention de la part du suspect ou de son envie de vivre plus confortablement en prison, ce qui semble être le cas de Jones.

« Parfois, même si ce n'est pas courant, un enquêteur peut être tellement persuadé d'avoir trouvé le bon gars qu'il lui livre plus d'informations qu'il n'en obtient. »

Thomas m'explique le rôle des « informations non divulguées », des détails du crime que l'on ne révèle pas au public dans l'espoir que le suspect les fournira lui-même, authentifiant ainsi ses aveux.

« Nous avons commencé à travailler là-dessus, sur ces informations non divulguées, et Jones n'avait pas la moindre idée de ce dont on lui parlait, me raconte Thomas, se remémorant l'interrogatoire qu'il avait mené en 2005. Et puis, au milieu de la conversation, Jeremy allait faire une pause cigarette avec les agents de l'Alabama, et revenait avec les informations qu'on cherchait. »

Les soupçons de Thomas rejoignent ceux que j'ai développés en regardant les interrogatoires sur les crimes de Welch. Les enquêteurs semblaient tout à fait prêts à accepter les descriptions incohérentes de Jones, ses hypothèses, sa propension à disparaître aux toilettes chaque fois qu'un détail important était évoqué.

« Ils me renvoyaient [dans ma cellule] avec tous les dossiers des victimes, me révèle Jones. Ils m'encourageaient, me disaient de m'orienter vers tel ou tel sujet. Ils m'agitaient une carotte sous le nez. »

Aussitôt après ses aveux, Jeremy Jones était devenu la nouvelle coqueluche des amateurs de crimes scabreux. Il répondait à tous les critères qui transforment un authentique tueur en célébrité : beau garçon, bavard, source intarissable d'information. Les médias et la police se régalaient. La presse exploitait son charme, et, dans tout le pays, les représentants de la loi avaient des affaires potentiellement retentissantes à clore.

« Quand ils me regardaient, ils voyaient des dollars et des contrats d'édition », me dit Jones, qui admet ne s'être jamais plaint de la situation, car elle lui assurait davantage de confort en prison.

Même l'agent Nutter me le confirme :

« Dans mon souvenir, les inspecteurs de la police de Miami étaient furieux parce que des agents de l'Alabama étaient venus enquêter sur le meurtre des Freeman avec un journaliste. Ils disaient que Jeremy Jones avait tout avoué, et qu'ils étaient là pour faire des recherches sur le terrain. Et ce reporter allait écrire un livre sur l'affaire. »

« Pour moi, ça sautait aux yeux que Jones avait été briefé », affirme l'agent du KBI Larry Thomas.

Même si je suis convaincue que les aveux de Jones n'étaient qu'un ramassis de mensonges, toutes ses déclarations ne sont pas forcément bonnes à jeter. Au moment où je commence à échanger avec lui et m'enferme dans une pièce sombre pendant des semaines pour étudier les enregistrements, je connais déjà la plupart des éléments de l'affaire : Marvin Roden, l'essence blanche Coleman, la configuration du mobile home, jusqu'aux plus petits détails falsifiés par Jeremy, tels que les pointes grises imaginaires dans la chevelure de Danny ou le fait que Jones ait eu peur d'éveiller l'attention de voisins qui n'existaient pas.

Mais une chose attire mon attention. Je retourne aux photos sur mon portable, aux documents en noir et blanc des femmes du cimetière, et je fais une découverte.

Jeremy Jones a avoué le mauvais crime.

Ce qu'il a décrit avec justesse est un autre double meurtre, commis dans le parc pour mobile homes de Carriage Hills, situé au sommet d'une route vertigineuse qui longe les falaises du Grand Lac des Cherokees derrière la ville d'Afton, dans l'Oklahoma, à trente kilomètres au sud-est de Welch. Quand je traverse l'endroit à mon tour, les habitants émergent des mobile homes éparpillés sans ordre apparent parmi les collines. Une bonne partie des personnes qui scrutent ma voiture affichent les signes d'une dépendance à la meth. Le message est clair : les étrangers ne sont pas les bienvenus. Des voitures brûlées bordent la route, les vitres sont tapissées d'aluminium. Des bébés vêtus d'une simple couche vagabondent dans la nature sans surveillance. Le récit que Jones a fait des crimes de Welch correspond en tout point à l'histoire d'un autre couple abattu par balle. Un autre mobile home brûlé. Un autre meurtre non élucidé : celui de Danny Oakley et Doris Harris, assassinés le 21 février 1996.

La plupart des informations que j'obtiens sur l'affaire Oakley-Harris me viennent de Paula Barnett, la sœur de la victime alors âgée de quarante ans, Doris Harris. Nous sommes en route pour un concert de U2 à Kansas City quand nous commençons à parler d'elle :

« C'était la personne la plus merveilleuse du monde », me dit Paula.

Aujourd'hui, elle pense encore que Jones pourrait être responsable du meurtre de sa sœur, survenu alors que Doris et son petit ami de trente-sept ans, Danny Oakley, dormaient sur leur lit à eau, un autre point commun avec l'affaire Freeman. Tous deux avaient reçu une balle dans la tête et étaient morts sur le coup avant qu'on mette le feu à leur mobile home. Et si aucune preuve retrouvée sur la scène du crime de Welch n'indiquait que le meurtre des Freeman avait un rapport avec la drogue, c'était le cas pour celui de Danny et Doris.

« Ma sœur s'est laissée embrigader, me dit Paula quand nous discutons du petit ami de Doris, un fabricant de meth bien connu dans les environs. Mais ça ne veut pas dire qu'elle n'était pas la fille de quelqu'un, la mère de quelqu'un… ma sœur. »

De nos jours, certains habitants de la région confondent encore le meurtre des Freeman avec celui d'Oakley et Harris, commis trois ans plus tôt.

En compagnie de Paula, j'épluche des comptes rendus d'autopsie, des relevés téléphoniques, des rapports de police, tous ces documents qui sont au cœur des enquêtes pour homicide et qui ont été perdus dans l'affaire Bible-Freeman. À l'instar de cette dernière, l'affaire Oakley-Harris présente des failles, liées pour la plupart au moment où la police avait découvert un homme appelé Denny Ray Hunnicutt évanoui au volant d'un véhicule qui correspondait à celui aperçu par des voisins sur la scène du crime. Hunnicutt avait des brûlures récentes sur les bras, et les soupçons s'étaient rapidement portés sur lui ; mais on ne l'avait jamais inculpé. L'enquête regorgeait par ailleurs de policiers impliqués dans des scandales, dont bon nombre seraient attestés au fil des années. C'était notamment le cas du shérif de l'époque, condamné à verser plus de treize millions de dollars pour avoir violé des détenues en 2011. Ou encore du procureur adjoint du district Winston Connor, arrêté et inculpé en 2019 pour incitation au meurtre, subordination de témoin, agression à main armée, proxénétisme, gains illicites et racket, après s'être associé à un meurtrier avéré du nom de Slint Tate qui gérait depuis sa cellule de prisonnier un trafic de meth rapportant un million de dollars par semaine. D'après le *Tulsa World*, l'ancien procureur était aussi accusé d'avoir « participé à la distribution d'une substance illicite, communiqué illégalement avec un détenu, sollicité les services de prostituées et commis un ensemble d'infractions pénales ». Je passerai beaucoup de temps à faire des recherches sur ces meurtres et ces crimes qui se sont perdus dans la pagaille de la corruption et des scandales, et les affaires reléguées au second plan qui ont fini par sombrer dans l'oubli.

Aujourd'hui, Winston Connor n'a pas encore été jugé.

Au cours de ses aveux dans l'Alabama, Jones avait déclaré avoir croisé Hunnicutt – aujourd'hui décédé – sur le parking d'un bar plusieurs semaines après l'assassinat d'Oakley et Harris. Hunnicutt lui avait expliqué qu'il avait passé la soirée à se droguer avec le couple, et qu'il se trouvait chez eux quand l'incendie avait démarré ; Jeremy avait fait mine de ne pas savoir de quoi il parlait. Hunnicutt avait ajouté qu'il était allé s'injecter de la meth dans la salle de bains, quand un homme, probablement Jones, était entré dans le mobile home et avait tué Danny et Doris. Caché dans la salle de bains, Hunnicutt avait été piégé par l'incendie, et avait attendu aussi longtemps que possible avant de se sauver de justesse.

Certaines informations non divulguées sur cette affaire m'ont conduite à penser que Jeremy n'avait pas menti en relatant les propos de Hunnicutt. Ce dernier avait été relâché peu après son arrestation et était décédé en 2006. Depuis, aucun suspect n'a été appréhendé pour le meurtre de Danny Oakley et Doris Harris.

« L'enquête a été confiée à l'OSBI », m'explique la sœur de Doris, Paula.

Comme à Welch, le dossier avait été placé sous la responsabilité de Steve Nutter. Mais Paula ajoute :

« Personne ne s'intéressait à deux accros à la meth. »

La théorie principale était qu'Oakley et Harris avaient été assassinés parce qu'ils devaient de l'argent à des trafiquants de drogue. Le couple semblait avoir conscience qu'il était dans le pétrin, et avait prévu de s'enfuir : des bagages attendaient près de la porte, avec maillots de bain et crème solaire en prime.

Déçus par les fouilles dans les propriétés de Shadwick et des Glover à Wyandotte, qui n'avaient fourni aucun indice sur l'endroit où se trouvaient les dépouilles d'Ashley et Lauria, les proches de ces dernières et les enquêteurs étaient impatients d'entendre ce que Jones avait à dire. Et ses révélations ne s'étaient pas arrêtées à des détails décousus sur les affaires Bible-Freeman et Oakley-Harris : Jones avait déclaré avoir commis plusieurs meurtres dans les environs de Welch, des crimes dont les familles des victimes n'avaient souvent pas entendu parler, et qui connaîtraient un regain d'attention après ces aveux.

Ainsi, Jones affirmait avoir tué Justin Hutchings, un jeune homme de dix-neuf ans et consommateur de meth présumé originaire de Baxter Springs, dans le Kansas, qui venait de sortir de cure de désintoxication quand il avait été précipité hors d'un pick-up lancé à pleine vitesse. L'incident s'était produit à Picher le 11 septembre 1999, quelques mois à peine avant les meurtres de Welch, et à seulement trente-sept kilomètres de là. L'enquête avait été supervisée par Mike Eason, l'inspecteur du bureau du shérif du comté d'Ottawa qui avait rédigé l'affidavit sur Shadwick et organisé la perquisition à son domicile en 2001, avant de participer aux fouilles chez les Glover.

Jeremy disait avoir assassiné Hutchings en lui donnant un « hot shot », une injection de meth mélangée avec du peroxyde, car « le peroxyde ne se [remarquait] pas dans le système sanguin ». Je vérifie cette information auprès de mon consultant en médecine légale, Darren Dake, qui me confirme que le peroxyde n'apparaît pas dans les analyses toxicologiques de base, à moins qu'on le cherche expressément. Si l'on se fiait aux déclarations des secouristes et des témoins, la mort de Hutchings était une affaire curieuse qui n'avait pas été envisagée sous l'angle de l'homicide avant les aveux de Jones, même si le rapport d'autopsie notait que le jeune homme était décédé dans des circonstances indéterminées, en raison des effets toxiques de la méthamphétamine. On avait aussi découvert sur son cadavre un mot inquiétant disant « 13e disciple ». Après avoir été précipité hors du pick-up, Hutchings avait été traîné dans une maison, déshabillé et couvert de glace : c'était dans cet état que les secours l'avaient trouvé. Le médecin légiste avait lui-même fait allusion à des rumeurs d'empoisonnement, remarquant dans son rapport que « le bruit courait [que la victime] avait reçu une dose de cyanure et/ou d'une autre substance, injectée par un tiers ». Cependant, je discute avec une dizaine de personnes qui me disent savoir pertinemment qui est le coupable : un individu bien connu dans la région, qui opère dans plusieurs cercles de meth et n'est pas Jeremy Jones, bien que je n'aie aucun mal à établir un lien entre les deux hommes. En réalité, même si l'incident n'avait pas été considéré comme un homicide dès le départ, le fait que Hutchings avait été assassiné n'était un secret pour personne dans les parages.

« Bonne chance pour le prouver », me dit en ricanant un des témoins de la mort du jeune homme.

Alors que plusieurs autres personnes m'ont confié le nom du coupable, l'affaire n'a toujours pas été élucidée.

« Le double meurtre de Oakley et Harris en 1996 et le meurtre de Hutchings en 1999 étaient des crimes atroces, me dit l'actuel shérif du comté d'Ottawa, Jeremy Floyd. Quand j'ai pris mes fonctions, je me suis fixé pour objectif de réexaminer ces vieilles affaires, ainsi que beaucoup d'autres. Les dossiers qui concernent des vies fauchées ne devraient jamais être archivés ou oubliés. »

Cela semble pourtant être le cas de ceux-ci. Lorsque je lui demande où en sont les enquêtes, Floyd répond :

« Les affaires non élucidées sont révisées fréquemment, surtout si nous recevons de nouvelles informations et/ou des témoignages anonymes. »

Il m'explique que le bureau d'enquête de l'Oklahoma a également « créé une unité dédiée aux enquêtes non résolues en 2019 ».

« Avec cette nouvelle unité, l'aide de la technologie et un travail attentif sur chaque piste, je prie pour qu'on puisse résoudre ces affaires, me dit-il, contemplant d'un regard mélancolique le feu qui se meurt dans son salon. Les familles ont besoin d'être fixées. »

Malgré ses communautés minuscules, malgré ses vagues ambrées de céréales, le nord-est de l'Oklahoma ne manque pas de meurtres. Jeremy Jones avait aussi avoué ceux de Harmon Fenton, trente-trois ans, et Sarah Palmer, dix-neuf ans, résidents de Commerce. Le couple, impliqué de près dans le monde de la meth, avait disparu en 1997. Au bout d'un mois, on avait retrouvé leurs cadavres putréfiés dans la benne d'un pick-up à l'intérieur d'une grange abandonnée, à Melrose, une bourgade sans réelle existence juridique de l'autre côté de la frontière du Kansas. Le crime avait été brutal : Fenton avait reçu une balle dans l'abdomen, et avait vraisemblablement dû regarder le ou les coupables s'exercer au tir sur sa petite amie, logeant sept balles à l'avant et l'arrière de son corps avant de l'étrangler, la poignarder, lui briser les os et peut-être la violer. Je tente d'enquêter sur l'affaire, mais je dois renoncer quand un homme m'annonce qu'il est le meurtrier et menace de me faire subir le même sort si je continue à fouiner. Compte tenu de ses antécédents, et après avoir été suivie et avoir reçu des appels de la part de cet individu, qui adopte une voix de femme pour demander à me rencontrer, je prends l'avertissement suffisamment au sérieux pour arrêter mes recherches. Tout ça n'arrange pas mon angoisse.

Malgré ses aveux, les enquêteurs avaient écarté l'idée que Jeremy Jones ait pu assassiner le couple lorsqu'ils avaient constaté qu'il était incarcéré dans l'Oklahoma à l'époque des faits, et avait été relâché quelques jours seulement avant la découverte des cadavres.

Aujourd'hui, la police du Kansas n'a toujours pas résolu l'affaire Felton-Palmer.

Tous ces crimes avaient un point commun : les familles estimaient invariablement que l'enquête avait été menée sans enthousiasme ou bâclée, et les victimes étaient souvent jugées responsables de leur propre sort, pour s'être mêlées à la culture locale. Alors que Jeremy Jones continuait à fournir à la police des détails vagues et brumeux sur ces différents meurtres, on ne pouvait nier que beaucoup d'assassinats dans le monde de la meth semblaient interconnectés. Cela laissait par ailleurs penser que les rapports de Jones avec les personnes impliquées avaient pu lui donner l'occasion de glaner des renseignements auprès des nombreux criminels qu'il fréquentait. Il était possible d'établir des liens entre Jones et tous les suspects et victimes qu'il avait évoqués ou passés sous silence, dont une bonne partie côtoyait des individus comme les Glover et les autres hors-la-loi de Wyandotte. Je me demandais s'il avait entendu des rumeurs, et possédait des informations sur l'endroit où Ashley et Lauria se trouvaient. Si des dizaines de criminels drogués à la meth s'étaient rassemblés à la soirée du Nouvel An pour violer les adolescentes, et que Jeremy Jones était proche des hommes qui avaient témoigné, se pouvait-il qu'il sache quelque chose ?

Si l'Oklahoma est une belle femme, cette affaire est une balafre sur son visage. Cela me brise le cœur, lorsque je nage dans des couchers de soleil si spectaculaires et vastes que j'ai l'impression de me noyer dans la couleur, et que je suis accueillie par des après-midi dans la prairie, où le blé vient à ma rencontre dans une vague qui embaume le soleil et les premiers amours insensés. Toutes les années que je passe dans l'Oklahoma, comme l'acte d'écrire, éveillent en moins un mélange d'amour et de haine.

Je trouve de plus en plus facile de me perdre dans ces labyrinthes, consacrant l'intégralité de mes journées à étudier et explorer chaque affaire. Certaines me valent des menaces de mort dont j'ai encore trop peur de parler. Certaines m'apportent de nouveaux amis qui me rendent visite depuis l'Oklahoma. Mais je dois me concentrer. Si Dieu le veut, je pourrai toujours revenir. Mais, en attendant, il faut que je sois présente pour Ashley et

Lauria, et que je me rappelle que cette histoire est la leur, pas celle de cet homme.

On ne peut pas perdre de vue notre objectif : les paroles de Lorene résonnent dans ma tête.

Aujourd'hui, Jeremy Jones est soupçonné non seulement des meurtres commis dans l'Oklahoma, mais aussi de beaucoup d'autres perpétrés dans le Sud. Bien que de nombreux enquêteurs soient allés l'interroger à Mobile, il a uniquement été reconnu coupable du meurtre de Lisa Nichols et de viol, agression sexuelle et cambriolages aggravés en 2005.

Il a été condamné à la peine capitale, et continue de m'appeler depuis le couloir de la mort. « La dangereuse inconnue ! » Au fil des années, je me suis intéressée de près à plusieurs assassinats dont on continue à le suspecter. Je suis devenue proche des familles de ses victimes présumées. Je leur ai rendu visite chez elles. J'ai appris, j'ai mûri et je me suis endurcie à la fois.

« Jax est stressée, dit Jones à mon mari. Voilà ce qu'il faut faire. Préparez-lui un bain. Faites-lui un bon massage avec des pétales de rose. Elle adorera. Toutes les femmes adorent ça. »

Il est capable de dépeindre des scènes romantiques sans effort, d'un ton un peu désespéré. Pendant les années où nous communiquons, je garde mes distances. Malgré toutes les choses détestables qui sont ressorties de ses interrogatoires, j'entends parler depuis trop longtemps des femmes qui en pincent pour lui, des lettres d'amour qu'il reçoit en prison et de toutes ces conneries. Je ne suis pas fière au point de me croire immunisée contre une chose que je ne comprends pas.

Je n'ai pas encore rencontré une seule personne familière de l'affaire Bible-Freeman qui ne l'associe pas à Jeremy Jones.

« Je veux dire, je savais qui c'était, m'explique Paul Glover junior. Ce n'était pas un inconnu ou quoi que ce soit. Je savais qui c'était, mais on ne faisait pas affaire ensemble. »

Il est de notoriété publique que Jones fréquentait Paul Glover senior et bon nombre de criminels de Wyandotte.

Toutes les conversations et les enquêtes que j'ai menées sur les crimes commis dans l'État à l'époque m'ont appris une chose : Jeremy Jones possède des informations sur chaque événement terrible qui s'est produit dans l'Oklahoma. Et, plus important encore, il connaît peut-être les personnes qui ont enlevé Ashley et Lauria. Alors quand il a abordé le sujet des crimes de Welch, j'ai tout de suite su que je devais l'écouter – même si, pour cela, je devais me frayer un chemin parmi d'innombrables strates de fausses pistes et de supercheries.

Je reste éveillée la nuit, à me demander si les filles avaient senti la sueur de Jeremy à l'intérieur du pick-up : la puanteur asphyxiante des substances chimiques qu'exsudaient ses pores, sa panique. Ashley avait-elle regardé sa maison brûler dans le rétroviseur tandis qu'ils s'éloignaient dans la nuit ? Était-ce à ce moment-là que les adolescentes avaient compris ce qui les attendait, filant vers leur mort dans l'obscurité vacillante des forêts qui défilaient ? Est-ce sur cette portion de route, sur ce terrain ou dans cette fosse que leurs os seront retrouvés un jour ?

Jeremy avait modifié son témoignage d'innombrables fois, mais il avait fini par s'en tenir à la version selon laquelle les filles étaient sorties en courant du mobile home et avaient sauté dans son pick-up alors qu'il claquait sa portière, prêt à quitter les lieux. Dans une autre variante, il avait menacé les filles avec une arme pour les forcer à monter dans sa voiture. Cependant, ce récit n'est pas corroboré par les preuves matérielles, qui indiquent que le trajet de l'accélérant avait commencé au niveau du poêle à bois, près de la porte d'entrée. L'incendie aurait bloqué la route des adolescentes, qui auraient dû traverser les flammes pour rejoindre le véhicule. Jones affirmait que, après avoir enfermé les filles dans son pick-up Ford blanc de 1991, il avait dévalé les routes de campagne en direction de Miami et s'était arrêté à Galena, dans le Kansas, à environ soixante-cinq kilomètres au nord-est de Welch. Située dans le district minier des Trois-États, Galena doit son nom à la galène qu'on extrayait sur place, et se targue d'être l'une des plus anciennes villes minières du Kansas. C'était l'une des nombreuses bourgades de ce type que Jones avait fréquentées dans sa jeunesse, et il disait y avoir vendu de la drogue avec les Glover.

Jones avait raconté qu'il s'était garé près d'une mine, de plus en plus angoissé à l'idée de ce qu'il allait faire des filles. Elles avaient vu son visage. Il ne pouvait plus reculer. Après les avoir fait descendre du pick-up en les menaçant avec son arme, il avait pleuré avec elles dans la lumière des phares, au bord d'un gouffre sans fond. Il avait abattu une des adolescentes, et quand l'autre avait tenté de s'enfuir, il lui avait tiré dessus à deux reprises. Il n'avait jamais pu savoir laquelle était laquelle. Puis il avait précipité leurs cadavres dans le gouffre. Il n'avait pas entendu d'éclaboussures, même quand il avait jeté des traverses de chemin de fer à leur suite pour dissimuler les corps. Il affirmait ne pas avoir violé les filles.

Ni Jones ni aucun des policiers n'avait évoqué son arrestation au Frontier Motel le matin de l'incendie.

Aujourd'hui, la controverse fait rage pour savoir si, dans la pratique, Jeremy Jones aurait pu déclencher l'incendie à Welch, rouler jusqu'à Galena pour tuer les filles et se débarrasser de leurs cadavres, et retourner au Frontier Motel à temps pour s'empêtrer dans une dispute avec Cowboy. L'agent de l'OSBI Steve Nutter, qui avait prêté main-forte aux policiers de l'Alabama pendant l'interrogatoire sur les meurtres de Welch, ainsi que sur les affaires Oakley-Harris, Justin Hutchings et Fenton-Palmer, entre autres, ne pensait pas cela possible : ce scénario aurait laissé à Jones « un intervalle de vingt minutes » à peine pour se shooter (même si ce détail correspondait davantage à ses aveux sur le meurtre d'Oakley et Harris), faire disparaître les adolescentes et regagner le motel. Le shérif Sooter, lui, était convaincu de la culpabilité de Jones, soutenant qu'il « avait eu bien assez de temps pour mettre le feu ».

« Je crois que c'est pour ça que Sooter a bâclé l'enquête sur la fin, me dit le demi-frère de Danny

Freeman, Dwayne Vancil. Il s'était mis en tête que Jones était coupable, un point c'est tout. »

Mais comme Sooter n'avait jamais travaillé dans la police avant son élection au poste de shérif, certains remettaient la crédibilité de ses théories en doute.

Sur le procès-verbal rédigé le matin de l'incendie, la case indiquant l'heure de l'arrestation de Jones avait d'abord été remplie d'un « 06 », puis les chiffres avaient été raturés et remplacés par « 0359 ». Les cas de documents corrigés qui ne cessent de surgir dans cette affaire ont de quoi fasciner, mais cette modification ne révèle rien de particulier, tant que l'on ignore l'heure précise à laquelle l'incendie de Welch avait commencé. Parce qu'il est humainement impossible de se rappeler tous les détails après tant d'années, qu'ils n'ont pas de compétences officielles en matière d'incendie ou simplement parce qu'ils ne connaissent pas la réponse, tous mes interlocuteurs, de l'OSBI aux équipes des shérifs en passant par les familles des victimes, me conseillent de consulter le rapport d'investigation sur l'incident. Mais comme le département de la sécurité civile de l'État m'en a informée, aucune enquête de ce genre n'a eu lieu.

Je ne peux retrouver aucun document.

Nous n'avons pas été appelés à enquêter sur la nature de l'incendie.

Nous n'avons mené aucune investigation sur un incendie à Welch.

Aucune requête de ce type n'a été faite auprès du département de la sécurité civile de l'État.

Non.

En l'absence d'enquête sur l'incendie, d'innombrables inconnues subsistent dans l'affaire de Welch, y compris, mais pas seulement, en ce qui concerne l'hypothétique implication de Jeremy Jones. À en croire les réponses variables des familles, des pompiers de Welch et de la police, l'incendie aurait pu se déclencher dans un vaste intervalle allant de 22 heures le 29 décembre 1999 à l'aube du jour suivant. Beaucoup de facteurs doivent être pris en compte, notamment la trajectoire de l'air à l'intérieur du mobile home, l'emploi possible d'une astuce de pyromane consistant à allumer une bougie et la laisser brûler jusqu'à l'accélérant (ce qui aurait pu retarder de plusieurs heures le déclenchement de l'incendie, laissant au coupable le temps de s'échapper), le type et la quantité d'accélérant utilisé, et autres critères étudiés dans ce genre d'enquête.

Après ses aveux, Jones avait continué à s'entretenir avec la police, dessinant des cartes et discutant des particularités des mines et dolines de la région de Galena.

Six mois plus tard, le 29 juin 2005, les autorités avaient fait fouiller les puits de Galena. Un vent chaud soufflait ce jour-là, le genre de vent qui vous donne l'impression que lui seul empêche votre peau de brûler. Il s'agissait des recherches les plus importantes jamais menées pour retrouver Ashley et Lauria, avec trente-cinq agents de l'État et d'organisations fédérales mobilisés pour examiner le terrain avec des chiens et les gouffres avec des caméras, au milieu de tourbillons de poussière.

« C'est encore pire que de chercher une aiguille dans une botte de foin », avait remarqué le shérif Sooter dans un entretien accordé à l'*Oklahoman*.

Quand je l'interroge à mon tour, il m'explique :

« Il y a plusieurs milliers de kilomètres de galeries souterraines. Elles couvrent tout le nord-est de l'Oklahoma jusqu'à Joplin, dans le Missouri, jusqu'au Kansas et ainsi de suite. Il y a des rivières qui coulent là-dessous. Et le truc, c'est que si les cadavres sont dans les mines, la température y avoisine toujours les dix degrés, à ce qu'il me semble. Alors si les cadavres sont là-dedans, ils ne sont probablement pas dans un aussi mauvais état qu'on pourrait le penser. »

Puis, alors que les fouilles commençaient à attirer l'attention des médias et que sa renommée grandissait, Jones était revenu sur son témoignage une dernière fois.

Comme on ne trouvait pas trace des filles, il avait rétracté tous ses aveux, affirmant qu'il avait seulement voulu obtenir de meilleurs repas et le droit de téléphoner en prison. Et, surtout, il avait espéré qu'on le renverrait dans l'Oklahoma, près de sa famille.

Aujourd'hui, il ne reconnaît avoir commis aucun des meurtres dont on l'a soupçonné.

« Je ne pensais pas qu'il était coupable, me dit Lorene. Mais nous savons qu'il était lié à des suspects antérieurs. »

Elle estime toujours fort probable que Jones sache quelque chose sur les derniers jours de Lauria et Ashley, qu'il possède des informations sur la fameuse fête du Nouvel An.

« Tous ces gens du monde de la drogue sont liés les uns aux autres, m'assure-t-elle. Je crois que Jeremy a entendu des choses. Mais ce qu'il faut retenir, c'est qu'il est resté en liberté plusieurs années avant d'être arrêté, quatre ans. On peut apprendre un tas de choses pendant ce temps, rien qu'en lisant le journal. »

« Vous savez, à l'époque, je ne voyais pas plus loin que le bout de mon nez, admet Jeremy Jones, qui affirme maintenant regretter ses faux aveux. Je n'avais pas réfléchi à l'effet que ça pouvait avoir sur une mère. » Il me dit qu'il est désolé. « J'espère juste que Mrs. Bible me pardonnera un jour. »

Cependant, Lorene affirme que Jeremy Jones ne l'a jamais contactée.

En fin de compte, les aveux de Jones à propos des meurtres commis dans l'Oklahoma n'avaient pas donné lieu à la moindre inculpation. Et malgré le battage médiatique qui avait entouré ce condamné à mort charismatique, aucune piste sérieuse n'avait émergé entre ses déclarations de 2005 et mon arrivée dans l'État en 2016. Mais si aucun suspect important n'avait été identifié pendant ces onze années, de nouveaux faits s'apprêtaient à être découverts, quand une femme du nom de Winnie contacterait Lorene.

Il aurait fallu dix-sept ans pour que les familles des victimes entendent parler de celle qui était probablement la dernière personne à avoir vu le véhicule transportant les adolescentes et leurs kidnappeurs, à l'aube de l'incendie chez les Freeman.

QUATRIÈME PARTIE

Nouvelles pistes

22
Les marges de l'Oklahoma

30 décembre 1999
Le matin de l'incendie

Là où les cartes historiques de la région sont raturées en noir car même les archivistes locaux estiment qu'il n'y a rien à voir, au cœur de l'arrière-pays de la rivière Neosho, à l'endroit où s'achève la contrée des cow-boys et commence le territoire indien, on trouvait autrefois le domicile d'un jeune couple. Situé dans la campagne profonde, ce lieu n'est connu que des autochtones, suffisamment éloigné des villes environnantes pour qu'on n'y arrive pas par hasard. Dans ces bourgades anonymes de l'Oklahoma, le temps semble suspendu : la tradition règne en maître, et les habitants ne sont pas affectés par les révolutions et les modes extérieures. Et cela leur convient. Ce sont des régions faites pour ceux qui veulent qu'on les laisse tranquilles, où les pacaniers se tordent davantage et les maisons sont camouflées par d'épaisses ronces sombres.

Quelques heures à peine avant la découverte du cadavre de Kathy Freeman, le 30 décembre, peu avant 3 heures du matin, Winnie – diminutif du nom traditionnel d'Awinita, qui signifie « faon » en Cherokee – ne trouvait pas le sommeil, assise devant des rediffusions d'émissions télé dans son mobile home. Même les agriculteurs lève-tôt dormaient à poings fermés. Winnie était rentrée du casino local où elle travaillait depuis une heure déjà, mais les tintements fantômes des machines à sous continuaient à résonner dans ses oreilles, et l'insomnie la retenait entre ses griffes.

Toujours vêtue de son uniforme de serveuse, elle sortit de la maison, espérant que l'air glacial parviendrait au moins à lui donner envie d'enfiler son pyjama et de se faufiler dans son lit. Elle traversa le jardin, une petite parcelle plantée d'herbes aromatiques gelées et de bordures de fleurs en sommeil. Elle avança jusqu'à la lisière du terrain plat, au bord de la route de campagne, éclairée par un unique projecteur jaune sur un poteau téléphonique. Elle absorba le froid, contempla le vide des prairies devant elle, écouta le silence assourdissant de cette nuit d'hiver.

D'après *L'Almanach du paysan*, la visibilité était de 15,9 kilomètres ce jour-là ; s'il avait fait jour, Winnie aurait distingué la fumée de cheminée de ses voisins les plus proches, à environ huit kilomètres de là. Puis le vent tomba, et le vrombissement d'un moteur qui approchait lui parvint. On croisait peu de voitures dans les environs, même la journée ; à cette heure indue, et sans trace de phares pour accompagner le bruit, c'était tout simplement inquiétant.

L'estomac de Winnie se noua de peur ; elle s'écarta de la route et se réfugia dans le noir, plaquée contre des genévriers. Elle retint son souffle quand, l'espace d'un instant, le projecteur éclaira en argent et jaune un modèle de voiture des années 1980. Non loin de l'endroit où elle était camouflée, le véhicule s'arrêta soudain, freinant assez fort pour soulever un grand nuage de poussière qui cacha encore mieux Winnie mais brouilla son champ de vision. Elle crut qu'on l'avait repérée. Alors que le moteur de la voiture tournait encore, l'une des portières s'ouvrit ; la lumière de l'habitacle rayonna à travers la poussière et une alarme électronique tinta : il y eut des bruits de lutte, un hurlement de femme, un rugissement guttural d'homme. Le vacarme ne dura qu'une poignée de secondes, mais Winnie savait reconnaître la terreur, et les voix indéchiffrables lui firent comprendre que quelque chose n'allait pas du tout. La portière se referma en claquant, et la voiture aux phares éteints repartit en trombe.

Puis les feux arrière s'embrasèrent d'un coup, tandis que le véhicule s'éloignait de la maison de Winnie et disparaissait au milieu de la végétation épaisse que la lumière de la lune n'atteignait pas, éclairé d'un rouge brumeux dans la poussière. Winnie resta pétrifiée un bon moment, tendant l'oreille pour essayer de deviner la direction que la voiture avait prise, jusqu'à ce que les derniers échos s'éteignent. Aussi raide que les branches hivernales dans son dos, elle plongea la main dans son soutien-gorge et en sortit un étui à cigarettes. Le raclement du Zippo résonna dans le silence, et Winnie mit la main en coupe pour protéger sa cigarette rougeoyante pendant qu'elle se dépêchait de rentrer chez elle, incapable de se défaire de la peur et de la fureur troublantes qui avaient émané de ces voix.

Dans la cuisine, elle s'assit seule dans la lumière diffuse de la hotte du fourneau, attendant avec impatience que son mari se lève. Le cendrier débordait quand Noah dévala enfin l'escalier, habillé et prêt à commencer sa journée. Il embrassa Winnie sur la joue et se dirigea vers la cafetière.

« Qu'est-ce qu'il y a ? Encore une insomnie ? »

Winnie le regarda, des cernes encore plus prononcés sous les yeux.

« J'ai vu quelque chose, ce matin. »

Elle ne pouvait pas s'empêcher de ressasser la scène, de se demander si elle l'avait bien interprétée.

Noah se tourna vers elle et se racla la gorge, venant seulement de remarquer le tas de mégots sur le plan de travail.

« Tout va bien ?

— C'était une voiture pleine de monde, dit-elle. Les phares étaient éteints, et j'ai entendu une fille crier. Et un homme hurler.

— C'étaient peut-être juste des gamins qui chahutaient. »

Winnie contempla la fenêtre à l'autre bout de la pièce, derrière laquelle les oiseaux du matin pépiaient.

« Peut-être... »

En retard pour le travail qui l'attendait loin de là à Tulsa, Noah prit la main de Winnie et la serra.

« Tu as l'air fatigué, chérie. Repose-toi, aujourd'hui. Ce travail de nuit n'est vraiment pas bon pour tes nerfs, de toute façon. »

Elle lui adressa un sourire pincé, rassurant brièvement Noah qui attrapa sa boîte à repas, tapota la tête de sa femme et quitta la maison.

Mais les nouvelles circulent vite dans l'Oklahoma, et bientôt, tout le monde était au courant des événements de Welch. Au cours des semaines qui suivirent, alors que les conjectures allaient bon train et que les avis de recherche apparaissaient partout en ville et sur les chaînes de télévision locales, Winnie se rendit compte, le cœur serré, que la voiture qu'elle avait aperçue était peut-être celle du ou des kidnappeurs de Lauria et Ashley. C'était la bonne heure, la bonne direction, et depuis le temps où elle vivait parmi ces routes de campagne, elle n'avait jamais rien vu de pareil.

Des années plus tard, Lorene Bible, qui n'avait jamais entendu parler de l'incident, découvrit l'existence de Winnie et partit à sa rencontre elle-même ; elle enquêtait sur tout ce qui touchait à la disparition de sa fille. Apparemment, Winnie et son père avaient appelé l'OSBI pour rapporter ce qu'elle avait vu. On leur avait promis plusieurs fois qu'un agent viendrait prendre sa déposition.

Quand j'interroge Nutter à ce sujet, le nom de Winnie ne lui dit rien.

« Je ne me souviens pas de ça », déclare-t-il.

D'après Lorene, personne n'avait recueilli le témoignage de Winnie, jusqu'à ce qu'elle alerte les enquêteurs elle-même en 2016.

23
Une autre voie

2016

Je passe une bonne partie de ma vie à investir tout le poids de mes émotions dans mes recherches sur une théorie avant d'être obligée de la délaisser pour une autre, au point que le nombre de suspects commence à me donner le vertige : depuis le milieu de la drogue de Wyandotte, où émergent des noms comme Chester Shadwick et Glover, jusqu'aux aveux du tueur en série présumé Jeremy Jones. Je suis tombée dans un océan de sang et, certains jours, j'ai l'impression de flotter sur le dos, m'efforçant de suivre les courants en gardant les yeux et les oreilles ouverts ; j'apprends peu à peu que lutter contre les marées entraîne des crises d'angoisse plus fréquentes. Et tous les aspects positifs que je me connaissais dérivent au fil de ces marées : ma santé mentale, en particulier. Mais Lorene navigue dans l'eau à mes côtés, à travers les os de l'hiver et la chair de l'été. Elle a passé des décennies à remonter des pistes, à aller chercher les faux espoirs qu'on lui jette pour les rapporter sans faute. C'est sa raison de vivre.

Les prairies demeurent vides, sans réponse, immuables.

« On avait l'impression que [le shérif] Sooter avait mis tous ses œufs dans le même panier, c'est-à-dire Jeremy Jones, m'explique Dwayne Vancil, qui faisait partie des nombreuses personnes à considérer Jones comme une solution de facilité, prisée par des enquêteurs impatients de clore l'affaire. Entre ça et Nutter qui ne fichait pas grand-chose, on n'a plus tellement avancé après Jones. L'affaire est restée en suspens. »

Le fait que Sooter n'ait eu aucune expérience dans la police avant d'être élu shérif ne plaisait pas à Dwayne :

« C'est comme si vous embauchiez un charpentier pour réparer votre voiture. »

« Tout a ralenti après Jones, reconnaît Lorene. Il y a eu d'autres pistes mineures, que notre famille a explorées. Mais, pendant onze ans, il ne s'est pas passé grand-chose. »

Discrètement, entre les phases les plus importantes de l'enquête, la famille Freeman avait officiellement déclaré Ashley morte en 2010. Cette décision découlait en grande partie du désir du père de Danny, Glenn Freeman, de récupérer le titre de propriété du terrain à Welch où il vit seul aujourd'hui. Ashley aurait dû en hériter à la mort de ses parents, mais comme les adolescentes demeuraient introuvables, les Freeman estimaient qu'ils devaient tourner la page.

Pour les Bible, il est hors de question de déclarer Lauria morte.

« L'espoir est tout ce qui nous reste », me dit sa cousine Lisa.

En 2016, une nouvelle génération travaille sur l'enquête, désormais dirigée par l'agent de l'OSBI Tammy Ferrari et Gary Stansill, l'enquêteur en chef du District 12, qui rassemble les comtés de Craig, Mayes et Rogers. Stansill s'intéresse de près à l'affaire depuis 2010, date à laquelle il a pris sa retraite de la police de Tulsa, où il avait atteint le grade de sergent et était responsable des brigades dédiées à la lutte contre les violences sexuelles et à la protection des mineurs. Ayant appris qu'un poste d'enquêteur pour le bureau du procureur s'était libéré, il a décidé de postuler. Dans un article pour le *Claremore Daily Progress* intitulé « De nouveau en selle », il explique que les crimes impliquant des enfants sont les plus durs : « Ce sont les plus difficiles à traiter, émotionnellement parlant. » Stansill semble avoir conscience que l'affaire Freeman-Bible requiert une attention particulière, le genre de mentalité qu'il a développée au fil de son travail avec les mineurs. Dans une interview pour le *Tulsa World*, il décrit l'énigme comme « quatre puzzles mélangés en une pile, où on nous demande d'en retrouver un seul ». Quiconque connaît l'affaire ne peut que partager son avis.

Aux yeux des Bible et des Freeman, l'enquête semble – enfin – être en de bonnes mains. Une nouvelle équipe. Une nouvelle saison. Une nouvelle direction pour les recherches, peut-être.

Lors de notre entretien, l'agent de l'OSBI Ferrari se montre honnête sur ce que l'affaire Bible-Freeman a de frustrant : la plupart des informations émanent de sources anonymes et sont si vagues qu'elles rendent toute enquête difficile.

Autre obstacle, les témoins vieillissent peu à peu ou décèdent, souvent à cause de la drogue.

« Je ne sais pas s'il faudra que quelqu'un fasse des aveux sur son lit de mort ou quoi, mais je suis décidée à résoudre cette affaire », me dit-elle.

Elle garde aussi l'espoir que les filles soient encore en vie.

« Je ne voudrais surtout pas qu'elles soient retenues prisonnières quelque part, Dieu nous en préserve, déclare-t-elle, faisant allusion à l'enlèvement d'Elizabeth Smart. Mais, si elles étaient en vie, ce serait merveilleux qu'on puisse les retrouver et les ramener à leur famille. C'est une issue possible, et c'est ce que j'espère. »

« Aujourd'hui, je sais que les filles sont mortes », me dit Lorene d'un ton détaché, dans les gradins où nous assistons au match de baseball de son petit-fils. « Vous espérez toujours que votre enfant finira par rentrer à la maison et que tout ira bien, mais, si ça n'arrive pas, il faut que je ramène les dépouilles des filles à la maison. »

Je connais désormais assez bien Lorene pour savoir qu'il n'y a rien de froid ni de distant dans sa détermination ; elle est réservée, prudente, et qui pourrait lui en vouloir ?

Je l'interroge sur les onze années qui se sont écoulées entre les aveux de Jeremy Jones et notre rencontre.

« Je fais simplement ce que je peux, répond-elle. J'étudie les pistes qu'on me donne. Je parle aux gens. J'écoute. »

En renfort de la nouvelle génération d'enquêteurs, les Bible ont créé une page Facebook intitulée « Find Lauria Bible-BBI ». Des informations y ont afflué presque aussitôt.

« Nous avons vu ça comme une nouvelle chance, une nouvelle façon de faire connaître l'affaire et de permettre aux gens de nous contacter, m'explique Lorene. C'est une autre voie. On explorera toutes les voies possibles pour aider à retrouver les filles. »

L'initiative a réussi à provoquer un regain d'intérêt pour l'enquête.

« La page a été créée en 2016, me raconte Lisa, qui aide Lorene à la gérer. Grâce à elle, l'affaire a pris beaucoup d'ampleur, elle a dépassé les frontières de la région des quatre États et atteint le monde entier. C'est particulièrement important pour les gens qui ne veulent pas s'adresser à la police. »

Elle m'explique qu'une partie des personnes qui se sont manifestées sur Facebook sont des témoins essentiels, dont les enquêteurs n'avaient fait aucun cas au lendemain de l'incendie.

L'un de ces témoins est Winnie, l'insomniaque installée au fin fond de la campagne, qui avait vu passer ce qui était probablement la voiture des kidnappeurs. Elle a contacté les Bible par Facebook en 2016.

« Il est fort possible qu'elle ait vu la voiture dans laquelle les filles ont été transportées, qui arrivait de Welch, où le mobile home des Freeman se trouvait, me dit Lorene. Je la crois. »

Lorene, la détective à tout faire qui n'a de cesse de retrouver sa fille, a rendu visite à Winnie pour recueillir son témoignage de vive voix. Convaincue que ses informations tenaient la route, elle a exigé que les nouveaux enquêteurs aillent prendre sa déposition.

C'est un schéma que je vois se reproduire tout au long de l'enquête : Lorene mène la charge, s'occupe de défricher le terrain avant que les autorités passent à l'action.

D'autres personnes qui commencent à s'exprimer préfèrent contacter la famille Bible par Facebook, car elles se méfient de la police. Lisa m'explique que bon nombre de leurs informateurs sont encore actifs dans le milieu de la drogue, et craignent d'être arrêtés.

« Les gens du coin savent que nous n'avons pas toujours fait confiance aux forces de l'ordre, alors ils se fient à nous automatiquement. On a annoncé il y a longtemps que tous les témoignages resteraient anonymes, et ça compte pour eux. Parfois, ces gens ont peur. »

Dans l'ensemble, les réseaux sociaux se sont révélés être « une aubaine ».

Dès la mise en ligne de la page, en janvier 2016, les informations ont surgi à flots, certaines fiables, d'autres clairement pas. À mesure que les Bible triaient la vérité de la fiction, ils ont constaté que les témoignages les plus sérieux et cohérents pointaient tous dans la direction de Chetopa, dans le Kansas.

« C'est une information donnée sur la page "Find Lauria Bible" qui a vraiment relancé l'affaire sur la piste de Chetopa », me dit Lisa.

La boucle semblait désormais bouclée, revenant à un habitant de Chetopa appelé Charles Krider, le meilleur ami de Danny, qui gardait son bétail dans la propriété des Freeman et passait régulièrement au mobile home pour fumer de l'herbe.

24
Chetopa

1999

Je suis de retour à la lisière de la propriété des Freeman, observant de l'extérieur le sommet d'une colline froide où le mobile home calciné forme une traînée noire sur un ciel de plomb. On est en 1999, et il n'y a pratiquement aucun signe de vie. Les chats de ferme sont perdus, le bétail d'un ami de la famille attend. Les éclats de rire autrefois émis par les filles ne sont même pas un souvenir ici. Je ne sais pas pourquoi ils me manquent.

Quelques jours seulement après l'incendie, un homme débraillé et fruste du nom de Charles Krider traversa en pick-up la ligne de démarcation entre le Kansas et l'Oklahoma. Il venait de Chetopa, juste au-dessus de la frontière, et se dirigeait vers Welch, juste en dessous. Il descendit jusqu'à la propriété des Freeman, où les restes d'une scène de crime entièrement désossée avaient été laissés sans surveillance. Le trajet ne différait pas de celui qu'il avait effectué des centaines de fois avant l'incendie, quand il rendait visite à son meilleur ami Danny Freeman avec un sac d'herbe.

En 1999, on trouvait une large piste incurvée vers le milieu de l'allée, qui donnait la possibilité de tourner à l'est en direction d'une grange bien avant d'avoir atteint la maison. Charles prit le virage à droite et continua sa route lentement, évitant le chemin qui passait près des ruines du mobile home. Les vieilles armes à feu que les familles avaient déposées dans l'herbe gisaient toujours là, désormais refroidies. Les suspensions du pick-up décrépit grinçaient chaque fois que Charles roulait dans une ornière, gardant les yeux braqués devant lui. À la demande de Dwayne Vancil, il était venu chercher les deux bovins que Danny avait gardés pour lui, comme il manquait de place sur son terrain de dix ares à Chetopa.

Charles souleva ses lunettes de soleil et scruta les pâturages à la recherche de ses vaches rouges. Ses doigts avaient la forme de cuillères et l'hiver avait gercé ses lèvres.

« Les voilà, maman vache et papa vache », dit-il en les repérant à l'autre bout de la propriété.

Près de la grange, Dwayne aida Charles à récupérer ses bêtes et à les faire monter dans une remorque accrochée au pick-up. Le demi-frère de Danny avait beaucoup entendu parler de Charlie, mais c'était la première fois qu'il le voyait. Ils échangèrent leurs numéros de téléphone.

« Il était un peu ému, avait les larmes aux yeux, me dit Dwayne. Mais ça paraissait forcé. »

Quelques jours plus tard, Dwayne retrouva Charles à Chetopa ; l'homme sortit de sa maison de Walnut Street pour discuter avec lui dans son pick-up.

« J'étais venu l'interroger sur ses trafics avec Danny, m'explique Dwayne. Je savais qu'ils cultivaient de la marijuana, mais seulement pour leur consommation personnelle. »

Charles et Danny s'étaient découvert un goût commun pour la fumette à l'époque où ils travaillaient pour une entreprise de soudure appelée Wiseda. Ils avaient fini par échanger des plants qu'ils avaient fait pousser chez eux, pour comparer leur qualité. Un jour, rentrant d'un séjour chez ses parents de Louisiane avec sa femme et ses deux enfants, Danny avait découvert que ses « pieds mères » étaient tous morts. Il avait sollicité l'aide de Charles, lui demandant de lui rendre une partie des plants femelles qu'il avait troqués avec lui.

« C'est comme ça qu'on s'est retrouvés à faire affaire », dit Charles.

« Je savais qu'ils avaient trafiqué ensemble par le passé », confirme Albert Lynn, le jeune homme avec qui Danny allait pêcher à la lance sur la rivière le soir.

Albert affirme n'avoir jamais rencontré Charles Krider, mais pense que, à l'époque de sa mort, Danny « menait sa propre affaire » sans lui.

Alors qu'il se targuait d'être le meilleur ami de Danny, Charles n'avait pas été considéré comme un suspect après les meurtres. Il avait reçu une brève visite de l'agent de l'OSBI Steve Nutter, après quoi il ne semblait plus avoir été mentionné dans l'affaire.

« Nous avons commencé à interroger certains collègues de Danny dans une entreprise de soudure », m'a raconté Nutter. Les ouvriers qui fabriquaient des machines pour les mines lui avaient tous conseillé d'aller voir Charles à Chetopa. « Il a coopéré. [Mais nous] n'avons jamais pu recueillir assez d'informations pour établir un mandat. »

Chetopa (dont le nom se prononce « chatopa ») est une drôle de petite ville, pétrie de « présages ruraux et de prophéties de basse-cour », pour reprendre l'expression d'un ami, un de ces patelins où tout le monde est au courant des moindres faits et gestes de ses voisins. L'atmosphère paraît de prime abord salubre, dans cette bourgade d'un millier d'habitants érigée au bord de la rivière Neosho, qui passe du Kansas à l'Oklahoma. Au fil des années, la plupart des résidents que j'interrogerai me parleront ouvertement du mal, mettant les actions des mauvais hommes sur le compte du diable et celles des bons sur celui de leur Maître et Sauveur.

« Si vous ne croyez pas à Jésus et au diable, attendez d'entendre les voix de ces filles disparues sortir de l'ancienne maison de Charlie Krider, me dit un habitant. Ça vous convertira. »

La vie s'écoule aussi lentement à cet endroit que dans la majorité des petites villes du cœur de l'Amérique, mais un soupçon de superstition s'y mêle à la ferveur religieuse, reposant sur la mince ligne blanche qui marque l'horizon infini de l'Oklahoma. Le folklore et les croyances sont largement partagés. Il ne faudrait surtout pas qu'un coq chante avant minuit, invoquant le mauvais temps, ou que la lune éclaire votre visage pendant votre sommeil, ce qui vous rendrait fou. Et c'est peut-être ce qui est arrivé à Chetopa. La pleine lune qui s'est levée sur la ville endormie a peut-être engendré des monstres.

Tout ce que je sais de l'apparence de Charles me vient de ses portraits d'identité judiciaires : un homme chauve avec une longue barbe hirsute aux reflets vert olive, qui tirent sur le blanc à mesure qu'ils se rapprochent de sa poitrine. Ses yeux marron contrastent avec son uniforme bleu de prisonnier, et il fixe l'objectif comme s'il savait très bien qui regardera ces photos à l'avenir.

Nous entamons une correspondance alors qu'il est en prison, et la plupart de nos échanges tournent autour de lui et de sa relation avec Danny.

« On est devenus bons amis à cause de notre intérêt commun pour la culture et la consommation d'une certaine plante que Dieu a créée et qu'on a utilisée, commence-t-il dans une de ses nombreuses lettres – comme on lit son courrier, il évite d'employer des termes compromettants. Je dirais que Danny Freeman était mon meilleur ami, puisque ça faisait des années que je les connaissais, lui et sa sympathique famille – ils faisaient partie des plus belles personnes que j'ai eu la chance de rencontrer au cours de ma vie. »

Comme Charles l'avoue lui-même, Danny et lui s'employaient à « marier les plantes mâles et les plantes femelles » de la marijuana. Il n'exprime pas le moindre regret à ce sujet.

« D'abord, les Freeman n'étaient pas mes voisins, me corrige-t-il. J'ai rencontré Danny Freeman quand je suis allé travailler pour une grande entreprise de soudure à Baxter Springs [dans le Kansas]. On y construisait de grands tombereaux pour l'industrie minière. Je travaillais de nuit, et [Danny] était un des contremaîtres de l'équipe de jour. »

Wiseda était l'un des endroits où Danny trouvait à s'embaucher quand les migraines causées par l'accident avec son fusil se dissipaient comme des nuages d'orage, juste assez longtemps pour qu'il essaye de gagner sa vie.

Charles parle en termes élogieux de son ami, et dit n'avoir connu Kathy et les enfants que de loin ; ils restaient assez souvent en arrière-plan.

« On fumait beaucoup, Danny et moi, mais il ne voulait pas le faire près des enfants. »

Il m'explique qu'Ashley et Shane étaient généralement à un match de l'école, ou avec leurs copains.

« Je venais tous les vendredis soir quand je savais que les enfants seraient absents, parfois le samedi. »

En dehors de ces rendez-vous habituels, Charles passait aussi parfois chez Danny en semaine pour jeter un œil aux bovins qu'il gardait dans sa propriété, équipé de son propre sac d'herbe, ciment de l'amitié entre les deux hommes. Mais il me laisse aussi entendre que, pendant les deux années précédant son meurtre, Danny avait commencé à prendre de la meth.

« Je ne vous mentirai jamais », m'assure-t-il dans une lettre.

Bien que le sujet revienne souvent, aucune trace de drogue n'avait été retrouvée sur la scène du crime à Welch, et parmi tous les proches de Danny avec lesquels je m'entretiens, Charles est le seul à affirmer avoir vu Danny consommer de la meth.

« Je suis prêt à mettre mon âme à nu, si vous cherchez seulement la vérité, la vraie », me dit-il.

D'après plusieurs sources, Danny et Charles possédaient tous les deux des plantations de belle taille.

« Danny cultivait de la marijuana à Welch, et Charles dans le Kansas, me dit Lorene. Comme ça, si l'un d'eux se faisait pincer, ça n'aurait pas d'impact sur la récolte entière, parce qu'ils étaient séparés par une frontière », ce qui aurait entraîné un conflit de compétence entre les deux juridictions.

Même s'ils vivaient dans des États différents, il n'y avait que dix à vingt minutes de route entre les deux hommes, ce qui en faisait quasiment des voisins, selon les critères de la campagne profonde.

Quand je demande à Charles s'il sait pourquoi les soupçons de l'OSBI se sont portés sur lui, il me répond que ce doit être à cause des déclarations faites à l'article de la mort par un certain David A. Pennington – un nom que j'ai entendu ici ou là pendant mon enquête dans le milieu de la drogue de Chetopa, mais que je ne connais pas plus que ça.

« L'OSBI est venu me voir il y a quelques mois, pour me dire que David Pennington était passé aux aveux avant de mourir », m'écrit Charles depuis la prison.

À l'en croire, ces aveux n'avaient donné aucun résultat.

« Je suis allé l'interroger avec un agent du FBI, le troisième jour, je crois, me dit Nutter, qui ajoute que ce premier entretien n'avait rien donné de concret. Mais je me suis de nouveau intéressé à lui quand il a été arrêté pour meurtre. »

C'est un après-midi enseveli sous la neige à Chetopa ; tout est étouffé et silencieux. Je suis la voiture d'un habitant du coin surnommé R.H. vers l'est de la ville, jusqu'à ce que nous nous arrêtions sur une route de campagne où un crépuscule doré spectaculaire se répand sur un ruisseau gelé et les hurlements glacés du vent d'ouest. Scrutant le cours d'eau depuis le pont, je parviens à distinguer les tréteaux en bois d'un vieux viaduc ferroviaire, envahi de lierre et de broussailles mortes. Ses dizaines de pieds sont longs et tordus, comme les dents de l'homme qui m'a amenée ici.

« C'est là que Charlie Krider s'est débarrassé du cadavre », me dit-il en tendant un ongle jauni.

Il se recule de quelques pas, toise le chemin de terre comme s'il lui avait joué un sale tour. Il s'appuie sur un panneau rendu illisible par la rouille et criblé d'impacts de balle.

« Je peux faire le guet, si vous voulez aller voir. »

Nous sommes quelque part entre les zones indéfinies à l'extérieur de Chetopa ; peut-être une ville fantôme, peut-être une bourgade non rattachée à une municipalité, mais qui reste anonyme. J'essaie d'imaginer le viaduc ferroviaire quand il était en activité et desservait Picher. Au lieu de cela, c'est à cet endroit que, il y a près de quinze ans jour pour jour, le corps à moitié dévêtu de Judith Shrum, âgée de cinquante-huit ans, a été découvert.

Plus tard dans la soirée, après avoir quitté le pont routier, je retrouve Karen Cook, la fille de Judith, et son mari James. Ils vivent dans les collines de blende de Wyandotte, à environ soixante kilomètres au sud-est de Chetopa. Il règne le genre de calme hivernal qui teinte l'obscurité d'un étrange bleu lunaire, et change le vent en un grain tranchant et un avertissement lugubre. Je suis venue écouter Karen évoquer ses souvenirs de sa mère et, en bonne ressortissante de Chetopa, elle me parle forcément des noix de pécan.

« On les ramassait un peu partout dans le jardin, et on les vendait pour avoir de l'argent de poche à Noël », se rappelle-t-elle.

Comme Lorene, elle sourit en m'entendant dire « pi-cane ». Rien d'étonnant à ça, puisque Chetopa est la capitale autoproclamée des noix de pécan et du poisson-chat dans le Kansas.

En 2004, Judith Shrum était dame de cantine dans une école de Chetopa où son assassin, Charles Krider, avait été élève puis avait travaillé en tant qu'agent d'entretien au milieu des années 1990. Veuve depuis que son mari avait été emporté par une crise cardiaque soudaine, un an auparavant, Judith était le genre de personne qui aimait les repas d'église et faire du crochet, et décorait sa maison d'étagères de bibelots soigneusement arrangés et époussetés.

« Elle adorait ses petits-enfants », me dit sa fille – Judith en avait deux.

Elle avait aussi l'âme d'une jeune femme, avec des cheveux blond-roux coupés court, des yeux bleu vif derrière des lunettes cerclées d'or et deux clous dorés brillant à chaque oreille.

« C'était une maman poule, toujours en train de s'occuper de quelqu'un. C'était sa nature, tout simplement. »

Mary, une de ses amies proches, veillait à lui rendre régulièrement visite depuis la mort de son mari. Le 19 janvier 2004, elle signala la disparition de Judith, après s'être présentée chez elle comme convenu sans que personne réponde à la porte ou au téléphone. La situation était étrange : la porte d'entrée était déverrouillée, et le portable et les clés de Judith étaient restés sur le plan de travail de la cuisine. Appelant son amie, Mary remonta le couloir, passant devant des photos de mariage et des portraits de Judith réalisés en studio, pour rejoindre sa chambre à coucher. Rien ne semblait avoir été dérangé, à l'exception de serviettes humides laissées par terre.

Craignant que le chagrin n'ait fait sombrer Judith dans la dépression, la police boucla son domicile et entama des recherches. Quatre jours plus tard, un jeune habitant de la région découvrit son corps à moitié nu dans le lit peu profond d'un ruisseau, à quinze kilomètres de là. Elle avait été étranglée.

Il ne fallut pas longtemps à la police de Chetopa pour désigner Charles Krider comme suspect principal : le commissaire lui-même l'avait vu passer en voiture dans la zone le soir de l'incident, et avait fait part de ses soupçons à ses collègues ; de l'ADN provenant d'un poil pubien retrouvé dans la douche de Judith achèverait de le compromettre. Pour sa part, Charles affirma avoir regardé un match de football américain chez un ami et être rentré chez lui avant 21 heures, puis être reparti à la chasse aux castors à 23 heures et avoir regagné son domicile à 2 heures du matin. Il déclara aussi qu'il louait ses services comme jardinier, et reconnut avoir travaillé chez Judith avant sa disparition.

Il fut déclaré coupable d'homicide volontaire.

Avant même le meurtre de Judith, les habitants et les commerçants de la ville trouvaient Charles « pas banal » et « bizarre », comme me le disent quelques passants. J'ai pris l'habitude d'interroger tous les gens que je croise dans ces petites villes dédaignées du centre des États-Unis – caissiers, clients de restaurant, voisins –, et plusieurs personnes me rapportent qu'on voyait souvent Charles se promener dehors en plein milieu de la nuit, vêtu d'une salopette et rien d'autre. Certains de ses collègues à l'entreprise de soudure me racontent qu'on l'avait surpris plus d'une fois à se masturber au travail.

« Quand ce genre de type passe par là, on retient son souffle en priant pour qu'il ne nous remarque pas », me dit un homme.

Charles semble cependant issu d'une bonne famille chrétienne, composée d'un frère qui a réussi, d'une mère désormais âgée de plus de quatre-vingts ans et d'un père qui avait été directeur d'une usine de charbon locale avant sa mort.

« Faites très attention quand vous posez des questions [à Chetopa] », m'écrit Charles depuis la prison.

Même si nous restons en contact plusieurs années, il ne me révèle pas toutes ses cartes.

« Il y a des gens là-bas qui sont liés [aux meurtriers], dont je ne parlerai pas avant d'avoir été relâché. Il ne faut surtout pas s'y frotter. Il y a des gens qu'on a retrouvés assassinés dans des granges et des vieux silos ; et ça, c'est ceux qu'on a retrouvés. »

En m'entretenant avec Charles, j'ai enfin l'impression que mon enquête avance. Malgré son ton vague et ses déclarations en demi-teinte, j'ai l'intuition, le pressentiment que peut-être, ne serait-ce que pour la première fois, je suis sur la bonne piste ; que la famille est sur la bonne piste. Mais quand j'interroge Lorene sur ses propres intuitions, elle se montre aussi stoïque qu'à l'ordinaire, soutenant encore et toujours qu'il ne s'agit que d'une voie de plus à explorer. « Un jour de plus où je cherche ma fille. »

« Il y a des vieux puits et des cheminées d'aération dans les mines, et je crois qu'*ils* s'en servent depuis des années pour se débarrasser de certaines choses, me dit Charles, faisant allusion aux hommes dont il refuse de parler. Vous ne voulez pas croiser *ces gens-là*. »

Au fil de ses lettres, il ne cesse de me promettre des informations cruciales, des révélations sur l'identité des tueurs et tous les secrets inavouables de Chetopa.

« Ça devra attendre que je sorte », m'écrit-il, inquiet pour sa mère âgée, qui doit continuer à vivre en ville.

25

Les fouilles à Walnut Street

« Allez à l'ancienne maison de Charlie Krider et regardez dans le puits. »

C'est un renseignement anonyme on ne peut plus succinct, laissé sur la page Facebook des Bible ; mais il attire l'attention de Lorene, qui n'a pas entendu ce nom depuis le meurtre de Judith Shrum. Nous sommes à l'hiver 2016, et ces mots provoquent le premier véritable regain d'activité dans l'affaire depuis les faux aveux de Jeremy Jones dans le couloir de la mort en Alabama, plus d'une décennie auparavant. Lorene refuse de dévoiler l'identité de l'informateur, que ce soit à moi ou à la police. Impossible de la lui soutirer.

« Je suis allée voir le puits de Krider, me dit-elle. Une fois que je l'ai trouvé, j'ai transmis l'info aux enquêteurs. Je ne leur ai pas dit qui me l'avait donnée, mais, qu'ils m'aident ou pas, j'allais faire des recherches. »

Une fois de plus, Lorene prend l'enquête en main. C'est une seconde nature chez elle ; jamais une plainte.

À l'époque du meurtre des Freeman, en 1999, Charles Krider vivait dans un grand corps de ferme d'un étage près du centre-ville de Chetopa. C'était un bâtiment dans le style traditionnel du Midwest, avec un bardage en bois à la peinture blanche écaillée teintée d'un très léger violet couleur digitale, et l'une des plus anciennes demeures de la ville, entourée de maisons plus petites qui semblaient intimidées par sa stature. On l'avait vendue peu après l'arrestation de Charles, puis, une nuit, les habitants de Chetopa l'avaient regardée partir en fumée depuis leurs jardins, plongeant le reste de la bourgade dans les ténèbres. Les flammes étaient si hautes et éclatantes qu'on aurait pu les distinguer depuis les villes fantômes environnantes, si des vivants les avaient occupées. Après une brève enquête, on avait conclu qu'il s'agissait d'un incendie accidentel d'origine électrique, et l'affaire avait été close.

En 2016, il ne restait plus rien de la propriété qui faisait l'angle de la rue et occupait la profondeur d'un pâté de maisons. On ne voyait sur la parcelle vide qu'une petite cabane jaune où le nouveau propriétaire rangeait du matériel et, à l'autre bout, une grande dalle carrée en béton. En dessous, un puits tapissé de briques, si étroit qu'il aurait fallu démembrer les cadavres des filles pour les cacher à l'intérieur.

Le 15 janvier, les pelleteuses se tenaient prêtes à passer à l'action, en compagnie d'un large groupe composé de représentants de deux États : le shérif du comté de Labette, dans le Kansas ; un inspecteur du même comté ; le commissaire de police de Chetopa ; deux employés du bureau du procureur du District 12 et l'enquêteur en chef du district, Gary Stansill ; l'agent de l'OSBI

Tammy Ferrari ; et deux anthropologues du service de médecine légale. Un chapiteau bleu avait été monté. Autour d'eux, le sol était jonché de feuilles mouillées et collantes, et dégageait une odeur pénétrante de terre après la pluie. Pour la première fois en plus d'une décennie, depuis les fouilles infructueuses de Galena provoquées par Jeremy Jones, les familles Freeman et Bible étaient réunies, mues par ce même espoir qui les avait alliées dès le départ : trouver les filles et les ramener à la maison.

La perquisition avait suscité une nouvelle vague d'intérêt médiatique, au-delà de la poignée de reporters qui suivaient fidèlement les Bible depuis le début de l'enquête. Les spectateurs se rassemblaient, tous vêtus de polaires de couleur à l'exception de Lorene qui portait du noir, agglutinés autour d'un petit écran qui diffusait des images en direct pendant que les enquêteurs manœuvraient ce que le *Parsons Sun*, un journal local, décrirait comme « une longue perche télescopique, semblable à un piquet de tente de camping », à laquelle on avait attaché une caméra sous-marine pour explorer le fond du puits qui avait appartenu à Charles Krider. Se déplaçant prudemment dans l'eau noire, l'appareil effleura les parois jusqu'à atteindre une base de béton, trois mètres cinquante plus bas. Les enquêteurs remuèrent lentement les cinq ou six centimètres de sédiment, espérant capter ne serait-ce que le moindre indice : un bout de vêtement, une bague, peut-être un os.

À la déception de l'assistance, autant qu'à son soulagement, les fouilles de trois heures ne produisirent aucun résultat.

Bon, et maintenant ? se rappelle avoir pensé Lorene. *Cette info n'a rien donné, alors qu'est-ce qu'on fait ?*

Mais, à l'insu du public, les recherches dans la propriété de Charles Krider semblaient avoir ouvert la porte à un flot de nouvelles pistes. Des gens faisaient signe à Lorene dans la rue, ou chargeaient des tiers de transmettre des messages aux proches des victimes qui s'attardaient encore à Chetopa.

« Des témoins surgissaient de partout, pour discuter de l'endroit où les cadavres des filles se trouvaient », me raconte Lorene.

Le silence collectif impénétrable de Chetopa avait commencé à s'effriter ; des habitants se manifestaient pour partager ce qu'ils avaient entendu, ce qu'ils avaient vu.

« Ils parlaient de Charles Krider et d'autres fabricants et dealers de meth de la région, comme un certain Phil Welch, m'explique Lorene, évoquant le fabricant de meth dévot qui avait vécu à Chetopa, mais concoctait ses produits dans un mobile home à Picher à l'époque du meurtre des Freeman. Et de deux de ses amis, Ronnie Busick et David Pennington. »

On racontait que les deux hommes, qui avaient grandi juste là, à Chetopa, suivaient Phil Welch partout où il allait. Soudain, les familles avaient été inondées d'informations.

À l'arrivée de l'été, j'ai pris connaissance des rumeurs qui ont commencé à circuler après l'exploration du puits – l'une d'elles affirme que Charles n'a pas caché les filles à cet endroit, mais sous la cave de ce qui était autrefois sa maison. Là, dans l'herbe jaunie, je distingue le carré laissé par l'incendie. En 2013, la personne qui avait acheté la propriété avait fait venir des bulldozers pour pousser dans la cave ce qui restait du bâtiment – toutes les parties calcinées, les meubles et les gravats –, puis combler cette décharge avec de la terre.

Le propriétaire actuel, et plusieurs autres personnes, évoquent constamment la dalle de béton carrée qui est censée se trouver sur le sol en ciment. De nombreux habitants de Chetopa pensent que les ossements des adolescentes gisent en dessous, mais il ne s'agit peut-être que d'un des bruits qui peuvent courir dans les petites villes de ce genre. Je n'ai pas grand-chose sur quoi me baser, pas de photos du sol de la cave, mais comme un témoignage anonyme après l'autre vient conforter cette théorie, l'envie me prend de mener de nouvelles fouilles dans la propriété de Krider, bien que les enquêteurs jugent cette piste peu fiable – à raison. Je déteste l'idée de ne jamais être fixée, et, dans mon ardeur, j'embauche un homme du coin avec une pelleteuse pour creuser là où personne n'a pris la peine de le faire. Accompagnée d'un cameraman que j'ai personnellement recruté à Brooklyn pour m'aider dans le Midwest, je contacte les autorités du Kansas et toutes les personnes nécessaires pour m'assurer que nous ne risquons pas d'endommager des canalisations et câbles enterrés. Mais c'est cette décision qui conduit l'OSBI à rompre tout contact avec moi, ce que je déplore. Même si je me rends compte avec le recul qu'il s'agissait probablement d'une initiative imprudente, uniquement motivée par mon caractère impulsif, je ne peux pas dire que je regrette entièrement d'avoir organisé ces recherches.

Jusqu'à la publication de ce livre, Charles Krider ignorera que ces fouilles étaient mon idée.

Pendant que les ouvriers entreprennent de creuser au cœur de Chetopa, ce qui leur prend la majeure partie de la journée, le cameraman et moi décidons d'envoyer nos propres caméras sous-marines dans le puits. Je me rappelle encore la sensation que j'ai éprouvée en me couchant sur le ventre, tête baissée vers le puits, tandis que le père de Lauria Bible, Jay, se tenait au-dessus de moi au cas où nous trouverions la dépouille de sa fille dans l'eau noire. Nous partageons notre attention entre les échos de nos voix dans le puits et un petit écran, pendant que le cameraman dirige les mouvements de la caméra comme un chirurgien, la faisant entrer et sortir de l'eau. Après cela, quand nous regardons les images, je trouve perturbant d'essayer d'inspecter chaque particule qui passe en flottant et d'entendre le son étouffé de nos voix sous l'eau. Est-ce le sort qu'Ashley et Lauria ont connu ?

Comme les enquêteurs avant nous, nous ne trouvons rien.

Les gens et les objets qui m'entourent bougent au rythme de mes battements de cœur, et des ombres noires jaillissent à la périphérie de mon champ de vision. Chacun des quarante degrés accélère mon pouls, et je n'arrive pas à faire la différence entre les bruits des sauterelles, les serpents dans les arbres et les bruits du soleil.

Hypersensibilité. Je lève les yeux vers les ormes qui bruissent, subjuguée par la lumière blanche aveuglante qui transperce les feuilles comme un million de petits yeux aux aguets. Je peux entendre la chaleur et sentir le goût de l'eau noire que la pelleteuse écope dans la cave rien qu'en les regardant. Tandis que la famille Bible attend près de là, le bras de la machine creuse pendant ce qui semble durer des jours, et Lisa, la cousine de Lauria, serre une croix en argent sur sa poitrine. Nous prions tous en silence aujourd'hui. Ensemble, nous regardons la pelleteuse racler et vrombir sous l'eau couleur d'encre, alors que des habitants du coin arrivent avec leurs propres pompes à eau pour la drainer. À chaque mouvement, le bras de la machine déterre de vieux paniers, un rideau de douche, parfois une chaussure ou un pantalon. De grands tas de boue et de verre sont exhumés et largués sur l'herbe, où nous cherchons des réponses avec nos mains et le bout de nos bottes, en prenant garde aux tessons. Et quand nous commençons à nous demander si nous atteindrons le fond un jour, elle apparaît : la dalle de béton, dont je n'étais même pas convaincue de l'existence jusqu'alors.

« De l'extérieur, les gens peuvent avoir l'impression qu'on traverse toutes sortes d'émotions fortes, mais ce n'est pas mon ressenti », me confie Lorene Bible, qui est capable de passer à une nouvelle piste aussi vite qu'elle s'est focalisée sur la première.

Même si une partie de moi meurt d'impatience de fuir Chetopa, une autre partie n'arrive pas à détourner les yeux du trou béant dans la terre, tandis que je contemple la cave d'un meurtrier avéré. Quelque chose me dit que c'est là que je dois être. Malgré l'anxiété, les crises d'angoisse, la chaleur étouffante et le danger palpable, quelque chose ne cesse de m'attirer à cet endroit.

Les Bible ont reçu un témoignage anonyme après l'autre, et tous contenaient le même message : ce que vous voulez savoir se trouve juste là, à Chetopa.

26
Renouveau

1999

En 1999, les vapeurs de la meth dérivaient au-dessus des plaines. Il était tôt, et les étoiles du matin brillaient sur l'aube qui se levait. C'était peut-être à Picher. C'était peut-être à Chetopa. Personne n'en est sûr aujourd'hui, mais, dans cette partie du monde, la vie est divisée en deux : ciels impitoyables en haut et ecchymoses en bas, boue et violettes des prairies. Une balafre tracée au milieu, l'horizon, contenait des hommes sans mères, ceux-là mêmes que les détectives privés avaient trouvés dans les ruines de Picher. À leur tête : Phil Welch, originaire d'Erie, dans le Kansas, le fanatique religieux découvert à la lisière d'une ville fantôme. C'était l'un des nombreux mobile homes où Phil délivrait ses sermons, où la mémoire était courte et les souffrances longues. Encore punaisé à un mur, un avis de recherche montrant les portraits d'Ashley et Lauria.

Il n'y a plus rien ici désormais, mais si je reste sur ce terrain herbeux assez longtemps, peu importe à quel endroit, je peux entendre l'hymne

« Old Rugged Cross » et un sermon qui dure depuis trois jours. À Picher, le mobile home de Phil Welch a été rasé ou emporté par une tornade de niveau EF4. À la périphérie de Chetopa, sa maison a été frappée par la foudre et réduite en cendres.

« Il n'y avait pas plus mauvais que cet homme-là », déclare R.H., qui m'a conduite sur les lieux où Charles Krider s'était débarrassé du cadavre d'une dame de cantine.

Chetopa est une ville où tout le monde se connaît, et R.H. connaissait tous ces hommes.

« [Phil Welch] avait attaché une de ses petites amies par les poignets dans sa penderie, et il la fouettait avec son ceinturon, encore et encore, me raconte-t-il. Elle hurlait, et Phil m'a dit : "Ne fais pas attention à elle. Cette garce adore ça." »

Welch se prenait pour un authentique pasteur, et avait exigé que le plafond de son salon soit voûté, plutôt que plat comme dans les autres pièces.

« Il disait que ça ferait une bonne chapelle, expliquait son propriétaire dans le *Tulsa World*. Il passait toujours du gospel. Toujours. »

« Il pouvait parler pendant des jours quand il planait, me raconte un parent de Phil. Et il était intelligent ; on avait l'impression que tout ce qu'il disait s'approchait de quelque chose de profond. »

Ses divagations ne reposaient que sur du vent. Malgré tout, on ne pouvait nier que Phil subjuguait sa petite clique de fidèles, dont deux hommes appelés David Pennington et Ronnie Busick.

Phil Welch paraissait toujours se maintenir au sommet de la hiérarchie, ne s'entourant que de gens qu'il pouvait dominer, ce qui était le cas de presque tout le monde ; car il n'avait peur de rien ni de personne. La majorité des témoins avec lesquels je m'entretiens, dont une parente du nom de Rhonda, se remémore des histoires épouvantables sur la famille de Welch : la femme qu'il battait et les quatre enfants qu'ils avaient eus ensemble. Ce sont des récits peuplés d'aiguillons et de fouets à bestiaux, d'abus sexuels sur ses enfants biologiques. Il établissait des règles intenables, dont ses proches n'avaient pas conscience. Si l'un d'eux mangeait une part de pizza que Phil s'était réservée par-devers lui, il récoltait le fouet et passait la nuit dehors ; si sa femme servait du beurre au dîner qui n'était pas fondu comme il le souhaitait, il lui écrasait les doigts un par un au marteau.

J'apprends qu'un de ses voisins était policier, qu'il entendait les coups et avait observé le trafic de meth pendant des années. Quand je lui demande pourquoi il n'avait rien fait, il me répond :

« Je suis désolé. J'avais une femme et des enfants. »

Même la loi avait peur de Phil Welch.

« Quand il se mettait en colère, ça durait des heures et des heures, toute la nuit », me dit Rhonda. Elle m'explique aussi que Phil incitait ses enfants à battre un jeune voisin handicapé mental, s'ils ne voulaient pas recevoir une correction eux-mêmes. « Il trouvait ça hilarant. »

Des années avant le meurtre des Freeman, Welch était déjà fabricant de meth et dealer, peut-être l'un des premiers du Midwest.

« Il s'enfermait des heures dans la grange [où il fabriquait de la drogue]. Puis il revenait en saignant du nez et se lançait dans un sermon qui durait des jours. Des jours, je vous jure. Et on ne pouvait pas caser un mot. »

On me raconte d'innombrables histoires atroces.

Il n'était pas difficile de comprendre comment un homme qui s'arrogeait un tel pouvoir avait pu convaincre des gens comme Pennington et Busick de le suivre à la trace.

David Pennington et Ronnie Busick étaient plutôt du type malfrats, élevés sous le regard désapprobateur de voisins déçus qui ne s'attendaient à rien de bon de la part de ces garçons, des garçons sans le sou, des garçons avec des pères en colère et des mères absentes. Les gens de la région savaient que, lorsque Pennington et Busick arrivaient dans un bar, il valait mieux s'asseoir à l'autre bout de la pièce et éviter de croiser leur regard.

« Je savais qu'ils étaient dangereux, me dit un habitant du coin. Mais, si on leur fichait la paix, ils nous fichaient la paix aussi. »

« Je ne les regardais jamais en face, me dit un autre. Je baissais la tête quand je les voyais passer en voiture. »

Aujourd'hui, les gens parlent de ces hommes comme on parlerait d'animaux sauvages, et il faut dire qu'ils en avaient l'apparence. Ronnie, au teint plus clair, avait un regard fou et des cheveux poivre et sel en pétard, tandis que David était le genre de jeune type maigre, crasseux et hébété avec des vêtements jamais à sa taille. Tous deux avaient une longue liste d'inculpations à leur actif, principalement pour trafic de drogue et violences conjugales.

Chetopa était une de ces villes qui s'éteignaient la nuit, même s'il n'était pas rare de voir des gens comme Welch, Busick, Pennington ou n'importe quel junkie de la région sortir en pick-up pour voler du bétail et des balles de foin. Même si les agriculteurs connaissaient les coupables, pas un n'osait tenir tête à Phil.

« Voilà ce qu'il faut faire si un de ces fermiers sort son flingue, avait raconté Welch à plusieurs personnes, avant de se lancer dans une démonstration. Il n'y a rien de mieux que de voir l'expression d'un homme qu'on vient de désarmer. Le pouvoir. C'est ça, le pouvoir. »

Quand il était shooté, Phil émettait un bruit de succion entre chaque phrase.

Je repense à l'un des détails les moins étudiés du meurtre des Freeman : la clavicule de Danny, brisée juste avant sa mort, selon le médecin légiste. Était-il possible que Phil Welch ait désarmé Danny ?

Pennington et Busick écoutaient Welch avec une concentration exacerbée par la meth, le craignant peut-être trop pour ne pas lui prêter attention. Les trois hommes se rassemblaient autour de la cuisinière pour concocter une nouvelle fournée de meth pendant que Phil discourait sur le sujet qui l'occupait, déblatérant à s'en casser la voix. Il s'agissait souvent de passages des Saintes Écritures, ce qu'il appelait fermement « l'église ». Et Pennington et Busick, qui affirmaient révérer le Seigneur, hochaient la tête, s'efforçant de distinguer les paroles de Phil au milieu du gospel qu'il passait jour après jour. Jusqu'à ce que Welch se tourne vers eux avec ce regard noir, intense, et leur mette sous le nez des lignes de meth comme une offrande, sans cesser de déclamer des extraits de la Bible sortis de leur contexte et déformés. Ensemble, ils se droguaient.

« Il disait quelque chose comme : "Que ses zébrures vous guérissent", m'explique Rhonda. Et puis il fouettait un des gamins avec une badine. »

Les enfants de Phil, désormais adultes, arborent encore sur leur dos et leurs jambes les brûlures et cicatrices laissées par ses sévices.

Un autre membre de la famille me raconte qu'une fois, il avait vu Phil Welch étrangler son fils de douze ans au fond d'une baignoire jusqu'à ce qu'il perde connaissance. Puis il avait soulevé le corps dégoulinant et presque sans vie du garçon pour l'allonger sur le sol, où il avait passé quelques minutes à le ranimer. Quand l'enfant avait fini par revenir à lui, Phil avait approché son visage du sien pour lui dire :

« Tu sais ce que ça fait de mourir, maintenant. »

Alors que les trois hommes s'envoyaient une dose et accueillaient une version dénaturée du Christ dans leur cœur inexistant, un jeune garçon arriva.

« Quand Phil vous criait de venir voir, vous y alliez tout de suite, croyez-moi », me dit un de ses parents.

Le garçon, R.E., était le fils d'une des petites amies de Pennington. Il entra dans la cuisine, où les hommes étaient regroupés autour d'un petit tas de Polaroid.

« Tu veux voir un truc ? » demanda Ronnie au gamin, avant de jeter un coup d'œil à Welch pour jauger sa réaction ; il parut approuver.

À côté de lui, Pennington gloussa. Busick donna une taloche sur la nuque du garçon, l'attrapa par la peau du cou et lui colla le nez sur les photos.

« On les a eues, dit Welch. On les a bien eues, hein ? »

Les photographies montaient Phil couché à côté de deux de ses victimes, bâillonnées et ligotées à des chaises.

« Je me souviens de cet aspect-là de Phil », me dit Rhonda.

Certains affirment qu'il aimait prendre des photos, même de ses propres enfants, qu'il forçait parfois à rester debout nus dans le salon pour les humilier. Parfois, il allait jusqu'à déchirer leurs vêtements avec un couteau. Quand les membres de sa famille s'habillaient, il surgissait de derrière une porte et les photographiait nus avant de s'enfuir, hilare.

Le garçon, R.E., ferma les yeux quand on lui mit les Polaroid en pleine figure, comme un chien dont on colle le museau dans la merde. Les photos montraient Lauria Bible et Ashley Freeman plusieurs jours après l'incendie.

Et elles étaient en vie.

27

« Quelque chose ronge cet endroit »

Plus d'un an s'est écoulé depuis les fouilles infructueuses dans le puits et la cave de Charlie Krider à Chetopa. Je passe plusieurs mois sur les rives du Grand Lac des Cherokees. Des pontons flottants bordent l'eau, et l'odeur constante de poudre noire dans l'air finit par me paraître agréable quand je prends des notes ou transcris des interviews dans un hamac. Je regarde les saisons changer et les collines distiller de la fumée de feu de camp. Je mens sur mon identité à mes voisins, passe une heure ici ou là à jouer sur des machines à sous ou apprendre à cuisiner au feu de bois, jusqu'à ce que l'hiver arrive et que les nuits rallongent.

Alors que l'heure des comptes approche, je me débats avec les ténèbres comme un chien avec un os. Dans mes efforts pour comprendre ce monde, les gens qui constituent ces communautés et la terreur qui rôde en périphérie de leur vie, je m'entretiens avec des personnes violées dans leur enfance qui sont maintenant adultes et abandonnées à la drogue, des toxicomanes au visage défiguré à coups de couteau pour une histoire de dette. Une personne m'appelle au milieu de la nuit et se contente de respirer au bout du fil. Et cela n'a peut-être rien d'inquiétant aux yeux des gens normaux, mais, dans ma tête, je suis enchaînée à un lit, écoutant le ressac, le souffle de l'obscurité.

Un texto envoyé par un informateur me dit de « ficher le camp tout de suite ». L'affolement m'envahit quand mon mari, terre à terre et placide, commence à tirer tous les stores de la maison et faire nos valises. Alors qu'un store se ferme, j'aperçois l'ombre d'une silhouette dehors.

« Je me tire d'ici ! crie-t-il.

— Je. N'ai. Pas. Fini ! »

J'appelle Lorene Bible, arrivant à peine à respirer, en pleine crise d'angoisse. Lorene a l'habitude des personnages que j'ai appris à craindre et, ce soir-là, elle m'écoute patiemment, m'apaise.

« Mettez-vous dans une chambre, me dit-elle. Vous restez loin des fenêtres. Vous respirez un bon coup. Ensuite, vous raccrochez et appelez le shérif. »

Elle passe un long moment à me rassurer, jusqu'à ce que la panique reflue.

Pour la première fois, tandis que j'écoute ses paroles de réconfort maternel, au lieu d'essayer de voir Lauria à travers les yeux de Lorene, je vois enfin Lorene à travers ceux de Lauria. C'est le fil rouge sang qui empêche cette histoire de se déliter, et il s'appelle mère.

Le lendemain matin, alors que nous patientons dans un aéroport du nord-ouest de l'Arkansas, on nous annonce que notre vol a été annulé. Le suivant aussi. Puis notre correspondance de New York à Dublin est annulée à son tour, à cause d'une tempête. Il semble que quelque chose me retienne dans l'Oklahoma.

Je reste donc, nuits remplies d'angoisse, parfois une étoile filante. Et, tandis que la mort et le désespoir m'occupent l'esprit, je ne peux nier la beauté cramoisie de l'Oklahoma, ses ciels rouges massacrés et la façon dont le blé vous permet de voir le vent. C'est dans ces moments de calme relatif, lorsque je contemple ces tableaux spectaculaires du Midwest, que je prends le temps de réfléchir aux vies de Lauria et des Freeman et que ma résolution s'affermit. Il faut que je raconte l'histoire des filles.

J'essaie de me raccrocher à ce sentiment de détermination et d'assurance quand, en 2017, je prends la route du Nord avec mes paumes poisseuses pour retrouver Charles Krider à Chetopa, peu après sa sortie de prison. Le mois de septembre se cramponne à la touffeur de l'été, l'air est épais, tournoyant lentement comme de la mélasse. Des agriculteurs récoltent des noix de pécan dans la brume chaude de l'aube, qui s'attarde juste au-dessus du sol. Ils entrent et sortent des bosquets d'arbres tordus, armés de seaux, flottant comme des fantômes.

À cette période de l'année, j'entends les noix s'abattre par terre comme des doigts qui tambourinent nerveusement en attente d'une brise fraîche. Beaucoup d'habitants de la région se rappellent s'être coiffés de bidons métalliques étant enfants, pour écouter le martèlement des pacaniers sur leurs casques de fortune. Chaque souvenir s'accompagne d'un sourire et d'anecdotes sur les vieilles traditions de récolte de grands-parents décédés. Dans le Kansas, la tradition est essentielle, et la nostalgie tend à être plus indulgente que l'histoire ne le permettrait.

J'envoie un « s'il devait m'arriver quelque chose » à ma sœur en guise de précaution.

Charles est en liberté conditionnelle et ne peut pas sortir des frontières de l'État. Nous nous sommes donné rendez-vous au Veterans Park de Chetopa, au bord de la rivière Neosho, peuplé de tables de pique-nique et de tentes. Quand je me gare, je constate qu'il est déjà là. L'angoisse me donne le vertige, mais, même si tous mes membres me démangent et que mon ventre se tord à m'en faire hurler de douleur, j'ai appris quelques astuces au cours de l'année passée qui me font l'effet de petits bouts d'armure.

Utiliser le stylo d'un hôtel où je ne séjourne pas.

Enlever mon alliance et ma bague de fiançailles une heure avant pour que les marques ne se voient plus.

Toujours avoir une stratégie de repli.

Après un an de lettres envoyées à la prison, puis de coups de fil et de textos, je passe les heures suivantes à discuter avec Charles Krider, en chair et en os.

Son apparence est plus soignée que sur ses photos d'identité judiciaire : alors que sa barbe était hirsute et décolorée à l'époque, elle est maintenant bien taillée, avec des reflets blonds et roux. Charles est calme et disposé à parler, mais a tendance à se lancer dans des diatribes accusatrices sur la plupart des choses qui ont mal tourné dans sa vie.

« C'est mon ex-femme qui a organisé ces fouilles », dit-il à propos de la seconde enquête dans sa propriété, à laquelle j'ai participé sans qu'il le sache.

Ou alors il est au courant et me mène en bateau. Je parviens à rester impassible.

« Elle en a toujours après moi », poursuit-il.

En réalité, les fouilles menées en 2016 chez Charles Krider ont abouti à une impasse : il n'y avait rien sous la dalle de béton de la cave, à part de la terre tassée. Comme je commence à m'en apercevoir dans cette affaire, les fausses pistes fréquentes et convaincantes ramènent souvent à la case départ.

« On passe à autre chose », dit Lorene.

Mais l'attention portée à Chetopa continue d'avoir des retombées manifestes, et tandis que de plus en plus d'habitants de la région contactent les Bible *via* leur page Facebook, le viseur des deux familles, et le mien, reste braqué là, sur le coin sud-est du Kansas.

« Quelque chose ronge cet endroit », dit Charles, assis en face de moi à une table de pique-nique.

Il porte des lunettes de soleil effet miroir, qui me donnent l'impression de m'adresser à mon propre reflet. J'essaie de me concentrer sur ses paroles, tout en me rappelant d'inspirer profondément. Comme toute personne souffrant de crises d'angoisse l'attestera, respirer trop vite sans le vouloir peut provoquer la sensation d'être au bord de l'évanouissement, et je n'ai pas l'intention de tomber dans les pommes devant un meurtrier avéré.

« Les gens ont des secrets, ici. »

Charles s'exprime également mieux que ses e-mails ne me l'avaient laissé supposer ; en personne, sa voix est rauque, différente de celle que je lui avais attribuée en lisant ses mots. Ses avant-bras sont musculeux et forts, de cette dureté de prisonnier forgée par l'amertume et le temps. Pendant notre correspondance, je l'avais imaginé corpulent, et je passe la première partie de l'entretien à réajuster ma vision de cet homme. Malgré tout ce qu'on a pu m'en dire, il ne me paraît jamais « étrange » durant notre conversation dans le parc, et se montre respectueux et aimable, s'excusant les rares fois où un juron lui échappe. Avant ce jour, il n'était guère plus dans mon esprit qu'un amalgame de tous les racontars et commérages que j'avais intégrés en discutant avec les gens des environs, mais il me surprend. J'ai pris l'habitude du stoïcisme et de la réserve communs aux habitants de la région, et Charles ne fait pas exception à la règle : il ne sourit jamais, ne manifeste aucune émotion.

Parlant longuement de Danny Freeman, nous abordons la crainte que les agents du CCSO lui inspiraient dans les années 1990.

« S'ils l'avaient traité comme un être humain digne de ce nom…, commence Charles, avant de revenir sur sa pensée. Je suis sûr qu'ils le traitaient différemment à cause de la situation [à Welch]. Je suis assez certain qu'ils savaient ce que [Danny] trafiquait, mais ils étaient si pourris qu'ils ne savaient pas quelles informations il avait sur eux, lui. »

Charles me raconte que, après la mort de son fils, Danny avait été terrassé par le chagrin ; quand il lui rendait visite pour fumer, il ne faisait que parler du rapport d'autopsie de Shane et du procès qu'il voulait intenter au comté. Charles et moi émettons l'hypothèse que Danny aurait peut-être renoncé à ces poursuites, s'il n'avait pas été persuadé que la police essayait d'étouffer l'affaire – qu'un *mea culpa* de la part du bureau du shérif aurait pu l'amadouer et éviter le conflit qui avait suivi, même si l'agent responsable, David Hayes, avait bien respecté la loi.

« Peut-être que, dans ce cas, il n'en serait pas arrivé à vouloir tuer n'importe qui. »

Charles m'avoue que Danny lui avait demandé de lui servir de chauffeur quand il irait abattre David Hayes.

« S'il ne m'avait pas dit ce qu'il voulait faire, je l'aurais emmené n'importe où, mais maintenant que je savais qu'il allait tuer cet homme… J'ai répondu : "Pas question. Si seulement tu ne m'avais rien dit, Danny…" »

Nous passons la matinée à discuter des trafics de drogue dans la région, jusqu'à ce que je me sente assez à l'aise pour ramener la conversation sur le sujet qui m'intéresse vraiment, les renseignements que Charles m'a promis : l'identité des hommes qu'il avait refusé de révéler en prison.

En particulier, je veux parler d'un détail que j'ai découvert en interrogeant l'agent de l'OSBI Tammy Ferrari sur son propre entretien avec Charles :

« Il répétait sans cesse la même chose, m'a-t-elle dit. Qu'il était très proche de Danny… Qu'il voulait que les coupables payent le prix fort. »

Mais, ensuite, elle a évoqué un événement qui ne fait généralement pas partie du récit qu'on m'a livré d'innombrables fois dans les parages, une information que seules les personnes les plus impliquées dans l'enquête ont relevée.

« Il a parlé d'un incident qui avait eu lieu quand des gens s'étaient rendus au domicile [des Freeman], environ une ou deux semaines avant l'incendie. »

Le père de Danny m'a raconté la même chose :

« Des types sont venus ici et ont essayé de menacer Danny, mais il ne s'est pas laissé faire. Il a dit à l'un d'eux : "Ne ramène plus jamais cet assassin ici." » Glen ne se souvenait d'aucun nom. « Je sais seulement qu'un gars qu'il connaissait était venu avec quelqu'un de dangereux, voire plusieurs personnes. »

D'après d'autres membres de la famille, Danny avait menacé ces gens avec son fusil pour qu'ils repartent dans leur voiture. Certains avançaient qu'il avait tiré un coup de semonce.

Je repense à la cartouche de fusil usagée que l'agent du CCSO Mark Hayes avait retrouvée dans l'allée le matin de l'incendie, et qu'il avait imploré Nutter de classer parmi les preuves.

Quand j'aborde le sujet avec Lorene, elle me dit n'avoir jamais entendu parler de cette cartouche. Mais elle a parfaitement connaissance de la rumeur selon laquelle Danny aurait chassé de chez lui des individus venus en voiture.

« Danny avait appelé Kathy après leur départ », me dit-elle.

Elle m'explique que Kathy était chez ses parents quand son mari l'avait appelée pour lui rapporter l'incident, et qu'apparemment Kathy lui avait répondu que ces hommes lui faisaient peur et qu'elle ne voulait pas qu'il s'en approche.

« On ignore s'ils ont quelque chose à voir avec l'incendie, m'a confié l'agent Ferrari. Mais on aimerait le savoir. »

« C'était le dimanche avant [l'incendie], me raconte Charles. Je suis allé chez Danny, et j'ai vu qu'il était dans tous ses états. Je lui ai demandé ce qui n'allait pas, et il a répondu : "J'ai eu des ennuis cette semaine." Alors je lui ai demandé : "Pourquoi ?" »

D'après Charles, Danny lui avait expliqué : « Un pick-up est arrivé, avec trois personnes à l'intérieur. Ces gens tenaient absolument à m'acheter toute ma récolte. »

C'est un point sur lequel Charles insistera : Danny Freeman avait commencé à vendre sa marijuana en échange de meth, deux drogues appartenant à des univers qui opéraient de façon relativement indépendante. Le sujet divise les personnes familières de l'affaire : certaines sont convaincues que Danny vendait de la marijuana pour financer les poursuites judiciaires qu'il comptait mener à propos de la mort de Shane, tandis que d'autres – plus proches de lui – soutiennent que sa dépendance n'avait jamais dépassé le cannabis qu'il avait planté pour sa consommation personnelle. Au fil de mon enquête, je rencontre des variantes légèrement différentes de l'histoire. À ce jour, les informations sur le commerce supposé de marijuana et de meth de Danny restent vagues, même s'il est possible que les ennuis qu'il avait pu s'attirer aient eu un lien avec ces trafics et querelles… voire avec son meurtre.

« Danny connaissait deux [des hommes], et l'un d'eux venait de sortir de prison », continue Charles.

Mais lorsque vient le moment de révéler le nom des trois hommes, il commence à s'agiter, manifestement réticent.

« Jax, la façon dont les gens opèrent ici… Il y a toujours des gens dans l'ombre. Et ils sont dans l'ombre pour une bonne raison. »

Cet après-midi-là, après une conversation de plusieurs heures – dont la plus grande partie a tourné autour des protestations d'innocence de Charles, qui affirme avoir été victime d'un coup monté –, je quitte Chetopa ; mais mon intuition me souffle de continuer à chercher là, pour les mêmes raisons qu'elle m'incite à fuir. Il y a quelque chose dans cette ville et les hommes qui la fréquentent qui ne me paraît pas normal, même si peu de choses le sont, dans cette affaire. C'est un endroit étrangement fascinant : beaucoup de gens font des pieds et des mains pour me contacter, affirmant avoir des informations sur les filles, mais refusent ensuite de parler car ils ont peur. D'innombrables personnes se disent hantées, entendent les voix des filles surgir de trous dans la terre ou ont des visions de leur meurtre. Dans la rue principale de Chetopa, Maple Street, on trouve des moulins à eau décrépits et des devantures abandonnées où des messages sont tracés dans la poussière, et où une vieille femme écarte furtivement ses rideaux en dentelle en entendant mes bottes frapper le pavé. Et, je vous jure, les meilleures noix de pécan du monde.

Je retourne à Chetopa encore et encore, jusqu'à l'automne 2017, quand Lorene me demande brusquement d'arrêter de parler à certaines personnes de la région.

Je regagne la maison au bord du lac après m'être entretenue avec plusieurs habitants de la ville. Elle a l'odeur d'Halloween : un parfum pénétrant d'incendie lointain et de fruits pourris. Je reste assise seule avec une cigarette (j'ai arrêté de fumer depuis) à l'étage d'un ponton flottant, tandis que le soleil entame sa descente vers le lac. De petits feux s'allument dans les collines. Je suis à un stade épineux de l'enquête, et alors que je ravale un goût prononcé de défaite et de menthol, je reçois un appel de Lorene.

Elle me téléphone parce que je viens d'interroger un homme qui est en ligne de mire de la nouvelle équipe chargée de l'affaire Freeman-Bible, chose que j'ignorais. Je lui demande pourquoi. C'est à ce moment-là que Lorene m'incite, de la part de Gary Stansill, à mettre un terme à mes recherches actuelles pour ne pas entraver l'enquête.

« Ils ont arrêté quelqu'un », me dit-elle.

Je retiens mon souffle, alors qu'un poisson saute dans l'eau. Pendant mon silence, Lorene m'explique que les autorités de l'Oklahoma travaillent en étroite collaboration avec celles du Kansas pour monter un dossier d'accusation contre l'individu en question, durant le court laps de temps où il est incarcéré pour une affaire de drogue sans rapport avec celle qui nous occupe. Il est essentiel que Lorene reste muette pendant cette étape initiale, et moi aussi, désormais ; comme d'autres personnes, j'ai peu à peu été intégrée au BBI.

Je respecte scrupuleusement la consigne pendant les sept mois qui suivent, jusqu'à des révélations explosives en avril 2018, lorsque les autorités annoncent avoir arrêté leur premier suspect dans l'affaire des meurtres de Welch.

CINQUIÈME PARTIE

Arrestations

28
L'interpellation

La période qui entoure l'annonce publique de l'arrestation est rude pour les Bible et les Freeman, deux familles meurtries par tant de fausses pistes au fil des années que toute personne normalement constituée en aurait perdu la raison. Elles ont traversé l'épreuve du feu, couru d'un bout à l'autre de la terre. Demandez à Lorene Bible à quand remonte la dernière fois qu'elle a vu Lauria, et sa réponse sera invariablement formulée en nombre de jours.

Trois mois se sont écoulés depuis que j'ai appris que la police a arrêté un homme à Wichita et prépare discrètement un dossier contre lui, quand une découverte apporte la promesse d'une avancée dans l'affaire. Le 29 décembre 2017, dix-huit ans jour pour jour après la disparition d'Ashley Freeman et Lauria Bible, le *Tulsa World* publie un article expliquant que Heath Winfrey, récemment élu shérif du comté de Craig, a retrouvé un carton contenant des notes sur une ancienne enquête en s'installant dans son bureau en début d'année. Interrogé par le journal, l'enquêteur en chef Stansill précise : « Winfrey a transmis aux enquêteurs des notes et des documents jusqu'alors inconnus qu'il a exhumés, et qui se rapportent à l'affaire Freeman-Bible, non résolue par l'administration précédente. »

Comme dans le cas de l'opération de dissimulation présumée liée à la mort de Shane Freeman, les employés du CCSO semblent heureux de rejeter la faute sur leurs prédécesseurs. Et même si je m'entretiens avec lui plusieurs fois après cette découverte, l'ancien shérif, Sooter, refuse de parler publiquement du carton ou d'émettre le moindre commentaire sur l'affaire. Bien que je n'aie jamais été convaincue comme lui de la culpabilité de Jeremy Jones, je pense depuis longtemps que Sooter est bien intentionné, que ses choix n'ont pas été dictés par la corruption ou des besoins égoïstes, mais qu'il ne possédait peut-être pas les compétences requises pour gérer une enquête aussi importante, dans un système où le rôle de shérif se résume plus ou moins à un concours de popularité. Malgré tout, ce carton constitue un post-scriptum gênant à sa période d'activité.

« Ces notes et documents se sont avérés extrêmement précieux, poursuit Stansill dans le *Tulsa World*, sans donner plus de détails sur leur contenu. Ces informations ont ouvert des pistes qui ont conduit à d'autres pistes. »

Naturellement, je me demande comment des informations aussi cruciales ont pu croupir dans un bureau sans qu'on les remarque pendant un ou deux mandats de shérif et près de deux décennies. Ne sachant pas qui a rédigé ces documents, je ne peux pas pointer du doigt l'origine du problème – ce qui est peut-être le but de la manœuvre.

Dans l'article, Stansill n'évoque pas l'individu arrêté, mais remarque qu'un autre enquêteur et lui-même ont « interrogé plusieurs personnes renseignées sur la mort de Danny et Kathy Freeman et la disparition des jeunes filles ».

La perspective d'une découverte capitale enthousiasme les fidèles de l'affaire. Mais, à en croire Lorene Bible, cette annonce n'est qu'un « subterfuge » qu'on a choisi de mettre en œuvre à la date anniversaire de la disparition des filles.

« Winfrey a retrouvé le carton en février, mais la nouvelle n'a été révélée qu'en décembre, dix mois plus tard », souligne-t-elle.

Le shérif affirme être tombé sur le carton en rangeant ses affaires juste après sa prise de fonction, au début de l'année.

« Il était là, sur une étagère, dit-il au *Tulsa World*. On ne le cherchait pas – on l'a simplement trouvé. »

Tant Winfrey que Stansill parlent de l'optimisme et des espoirs suscités par les documents, dont le contenu non communiqué a permis de faire progresser l'enquête.

« Il n'y avait rien de neuf là-dedans, contre Lorene, qui soutient que ce sont les renseignements donnés sur les réseaux sociaux à propos de Chetopa qui ont réellement remis l'enquête sur les rails. Ce n'était qu'un écran de fumée pour diffuser une nouvelle fois la photo des filles et inciter les gens à parler. »

Les enquêteurs semblent vouloir encourager des témoins à se manifester, ce qui contribuerait au dossier d'accusation qu'ils tentent de monter contre le criminel récemment arrêté.

« Si ces documents avaient vraiment de la valeur, ils ne les auraient pas laissés de côté pendant un an. »

Lorene affirme que le carton renfermait des informations qu'elle connaissait depuis longtemps, des renseignements qu'elle avait fournis elle-même. Mais son objectif est d'entretenir l'intérêt pour l'affaire, alors elle joue le jeu.

D'autres considèrent ces révélations comme une tactique : de la politique de clocher, un effort pour rejeter la faute sur les autres. La cousine de Lauria, Lisa, y voit un moyen pour les enquêteurs actuels de s'arroger tout le mérite du travail acharné accompli par les familles.

« Même le moment choisi pour l'annonce m'a paru de mauvais goût, me dit-elle. Ce carton n'avait rien à voir avec la direction prise par l'enquête, mais ils voulaient clairement se donner le beau rôle. »

De fait, les Bible n'apprécient pas la façon dont le CCSO a géré le dossier ces derniers temps, et se disent déçus que le nouveau shérif ait mis plus d'un an à évoquer l'affaire publiquement ou à les contacter. Cela leur paraît particulièrement décourageant, non seulement parce que certains d'entre eux connaissent Winfrey depuis leur enfance à Bluejacket – en termes d'âge, Winfrey se situe entre Lisa et Lauria –, mais aussi parce que l'affaire Freeman-Bible était, et est encore, l'un des crimes sordides les plus tristement célèbres de l'histoire du comté de Craig.

Heath Winfrey est un homme râblé avec des cheveux bruns, des sourcils arqués et une barbe taillée en bouc. Il occupe le poste de shérif depuis peu, mais possède une solide expérience dans la police et connaît bien les problèmes de drogue dans la région, pour avoir travaillé au Bureau de lutte contre les narcotiques et les drogues dangereuses de l'Oklahoma. Bien qu'il n'ait entamé sa carrière qu'au début des années 2000, il venait de terminer ses études au lycée de Bluejacket quand il avait entendu parler de l'incendie pour la première fois. Il était parti chasser avec des amis à l'ouest de Welch le matin où le cadavre de Kathy avait été découvert.

« On avait entendu dire qu'ils recherchaient Danny, et qu'il s'était enfui avec une fille », me raconte-t-il.

« Je peux comprendre qu'il ait été occupé, que son budget ait été limité, déclare Lorene. Ce sont des choses qu'il m'a confiées par la suite. Mais il aurait pu me l'expliquer plus tôt ; il aurait pu me contacter plus tôt. On se connaît tous depuis qu'on est gamins, entre Bible et Winfrey. »

Lorene semble aussi soupçonner le shérif de savoir que si l'affaire est élucidée après toutes ces années, « elle reviendra vers le CCSO comme un boomerang ». Durant tout le temps où je la côtoie, elle se concentre résolument sur l'objectif de faire progresser les recherches ; mais, dans des moments comme ceux-là, j'entrevois sa colère face à la façon dont l'enquête a été gérée, et je ne peux m'empêcher de me demander à quel point elle en veut aux forces de l'ordre de ne pas avoir épaulé sa famille.

« Quand on aura retrouvé les filles, tout le monde sait que ça leur retombera dessus. »

Cette affaire met la patience à rude épreuve. Surtout, j'ai appris que rien n'arrive vite. Plus je travaille dur, plus les jours s'étirent ; je vis dans un cycle perpétuel de « on s'apprête à » et « d'un moment à l'autre », attendant des perquisitions et des conférences de presse imminentes.

« On apprend à ne pas espérer », répète Lorene.

Il y a des jours où je jurerais qu'on y est presque, des jours où je parierais cent dollars sur un suspect. Il y a des intuitions, des pressentiments, des rêves et des cauchemars sur lesquels je miserais tout. Et puis plus rien. Alors, quand la découverte des documents dans le bureau du shérif provoque l'excitation générale, je reste sur la réserve, prudente, attendant d'en savoir plus. Je comprends pourquoi Lorene ne se prépare jamais à des émotions fortes.

En avril 2018, quatre mois ont passé à une lenteur d'escargot depuis que les enquêteurs ont ravivé les espoirs du public avec leurs révélations sur ce mystérieux carton. Cela fait sept mois que je garde le secret sur le criminel arrêté à Wichita et incarcéré pour une affaire de drogue ; les autorités continuent à taire l'identité du suspect pendant qu'elles préparent le dossier d'accusation. « Ils vont l'annoncer d'un jour à l'autre », me dit-on sans arrêt.

Entre l'Irlande et l'Oklahoma, je suis avec ma famille à New York, où nous mangeons de la glace et nous apprêtons à regarder un film, quand Glen Freeman m'appelle à l'improviste.

« Quelque chose ne va pas, Jack », dit-il, évoquant une quantité inhabituelle de rumeurs qui s'accumulent.

Très vite, d'autres bruits de la sorte me parviennent, des fuites : après ce week-end, les enquêteurs prévoient de révéler le nom de trois hommes accusés non seulement du meurtre de Kathy et Danny, mais aussi de celui de Lauria et Ashley.

Le matin de la conférence de presse, je suis assise à la table de la cuisine de ma sœur, chaque nerf de mon corps tendu comme un câble électrique. Dieu maudisse le jour où j'ai cru que j'arriverais à boire du déca. Je reste en contact avec Lisa et Lorene. J'échange des textos avec une dizaine de personnes à la fois, passe et reçois des coups de fil, inondée de demandes d'information. Je sers de relais à tant de gens que je finis par tout couper et ne laisser ouvert que l'onglet où la conférence de presse se prépare en direct, les médias installant leur matériel dans une pièce de la halle d'exposition de Vinita, où Lauria et Ashley avaient espéré présenter leurs bêtes de concours à la foire du comté au début du nouveau millénaire.

À mes côtés, l'ombre familière appelée anxiété. Un assassin qui se pourlèche les babines pardessus mon épaule.

Même si le grand public ignore les détails de l'annonce à venir, il sait que l'on s'apprête à faire des révélations fracassantes sur l'affaire Freeman-Bible. Regardant la conférence sur Internet, je repère des journalistes que j'ai appris à connaître au fil des années, qui installent leurs caméras et micros ; tout le monde a conscience qu'ils ne se seraient pas déplacés pour de banales rumeurs. On teste le son, et la pièce s'emplit d'électricité statique et de murmures que je perçois clairement, même depuis la table de la cuisine de ma sœur.

Inspire quatre secondes, attends quatre secondes, expire huit secondes. Accepte. Laisse la tempête se déchaîner. Respire. L'assassin recule.

Tandis que les journalistes s'organisent, les familles assistent à un briefing au palais de justice de Vinita, à quelques kilomètres à peine de là. Il y a Lorene et Jay ; les parents de Kathy, Celesta et Bill Chandler ; Dwayne Vancil et son père, Glen Freeman ; l'actuel procureur du district Matt Ballard ; l'enquêteur en chef Stansill ; l'agent de l'OSBI Tammy Ferrari ; le shérif du comté de Craig, Winfrey ; et plusieurs autres représentants de la loi et parents des Bible, dont les cousines de Lauria, Lisa et Missy. Avant d'aller faire face aux feux des projecteurs à la halle d'exposition, les autorités expliquent précisément ce qui sera annoncé et ce qui ne le sera pas, pour s'assurer que tout le monde est sur la même longueur d'onde. Dans la salle réservée pour la réunion, des disputes éclatent entre les familles, résonnant dans les couloirs du tribunal. Tout le monde est à cran.

Environ un quart d'heure avant la conférence, alors que les familles ont quitté le palais de justice pour gagner la halle d'exposition, je reçois un message inattendu de « Mrs. Jones », le compte Facebook de celle qui prétend être l'épouse de Jeremy Jones, détenu dans le couloir de la mort en Alabama (il n'a toujours pas avoué qu'il s'agissait de lui).

« Bonjour, Ann, me dit-elle, employant mon vrai prénom. Je suis dans un restaurant à Miami, dans l'Oklahoma, et quelqu'un nous a appris la nouvelle à propos de l'affaire Bible-Freeman. Je voulais juste vous dire "merci". Rien de tout ça ne serait arrivé sans vous. »

Pour contrer son bluff, je lui dis que je suis aussi à Miami, mais elle refuse de me rencontrer. Je me demande comment Jeremy a bien pu obtenir cette information avant le reste de la planète. J'ai l'impression qu'il tente vaguement d'exprimer sa gratitude.

Depuis New York, je regarde la conférence de presse démarrer. La porte-parole du bureau du procureur, Michelle Lowry, énonce quelques consignes en préambule et demande à ce que les questions se concentrent uniquement sur l'enquête, indiquant essentiellement à l'auditoire d'éviter le sujet des erreurs commises par les autorités précédentes. Puis elle présente le procureur Matt Ballard, un homme bien habillé et étonnamment jeune, vêtu de rouge, blanc et bleu patriotique, qui se charge de l'annonce.

« Cela fait dix-huit ans que les habitants du comté de Craig et beaucoup de médias suivent l'enquête concernant la mort de Kathy et Danny Freeman, la disparition mystérieuse de leur fille de seize ans, Ashley Freeman, et de son amie du même âge, Lauria Bible, ainsi que l'incendie criminel du domicile des Freeman, commence-t-il. Hier, une arrestation a été effectuée en lien avec cette affaire. À l'issue d'un travail remarquable, l'enquêtrice de l'OSBI Tammy Ferrari et mon collègue Gary Stansill ont identifié trois suspects. »

Les flashs des appareils photo crépitent pendant qu'il continue, visage impénétrable, rayures de costume raides comme la justice :

« Aujourd'hui, plusieurs chefs d'inculpation ont été déposés contre Ronnie Dean Busick, qui est présumé innocent, comme le veut la loi. Mr. Busick est accusé d'avoir agi de concert avec deux autres hommes sur les faits suivants : quatre inculpations pour les meurtres de Kathy Freeman, Danny Freeman, Ashley Freeman et Lauria Bible, deux inculpations pour les enlèvements d'Ashley Freeman et Lauria Bible, et une dernière inculpation pour l'incendie du domicile des Freeman. »

Cette annonce constitue la première reconnaissance officielle de la mort des jeunes filles.

« Les deux autres auteurs du crime cités dans l'étape la plus récente de l'enquête sont Warren Phillip, plus connu sous le nom de Phil Welch, et David A. Pennington. »

On apprend que les deux hommes sont décédés en 2007 et 2015, respectivement.

Ballard confirme que les familles ont été mises au courant des découvertes faites par Ferrari et Stansill, que les Bible et les Freeman ont « appris que les derniers jours des jeunes filles ont probablement été horrifiants ». Il exprime aussi l'espoir que ces nouvelles informations inciteront des témoins à se manifester enfin, l'avis général étant que d'autres membres de la communauté savent où les dépouilles des adolescentes pourraient se trouver. Il évoque un affidavit qui sera mis à disposition du public après la conférence de presse, « révélant que les jeunes filles ont été gardées en vie un nombre indéterminé de jours après l'incendie ».

Après une déclaration de la directrice adjointe de l'OSBI Angela Spurlock, qui loue le travail de ses agents et leurs diverses méthodes d'investigation, et salue le labeur et la persévérance des familles, la parole est donnée au shérif du comté de Craig, Heath Winfrey.

« Depuis ma prise de fonction, il y a quinze mois, mon équipe a eu pour objectif d'aider à traduire en justice les auteurs de ces crimes et de localiser Lauria Bible et Ashley Freeman, affirme-t-il, vêtu d'un uniforme gris rehaussé de broches dorées et de liserés noirs. Nos efforts ne cesseront pas tant que nous n'aurons pas ramené Lauria et Ashley chez elles. »

Pour les personnes qui délivrent ces communiqués, dix-huit ans se sont écoulés depuis que les filles ont été kidnappées sur la scène d'un crime brutal. Pour Lorene, cela fait 6690 jours éreintants qu'elle ignore ce qu'est devenue la chair de sa chair.

Je savais qu'il n'y avait pas d'autre issue possible, mais la confirmation de la mort des filles me fait l'effet d'un coup de massue. L'un des aspects les plus déchirants de la conférence concerne les nombreuses références faites à des Polaroid.

« Il y avait des preuves matérielles, sous la forme de photos », dit Heath Winfrey.

Ballard a aussi abordé le sujet : « Des Polaroid montrant les jeunes filles et leurs derniers instants ont été vus par de nombreuses personnes, et

Welch, Pennington et Busick en ont parlé à beaucoup de gens au cours de leur vie. »

Avant de pouvoir lire l'affidavit de vingt-neuf pages, qui détaillera certainement le processus qui a permis de désigner ces trois hommes, je regarde Jay et Lorene s'approcher des micros. Ils ont l'air plus âgé qu'à notre dernière entrevue, il y a seulement quelques semaines, comme des soldats après un long combat. Mais ils manifestent une unité rare pour un couple qui a enduré des souffrances si profondes et prolongées, et a perdu un enfant dans les pires circonstances imaginables. Ils paraissent fatigués, au bord des larmes aussi, mais rien ne peut les briser.

Pour la première fois depuis que je l'ai rencontrée, Lorene pleure doucement quand elle prend la parole.

« Nous ne nous arrêterons pas tant que nous n'aurons pas ramené les filles à la maison, déclare-t-elle. Je suis persuadée qu'il y a des gens qui ont encore peur de parler, parce qu'ils ne se sentent pas en sécurité. »

Elle rend hommage à la nouvelle génération qui a commencé à s'exprimer, les fils et filles d'assassins et de témoins, dont beaucoup vivent ou ont vécu à Chetopa et dans ce qui est désormais la ville fantôme de Picher.

Jay est habillé en denim, et son visage est déjà humide de larmes quand il s'avance à son tour.

« Le Seigneur a répondu à une grande partie de nos prières, dit le père de Lauria, d'une voix étranglée. Elle nous manque depuis si longtemps, mais nous allons la ramener à la maison. »

Lorene prend le relais, s'autorisant à montrer des émotions qu'elle n'exprime d'ordinaire que dans l'intimité.

« On m'a dit aujourd'hui que j'avais parfois l'air assez dur », admet-elle. Indiquant son mari, elle explique qu'on l'a généralement considéré comme plus démonstratif qu'elle au fil des années. Alors que sa voix commence à trembler sous la pression des larmes retenues, elle parvient à se contenir. « Je me bats. La mère éplorée sera là quand j'aurai trouvé ma fille. Mais, en attendant, à quel point faut-il que je me batte ? À quel point ? J'ai besoin de le savoir – parce que ça a été un vrai combat. »

Personne ne dit rien dans l'auditoire. Il n'y a pas de bousculade entre journalistes, pas de raclement de gorge, pas même une inspiration. Quand Lorene parle, le monde l'écoute, et, après un temps de silence, elle signale d'un geste que les questions peuvent commencer.

Chaque réponse qui suit est assenée avec maîtrise et résolution. Lorene ne joue pas le rôle de la mère endeuillée que certains commentateurs s'attendent à voir, mais est une source de motivation et de détermination, avec une seule mission en tête. Je lui ai dit un jour que je n'aurais jamais réussi à tenir comme elle l'a fait, à sa place ; mais, en me regardant dans les yeux, elle m'a répondu que tout le monde serait prêt à faire n'importe quoi pour ramener son enfant à la maison.

« Je suis une tempête qu'on ne peut pas ignorer, dit-elle aux journalistes. Vous pouvez m'accompagner, ou j'avancerai seule… Lauria a eu trente-cinq ans le 18. Cela fait donc plus de la moitié de sa vie qu'elle a disparu. J'ai besoin d'un endroit où je puisse dire : “C’est ici que repose ma fille.” Avant, j’allais déposer des couronnes dans l’allée des Freeman, mais ce n’est qu’une allée. Quand on perd un proche, on peut se recueillir au cimetière. Je n’ai pas ça. Et c’est ce que je veux. »

Bien que les dépouilles de Lauria et Ashley n’aient pas encore été retrouvées, l’effet est celui d’un jour de deuil, où l’on rend hommage à deux belles jeunes filles qui, comme nous venons tous de l’apprendre, ont été assassinées par des monstres. Je pensais être immunisée contre la noirceur de cette affaire, mais, en lisant l’affidavit, en découvrant que des dizaines de personnes ont gardé le silence et que les forces de l’ordre n’ont jamais donné suite à certains témoignages, je suis horrifiée de plus belle par les occasions manquées qui ont gangrené l’enquête.

L’affidavit ne cite que les initiales des témoins, même s’il n’est pas difficile pour les personnes les plus proches de l’affaire et les résidents de longue date de Chetopa de deviner leur identité. La porte-parole du bureau du procureur explique pourquoi il était nécessaire d’abréger ces noms :

« Il s’agit de témoins qui ont accepté de coopérer, et compte tenu de la nature des crimes et de l’enquête en cours, il est indispensable de protéger leur anonymat, et cela restera la règle à l’avenir. »

29

Ronnie Dean Busick, *alias* Buzz

Malgré les arrestations de Ronnie Dean Busick et le décès de Phil Welch et David Pennington, les trois hommes ont toujours constitué un sujet de conversation délicat pour les habitants de la région. Même aujourd'hui, j'en rencontre beaucoup qui craignent encore Phil Welch, tout mort qu'il soit. Alors, quand je m'entretiens pour la première fois avec la nièce de Busick, Dawn, les limites sont clairement tracées entre ce que je peux rapporter et ce qui doit rester strictement confidentiel.

Dawn me raconte son enfance dans le sud du Kansas, passée à courir au milieu des bordures d'iris violets et crème du jardin de ses grands-parents. Sa propre maison semblait toujours en réparation, et elle était contente de rester à Chetopa avec Gramma Nadine et Papa Alpheus le week-end. Les parents de son père étaient des antiquaires « roublards » qui s'efforçaient de l'aider à acquérir les compétences requises pour distinguer les objets authentiques des faux ; les dimanches étaient occupés par les vide-greniers et les marchés aux puces, collants comme les noix de pécan de la semaine qu'on ramassait pour confectionner des caramels et de la nougatine. Dawn était une blondinette de huit ans qui serait bouleversée par la mort de sa « tornade » de grand-mère.

« Cancer des poumons, m'explique-t-elle des années plus tard. Je ne peux pas vous dire combien de fois on lui a enlevé des bouts de poumon. Mais elle était coriace comme pas possible, et elle a mis des années à mourir. Même la toute fin a pris des jours, pendant qu'on restait à son chevet. Les derniers mots de Gramma Nadine ont été : “Merde alors, je ne suis même pas fichue de mourir correctement.” »

C'était le jour des obsèques, et Dawn avait été chargée de laver et préparer la robe dans laquelle sa grand-mère allait être enterrée. Elle courait dans la propriété « pleine de bric-à-brac et de mauvaises herbes », où de vieilles dépendances sombres étaient remplies de machines rouillées.

« L'alambic de Papa se cachait quelque part au milieu de tout ça. »

Papa Alpheus avait fabriqué de la gnôle de contrebande dans les années 1940. Mais, alors qu'elle explorait le terrain à la recherche de l'impressionnant appareil, Dawn avait trouvé son oncle Ronnie adossé à l'une des cabanes. À genoux devant lui, une femme albinos à laquelle il ne restait que quelques dents, qu'on aurait cru entendre cliqueter dans sa bouche. Dawn avait croisé le regard de son oncle, qui lui avait adressé un clin d'œil. Indiquant la femme qui lui faisait une fellation, il avait levé le pouce avec un signe de tête, l'air de dire à la petite fille de huit ans : « Viens par là. »

« J'ai pris mes jambes à mon cou », me dit Dawn.

La maison où Ronnie avait grandi se tenait de guingois à un endroit où quelques chemins de terre se transformaient en profonds et larges fossés envahis de radis sauvages et d'asters des prairies. Mais Nadine était fière de ses bordures de fleurs, dont la couleur contrastait avec les papiers peints ternes et démodés et les tapis crasseux de l'intérieur, un décor qui n'avait pas changé depuis qu'Alpheus avait bâti la maison de ses propres mains dans les années 1940 et 1950. Sa fille, la sœur de Ronnie, avait chargé son mari de construire la leur à côté ; les Busick vivaient dans des petites bicoques qui semblaient délabrées à force d'avoir essuyé tempête après tempête au fil des années, à seulement trois kilomètres à pied de la frontière de l'État. Quand Ronnie était enfant, le porche de la maison de ses parents était tellement encombré de bazar, de lave-linge et d'essoreuses que son grand frère, sa grande sœur et lui devaient passer par l'arrière du bâtiment, où des cactus poussaient au milieu d'une collection de poupons Kewpie et de clowns débraillés en porcelaine qui regardaient leur pantalon d'un air triste. Les fenêtres de la cuisine et du couloir étaient remplies de verrerie ancienne, à travers laquelle la lumière peignait la maison entière en rouge carnaval.

« Nadine préparait trois repas frits par jour et fumait comme un pompier, et la ventilation n'était pas terrible, me raconte un membre de la famille. Les murs et tous les objets qui n'étaient pas utilisés avaient leur propre papier peint molletonneux, fait de poussière engluée dans de la graisse et du goudron. »

Aujourd'hui, Dawn semble être d'une intelligence vive, le genre d'intelligence qui s'accompagne d'une pointe de folie ; elle parle à toute vitesse, en mettant des « putain » à toutes les sauces.

« Il ne m'a jamais touchée, en vrai, mais quand j'ai été plus grande, j'ai commencé à appeler [Ronnie] "l'oncle tripoteur". »

Ronnie Dean Busick avait passé la majeure partie de sa vie à enchaîner les séjours en prison, principalement pour des affaires de drogue, mais la maison de Nadine et Alpheus serait toujours son port d'attache. Les membres de sa famille affirment qu'il était « d'une intelligence sournoise » ou bien « con comme un manche à balai ». La plupart s'accordent à dire qu'il était aussi pataud que fourbe. Et quand, à soixante-sept ans, il avait été arrêté à Wichita pour avoir enfreint les clauses de sa remise en liberté conditionnelle, puis extradé du Kansas vers l'Oklahoma pour homicide, aucun de ses proches ne s'imaginait qu'il valait mieux que des types comme Welch et Pennington.

« Personne n'a été surpris par la nouvelle, me dit un parent de Busick. Bien sûr, les gens étaient surpris que le coupable soit quelqu'un qu'ils connaissaient, mais pas que [Ronnie] ait été capable de ça. »

L'un des souvenirs les plus marquants que Dawn garde des fréquentes visites de Ronnie chez les Busick dans son enfance concerne la boucle de ceinture de cow-boy très particulière qu'il arborait – une représentation caricaturale de femme aux jambes écartées, vue de la perspective sans équivoque d'un gynécologue, avec la bosse des seins et des tétons en arrière-plan et une « longue queue dure et des testicules poilus » braqués sur elle, prêts à la pénétrer ; en haut de la boucle, on trouvait les mots « Je Préfère », et en bas « Que Manger ». Busick avait même porté cette ceinture à l'enterrement de sa propre mère.

« Évidemment, quand j'étais petite et qu'il était dans les parages, et pas en prison, il me surprenait à regarder [sa ceinture], me raconte Dawn – comment aurait-elle pu l'éviter ? Il me faisait signe d'approcher pour mesurer la hauteur de ma tête par rapport à sa taille, et disait : "Chérie, si seulement tu avais la tête plate, je t'épouserais" », une allusion à l'endroit où un homme pouvait poser sa bière pendant qu'on lui faisait une fellation.

Heureusement pour Dawn, ses parents ne la laissaient jamais seule avec Ronnie, ayant remarqué les œillades qu'il lui jetait et son habitude de la fixer pendant de longs moments gênants. Quand il était de retour d'un séjour en prison ou un autre, Gramma Nadine, qui faisait généralement dormir sa petite-fille sur le canapé, installait Dawn sur un lit d'appoint à côté de celui qu'elle partageait avec Alpheus. Même après la mort de son frère en 2009, Ronnie avait continué à téléphoner à sa veuve, qu'on disait timide et gentille, peut-être la seule femme assez bonne et patiente pour endurer ses divagations, si répugnantes qu'elles lui paraissent. Il s'agissait souvent de descriptions crues de ses rapports sexuels et envies, où il se vantait de « ramasser des filles pour les baiser ». À une occasion notable, Ronnie avait dit de ses partenaires : « Si elles ne veulent pas se donner, je les prends de force, merde ! » Mais, avec son humeur changeante d'accro à la meth, il ajoutait dans le même souffle : « Si seulement j'avais épousé une gentille fille comme toi, je m'embarquerais jamais dans ces histoires. »

Tom Pryor, le détective privé qui avait découvert la carte d'assurance chez les Freeman quelques jours après l'incendie, avait lui-même eu affaire à Busick quand il était encore commissaire à Chetopa.

« C'est pour vous dire à quel point il est bête », commence-t-il, me racontant un incident qui avait eu lieu pendant les « jeunes années » de Busick, aux alentours de 1970, quand Pryor était allé se renseigner sur la sœur de Ronnie au domicile de Nadine et Alpheus. « Ronnie est arrivé des bois ou de l'arrière du mobile home, s'est précipité dans la maison avec un gros sac de marijuana, est allé tout droit à la salle de bains, où on pouvait tous le voir parce qu'il n'avait même pas fermé la porte, et s'est mis à bazarder l'herbe dans les toilettes, juste sous notre nez. »

Certains de ses parents évoquent aussi l'art de la radiesthésie, si cher au clan Busick, une famille qui employait la magie de l'eau pour détecter les ressources naturelles présentes dans le sous-sol de Chetopa.

« Grandpa Alpheus était sourcier, et avait creusé un puits pour extraire du gaz sur le terrain où mon père et l'oncle Ronnie vivaient, à une trentaine de mètres de la cuisinière de la maison, me dit Dawn. Une fois, [Ronnie] était debout devant la gazinière, en train de préparer une bonne grosse fournée de meth, quand on a frappé à la porte de derrière. Il a crié : “Entrez !”, et la police a débarqué. »

Fils d'un fabricant de gnôle et d'un sourcier – la pratique de la divination est généralement vue d'un mauvais œil et était autrefois jugée satanique, dans les petites villes américaines comme Chetopa –, Ronnie était aussi connu pour avoir la langue bien pendue, incapable de garder un secret.

« C'est pour ça que je ne crois pas qu'il sache où sont les filles, me dit un membre de la famille. Il est trop stupide et trop grande gueule. »

L'homme décrit par ses proches désabusés et l'homme qui arrive à la prison du comté de Craig forment un contraste tranché ; le sauvage aux cheveux et à la barbe argentés, aux yeux si noirs qu'on ne pouvait pas voir son reflet dedans, est devenu un vieillard bedonnant au crâne dégarni ceint de cheveux trop fins tombant sur ses épaules, qui ne peut quasiment pas marcher sans l'aide d'une canne. Dans une vidéo enregistrée avec le portable de Lisa Bible Brodrick, on peut entendre les personnes qui aimaient le plus Ashley et Lauria interpeller Busick quand il descend du 4 × 4 qui est allé le chercher dans le Kansas, escorté par l'enquêteur en chef Gary Stansill et le shérif Heath Winfrey.

« Tu veux me dire où est ma nièce ? lui crie le frère de Lorene.

— Hein ? » réplique Ronnie.

Le frère de Lorene répète sa question à travers la grille métallique.

« J'aimerais, répond Ronnie d'une voix presque inaudible. J'en ai aucune idée.

— Comment est-il possible que vous ne le sachiez pas ? intervient un journaliste.

— Parce que je n'étais pas là.

— Vous avez peur d'avouer ce que vous avez fait ? crie une autre femme.

— J'ai rien fait. »

Ronnie avance lentement vers l'entrée secondaire du tribunal, traînant la jambe. Ses rouflaquettes sont épaisses et blanches, comme sa longue moustache en fer à cheval.

« Il fait semblant de boiter dès qu'on le filme, me dit Lisa. Quand on le croise au tribunal, il marche normalement. C'est lamentable. »

La majeure partie de l'affidavit de 2018 publié par le bureau du procureur, qui rassemble les dépositions de douze personnes, concerne Phil Welch ; celui-ci est présenté comme l'instigateur du meurtre des Freeman, conséquence présumée d'une dette liée à la meth et/ou d'un trafic de drogue ayant mal tourné. Cependant, dans un compte rendu d'interrogatoire mené en 2017, un témoin désigné par les initiales R.H. évoque un jour où il avait aperçu Ronnie Busick sur Maple Street à Chetopa. Sachant que Ronnie logeait dans l'ancienne maison de ses parents, qu'il avait héritée de Nadine et Alpheus, R.H. s'était arrêté pour le prendre en stop et lui avait proposé de lui acheter des pommes de terre et autres vivres, parce qu'il « avait l'air affamé », et que R.H. « était toujours prêt à nourrir les gens à l'œil ».

C'est ce même R.H. qui a surveillé mes arrières après m'avoir guidée jusqu'au viaduc ferroviaire abandonné à l'est de la ville, où Charles Krider s'était débarrassé du cadavre de Judith Shrum. « Je peux faire le guet, si vous voulez aller voir. »

À en croire notre conversation et les informations fournies dans l'affidavit, tandis que R.H. emmenait Busick au supermarché, l'homme avait commencé à « déblatérer » à propos de sa participation au meurtre des Freeman et à l'enlèvement d'Ashley et Lauria, racontant que les filles avaient été ligotées dans un mobile home à Picher, « où elles avaient été violées et torturées ». Lorsque je le retrouve après la conférence de presse, R.H. me dit que Busick avait déclaré que les adolescentes avaient été gardées en vie plusieurs jours, mais qu'il n'était pas coupable du meurtre de Kathy et Danny, même si David Pennington et lui s'étaient chargés de mettre le feu au mobile home après.

« Est-ce que j'avais entendu parler de l'incendie et des filles disparues quand c'est arrivé ? Bien sûr, me dit R.H. alors que nous sommes assis dans la cuisine d'une connaissance commune. Je connaissais même Danny, on avait travaillé ensemble. Un assez chic type, d'ailleurs. »

Mais R.H. ne peut pas me confirmer que Danny trafiquait de la drogue.

« Ce n'est pas comme si on était allés pique-niquer ensemble. »

Nous discutons de son échange avec Busick, revenant sur la description déjà donnée dans l'affidavit. R.H. ajoute que l'incident avait eu lieu environ deux ans après la disparition des filles :

« Il s'est mis à jacasser, à se vanter de ce qu'il avait fait à ces deux petites garces, à expliquer comment ils les avaient attachées, violées, torturées, comment ils s'étaient amusés avec elles et ainsi de suite. »

L'expression « ces deux petites garces » me rappelle les propos que Phil Welch avait tenus quand les détectives privés l'avaient retrouvé à Picher.

Busick avait continué à se confier à R.H. pendant qu'il conduisait : « Et ils ne trouveront jamais les cadavres non plus. » Là, R.H. avait écrasé les freins et hurlé à Busick de sortir de sa voiture, non loin de la propriété de sa famille, au bord de la voie de chemin de fer.

« Est-ce qu'il avait l'air d'avoir des remords ? dis-je.

— Il souriait de toutes ses dents, répond R.H. Ça m'a hanté pendant des années. »

R.H. affirme qu'il s'était aussitôt rendu au commissariat de Chetopa. Il m'explique que les enquêteurs actuels ont trouvé son « nom griffonné sur un bout de papier » ; l'affidavit laisse entendre qu'il se cachait dans le mystérieux carton découvert au bureau du shérif du comté de Craig. Il pensait que toutes les informations qu'il avait données devaient avoir été archivées, mais les enquêteurs n'ont pas pu remettre la main dessus.

« C'est tout simplement incompréhensible », me dit-il.

Le témoignage de R.H. s'étant volatilisé, il semble désormais que deux États aient égaré des documents essentiels liés à l'affaire Bible-Freeman.

Quand l'agent Ferrari et l'enquêteur en chef Stansill l'avaient interrogé en 2017, Busick avait fait des déclarations qui contredisaient celles de certains témoins, notamment en rechignant à admettre qu'il avait connu Welch et Pennington. Il avait gardé le silence pendant la majeure partie de l'entretien, laissant les enquêteurs l'accuser de quatre meurtres sans réagir, même si je ne pense pas qu'il se passait grand-chose dans sa tête. La plupart du temps, il fixait d'un regard vide l'avis de recherche que les agents avaient placé devant lui – une affiche où l'on offrait une récompense de cinquante mille dollars collectée par les Freeman-Bible auprès de leur communauté à Welch, encadrée par des portraits scolaires de Lauria et Ashley en couleurs vives. En contemplant les photos des adolescentes pendant des heures, Busick espérait peut-être qu'elles reviendraient à la vie… Ou bien il se rappelait les moments qu'ils avaient passés ensemble.

C'était un exemplaire de cette même affiche que Phil Welch avait punaisé dans son mobile home à Picher.

Les joues affaissées, l'air inexpressif, Busick avait affirmé :

« Je vous dirais où elles sont, si je le savais.

— Qui le savait, alors ? avait rétorqué Stansill.

— Probablement Phil, et probablement Dave », avait répondu Busick, ajoutant que, quand il avait demandé aux deux hommes où les filles étaient, ils n'avaient « rien voulu dire ».

« Vous pensez qu'ils étaient mêlés à l'affaire ?

— Je suis assez sûr pour Phil, oui. »

Au final, Ronnie Dean Busick n'avait pratiquement rien révélé.

Aujourd'hui, en septembre 2019, il reste incarcéré à la prison du comté de Craig, après plusieurs mois d'évaluations effectuées par les autorités compétentes pour déterminer s'il est apte à être jugé. La défense estime qu'il devrait pouvoir plaider l'aliénation mentale, ayant reçu une balle dans la tête dans les années 1970.

« La famille ressortait cette excuse chaque fois que Ronnie faisait quelque chose de mal », me dit l'un de ses parents.

« Oh, ne faites pas attention à lui, on lui a tiré dans la tête il y a des années », affirmait-on, comme si cela expliquait son étrangeté, les regards torves qu'il jetait aux enfants et les bagarres auxquelles il se retrouvait mêlé.

« Il a été surpris au lit avec la femme d'un type, me raconte Lorene Bible. Il s'est fourré dans le pétrin et s'est pris une balle. »

« Je ne pense vraiment pas qu'il sache où sont ces filles, me dit Dawn. Et c'est insupportable. C'est insupportable de penser que les os de ces filles reposent au fond d'une mine inondée. »

Mais Lorene a son propre avis sur la question.

« Il sait, déclare-t-elle au milieu d'un de ses silences habituels, réticente à partager ses secrets. Il sait. »

Même si mon intuition d'enquêtrice en herbe me dit que Busick ignore réellement où se trouvent les filles, j'ai constaté au fil du temps qu'il valait mieux se fier à Lorene.

Tout en niant avoir participé au meurtre de Kathy et Danny, Busick avait avoué aux enquêteurs qu'il avait « commencé à soupçonner [que Pennington et Welch étaient impliqués] après la découverte de la carte d'assurance », dont il avait eu vent dans les jours qui avaient suivi le crime. Même Ronnie Busick le simplet avait déduit

« qu'il ne fallait pas être une lumière » pour comprendre à qui appartenait la voiture qui s'était rendue au mobile home des Freeman ce soir-là.

De fait, cette carte d'assurance est une des preuves clés qui ont mené à l'arrestation de Busick et à l'accusation d'homicide portée à titre posthume contre Pennington et Welch.

Au lendemain de l'incendie de Welch, le détective Tom Pryor remonta l'allée, passant devant les cornouillers et les orangers des Osages où Ashley et Lauria avaient cherché à manger pour leurs chèvres à peine quelques jours auparavant, et se renseigna pour savoir qui était chargé de l'enquête, du moins officiellement. Il finit par trouver Steve Nutter. Il se présenta et lui tendit la carte.

« J'ai pensé que ça pourrait vous intéresser. Ce n'est peut-être rien, mais chaque détail compte dans ce genre d'affaire, non ? »

30
La carte d'assurance

C'est avec l'affidavit de 2018 que le public entend parler pour la première fois de la carte d'assurance découverte chez les Freeman par les détectives privés Tom Pryor et Joe Dugan, la carte censément présentée à l'agent de l'OSBI Steve Nutter, qui n'en avait pas voulu. Cette preuve précieuse était ce qui avait mis les deux hommes sur la piste de Phil Welch, qu'ils avaient trouvé en train de chanter au bord de la route près des terrils de Picher. Mais elle leur avait aussi ouvert bien des portes à Chetopa quand ils s'étaient renseignés à son sujet à l'aube du nouveau millénaire ; de sorte que, au moment où ils avaient recommencé à interroger une bonne partie des témoins dédaignés, dont Tom Pryor lui-même, les nouveaux enquêteurs assignés à l'affaire Bible-Freeman avaient eu l'impression d'être les derniers à découvrir son existence.

« On était au courant dès le début, me dit Dwayne Vancil. On pensait que la police avait enquêté dessus. »

« Un ou deux jours après le 30 décembre 1999, des participants à la battue ont retrouvé une carte d'assurance appartenant à E.B. près de la scène du crime », rapporte l'affidavit.

Selon les documents officiels, le 3 janvier 2000, moins d'une semaine après l'incendie, le FBI avait interrogé E.B., la petite amie de Phil Welch à l'époque, qui avait affirmé ne pas savoir comment sa carte d'assurance avait atterri chez les Freeman. Sans jamais reconnaître les erreurs commises par les premiers enquêteurs, l'affidavit note néanmoins : « La déclarante, Ferrari, n'a pas pu retrouver la carte parmi les preuves archivées dans le dossier Freeman, qui aurait dû contenir une liste des preuves matérielles se rapportant à l'affaire. » Un récapitulatif des pistes du FBI datant de janvier 2000 mentionne la carte d'assurance d'E.B. ; mais les agents fédéraux n'étaient intervenus dans l'enquête que brièvement, en raison de la présence d'un tueur en série en cavale dans la région et de la forte possibilité que la personne qui avait enlevé les filles ait traversé les frontières de l'État.

« Et puis ils sont repartis, comme ça », dit Dwayne Vancil.

On apprend que le 9 janvier 2001, un an après l'incendie, Steve Nutter avait interrogé T.W., une autre petite amie de Phil Welch qui avait vécu dans son mobile home de Picher pendant les quatre mois qui avaient suivi l'incendie. Elle avait entendu les trois hommes parler des gens « qui avaient été tués à Welch », des gens qui leur devaient de l'argent pour une histoire de drogue. T.W. avait déclaré que « Pennington et Busick [avaient] mis le feu à la maison ». Le compte rendu de l'interrogatoire mené par Nutter rapportait également que l'avis de recherche avec les visages des filles était « cloué au mur » dans le mobile home de Phil Welch, et que T.W. avait « vu plusieurs Polaroid, que Welch gardait dans sa mallette en cuir souple ». T.W. était certaine que les filles des photos, qui avaient été retenues prisonnières, étaient celles de l'avis de recherche. Les Polaroid montraient Lauria et Ashley, « bâillonnées et les mains attachées », et un couvre-lit particulier que T.W. n'avait pas eu de mal à reconnaître, l'ayant vu quand elle habitait avec Phil Welch. T.W. avait aussi évoqué E.B., confirmant que Welch avait gardé la voiture de son ex-petite amie – la petite amie dont la carte d'assurance avait été découverte sur la scène du crime.

Alors qu'il enquêtait sur ces informations six mois plus tard, Nutter avait interrogé E.B. pour la première fois depuis son entretien avec le FBI, un an et demi plus tôt. Apparemment, les notes prises par le FBI lors de cette entrevue n'avaient pas été intégrées du côté de l'Oklahoma. En juin 2001, E.B. avait confirmé à Nutter que Phil Welch partageait son temps entre deux domiciles à Chetopa, dans le Kansas, et Picher, dans l'Oklahoma ; mais elle ne savait « pas du tout comment la carte s'était retrouvée là où on l'avait découverte ». Même si elle ne connaissait pas Danny Freeman, E.B. avait déclaré que Welch le connaissait, lui. Elle avait expliqué qu'elle l'avait quitté quelques mois après l'incendie parce qu'il était violent, un sujet que la majorité des proches de cet homme aborderait, dans des témoignages terribles parlant de sévices et de viols.

Dix-huit ans plus tard, la carte d'assurance est un fait impossible à ignorer, juste là devant moi. Je me rends soudain compte que si cette piste avait été suivie, Ashley et Lauria seraient probablement encore en vie aujourd'hui.

Aux dires de Tom Pryor, la carte n'avait pas été archivée parmi les preuves jusqu'à ce que les enquêteurs viennent la récupérer en août 2017. « Pryor avait signalé aux agents la découverte de la carte d'assurance, mais ils n'en avaient pas pris possession », rapporte l'affidavit. L'ancien détective me confirme que Nutter avait refusé de collecter cette preuve clé. Pour les personnes proches de l'affaire, il est presque insoutenable d'apprendre cette débâcle, qui vient s'ajouter aux défaillances déjà constatées chez les enquêteurs lorsqu'ils étaient passés à côté du cadavre de Danny ou n'avaient fait aucun effort pour chercher les adolescentes.

Mais l'affaire scandaleuse et rageante des témoins ignorés ou oubliés, et de la carte qui aurait pu mettre les enquêteurs sur la piste des filles disparues et de leurs kidnappeurs, n'est pas la seule bévue monumentale commise dans cette enquête.

« Après avoir trouvé la carte, j'ai fait le lien avec E.B. et sa voiture, la voiture dont Phil Welch s'était servi pour transporter les filles », me raconte Pryor, qui me dit s'être entretenu personnellement avec E.B., jusqu'à ce que le nom de Phil Welch l'effraie au point qu'elle se taise. « Et devinez ce qui s'est passé. »

Selon les informations fournies dans l'affidavit, Pyror avait localisé dans une casse à Picher la voiture que Phil Welch semblait avoir utilisée pour se rendre chez les Freeman le soir du meurtre. Le document explique : « Pryor a déclaré avoir signalé la découverte du véhicule aux forces de l'ordre et leur avoir demandé de l'examiner. [Il] a rapporté qu'on lui avait répondu que le véhicule était passé par trop de mains pour être analysé [en quête de preuves]. » Si c'est vrai, je me demande si cette affaire a été gérée par l'ensemble d'agences du maintien de l'ordre le plus incompétent ou le plus corrompu de toute l'histoire de l'Amérique. Pour ce qu'on en sait, le véhicule aurait pu contenir des preuves matérielles cruciales qui auraient attesté que les filles s'étaient trouvées à l'intérieur, des preuves qui auraient pu conduire les enquêteurs jusqu'à leurs kidnappeurs avant qu'ils emportent leurs secrets dans la tombe. Et qui nous dit qu'il ne recelait pas d'indice qui aurait pu permettre aux autorités de retrouver les adolescentes ?

Quoi qu'il en soit, les bavures ne s'étaient pas arrêtées à ce refus d'examiner la voiture, et en lisant les documents fournis par le bureau du procureur, je sais que je ne suis pas la seule dont le visage s'empourpre de rage, dont le ventre se noue à la pensée des fautes commises par d'autres.

L'affidavit rapporte également que les enquêteurs actuels ont tenté de contacter l'associé de Tom Pryor, Joe Dugan. Ayant appris qu'il était décédé en 2009, ils se sont entretenus avec sa famille. « Les proches de Joe Dugan ont signalé que [celui-ci] possédait une boîte contenant des documents relatifs à l'enquête sur l'affaire Freeman. Après son décès, [ils] ont apporté ces documents au bureau du shérif du comté de Craig. Le bureau du shérif a refusé de les récupérer, et les documents ont finalement été détruits par les proches de Joe Dugan. »

Tandis que ces erreurs judiciaires flagrantes abondent d'un État à l'autre, d'une décennie à l'autre, la nouvelle génération semble bien plus décidée à réparer les torts des enquêteurs passés, en commençant par réinterroger d'anciens témoins.

31

David Pennington, *alias* Penny

Je me souviens d'une des lettres que m'a envoyées le meurtrier condamné Charles Krider, camarade entrepreneur en marijuana et meilleur ami de Danny Freeman, dont la cave et le puits ont été fouillés sans succès en 2016. Dans cette lettre, écrite en prison, Charles évoquait David Pennington deux ans avant que son nom ait été révélé au public, en disant qu'il l'avait incriminé dans des aveux faits sur son lit de mort.

Mais, une fois l'identité des trois hommes dévoilée pendant la conférence de presse de 2018, Charles m'a affirmé qu'il ne connaissait pas du tout Pennington, même s'ils avaient grandi dans la même petite ville. Je me suis demandé si Busick, Pennington et Welch étaient les trois hommes dont il avait refusé de me parler, les hommes que Danny avait chassés de chez lui.

Il est perturbant de voir les proches et victimes de ce trio d'assassins, Ronnie Busick, Phil Welch et David Pennington, subir toute la violence de l'indignation du public. Les gens ont tendance à ne pas comprendre que les proches des meurtriers sont souvent des victimes eux-mêmes, un fait auquel je pense la première fois que je discute avec Jerri Shelton, la belle-fille du tueur présumé David A. Pennington.

« C'était le seul père que j'aie connu », me dit-elle.

Tout en concédant que David avait longtemps été accro à la meth, elle affirme qu'il avait fini par se désintoxiquer et « comptait plus que tout » pour sa famille.

Un autre résident de longue date de Chetopa, David Pennington était un garçon aux grandes oreilles élevé au bord de la rivière, amateur de pêche au poisson-chat depuis toujours. Même la mère âgée de son compatriote Charles Krider remarquerait que « Pennington et Busick connaissaient tous les étangs des fermes », et que David parlait sans arrêt de pêche quand il se rendait au cabinet médical où elle travaillait. Comme la plupart des gens qui les côtoyaient, Mrs. Krider savait que les Pennington n'avaient pas un sou.

« Quand ils étaient gamins, [David] et son frère venaient souvent me voir – ils n'avaient pas grand-chose dans la vie, m'explique-t-elle. Je leur donnais à manger et ce que je pouvais pour qu'ils s'amusent. [Leur père] battait sa femme et les garçons, puis il a quitté la ville et est devenu pasteur, mais les garçons ne voulaient plus entendre parler de lui. Quand [David] a été plus grand, il coupait du bois pour moi. »

Et même si les choix de vie de David n'avaient surpris aucune de ses connaissances, qui avaient vu sa santé se dégrader au fil du temps, beaucoup pensaient qu'il avait pris un virage positif les dernières années, avant sa mort en 2015. Mrs. Krider me dit qu'elle en avait été témoin de ses propres yeux quand Pennington était venu au cabinet médical pour lui annoncer qu'il avait livré son cœur à Dieu. Il l'avait même proclamé en lui chantant un hymne.

David avait conservé sa passion pour la pêche jusqu'à ce qu'il soit trop malade pour y aller. Il avait développé une broncho-pneumopathie chronique obstructive « et plusieurs autres maladies causées par les drogues qu'il vendait et consommait », d'après Jerri. Sur les conseils d'un médecin, il gardait un sac de ballons de baudruche dans sa poche, qu'il gonflait pour entraîner ses poumons entre deux bouffées d'oxygène. Jerri soutient que, même si sa vie avait été écourtée par les démons du passé, il était le meilleur grand-père dont ses enfants auraient pu rêver ; il avait arrêté la drogue dix ans avant sa mort, à l'âge de cinquante-six ans.

« Il avait pris de la meth si longtemps qu'il n'arrivait plus à respirer, me dit le pasteur Raymond Whetstone quand je m'entretiens avec sa femme et lui dans leur maison de Chetopa. On lui achetait des inhalateurs. Il avait perdu toutes ses dents à cause de la meth, son estomac était gonflé... mais c'est à nous de les accepter comme ils sont. »

Dans ses jeunes années, avant qu'il ne puisse même plus marcher jusqu'à la salle de bains sans s'évanouir, David était un autre homme, qui vivait de petits boulots quand il n'était pas en train de trafiquer ou de fabriquer de la drogue.

« Il faisait de la soudure ou coupait du bois – c'étaient ses talents principaux, même quand j'étais petite », dit Jerri, qui ne devait avoir que dix ans à l'époque du meurtre des Freeman.

Comme David travaillait dans le même domaine que Danny Freeman et Charles Krider, qui avaient tous les deux été soudeurs à Baxter Springs, à seulement trente kilomètres à l'est de Chetopa, je demande à Jerri Pennington si son père avait été employé par Wiseda.

« Je crois, me répond-elle. J'en parlais justement avec ma mère, et elle m'a dit qu'il avait bossé pour plusieurs entreprises à l'époque, alors c'est quasiment sûr. »

Je m'entretiens avec Jerri chez elle, dans le Missouri, une conversation ponctuée de photos de son père à la pêche ou avec ses petits-enfants sur les genoux. Même si elle affirme que la vie de David avait changé « du tout au tout » quand il avait arrêté la drogue, elle reconnaît avoir passé une bonne partie de son enfance hors de son foyer sur l'intervention des services sociaux, à cause de samedis soir marqués par les beuveries et la drogue, et des violences que David faisait subir à sa mère. En se remémorant leur histoire et la séparation inévitable du couple des années plus tard, Jerri maintient que son père avait aimé sa femme « de tout son cœur, jusqu'à la fin ». David Pennington avait beau avoir la réputation de fréquenter plusieurs filles à la fois, il semblait avoir réservé une place à part à la mère de Jerri, qu'il avait épousée deux mois après les meurtres de Welch.

Je recueille aussi le témoignage de Raymond et Nancy Whetstone, un charmant couple âgé. Ray est toujours pasteur à la Chetopa's Faith Baptist Church, une église où Pennington et Welch se rendaient régulièrement.

« Je ne manquais jamais d'aller voir la femme de Pennington quand David l'avait battue », me dit Nancy, qui avait aidé Jerri et sa mère à se réfugier dans un foyer quelques jours après l'incendie chez les Freeman. « Une fois où mon mari était parti à une réunion d'église, David Pennington s'est mis à me harceler, en passant sans arrêt devant la maison avec sa voiture. Ce devait être le week-end où tout est arrivé. C'est la seule fois où j'ai vraiment eu peur, à l'époque où ces hommes étaient là. »

Et même si David « battait comme plâtre » la mère de Jerri, comme Nancy me l'explique en détail, même les pieux Whetstone avaient été surpris d'apprendre qu'il avait pu aider à éradiquer une famille entière de la face de la terre. Phil Welch, c'était une autre histoire.

On entend rarement parler de David Pennington sans que le nom de Welch soit évoqué. Les deux hommes aimaient se terrer ensemble dans des maisons et mobile homes décrépits où ils fabriquaient et consommaient de la drogue. Des années avant les meurtres, déjà, le pasteur Whetstone les avait surpris à fumer de la marijuana, et Phil Welch lui avait adressé un rictus sarcastique.

« Il m'avait regardé droit dans les yeux, en disant : "C'est pour ça que Jésus est mort, pasteur." »

La belle-fille de David Pennington pense aussi que Phil Welch avait contribué au nouveau fanatisme religieux de son père.

« Phil était quelqu'un d'extrêmement intense, me dit-elle. [Mon père] s'est immergé dans la religion. Ils chantaient des cantiques ensemble, organisaient des cérémonies chez Phil Welch, ce genre de trucs. Je ne dis pas que c'était une mauvaise chose, mais c'était vraiment, vraiment intense. »

David Pennington avait commencé à assister aux offices du pasteur Whetstone de façon irrégulière en 1976, quand il ne prenait encore « que de la marijuana, je crois », avance Mrs. Whetstone. Au fil des décennies, celle-ci avait été très présente dans la vie de Pennington, et de la femme qu'il finirait par épouser lors d'une cérémonie présidée par le pasteur dans le mobile home de Picher, le 1er février 2000.

« Il la rouait de coups de pied, lui ouvrait le front en lui jetant des tasses à la figure, des choses très graves », m'explique-t-elle.

Le week-end suivant l'incendie chez les Freeman, le fils du pasteur avait dû accourir avec une arme à feu pour protéger sa mère de David, qui exigeait de savoir où elle avait emmené sa compagne et sa belle-fille.

« Mais elle finissait toujours par le rappeler et retourner chez lui. »

Au bout d'un moment, David Pennington avait installé Jerri et sa mère tout près du mobile home de Phil Welch à Picher, comme s'il était attiré dans son orbite. Puisque les deux hommes passaient plus de temps là où ils fabriquaient de la meth qu'avec leur famille, on pouvait dire, comme on l'entend souvent, que David et Phil vivaient ensemble.

L'influence de Welch sur certaines personnes se rapprochait dangereusement de celle d'un gourou, et Pennington ne semblait pas insensible au sortilège.

« [Phil Welch] avait la Bible ici, mais pas là », me dit Raymond Whetstone en indiquant sa tête puis son cœur, quand nous discutons du fait que Welch prétendait être pasteur et organisait des offices dans le mobile home où il fabriquait et vendait de la meth. « Il était très pieux, mais il faisait des choses terribles. »

Le pasteur Whetstone connaissait Pennington depuis des années, comme il avait grandi dans la même petite ville que lui. Phil Welch avait passé la majeure partie de son enfance à Erie, dans le Kansas, à environ soixante-dix kilomètres au nord de Chetopa, même si sa famille avait souvent déménagé. Le pasteur l'avait rencontré quand il était aumônier à la prison du comté de Labette, à Oswego, dans le Kansas.

« Il était mauvais comme la gale. »

Le mobile home de Picher a disparu à jamais, démoli lors de l'exode des habitants ou par la tornade qui avait ravagé ce qui ne tenait plus qu'à un fil, tandis que le second et dernier domicile de Phil Welch a été détruit par la foudre.

« Ce n'était même pas un gros orage, juste une perturbation, me dit le propriétaire. À croire qu'elle visait directement la maison. »

Dans la campagne profonde du Kansas, près de la ville non incorporée de Hallowell, je visite les ruines de cette dernière demeure, farfouillant dans les décombres brûlés et rouillés. Là, à l'endroit où Welch est mort de complications dues à la maladie de Charcot en 2007, je trouve une vieille bible.

« Il faisait peur à voir, me raconte Jerri Pennington. Il n'avait même pas besoin de parler.

Il suffisait qu'il vous regarde pour vous donner mal au ventre. » Elle me décrit plus en détail le fanatisme propagé par Welch : « Il venait à la maison et chantait des hymnes de la Bible. Je ne sais pas si c'était une histoire de drogue avec mon père ou quoi, mais c'était presque une secte. Vous voyez ce que je veux dire ? [Welch] pensait qu'il pouvait exorciser des démons, et il était intense et bizarre. Il faisait vraiment très peur. »

« Je me rappelle qu'il lisait des livres sur la sorcellerie et des choses sataniques, me dit un membre de la famille de Phil Welch. Il pensait qu'il était assez saint ou divin pour être au-dessus de tout ça, que rien ne pouvait l'atteindre. Que le diable ne pouvait pas l'atteindre. »

Même l'une des parentes de Ronnie Busick, qui avoue avoir brièvement succombé à la meth par le passé, me dit avoir fait les frais de l'attention de Welch.

« Ces yeux… J'étais prête à croire toutes les histoires horribles qu'on pouvait me raconter. Disons juste qu'il aimait regarder, parfois donner des ordres. Ça le faisait rire. Quand les choses commençaient à lui plaire, il se penchait en avant, les coudes sur les genoux, avec ce foutu regard. »

Elle m'affirme que Welch était un détraqué sexuel qui se délectait de sévices épouvantables impliquant divers objets et plusieurs personnes qu'il pouvait contrôler, tandis qu'il proposait « une liste de candidats pour jouer à "est-ce que ça rentrera" ».

« Quand ils ont prononcé le nom de Phil, ça ne m'a pas surprise », déclare Jerri, un sentiment qui semble partagé par tous ceux qui ont connu l'homme.

Mais l'une des informations les plus accablantes que je recueille auprès de la belle-fille de David Pennington concerne l'évocation, pour la première fois en dix-sept ans, d'une soirée du Nouvel An, un sujet qu'elle aborde d'elle-même dès notre première conversation. Bien que l'affidavit de 2018 n'en parle à aucun moment, les rumeurs qui circulaient sur cette fête au début des années 2000 dans le milieu de la meth de Wyandotte, à une cinquantaine de kilomètres de Chetopa, constituent toujours une piste solide aux yeux des familles Bible et Freeman.

« Vous vous rappelez quand je vous ai dit que tous ces gens qui gravitaient autour de la drogue se connaissaient ? me dit Lorene. D'État en État, d'année en année, ils sont tous liés. »

« Il a toujours dit qu'il regrettait d'être allé à cette fête », commence Jerri d'un ton désinvolte, ajoutant que son beau-père était rentré « avant minuit ».

L'incident avait eu lieu quelques jours avant que la femme du pasteur aide Jerri et sa mère à se réfugier dans un foyer, et se fasse harceler par David.

« Quand il est rentré à la maison [après la fête], il nous a empêchées de sortir pendant des jours, ma mère et moi. Il avait peur. Et, bien sûr, il était shooté, et il avait trouvé la foi auprès de la mauvaise personne. Phil était cette personne. »

Jerri m'explique que Welch se prenait pour un véritable prophète. Cette période pendant laquelle son beau-père s'était comporté d'une façon « qui ne lui ressemblait pas » est la seule fois où elle se souvienne d'avoir vu Pennington réellement effrayé, les enfermant à la maison, empêchant peut-être d'autres personnes d'y pénétrer.

« Chaque fois que mon père parlait de la fête, il disait *cette* fête, poursuit-elle. Il a toujours regretté d'y être allé. Je ne sais pas si c'est à ce moment-là qu'il a été impliqué dans l'histoire des filles. Je ne suis pas sûre, mais il avait des remords... Il n'a plus jamais été le même, après. »

Jerri n'avait jamais découvert ce qui s'était passé pendant cette soirée, mais, à son retour, David avait fait une crise de paranoïa et « jeté des choses dans [la] cheminée ».

« Je crois que ça le rongeait, me confie le pasteur Whetstone, qui a officié à l'enterrement de David Pennington et de Phil Welch. Il avait des choses terribles sur le cœur. »

Le nom de Pennington ayant été révélé en 2018, il est désormais temps de passer à la section la plus longue de l'affidavit, basée sur l'interrogatoire d'un jeune homme appelé R.E. Il s'avère que R.E. est également la personne qui a ouvert la boîte de Pandore et permis de remettre l'enquête sur la piste de Chetopa. Il s'agit du garçon que Pennington, Busick et Welch avaient forcé à regarder les Polaroid montrant les adolescentes.

L'affidavit mentionne un entretien ayant eu lieu en 2005 entre R.E., l'agent de l'OSBI Steve Nutter et un agent du KBI. Mais, comme d'autres témoins, R.E. n'avait pas été pris au sérieux.

Par une nuit tranquille de 2017, le shérif du comté d'Ottawa, Jeremy Floyd, venait de quitter son bureau, éteignant la lumière et emportant son Stetson. Mais, alors qu'il émergeait de la sortie de secours, il avait trouvé un homme hirsute qui l'attendait sous un réverbère. N'étant pas du genre à perdre son calme, Floyd s'était approché de R.E., qui semblait fébrile et tendu.

« Alors je lui ai proposé d'entrer », me raconte le shérif.

« Je sais qui a tué les filles : Phil Welch », avait déclaré R.E.

Selon l'affidavit, la mère de R.E. avait eu une aventure avec David Pennington à l'époque du meurtre des Freeman et de l'enlèvement des adolescentes. Le jeune homme avait contacté les autorités pour leur rapporter ce qu'il savait, mais, à cause de son style de vie et de ses fréquentations, on n'avait pas tenu compte de ses aveux. Côtoyant depuis longtemps la faune de Chetopa et Picher, et des gens comme Pennington et Phil Welch, R.E. disait avoir une peur panique de ce dernier.

Il avait expliqué à la police que, à l'époque, il devait dormir avec un couteau de cuisine sous son lit, et se faisait réveiller par la sonnerie du téléphone au milieu de la nuit. « T'as intérêt à la fermer », grondait Phil Welch avant de raccrocher.

À l'instar d'autres témoins, R.E. affirmait que Welch était venu chez lui pour fabriquer de la drogue avec Pennington et chanter des cantiques. Il le décrivait comme un homme « maléfique ».

En 2017, R.E. avait déclaré aux autorités, et notamment au shérif Floyd, à l'enquêteur en chef Stansill et à l'agent de l'OSBI Ferrari, que Welch et Pennington avaient reconnu avoir tué les filles. Les deux hommes affirmaient que tout était parti d'une affaire de drogue, même s'il ne savait pas bien s'il s'agissait d'une dette ou d'un trafic qui avait mal tourné. La mère de R.E. s'était souvent fait « cogner » par Pennington « à propos de cette histoire ». Lors d'un incident particulièrement marquant, Pennington et Welch s'étaient vantés d'avoir pris des Polaroid des filles, comme s'il s'agissait de trophées. Ils en semblaient même si fiers qu'ils avaient collé les photos sous le nez de R.E., quasiment euphoriques.

Par respect pour les familles, et pour éviter tout sensationnalisme, le bureau du procureur n'a pas détaillé le contenu des photographies. D'après ce m'en disent certains témoins anonymes et les enquêteurs, il s'agit précisément du genre de choses dont votre esprit s'efforce de vous protéger.

L'affidavit poursuit : « R.E. a déclaré avoir entendu dire qu'une autre personne avait accompagné Phil Welch [le soir du meurtre des Freeman]. [...] [Il a déclaré] que David Pennington et Phil Welch avaient dit "en riant" que les filles étaient dans un puits de mine, et qu'ils souhaitaient "bon courage à ceux qui essaieraient de les retrouver". »

Quand on lui avait demandé si Pennington ou Welch avaient expliqué comment les filles étaient mortes, R.E. avait répondu : « Oui, elles ont été violées et brutalement étranglées. »

Avant leur entretien de 2017 avec R.E., les nouveaux enquêteurs avaient aussi interrogé sa mère, L.E., en 2016. Elle avait confirmé qu'elle vivait avec David Pennington à l'époque des meurtres, même si certains témoins affirmaient qu'il continuait à partager sa vie avec la mère de Jerri et passait le plus clair de son temps en compagnie de Welch. L.E. avait déclaré qu'elle avait dû se cacher pour fuir Pennington, qui lui avait avoué à plusieurs reprises avoir tué les adolescentes et avait menacé de l'assassiner à son tour, si elle le quittait. « [C'était] une affaire de drogue qui avait mal tourné, avait-elle dit aux enquêteurs. Ils ont décidé de kidnapper les filles et de s'amuser avec elles. Vous voyez ce que je veux dire ? »

Pennington avait raconté à L.E. « qu'un des parents », probablement Danny Freeman, était en train de lui acheter de la drogue quand les « filles étaient entrées dans la pièce ». L.E. affirmait que Welch, Pennington et Busick étaient tous coupables, et qu'ils avaient tous les trois abusé des filles. Elle ne savait pas où celles-ci se trouvaient, mais avait déclaré : « Elles sont peut-être au fond d'un puits », l'endroit où Pennington lui avait dit qu'elle finirait aussi si elle parlait.

L.E. est décédée avant la publication de l'affidavit.

Son fils et elle connaissaient la voiture dont les hommes s'étaient apparemment servis pour se rendre au mobile home des Freeman le soir de l'incendie et kidnapper les adolescentes. L'affidavit précise : « L.E. a rapporté qu'une voiture appartenant à une femme que Phil Welch fréquentait avait été utilisée et que les "papiers" de cette femme avaient été retrouvés par terre. » Son fils avait aussi entendu parler de la carte d'assurance, que Pennington et Welch avaient évoquée tous les deux, craignant que cette preuve ne les compromette.

Même le pasteur Whetstone et sa femme étaient au courant, et pensaient que la police l'était aussi.

« Tout le monde ici connaît l'affaire de la carte d'assurance depuis des années, dit Nancy. Les gens avaient commencé à en discuter dès le lendemain des meurtres. Pourquoi personne n'a-t-il enquêté là-dessus ? »

Je n'ai pas la réponse.

J.B., une autre connaissance de David Pennington citée dans l'affidavit, assurait qu'il avait déclaré trois à six mois avant sa mort qu'il « en savait plus sur les meurtres qu'il ne le laissait entendre ». « Tout le monde pensait déjà [qu'il] était mêlé à l'affaire, de toute façon », ajoutait J.B., qui avançait aussi que les petites amies de Phil Welch, E.B. et T.W., possédaient des informations.

Un autre témoin, J.R., affirmait qu'un jour où il s'était rendu au mobile home d'un ami, il avait trouvé ce dernier en train de regarder des Polaroid avec Busick, Pennington et Welch. Les hommes s'étaient empressés de cacher les photos, mais J.R. en avait aperçu une dans les mains de David Pennington : on y voyait Lauria et Ashley « ligotées à une chaise avec du chatterton, les poignets attachés ». Il avait entendu les hommes parler des filles à plusieurs reprises, et se rappelait que l'un d'eux avait dit : « Ouais, on les a eues, pas vrai ? »

Un cinquième témoin, un fugitif sous le coup d'un mandat d'arrêt qui n'avait accepté de parler que par appels téléphoniques succincts aux enquêteurs actuels, avait déclaré à l'agent Ferrari que « David Pennington avait craché le morceau » : alors qu'il était ivre, il avait avoué que « ce type appelé Welch » et lui étaient impliqués dans le crime. Le témoin savait aussi que les deux hommes fabriquaient de la meth. Quand cet informateur en cavale avait finalement pu être interrogé, après avoir été arrêté et incarcéré en 2018, il avait confié à Stansill et Ferrari qu'il avait souvent entendu Welch, Pennington et Busick parler des meurtres, appelant les adolescentes « ces deux petites garces », comme si c'était une sorte de plaisanterie qu'ils partageaient. Il soutenait que l'affaire était « un cambriolage qui avait mal tourné », et que Danny Freeman devait « un paquet d'argent » aux hommes.

« Je me rappelle qu'au dixième anniversaire [de la disparition d'Ashley et Lauria], il y a eu un sujet dessus aux infos, me dit la belle-fille de David Pennington, Jerri. Et j'ai regardé [David] en disant : "C'est vraiment triste qu'on ne les ait pas encore retrouvées." »

« Elles sont au fond d'un puits de mine rempli d'eau », avait-il répondu brusquement, ajoutant qu'il connaissait un homme qui y jetait des carcasses de bétail. Face au silence de sa fille, il avait remué d'un air mal à l'aise. « En tout cas, c'est là que j'irais chercher. »

Jerri me dit que les autorités n'ont pas tenté de l'interroger, même après la conférence de presse où son père a été cité parmi les meurtriers. À la place, elle a contacté les Bible de sa propre initiative.

« Ce sont eux qui ont le plus de raisons d'être en colère, affirme-t-elle lorsque nous abordons le sujet de la fureur du public, dont elle est souvent la cible injustifiée. Ils n'attaquent personne. Ils ne disent pas d'horreurs. C'est vraiment incroyable, la force qu'ils ont. »

« Tout cela ne résout rien », déclare Lorene.

Il semble que le torrent d'informations officielles émanant du bureau du procureur n'offre guère de réconfort à cette femme, dont l'unique but est de retrouver sa fille.

« L'objectif est de ramener les filles à la maison, et tant que ce ne sera pas arrivé, l'affaire ne sera pas résolue. »

La suite de l'affidavit évoque plusieurs hommes, femmes et enfants qui ont vécu pendant des années sous la menace de Phil Welch, Ronnie Busick et David Pennington. Je compile des centaines de documents au sujet de Welch, dont des procès-verbaux qui attestent de nombreux cas d'agression, voie de fait, cambriolage, maltraitance sur mineur, violence conjugale, menaces terroristes et j'en passe. Une partie de ces rapports repose sur les mêmes témoignages que l'affidavit de 2018. Quand l'une des femmes qu'il fréquentait avait essayé de le quitter, Phil Welch l'avait pourchassée, menaçant d'égorger ses enfants et de les jeter dans les mines : ils « finiraient comme les filles ». On ne compte plus les personnes qui ont vu les photos de Welch en train d'avoir un rapport sexuel avec les adolescentes.

Je ressors de ma lecture de l'affidavit en colère et vidée. Mon ventre s'emplit de dégoût en pensant à ces hommes, aux filles.

Aujourd'hui, Ronnie Dean Busick est encore en attente de procès. En vertu de la loi, il est présumé innocent.

David Pennington et Phil Welch sont décédés au cours de l'enquête.

Charles Krider n'est pas soupçonné du meurtre des Freeman à l'heure actuelle, et vit toujours à Chetopa.

Alors que l'enquête semble repartie dans la bonne direction et qu'ils sont persuadés que les trois accusés sont coupables, les Freeman et les Bible restent divisés sur le sujet inévitable de l'implication de la police.

« Après, [Ronnie] n'avait pas la moindre idée de qui était vraiment derrière tout ça, me dit la nièce de Busick lors de notre premier entretien, sans que j'aie abordé la question. On ne l'aurait sûrement pas mis au courant... Toute cette histoire de "trafic de drogue" me paraît louche. Dès que c'est arrivé, tout le monde a compris ce qui s'était passé, parce que tout le monde savait qu'un procès se préparait. »

Je lui demande de préciser :

« Vous voulez parler de Danny Freeman et des poursuites qu'il comptait engager contre la police ?

— C'est ça. »

À partir de là, elle préfère que ses propos restent confidentiels.

Je demande aussi à R.H., qui a connu les trois hommes, pourquoi, même à présent que Busick est incarcéré et que les deux autres sont morts, les habitants de Chetopa sont encore trop effrayés pour parler.

« La police, me répond-il franchement. Une bonne partie de la jeune génération écoute les conseils de l'ancienne : ne dites rien. Il y a des choses qu'on ne pourrait pas me faire avouer, même si on me payait un million de dollars. »

À la fin de notre entrevue, R.H. et moi sortons dans la rue et contemplons la maison voisine, où David Pennington vivait avec Jerri et sa mère à l'époque des meurtres.

« Il y avait des gens qui n'avaient peur de rien, et qui étaient terrifiés par ce type, Phil, dit-il.

— Mais il est mort, maintenant. »

R.H. allume une cigarette.

« Dieu merci. »

C'est ici que mes recherches doivent s'achever, une frontière tracée dans la poussière blanche des terrils toxiques. Comme ceux qui chérissaient Ashley et Lauria, je sens que je pourrais poursuivre l'enquête à tout jamais. Je me sens même coupable de ne pas avoir de conclusion à offrir aux familles pour terminer ce livre. Car même si les responsables ne pourront pas commettre d'autres atrocités, je ne suis pas certaine que nous soyons plus avancés dans la recherche des filles. Évidemment, je sais que la fin semble proche, mais je sais aussi que les familles ont eu cette impression mille fois déjà. Comme le dit Lorene, mieux vaut ne pas espérer. Je crois que l'espoir suffit pour survivre à presque tout, mais je comprends aussi qu'il puisse rendre fou.

32
Comme l'éclair

Aujourd'hui

Un an s'est écoulé depuis la première arrestation. Je rentre moins souvent chez moi que je ne me rends dans l'Oklahoma, invariablement accueillie par les ombres et l'étau de la peur dissimulés sous l'aspect nourricier de la prairie, où les lignes de couleur de l'aube fluctuent comme la mer, se retournant vers un rivage fait d'étoiles. Ce n'est pas moi qui vais la voir. C'est elle qui s'empare de moi. Mais, chaque fois que je passe devant le panneau qui me souhaite la bienvenue dans l'Oklahoma, je jurerais entendre le souffle d'Ashley éteignant ses bougies, un souffle en harmonie avec le vent dans les blés. Et le rire de Lauria qui s'y mêle, joueur, un écho de la jeunesse. Les lents applaudissements d'une mère et d'un père. Le sang dans les veines de meurtriers, froid comme les rivières qui coulent à l'arrière de la propriété, près du barrage.

Tout s'estompe dans le silence qui est celui de la prairie lorsque le vent s'arrête, puis reprend de plus belle avec les railleries immuables qui gardent les réponses pour elles : quelque part dans les environs, Ashley et Lauria sont encore là.

J'éprouve une certaine fierté à avoir suivi l'affaire jusque-là. Au fil des hauts, des bas, des regains d'activité et des pauses, alors que les fausses pistes foisonnent comme les poissons-chats dans la région des quatre États – pour chaque suspect que j'évoque, il y en a bien d'autres dont ne j'ai pas parlé. C'est étourdissant, émouvant, frustrant, et parfois terrifiant. Mais j'ai le sentiment que tout le monde avance. L'annonce de l'inculpation des trois hommes a entraîné une nouvelle vague de témoignages et d'informations, et aidé les autorités à avoir une idée plus précise de l'endroit où les dépouilles des filles pourraient être retrouvées aujourd'hui : le cancer que Picher représente sur la belle silhouette de l'Oklahoma.

Même s'ils se focalisent sur le site pollué abandonné, les familles et les enquêteurs acceptent tous les renseignements, d'où qu'ils viennent.

En janvier 2019 encore, je remonte le fil d'une rumeur jusqu'à un ancien membre des forces de l'ordre. Ne m'attendant pas à grand-chose, je repars avec un CD contenant les aveux enregistrés en 2000 par un homme à l'agonie, le père âgé d'un suspect qui voulait indiquer aux autorités où les corps des filles se trouvaient. Les informations affluent toujours, et les familles restent à l'écoute.

« Pourquoi maintenant ? dis-je à la personne qui m'a remis le CD.

— J'ai mes raisons », répond mon informateur, faisant allusion au problème de la corruption policière.

En bonne disciple de Lorene Bible, j'apprends à ne pas espérer. La triste réalité demeure que Lauria et Ashley ne seront peut-être jamais retrouvées, que même si l'on obtient des coordonnées précises, les mines sont un labyrinthe en grande partie inaccessible, rempli d'eau courante qui aurait pu emporter leurs corps à des milliers de kilomètres, dans n'importe lequel des États voisins. Et même si les Bible admettent ce fait, ils ne renonceront jamais.

« Les grands-parents de Lauria sont décédés avant qu'on l'ait retrouvée, me dit Lorene. Sur son lit de mort, son grand-père m'a demandé s'il aurait pu faire quoi que ce soit de plus pour y arriver. »

Entendre parler de proches qui promettent de glaner des informations dans l'au-delà et de les communiquer à Lorene ici-bas a de quoi briser le cœur.

Celesta Chandler, la mère de Kathy Freeman, est également décédée pendant que j'écrivais ce livre.

Pour la première fois en une décennie, même Dwayne Vancil recommence à s'exprimer publiquement sur l'affaire.

« C'était un crime trop brutal, trop personnel », dit-il à des journalistes. Il n'a jamais été convaincu que les meurtres étaient liés à une histoire de drogue. Parlant de Busick, Pennington et Welch, il ajoute avec colère : « Nous avons entendu ces trois noms dès le lendemain de l'incendie. Nous l'avons signalé à l'agent Nutter, qui nous a répondu : "Non, ils n'ont rien à voir là-dedans." »

Aucun membre de l'OSBI, du CCSO ni des autres agences impliquées dans l'affaire n'a fait de commentaires officiels sur les bévues, la négligence ou la corruption des anciens enquêteurs.

Comme je le dis aux gens de chez moi qui m'interrogent sur ce que je fais dans l'Oklahoma : quatre-vingt-dix-neuf pour cent de mon travail consiste à gagner la confiance de mes interlocuteurs. Ce n'est qu'après l'arrestation de Busick, à l'été 2018, que Dwayne Vancil me communique des documents qui n'ont plus été vus depuis que DeAnna Dorsey s'y était cramponnée lors de l'émission enregistrée à Los Angeles, quelques jours avant son meurtre, en 2002.

J'ai pour la première fois en main le rapport d'autopsie de Shane Freeman.

J'ai en main la déposition signée de l'agent du CCSO Mark Hayes, frère de David Hayes, le policier qui a abattu Shane.

J'ai en main la déposition signée de l'agent du CCSO Jim Herman.

J'ai en main la déposition signée de l'agent du CCSO Troy Messick.

J'ai en main la déposition signée de l'agent du CCSO Charlie Cozart.

Comme promis, on me remet une vidéo réalisée par la famille Freeman, où l'on voit Dwayne soulever le cadavre de Shane dans le sous-sol d'une entreprise de pompes funèbres, pour indiquer l'impact de balle suspect sur le côté de sa poitrine.

D'après le rapport d'autopsie, le médecin légiste Donna Warren avait constaté que la balle était entrée et sortie à l'arrière du haut du bras gauche de Shane, traversant le triceps sans toucher l'os.

Puis elle s'était fichée dans son torse, à environ cinq centimètres à droite de son téton gauche, avait transpercé sa cinquième côte et atteint ses poumons et son cœur. La balle était encore logée dans le cadavre de Shane, et le médecin l'avait extraite des muscles de son dos, du côté opposé à celui par lequel elle était entrée à un angle légèrement descendant.

Le fait que la balle ait transpercé l'arrière du bras du garçon et laissé une brûlure sur le côté de son torse en l'effleurant a convaincu les Freeman que Shane était en train de s'enfuir. Cependant, quand je me renseigne une fois de plus auprès du coroner et professeur Darren Dake, il me soutient que le rapport d'autopsie n'indique pas clairement que Shane se trouvait dans cette position.

Cela dit, pour reprendre les propos de Danny Freeman cités dans le *Tulsa World* peu après la mort de son fils, « il y a peut-être des choses qu'on ignore ».

Aujourd'hui, une profonde ligne de faille demeure.

« Je ne suis même pas sûr d'avoir envie d'en parler », me dit David Hayes.

Cela fait trois ans que je le lui demande et, pour la première fois, il a accepté de s'exprimer publiquement sur la mort de Shane.

« Et ce n'est pas à cause de vous. »

Quand je m'entretiens avec lui, il est devenu capitaine de police dans le comté voisin de Rogers, et semble éprouver des remords à propos de la mort de Shane – il ne regrette pas de l'avoir abattu, mais d'avoir dû l'abattre en ce 8 janvier 1999.

Par cette fin d'après-midi froide et venteuse, David Hayes roulait vers l'ouest de Welch, là où les habitants sont rares et le ciel bas. Des rumeurs disaient que le Bandit au gyrophare était armé, et Hayes était le premier agent à arriver sur les lieux ; quand il s'était engagé sur la route, sa voiture de patrouille s'était retrouvée face à celle de Shane.

« Tout s'est passé assez vite », me dit-il.

Persuadé qu'il allait s'agir d'une intervention ordinaire, Hayes avait observé le garçon, assis dans le pick-up en panne au bord de la chaussée.

« Je ne m'attendais pas à ce qu'il y ait du grabuge », me raconte-t-il.

Attrapant son arme de service, un fusil de calibre 12, il était descendu de son véhicule et avait ordonné à Shane « de sortir du pick-up et de se coucher par terre ». Le garçon ne semblait pas nerveux, ni fébrile.

« Il avait l'air distant », se rappelle Hayes.

Je me demande si la fièvre qui avait habité Shane pendant sa frénésie criminelle était retombée, s'il avait accepté son sort. Ou bien il était simplement jeune et naïf, et espérait finir en prison. Ou bien il ne pensait à rien.

« Il a hésité un peu. » David Hayes s'interrompt et choisit soigneusement ses mots, la voix empreinte de regret : « J'aurais aimé qu'il essaie de me parler. »

Au lieu de quoi Shane était descendu de son véhicule et avait claqué la portière, mais ne s'était pas couché comme on le lui avait ordonné. Il avait écarté un pan de sa veste et dégainé le pistolet qu'il avait volé chez les Bible la veille.

L'espace d'une seconde éternelle, tandis que Hayes fixait le canon de l'arme braquée sur lui, « le temps [avait] ralenti », se rappelle-t-il.

« Et je me suis dit : "Je n'arrive pas à croire qu'il me force à faire ça." »

Il affirme avoir senti la présence de Dieu autour de lui :

« Tout était calme. »

David Hayes avait abattu Shane à 16 h 20 exactement, quelques secondes avant l'arrivée des renforts. Le deuxième agent qui s'était présenté sur les lieux était Troy Messick, l'homme qui annoncerait la nouvelle de l'incendie à Lorene Bible au McDonald's et interviendrait quand les Bible découvriraient le cadavre de Danny. C'était également lui qui avait pris note de la fugue de Shane après l'incident avec le câble téléphonique, devant l'insistance de Danny Freeman.

Sur le moment, Hayes avait cru avoir manqué Shane, qui ne s'était pas effondré après son coup de feu. Le garçon s'était détourné pour se diriger vers l'arrière du pick-up, plié en deux. Mais alors que l'agent observait les vitres du véhicule depuis l'endroit où il avait tiré, il n'avait pas vu réapparaître Shane de l'autre côté : il était tombé derrière le pick-up.

« Il était mort quand je l'ai atteint. »

D'après les dépositions des policiers que j'ai sous les yeux, Shane était décédé à 16 h 20.

Messick était arrivé à 16 h 21.

Le lieutenant Jim Herman était arrivé à 16 h 33.

Le sous-shérif Mark Hayes était arrivé à 16 h 37, avec l'inspecteur Charles Cozart.

Et le shérif Vaughn était arrivé à 17 h 24.

C'étaient ces hommes qui étaient restés là dans le froid, concentrés sur le corps immobile de Shane, tandis que le crépuscule cédait la place à la nuit. C'étaient ces hommes qui interviendraient au domicile du garçon quand il brûlerait moins d'un an plus tard.

Je demande expressément à David Hayes s'il pense que Shane avait eu l'intention de se suicider.

« Aucun doute, répondit-il. Je n'ai aucun doute que c'est ce qui s'est passé. »

Certains l'avaient supposé par le passé, avançant que Shane avait choisi cette issue plutôt que de retourner vivre chez lui, comme les services sociaux et son père voulaient l'y forcer.

Nous parlons aussi du harcèlement que Danny Freeman était censé avoir fait subir à Hayes, après quoi des agents du CCSO avaient été accusés d'avoir arrêté Danny sans raison et proféré des menaces contre sa famille et lui. À ma surprise, Hayes affirme ne pas en avoir été directement témoin.

« Je ne dirais pas qu'il m'a harcelé, déclare-t-il. Je sais qu'il est venu chez moi un soir après [la mort de Shane], et on m'en a averti. Et puis il a été interpellé par un autre agent et emmené au bureau du shérif. »

Il s'agit de l'incident décrit dans les lettres de Kathy Freeman et de sa mère, Celesta Chandler.

Je demande à Hayes quelle a été sa réaction quand, un an plus tard, il a appris que Kathy et Danny avaient été assassinés.

« J'étais estomaqué. »

Et même si on lui avait fait passer un test au détecteur de mensonges pour déterminer ce qu'il savait sur le meurtre des Freeman, on ne lui avait jamais communiqué le résultat. Comme son frère, le sous-shérif Mark Hayes, il avait conscience que l'agent Nutter l'avait classé parmi les suspects au début de l'enquête, en même temps que d'autres membres du CCSO.

« Ça a été dur de vivre avec ça, me dit-il. Mais j'ai réagi comme on m'avait formé à le faire, et j'ai la conscience tranquille. »

Son seul espoir est qu'on puisse enfin mettre un point final à cette histoire.

« Pas d'arme visible, continuent à répéter les Freeman. Pas d'arme visible. »

Aujourd'hui, debout sur la portion de route isolée où Shane a rendu son dernier soupir à dix-sept ans, je distingue l'endroit où la prairie rencontre les collines, et le vent hurlant se retrouve piégé dans mes oreilles. Une prière silencieuse sur mes lèvres a le goût de la poussière de la route, et je ferme les yeux pour imaginer les échos faiblissants d'un coup de fusil autour de moi. Ni les croix ni les fleurs déposées par Ashley ne subsistent vingt ans plus tard – rien n'indique qu'il s'est passé quoi que ce soit en ces lieux. Je me rappelle la réponse de mon mari, quand je lui ai dit que Shane était la personne dont je me sentais le plus proche. « C'est peut-être parce que tu étais exactement comme lui au même âge. » J'ai survécu à la fleur de la jeunesse, mais j'ai du mal à me défaire de l'idée qu'un seul geste, justifié ou non, intentionnel ou non, ait pu faucher à jamais la vie de ce garçon.

J'entends une voiture au loin, qui met de longues minutes à arriver à ma hauteur.

« Besoin d'un coup de main ? » me demande-t-on.

Et, soudain, je repense aux habitants des environs qui s'étaient arrêtés pour poser la même question à Shane peu avant sa mort. « Non, merci ; j'attends de l'aide. »

« Non, merci, dis-je avant de me présenter. Vous avez connu Shane Freeman ?

— Bien sûr, je me souviens de lui, me répond-on. Ce garçon était rapide comme l'éclair. »

33
Pas de fin

En 1999, puis dans les premières nuits d'un nouveau millénaire, un petit mobile home gris se cachait parmi les terrils en apparence infinis et les bassins de poissons turquoise qui avaient jailli du sol de Picher. Un vent blanc charriait le son de cantiques éraillés sortant d'un tourne-disque Victrola d'occasion, trouvé dans les affaires abandonnées par les rats des terrils qui avaient dû quitter leur foyer. La musique retentissait toute la nuit, car personne ne dormait à cet endroit. Le son ne portait pas comme dans la prairie. À la place, il était étouffé par des montagnes de déchets toxiques et les menaces d'hommes qui ne s'éloignaient jamais des partages de meth et des sermons illusoires.

« Je n'ai toujours nulle part où me recueillir », dit Lorene Bible, qui a cessé de se rendre dans l'allée des Freeman.

Désormais, nous déposons des fleurs dans un coin herbeux de Picher où l'on ne distingue pas le moindre signe de vie, en dehors de l'accumulation d'offrandes laissées par les amis et la famille.

« Je n'ai littéralement que le seuil d'un assassin. »

Et il ne reste même pas de seuil.

Je demande aux familles comment elles empêchent les ténèbres de les dévorer.

« Lauria était une belle personne, qui nous était très chère, me dit sa cousine Lisa. Laisser quoi que ce soit ternir cela reviendrait à insulter sa mémoire. »

Neuf mois après que Ronnie Busick a été inculpé des meurtres de Lauria, Ashley, Kathy et Danny, je suis assise au Cow, un petit restaurant de Welch. L'endroit est sombre et silencieux, et je suis la seule cliente, attendant qu'on emballe ma commande. Je regarde la neige tomber en biais sur la rue déserte. C'est un peu comme si je rentrais à la maison. Il y a quelque chose dans l'Oklahoma qui ne me quittera jamais.

J'entends la musique qui devrait s'élever, et je vois devant moi une ombre familière, la peur. Je lui demande si elle veut s'asseoir à mes côtés, et, de cette manière, la crise d'angoisse est évitée, la peur se dissipe. C'est grâce à cette approche, apprise en grande partie en observant des gens qui endurent des souffrances inimaginables, que mes crises d'angoisse disparaissent.

« Les ténèbres sont toujours là à la marge, mais on ne peut pas les laisser entrer, dit Lorene. Ça reviendrait à capituler. Et je ne capitulerai pas. »

Ma nourriture arrive, et j'emporte l'affidavit avec moi.

Il y a un dernier interrogatoire évoqué dans ce document : celui de Phil Welch lui-même.

Au cours de cet entretien mené en février 2003, « Welch [avait] déclaré qu'avant le meurtre de [Danny] Freeman et de sa famille, il s'était installé à environ un kilomètre au nord du domicile des Freeman ».

L'affidavit, qui ne cite qu'une partie de l'interrogatoire, note que Phil Welch avait « indiqué qu'il avait rencontré David Pennington à Chetopa, et qu'ils s'étaient liés d'amitié ». Apprenant que la carte d'assurance d'E.B. avait mis les enquêteurs sur sa piste, Welch avait expliqué qu'il avait déjà parlé à la police, tout comme E.B., qui avait emménagé avec lui peu après les meurtres. « Il ne savait pas pourquoi la carte d'assurance avait disparu du véhicule, ni pourquoi on l'avait découverte sur la scène du crime. »

Encore une faute, commise par des personnes qui avaient littéralement l'assassin devant les yeux.

« Vous savez ce que je me demande ? me dit le condamné à mort Jeremy Jones quand il entend parler de la carte. Je me demande si [les filles] n'ont pas essayé de sortir du véhicule au bout de cette allée. La carte aurait pu s'envoler. Ou elles auraient pu la jeter exprès, si ça se trouve. »

Il y a peut-être des choses qu'on ignore.

Je remballe mes ténèbres et je m'en vais. Tandis que la neige tombe dru, je sors sur le trottoir et regarde la caserne des pompiers de Welch de l'autre côté de la rue, où les camions attendent en silence et le drapeau américain tinte doucement contre son mât. Je sens le goût de la neige dans l'air alors que je prends la route de l'ouest pour rendre visite à Glen Freeman dans la propriété de sa famille, où je m'arrête à chaque voyage. Longeant le ranch des Sherrick, le couple qui avait signalé l'incendie en 1999, je remonte la route qui mène chez les Freeman, comme je l'ai fait d'innombrables fois. Une maison blanche délabrée se trouve entre leur propriété et celle des Sherrick, et je me rappelle avoir interrogé ces derniers sur les voitures qui circulaient dans les parages.

« Savez-vous qui habitait dans l'autre maison ?

— Non, aucune idée. »

S'il n'y avait pas eu un pick-up garé devant, je ne me serais jamais doutée que quelqu'un vivait là. Je m'arrête et frappe à la porte cassée jusqu'à ce que le locataire actuel vienne m'ouvrir.

« Bonjour, excusez-moi de vous déranger, dis-je, avant d'expliquer qui je suis. Je me demandais si vous aviez entendu parler des crimes commis un peu plus haut sur la route en 1999.

— Vous voulez savoir à quelle époque Phil Welch habitait ici, c'est ça ? »

Je reste pétrifiée. Les informations de l'affidavit étaient erronées : Phil Welch ne vivait pas au nord de la propriété des Freeman, mais au sud. Il vivait là.

« Oui », dis-je en me raclant la gorge.

Le locataire me confirme que Phil Welch avait logé dans cette maison à l'époque où les Freeman habitaient plus haut. Il me dit qu'il dormait dans la grange. Pourtant, quand je m'entretiendrai avec la propriétaire, celle-ci me dira qu'il n'y dormait pas, mais y fabriquait de la meth. La neige continue de tomber pendant que je furète autour des dépendances croulantes derrière la maison, des bicoques pleines de bric-à-brac, de mauvaises herbes, de planches cassées et de clous rouillés. Mais, alors que je regarde autour de moi, vers un panorama de collines qui s'estompent dans la grisaille de la neige, une chose me frappe : on aperçoit le mobile home de Glen Freeman au loin.

Si j'avais été Phil Welch, j'aurais pu fabriquer de la meth en ayant vue sur le domicile des Freeman. Quand je regagne ma voiture et vérifie la distance, je constate que celui-ci ne se trouvait qu'à 1,2 kilomètre de là. *Merde alors.*

Je m'enfonce plus loin que jamais dans la campagne pour retrouver la propriétaire de la maison, me perdant d'un côté puis de l'autre de la frontière du Kansas, parmi une myriade de villes sans nom. Quand je rentre de mon entretien avec cette vieille dame aimable, les routes sinueuses et les forêts denses me soulèvent l'estomac et me plongent dans l'obscurité. Le crépuscule crée des angles morts, et juste avant que le dernier éclat du jour s'éteigne, je tombe sur une boîte aux lettres au nom de « Welch ».

Je m'arrête, soupèse l'idée un moment.

Au bout d'une longue allée pentue, je distingue une maison, un feu de bois et l'ombre d'un homme qui se déplace dehors. Mais, en bas, un panneau « Défense d'entrer » monté sur du fil barbelé a été décroché de ses poteaux et posé en travers du chemin. Je laisse ma voiture sur la route et remonte lentement l'allée, le démon familier de l'angoisse s'agitant au creux de mon ventre. J'essaye de faire signe à l'homme, mais il ne me voit pas, occupé à faire des allers-retours entre la cabane et le feu avec une brouette chargée de bois, et j'ai peur de l'appeler, au cas où il aurait des chiens. Je m'arrête à une certaine distance et enlève mon manteau noir dans le froid glacial, en espérant que mon tee-shirt Metallica blanc attirera son attention. C'est le cas.

L'homme prend son temps pour me rejoindre, et je me demande s'il m'avait repérée dès le début. Il arrive aussi lentement que le crépuscule ici dissimule les vertus du jour, avec un bleu de travail et une odeur d'essence, et quand il est suffisamment proche pour que je discerne ses traits, je jurerais être face à Phil Welch.

Je n'entends plus que mon cœur qui bat dans mes oreilles, et je suis prise de l'envie soudaine de prendre mes jambes à mon cou.

« Excusez-moi, dis-je. J'ai vu le nom sur la boîte aux lettres. »

L'homme est le portrait craché de Phil, son frère, avec lequel il a rompu tout contact des décennies auparavant. Je discute un moment avec lui, frissonnant dans le froid jusqu'à ce que mes orteils s'engourdissent, mais il refuse que je rapporte ses propos. Le soleil se couche derrière nous, emportant mes ombres avec lui. Et, une fois de plus, je me retrouve dans les collines d'un noir d'encre de la prairie.

Je rassemble toutes mes affaires pour les ranger dans ma voiture de location, me préparant à retourner sur la côte Est ; mais ce ne sera assurément pas mon dernier voyage dans l'Oklahoma. Les nombreux écrits de Lauria Bible reposent sur le siège à côté de moi tandis que je traverse la campagne :

Il y a un endroit que j'aime particulièrement près de la vieille mare aux canards… J'adore quand, le soir, le soleil éclatant se couche avec ses couleurs aveuglantes reflétées sur l'eau, et comme tout scintille pendant que le grand vent puissant mais calme agite l'eau…

L'Oklahoma me transforme à jamais, et plus souvent que je ne veux l'admettre je continue à parler à Lauria et Ashley, cherchant à me rassurer auprès des fantômes, avec leur souhait silencieux qu'on les retrouve. J'y retourne encore, ayant forgé de nouveaux liens et le projet de garder pour toujours l'oreille tendue, ma porte ouverte. Parfois, je savoure simplement la route d'est en ouest : lorsque les couchers de soleil rouges s'attardent au-dessus de la campagne après de longues journées, et que mes cheveux s'emmêlent dans le vent épais et chaud d'un pick-up lancé à pleine vitesse. Je passe la main sur les champs qui défilent et un ongle sale sur l'horizon, me rappelant tout ce pour quoi les adolescentes vivent : *un cœur insouciant, un baiser entre gamins pauvres, un amour irraisonné.*

Voir tout ça m'aide à ne plus penser au monde et à tous mes soucis, termine Lauria.

« Ce ne sera pas terminé tant que je n'aurai pas retrouvé ma fille et que je ne l'aurai pas ramenée à la maison », affirme Lorene vingt ans plus tard.

Car, alors que j'achève ce livre, l'histoire va de l'avant, et les familles aussi. Elles continuent d'entretenir un immense espoir, malgré l'idée douloureuse qu'elles ne retrouveront peut-être jamais les filles.

Mais, comme je l'ai appris dès ma première visite dans l'Oklahoma : la prairie a ses méthodes.

Remerciements

Cela ne surprendra personne que je tienne avant tout à adresser mes remerciements à Lorene Bible, dont la force et la détermination m'inspirent chaque jour. Sans elle, beaucoup de gens ne connaîtraient pas cette histoire. Je ne pourrai jamais assez la remercier, comme toutes les autres personnes qui m'ont ouvert leur cœur et leur porte, et m'ont fait une place dans les aspects les plus douloureux de leur vie. Je me rends compte que ma présence n'était pas toujours facile, mais je vous aime pour votre patience. Merci à Jay Bible, que je respecte et admire tant pour avoir partagé ses sentiments avec moi. À Lisa Bible Brodrick, la femme inespérée qui est devenue l'une des meilleures amies dont la Yankee que je suis pouvait rêver, et aux autres membres du clan Brodrick, qui sont tous plus fous qu'une fosse remplie de ratons laveurs sifflants. À Missy et au reste des Bible et des Leforce, qui continuent à porter haut et fort la voix de Lauria au fil des générations et du temps. L'unité et la persévérance de cette famille sont tout simplement extraordinaires ; c'est une grande chance de vous connaître tous.

J'éprouve une immense gratitude envers la famille Freeman, qui m'est devenue si chère. Glen, qui occupe une place à part dans mon cœur : merci pour votre confiance. Merci à Dwayne, avec qui je peux discuter pendant des heures et des heures, des conversations qui me sont précieuses. Merci à Chris et Huey pour les moments passés entre Welch et la Louisiane, et à Lonny. Merci à tous de m'avoir accueillie dans vos vies, même quand cela faisait mal, et de m'avoir aidée à comprendre tant de choses.

Celesta Chandler, qui est décédée avant que je termine ce livre : puissiez-vous enfin connaître la paix. Et Bill, je vous souhaite de trouver la paix aussi. Je me souviendrai toujours de l'amour que vous aviez pour votre famille.

Merci à Jeremy Hurst et Kat, pour leur gentillesse. À Sheena, une vraie amie de Lauria et d'Ashley et l'une des femmes les plus adorables que je connaisse, pour avoir été si bonne avec moi au fil des années. À Justin Green, pour avoir partagé tant de choses sur Shane et cette amitié indéfectible. À Aaron Roper, pour ses nombreuses informations et conseils touristiques, et à sa famille et ses amis pour leur accueil chaleureux (et leurs délicieux travers de porc). Au shérif Jeremy Floyd et à Melissa, pour m'avoir ouvert leur porte et m'avoir toujours soutenue. À Cowboy, qui pouvait toujours m'emmener à la découverte des recoins de l'Oklahoma et me faire sourire. À R.E., devenu un ami que j'adore. À Jerri Shelton, pour sa confiance et sa bonté infinie. À Tom Pryor, pour avoir été si ouvert. À Ally Lynn, pour m'avoir acceptée. Aux Sherrick, pour m'avoir permis d'être la première personne à recueillir leur témoignage. À Tiffany Alaniz, de Fox23, qui a couvert cette affaire depuis sa genèse et est toujours prête à aider. À Sheila Stogsdill, pour les mêmes raisons. Au coroner Darren Dake de la Death Investigation Training Academy, que je suis fière de compter parmi mes amis, et à Priya Banerjee, pathologiste judiciaire : merci à vous deux pour votre patience et vos conseils. Au sergent retraité du NYPD Joe Giacalone, qui m'a tant appris sur la police. À Paul Burch, pour son aide incroyable. À Larry Thomas, du KBI, pour son savoir-faire. Aux Cooks, qui se sont tellement attachés à Judith – merci d'être formidables. À Paula Barnett : je t'aime énormément. À Sherry Davis, pour avoir été une si bonne personne au fil des années. Aux Whetstone, dont la piété et la bonté transpirent dans ces pages. À « Rhonda », que je pensais ne jamais avoir l'occasion de rencontrer ; je suis si heureuse de l'avoir fait (je te trouve tout simplement formidable). Et à « Dawn », pour avoir surmonté tant de choses.

Merci à Ken et Sara Clark, pour leur gentillesse et leur accueil. À Anita, du casino (tu sais pourquoi). Aux gars et aux filles de Stephen David Entertainment, qui m'ont aidée à mener à bien une grande partie de mes recherches. À Dean Bridges et à la Cowboy Church, pour tout ce qu'ils ont fait pour moi. Aux historiens et archivistes de Vinita, pour avoir été si serviables et accommodants dans leur désir de faire vivre l'Histoire. Aux employés des lycées de Bluejacket et Welch, en particulier Shellie Baker, pour m'avoir montré les lieux. Je dois aussi mentionner le Clanton's Cafe, le meilleur restaurant de l'Oklahoma. Merci à tous, du fond du cœur.

Par souci d'anonymat, j'adresse des remerciements généraux à tous ceux qui m'ont accordé un entretien, tant pour ce livre qu'à d'autres occasions. Je veux dire ma gratitude envers les hommes et femmes de Wyandotte qui ont parlé de cette affaire pour la première fois avec moi. Vous ne devriez pas avoir de mal à vous reconnaître. Merci aux habitants de Chetopa et des environs, pour m'avoir fait une place dans vos vies et avoir témoigné malgré votre peur. À mes sources officielles et officieuses au bureau du shérif du comté de Craig et au bureau du shérif du comté d'Ottawa, ainsi qu'aux agents et employés du bureau du procureur et de l'OSBI, qui ont partagé leurs connaissances avec moi pour que je puisse écrire ce livre et que cette histoire continue à vivre. Merci à tous.

Je quitte à présent l'Oklahoma pour dire mon admiration à mes êtres chers, ceux qui m'ont vue endurer le processus d'écriture. À commencer par mon mari, John David : merci de ne jamais m'avoir laissée renoncer, malgré toutes mes tentatives. Je t'aime et je te déteste pour ça. Merci à ma sœur, Jessica, ma meilleure amie et la personne qui me connaît le mieux au monde (un grand merci aussi à Roger, et Mandy et Sarah !). À ma belle-famille en Irlande, Ber, Paddy et Sarah, pour leur formidable soutien depuis bien des années. À ma mère, qui est décédée pendant que j'écrivais ce livre – merci de m'avoir transmis les gènes de l'écriture, au lieu de les passer à Jess. À mon père, Vik et Linda : merci d'être vous. Merci à mon cher ami Amit « A.A. » Dhand, qui est pour moi ce que Harper Lee était pour Truman Capote – je trinque à la santé des Harry et Freedom en chacun de nous. À mon cher ami et père d'adoption, le juge Jim Szablewicz, qui m'a tant aidée sur le plan juridique. À Tom Saum et Joey Slavinski au reste du Scooby-Gang à New York, qui m'ont épaulée quand je n'étais pas au mieux de ma santé mentale, et ont été mes premiers ports d'attache quand j'avais besoin de souffler.

Enfin, merci aux femmes dans les coulisses de l'édition, à commencer par Emma Finn, de l'agence londonienne C&W, qui a été la première personne à donner une chance à ce livre. Merci à Zoe Sandler, de l'agence new-yorkaise ICM : vous êtes les meilleures. À Sarah Hodgson de chez HarperCollins UK, qui a toujours eu foi en mon talent d'écrivain. À Jen Monroe de chez Berkley et Penguin Random House USA, qui m'est devenue très précieuse et que j'adore. À Kathryn Cheshire de chez HarperCollins UK, une grande éditrice. À Caroline Lamoulie de chez Plon, ma complice française. Merci d'avoir travaillé si dur pour faire publier cette histoire. À tous les acteurs de l'édition qui ont travaillé sur ce livre : rien ne serait possible sans vous.

Et, bien sûr, à mes enfants, qui me rappelleront toujours qu'il y a de la beauté et de la lumière, même quand le monde sombre dans les ténèbres. Vous êtes la raison pour laquelle j'écris, et je vous aime tous GRAND comme ça.

Vous pouvez suivre l'affaire sur la page Facebook **Find Lauria Bible-BBI**, gérée par la famille Bible, où vous trouverez des photos, des informations et plus encore. Les témoignages sont toujours bienvenus.

Ils peuvent aussi être communiqués au bureau d'investigation de l'Oklahoma : **1-800-522-8017** ou **tips@osbi.ok.gov**.

Les dons sont également bienvenus sur la page GoFundMe du **Lauria and Ashley Scholarship Program**, une initiative destinée à financer des bourses d'études dans les lycées des deux jeunes filles.

Une récompense de 50 000 dollars reste offerte.

Table

Troisième partie
Drogues

Quatrième partie
Nouvelles pistes

Cinquième partie
Arrestations

13300

Composition
PCA

Achevé d'imprimer en Slovaquie
par NOVOPRINT SLK
le 9 août 2021

Dépôt légal : septembre 2021
EAN 9782290258378
L21EPNN000495N001

ÉDITIONS J'AI LU
87, quai Panhard-et-Levassor, 75013 Paris

Diffusion France et étranger : Flammarion